DROEMER

JO
LEEVERS

IN DEN AUGEN MEINER MUTTER

ROMAN

Aus dem Englischen
von Maria Hochsieder

DROEMER

Die englische Originalausgabe erschien 2024 unter dem Titel
»The Last Time I Saw You« bei Lake Union Publishing, Seattle.

Besuchen Sie uns im Internet:
www.droemer-knaur.de

FSC
www.fsc.org
MIX
Papier | Fördert gute Waldnutzung
FSC® C014496

Deutsche Erstausgabe Mai 2024

Redaktion: Birgit Förster
Covergestaltung: ZeroMedia, München
Coverabbildung: ZeroMedia, München, unter Verwendung
eines Motivs von Mariia aiiraM (Shutterstock.com)
Satz und Layout: Adobe InDesign im Verlag
Druck und Bindung: GGP Media GmbH, Pößneck
ISBN 978-3-426-28281-6

2 4 5 3 1

Für A, T & M, die ich sehr liebe

PROLOG

Georgie, April 2002

Seit sie einen eigenen Hausschlüssel hat, macht sich Georgie nicht mehr ganz so große Sorgen. Solange sie in der Schule ist, ist er in dem paillettenbesetzten Federmäppchen mit dem Reißverschluss sicher aufgehoben, und wann immer sie mag, kann sie mit der Hand nach dem weichen ledernen Schlüsselanhänger tasten und sich vergewissern, dass er noch da ist. So macht es nichts aus, wenn ihre Mutter bei Georgies Heimkehr die Tür nicht aufmacht.

Ein eigener Schlüssel war Teil der Neuerungen, die zu Georgies Wechsel an die weiterführende Schule gehörten, genau wie die kratzige Schuluniform, Mittagessensgeld statt eines Pausenbrots und eine Reihe neuer Regeln, die eher von den anderen Kindern als den Erwachsenen aufgestellt wurden.

Es ist ein Montag, der erste Schultag nach den Osterferien, und die Mädchen in Georgies Klasse haben darüber geredet, wo sie die Ferien verbracht haben: in einem Wohnwagen auf der Isle of Wight, in einem Ferienhaus in Spanien. Georgie hatte kein Bedürfnis, irgendjemandem von ihrem Urlaub zu erzählen: eine katastrophale Woche in einem feuchten Cottage in Wales, wo sich die Eltern in der Küche anschrien und Georgie und ihr Bruder ihnen aus dem Weg gingen, bis es vorbei war.

Doch Georgie hofft, dass bei ihrer Rückkehr in das warme, chaotische Durcheinander ihres Hauses in der St Luke's Road alles wieder normal ist. Wenn sie heimkommt, ist ihre Mum vielleicht schon dabei, das Abendessen zu kochen, rührt in einer ihrer etwas zu bitteren Tomatensoßen auf dem Herd, während der Knoblauchgeruch in die Diele wabert. Aus dem Radio kommt Musik, zu der Mum sich wiegt und mitsingt, und der schreckliche Urlaub und die Dinge, die dort gesagt wurden, sind vergessen.

Doch als Georgie von der Schule nach Hause kommt und den Schlüssel in das lockere Schloss steckt, spürt sie, dass etwas nicht in Ordnung ist. Schon als sie die Tür aufschiebt, liegt ein Gefühl der Verlassenheit in der Luft, als sei das Haus den ganzen Tag leer gewesen. Trotzdem ruft sie »Hallo?« und geht durchs Haus in den Garten.

Dort findet Georgie ihre Mutter an ihren schlechten Tagen oft schlaff im durchhängenden Liegestuhl herumlungern, zu weit weg, um die Türglocke zu hören. Stundenlang sitzt sie da, mit aufgesetzter Sonnenbrille und Zigarette, die lose zwischen zwei Fingern baumelt, und einem grauen Aschehäufchen auf dem grob gemähten Rasen. Georgie sieht die Rückseite des Liegestuhls, und einen kurzen Augenblick regt sich Hoffnung. Doch dann hebt eine Brise den gestreiften Stoff an und bläht ihn auf zu einem prallen, wogenden Signal, dass niemand zu Hause ist.

Im Elternschlafzimmer fährt Georgie mit den Fingern über die zerknitterten Kleider im Schrank ihrer Mutter. Sie tupft sich etwas vom Parfum aus dem Body Shop auf die Handgelenke, dreht einen eingetrockneten Lippenstift heraus und wieder hinein. Hier ist noch alles da. Vielleicht wird ja alles wieder gut.

Sie geht zurück in die Küche, mischt Orangensirup und Wasser in einem Krug und konzentriert sich darauf, dass ihre Hand nicht zittert, als sie zwei Becher einschenkt. Dann legt sie vier Vollkornkekse auf einen Teller. Sie möchte es wiedergutmachen, denn ihr ist bewusst, dass sie auf eine Weise, die keiner ahnt, die Schuld an allem trägt.

Als ihr Bruder Dan vom Rugbytraining nach Hause

kommt, sitzen sie schweigend am Küchentisch und warten auf das Klacken des Riegels am vorderen Gartentor. Als es ertönt, gleich darauf gefolgt vom Geräusch sorgfältig abgestreifter Schuhe auf der Fußmatte, wissen sie, es ist ihr Vater. Kaum dass er die Küche betritt, spürt Georgie, wie sich ihr Inneres verknotet, denn sie ahnt, was er sagen wird.

»Eure Mutter ist für eine Weile verreist«, erklärt er ihnen und leckt sich über die trockenen Lippen. »Es geht ihr nicht so gut, eine Auszeit wird ihr guttun. Das wird uns allen guttun.« Dann zwingt er seinen Mund in die Form eines Lächelns.

Dan gibt sich alle Mühe, zur Erwiderung sein breites Grinsen aufzusetzen, Georgie aber bringt es nicht über sich, mitzuspielen. Sie denkt daran, was in der vergangenen Ferienwoche passiert ist und was sie gesagt hat, womit all das in Gang gesetzt wurde.

Georgie geht zum Spülbecken, kippt ihren Becher aus und sieht zu, wie die orangefarbene Flüssigkeit über das weiße Porzellan schwappt. Sie hat so viele Fragen, die nur ihre Mutter beantworten kann. Vermutlich aber wird sie noch eine Weile warten müssen, bis sie die Wahrheit erfährt.

EINS

Nancy

Nan steht im Türrahmen und spürt, dass es eine kalte Nacht werden wird. Schon jetzt glitzern die Spurrinnen auf dem Weg, und auf den kahlen Ästen liegt ein schimmernder Film. Die Hündin kommt zu ihr, verdrückt sich dann aber wieder ans warme Feuer. Bree ist im Allgemeinen bei jedem Wetter aktiv, ihr Schwanz eine weiße aufgebauschte Feder, wenn sie alten Fährten durchs Dickicht folgt. Heute Nachmittag aber macht sie deutlich, dass das Wetter nicht für einen Spaziergang taugt.

Doch Nan weiß, sie muss raus. Sie merkt, wie sich die Gedanken regen und zu einem Knäuel der Ruhelosigkeit aufspulen. Die aufsteigende Panik bedeutet, dass Nan sich bewegen muss, andernfalls zieht die Gedankenspirale sie in jene dunkle Tiefe, die sie so fürchtet.

Also steigt sie in die harten Lederstiefel und nestelt an den ausgefransten Schnürsenkeln. Den Schal wickelt sie sich zweimal um den Hals, knöpft den schweren Wollmantel zu, der sie schon durch mehr Winter begleitet, als sie zählen kann. Auf gewisse Weise empfindet sie seine feuchte Schwere als tröstlich.

Sie stampft einmal, dann ein zweites Mal auf dem eisgesprenkelten Boden auf, um Bree zu sich zu beordern, und sperrt die Hütte hinter sich ab, auch wenn dafür eigentlich keine Notwendigkeit besteht. Meilenweit gibt es keine Nachbarn. Als sie aufsieht, zeichnen sich die Bäume bereits scharf vor dem dunkler werdenden Himmel ab.

Eiskalt schlägt ihr die Luft entgegen. In flachen Atemzügen saugt sie sie in die Lunge und malt sich aus, dass sie ihr Inneres wie eine weiße Wolke ausfüllt. Reinigend, läuternd. Nach den ersten Schritten lässt der Schmerz in den Knien nach, und das stetige Knirschen der Stiefel gibt einen beruhigenden Rhythmus vor. Diesen Spaziergang könnte sie mit geschlossenen Augen machen, genau wie Bree, die, die Nase tief am Boden, vorwegrennt.

Nur bis zur Hügelkuppe, beschließt Nan. Genug, um den Kopf frei zu kriegen und zu verhindern, dass ihre Gedanken um den alten Schmerz tief in ihrem Innern kreisen. Die Schutzhütte ist zu ihrer Zuflucht geworden, nachdem sie jahrelang ständig in Bewegung war, eine Gestalt an den Rändern der Gesellschaft, kaum wahrgenommen von den Menschen.

Ihr ist bewusst, wie sie mit den langen grauen Zöpfen, dem schweren Wintermantel, den sie mit einem Strick zusammenbindet, und den groben Stiefeln auf die Einheimischen wirken muss: wie eine Eigenbrötlerin. Eine Landstreicherin. Eine Hexe. Man hat ihr diese Namen und auch andere nachgerufen. Bei ihren seltenen Gängen hinunter ins Dorf sind die Ladenbesitzer ihr gegenüber höflich, doch sie halten die Blicke gesenkt, während Nan die schmutzigen Münzen einzeln abzählt.

Als Nan den Gipfel des Hügels erreicht, bemerkt sie ein ungewöhnliches Leuchten unter sich. Zunächst fragt sie sich, ob es Lagerfeuer sind, aber die *Burns Night*, die sie hier in Schottland im Januar feiern, ist längst vorbei. Blinzelnd versucht sie, in der Abenddämmerung Genaueres zu erkennen. Nein, es sind keine Feuer, sondern Lichtstrahlen, die sich in einer Linie fortbewegen wie Schlangenglieder.

Nan bleibt stehen. Sie hört nichts als ihren eigenen, schweren Atem. Bree wartet neben ihr ab, und sie beobachten die Lichterreihe, die sich zackig übers Feld bewegt, der zuckende Schein von Taschenlampen, die über das unebene Heidekraut schwenken.

Da scheint sich der Wind zu drehen, denn nun kann sie etwas hören. Tiefe Männerstimmen, bei denen sich ihr Magen verkrampft; verzweifelter klingende Rufe von Frauen. »Es-ie …«, scheinen sie zu rufen. Dann ertönt ein schnarrendes Dröhnen in der Luft über ihr – ein Helikopter, dessen riesiger Scheinwerfer kreuz und quer über die Landschaft streift. Die Dämmerung wird immer mehr zur Finsternis, und wenn jemand dort draußen vermisst wird, dann zählt jede Minute.

Es sieht so aus, als bewege sich der Suchtrupp in östlicher Richtung zu den Mooren, eine Gegend, die von der Ferne wie eine satte Wiese wirkt, aber eisige Gewässer verbirgt. Nan wendet sich ab. Zu viele Menschen, zu viel Licht und Lärm. Sie ist erleichtert, dass es sich diesmal nicht um ihre eigene Tragödie handelt, dass sie keine Schuld trägt.

Wegen der Lichter und Geräusche können Nan und Bree nicht den üblichen Weg nehmen, also schlägt Nan einen Bogen in die andere Richtung nach Westen. Bree mag diese Route nicht. Sie ist exponierter und führt an dem großen Felsblock vorbei, der Hound Rock genannt wird.

Als sie im Schutz des Felsens sind, ist der Wind plötzlich weg, und die Hündin bleibt regungslos stehen. Bevor Nan sie rufen kann, stiebt Bree davon, wie zum Spott mit ihrem fedrigen Schwanz winkend. Um diese Tageszeit ist sie vielleicht hinter einem Hasen her, aber es ist auch möglich, dass sie eine Aasfährte aufgenommen hat. Bree hat die Angewohnheit, sich in lange verendeten Tierkadavern zu suhlen, und der Gestank wird scheußlich sein, wenn Nan sie nicht rechtzeitig zurückholt.

Nan klettert auf den Felsen, und der Geruch nach feuchtem Moos und Eisen steigt ihr in die Nase. Doch Bree ist schon eine Ebene weiter, wo sich eine Öffnung im Felsen befindet. Dort suchen Wanderer manchmal Schutz vor dem Regen und hinterlassen Bonbonpapiere oder, schlimmer noch, Knäuel aus Klopapier.

»Bree, runter da. Sofort!«

Bree hört nicht auf sie, ihr weißer Schwanz ist in der Dunkelheit verschwunden. Nan weiß, es wäre dumm, weiterzugehen, also bleibt sie stehen. Irgendwann wird Bree schon nach Hause kommen, wahrscheinlich nach etwas Totem stinkend.

Doch da hört sie es. Ein Winseln, das nicht von Bree stammt, denn Nan kennt jedes Geräusch, das die Hündin macht. Zuerst hält sie es für ein Schaf, das sich in höhere Regionen verirrt hat. Aber es klingt anders, eher wie ein Wimmern.

Nan hält die Luft an und lauscht angestrengt. Jetzt hört sie nur noch das Rauschen ihres Bluts in den Ohren.

Da ertönt das Geräusch wieder. Diesmal ist es schwächer, klingt eher wie ein Schluchzen. In diesem schrecklichen, dumpfen Augenblick begreift Nan, dass es kein Tier ist. Sie geht in die Knie und klettert und krabbelt so schnell wie nur möglich auf das Geräusch zu. Ihr Knie stößt an etwas Hartes, und sie flucht und erinnert sich daran, dass sie eine Stimme hat.

»Hallo? Ist da jemand?«

Nan klettert weiter, streckt eine Hand aus, dann die andere. Ihre Finger bekommen etwas zu fassen. Ein einzelner Schuh. Ein Kinderschuh.

Mittlerweile ist sie panisch, hektisch tastet sie das Innere der Höhle ab, rückt immer weiter vor, aber da ist nichts als Zweige und Erde. Da streifen ihre Finger etwas Festes, sie befühlt die Umrisse eines kleinen Fußes, dann des anderen. Ihr Herz zieht sich zu einem scharfen Schmerzpunkt zusammen. Ohne zu zögern, streckt sie beide Arme nach dem Kind aus – denn, ja, es ist ein Kind – und holt es aus seinem Versteck heraus.

Ihr ist bewusst, dass sie alles falsch macht, denn möglicherweise hat es Knochenbrüche, aber instinktiv knöpft sie den dicken Mantel auf und zieht das zartgliedrige Kind an sich. Die Zeit schlingert, als Nan sich an dieses Gefühl erinnert, das gleichzeitig fremd und vertraut ist.

»Alles ist gut«, bringt sie heraus. »Ich habe dich.«

Einen schrecklichen Moment lang regt sich nichts, und Nan spürt keinen Atem. Nur die kalte Oberfläche des viel zu dünnen Pullovers, die nasse Jeans des Kindes. Nan wickelt den Mantel fester und reibt in einem entschlossenen, regelmäßigen Rhythmus über den Kinderrücken.

Sie steckt in diesem Augenblick fest, ohne ein Vorwärts oder Zurück, und macht einfach, was sie für richtig hält. Sie spürt die vorstehenden Knochen an der Wirbelsäule und hält die Luft an, um zu lauschen. Da rührt sich das Kind ganz schwach und wimmert.

Plötzlich ist Nan klar, dass sie hier fortmüssen. Sie muss ins Dorf hinunter und Hilfe holen, sich dem Lärm und den Menschen aussetzen, vor denen sie sich so lange versteckt hat. Denn hier geht es nicht um Nan, sondern darum, das Kind zu retten – so wie es jede Mutter tun würde.

Nan nimmt das Knacken in ihren Knien kaum wahr, als sie auf die Beine kommt – das Kind ist schwerer, als sie erwartet hat –, dann findet sie ihr Gleichgewicht wieder und beginnt, langsam einen Fuß vor den anderen zu setzen.

Schritt für Schritt trägt sie das Bündel den Hügel hinunter, während Bree immer an ihrer Seite bleibt. In der Finsternis und Kälte bewegen sie sich vorwärts, bis das verschwommene Licht von unten sich in eine Reihe einzelner Lichtbündel aufteilt, eines davon sich losreißt und in ihre Richtung leuchtet. Eine Gestalt rennt auf sie zu, ein ruckelnder Scheinwerfer, der Nan blendet, sodass sie stehen bleiben muss, und dann ruft eine Stimme: »Da ist jemand. Ich glaube, sie hat sie. Mein Gott. Man hat sie gefunden.«

ZWEI

Georgie

Niemals würde sie das irgendwem gegenüber eingestehen, aber die Geburtsklinik wird für Georgie immer mehr zum verhassten Ort. Es sollte ein Ort der Freude sein, aber Georgie fühlt sich zutiefst unwohl, als sie in dem überheizten Wartezimmer sitzt. Wilf musste beruflich verreisen, deshalb ist sie allein hier. Aber im Zimmer sitzen einige andere zukünftige Väter, die allesamt peinlich berührt wirken, die Augen auf die Handybildschirme geheftet, um dem Anblick der aufgereihten geschwollenen Bäuche auszuweichen, die sagen: »Ja, ich hatte Sex.« »Ich auch.« »Und ich auch!«

Die erste Ultraschalluntersuchung hatte sie als etwas so Besonderes empfunden. Es war unglaublich gewesen, den pulsierenden Herzschlag zu sehen, die träge treibenden Gliedmaßen und sogar den Umriss einer Nase. Aber dann kamen all die Fragen, und auf die Hälfte davon wusste Georgie keine Antwort, also entschied sie sich einfach für das, was am besten klang. Jetzt hat sie jedes Mal, wenn sie wieder in der Klinik ist, Angst, dass man ihr auf die Schliche kommt. Womöglich fragt man noch einmal nach, ob es in ihrer Familie Fälle von Schwangerschaftsdiabetes, Präeklampsie oder postnataler Depression gegeben habe, und sie kann sich beim besten Willen nicht erinnern, welche Antwort sie das letzte Mal gegeben hat.

Heute Vormittag ist Georgie für das letzte Check-up da – »Bald ist es so weit«, mahnt Serena, die Hebamme. »Gerade mal zwei Wochen!« Sie nimmt Maß – mit einem anheimelnd altmodischen Maßband – und tastet dann mit der warmen, trockenen Hand rund um Georgies voluminösen Bauch, um herauszufinden, wo das Baby liegt.

Dann kommt die Blutdruckmanschette, das beruhigende Pumpen, als sie sich aufbläht, dann das traurige Zischen, mit dem sie abschwillt, und mit einem Ruck des Klettverschlusses wird ihr Arm freigegeben. Erst da runzelt Serena die Stirn. »Wie war das noch mal? Der niedrige Blutdruck liegt in der Familie, oder?«

»Ja«, antwortet Georgie. Denn das ist einfacher, als zuzugeben, dass sie keine Ahnung hat, welche körperlichen Eigenheiten sie möglicherweise von ihrer Mutter geerbt hat.

Als sie die Klinik endlich verlässt, hat sie den Bus nach Hause verpasst, und der nächste fährt erst in zwei Stunden – eine der Launen des Landlebens. Georgie macht sich zu Fuß auf den Weg, doch sie bereut die Entscheidung, kaum dass sie den Stadtrand erreicht und daran erinnert wird, dass der Gehsteig sich zunächst zu einem schmalen Streifen verengt und schließlich ganz verschwindet. Ein weiterer Aspekt des ländlichen Lebens, an den sie sich langsam gewöhnt.

Also gilt für den Rest des Weges, dass sie sich Bauch voran in die hohen Hecken presst, wann immer ein Auto vorbeirast. Während sie ihr Haar aus einem besonders stacheligen Busch entwirrt, denkt Georgie, um wie viel einfacher das Leben wäre, wenn sie Auto fahren könnte.

Es sind weitere fünfzehn Minuten stockenden Weges entlang einer stark befahrenen Landstraße, bis Georgie die Abzweigung zu dem ökologischen Bauprojekt erreicht, in dem Wilf und sie jetzt leben. Ihr Haus am Ende der Orchard Drive ist eines von gerade mal dreien, die fertiggestellt sind. Noch ist es keine richtige Straße, sondern eher ein breiter matschiger Feldweg, zerklüftet von den tiefen Reifenspuren der Lastwagen und Bagger, die kommen und – genauso wie die Arbeiter – für Wochen verschwinden.

»Lieferkettenprobleme«, erklärte ihr ein Vorarbeiter mit

einem gelben Helm, der mit verschränkten Armen breitbeinig vor ihr stand. Georgie mutmaßt, dass es sich eher um Geldkettenprobleme handelt, aber das erwähnt sie Wilf gegenüber nicht, der unbeirrbar zuversichtlich bleibt angesichts ihres Lebens auf einer Baustelle. Er sagt Dinge wie: »Es wird ganz toll, wenn alles fertig ist« oder »Bestimmt bekommen wir ganz bald Nachbarn«, während er Abend für Abend die Schlammklumpen von seinen Schuhen kratzt.

Bis dahin sind Wilf und Georgie die ersten und einzigen Bewohner dieses bahnbrechenden Ökoprojekts, in dem jedes Haus aus nachhaltigen Materialien gebaut und mit einer effizienten Holzfaserdämmung versehen ist. Wilf meint, dass derartige Projekte die Zukunft seien und alle Menschen dem Klimawandel ins Auge sehen müssten. Allerdings musste Wilf für zehn Tage ins Ausland, und so ist Georgie die Einzige, die derzeit hier lebt, in einem Haus, das zwar möglicherweise zur Rettung des Planeten beiträgt, sich aber ziemlich einsam anfühlt.

Georgie schabt die Stiefel an der Kante der Türschwelle ab, um den gröbsten Schlamm zu entfernen, und drückt die Haustür mit einem Ruck auf. Sie klemmt ein bisschen, die Ränder müssen noch abgeschliffen werden, doch der Schreiner hat sich schon seit Wochen nicht mehr blicken lassen. Ähnlich wie der Fliesenleger, der nur etwas aus dem Lieferwagen holen wollte und nie mehr wiederkam. Georgie steht in der Diele und versucht, den noch unvertrauten Geruch im Haus zu bestimmen: Es hängt noch ein Hauch des Toasts vom Frühstück in der Luft, hauptsächlich aber riecht es nach feuchtem Putz.

Georgie setzt sich auf die Bank in der Diele und atmet bewusst aus. In fünf Tagen kommt Wilf nach Hause, ab dann sind sie auf der Zielgeraden: der Countdown zum Geburtstermin. Sie möchte nicht zu den Frauen gehören, die die Tage zählen, bis der Mann wiederkommt, aber wenn Wilf da ist, scheint alles so viel leichter zu bewältigen. Dann ist es, als würde Georgie in eine Parallelwelt treten, in der sie eine bessere Version ihrer selbst ist und vernünftige Entscheidungen trifft. In dieser Welt erzählt sie ihrer Hebamme keine ausgedachten Sachen und stapft nicht an stark befahrenen Straßen ohne Gehsteig entlang.

Vielleicht liegt es daran, dass Wilf die alte Georgie nie erlebt hat. Sie lernten sich während eines Jobs kennen, den sie ruhig und kompetent erledigte, und seitdem hat er Georgie nie hinterfragt. Genau so soll es bleiben, wenn es nach Georgie geht: Sie möchte nicht, dass er die Georgie von davor kennenlernt, die Frau, die ein orientierungsloses Wrack war, durchs Leben stolperte, Menschen verletzte und Leben zerstörte.

Die Bank hier in der Diele ist wie fast alles in diesem Haus ein abgelegtes Möbelstück von Wilfs Eltern. Seine Mutter ist Beschäftigungstherapeutin und sein Vater Direktor an einer Förderschule. Sie leben nicht weit von hier in einem viktorianischen Bauernhaus, in dem sie ihre drei Söhne großgezogen haben. Das ganze Haus strahlt einen verblassten eleganten Charme aus, und in den Zimmern türmen sich Möbel, die sie über die Jahre auf Landauktionen aufgegabelt haben. »Spottbillig. Im Grunde ist das alles Feuerholz«, hatte seine Mutter Ruth gesagt und sich die Hände an der Schürze abgewischt, während sie Wilf und Georgie dabei zusah, wie sie die ausgemusterten Stücke in den gemieteten Transporter luden.

Infolgedessen herrscht in Wilfs und Georgies neuem Zuhause eine merkwürdige Mischung unterschiedlichster Stile: massige Holztruhen, ein Büfett aus den Siebzigern und durchgesessene Sessel aus nicht genau zu bestimmenden Epochen. Die Möbel, die im Bauernhaus Teil der unkonventionellen Boheme-Atmosphäre waren, wirken in den hallenden Räumen verunsichert – ganz ähnlich wie Georgie.

In der Küche öffnet sie den Kühlschrank und nimmt sich eine Handvoll grünen Salat aus dem Gemüsefach. Im Augenblick hat Georgie Heißhunger auf alles, was frisch und knackig ist: feuchten Eisbergsalat, große Stücke taubenetzter Gurke, frisch gewaschene Karotten. Manchmal drückt sie ein paar Eiswürfel aus der Gummiform, zerkaut sie und genießt ihre harte, knirschende Konsistenz.

Mit etwas mehr Sinn für die Etikette arrangiert Georgie den restlichen Salat auf einem Teller und legt als Proteinspender einen Brocken Käse dazu. Dann sieht sie die Teevorräte in der winzigen Küchenschublade durch, die eigens für Teebeutel konzipiert wurde. Kamille reizt den Magen am wenigsten, beschließt sie. Sie dreht den Heißwasserhahn auf, der sprudelnd zum Leben erwacht.

Georgie vermisst das Ritual, den Kessel aufzusetzen und abzuwarten, bis das Wasser kocht, doch angeblich ist dieser Hahn energieeffizienter. Sie tunkt den Teebeutel ein paarmal ein, holt ihn dann an seinem Faden heraus und legt ihn zu den getrockneten Beuteln von gestern, die auf einer Untertasse zusammenkauern wie graue Babymäuse in ihrem Nest.

Offiziell ist Georgie noch nicht im Mutterschutz, aber ihre Arbeit als Hochzeitsfotografin ist abgeflaut. In London hatte sie sich ein solides Netz aus Kontakten und Weiterempfehlungen aufgebaut, doch jetzt, nach dem Umzug, wird sie noch einmal von vorn anfangen müssen. Wilf meint, sie solle die regionalen Hochzeitsmessen besuchen und sich dort vorstellen und außerdem in den Zeitungen annoncieren. Ihr ist klar, dass diese Vorgehensweise für Wilf funktionieren würde – er ist die Extrovertiertheit und Zuversicht in Person –, sie allerdings ist ein ganz anderer Mensch. Meistens weiß sie Wilfs Wir-schaffen-das-Haltung zu schätzen, die ein guter Ausgleich zu ihrer eigenen Herangehensweise ans Leben ist: Bei ihr ist das Glas halb leer, nicht halb voll. In diesem Fall aber, denkt sie, täuscht sich Wilf. Ihr Stil zu fotografieren kam in London gut an, doch sie ist nicht davon überzeugt, dass die Menschen in dieser Ecke Devons einen Sinn dafür haben.

Denn Georgie macht keine konventionellen Hochzeitsfotos. Natürlich weiß sie, dass die meisten Menschen eine Hochglanzversion dieses Tages sehen wollen, Bilder, die man in silberne Rahmen steckt und auf den Kaminsims stellt. Georgies Bilder hingegen ähneln eher Erinnerungsschnipseln. So erwischt sie die Braut dabei, wie sie ihrer besten Freundin etwas ins Ohr flüstert, oder sie fängt den Eröffnungstanz des Brautpaars mit beschwingter Unschärfe ein – Fotos, die die Atmosphäre jenes Tages wiedergeben.

»Nenn es Hochzeitsreportage«, sagte Finn immer. »Dann finden es die Leute cool.« Noch immer hat sie seine Stimme im Ohr und erinnert sich, wie seine Augen bei einem guten Einfall aufleuchteten. Nach einer Weile war er nicht mehr so enthusiastisch, sondern meinte, dass Georgie mit ihrer Arbeit ihre Prinzipien verrate. Darüber, dass diese Arbeit ihr Leben finanzierte, beklagte er sich hingegen nicht.

Sie schüttelt den Kopf, erschüttert, dass ihre Gedanken zu ihm abgeschweift sind, ausgerechnet hier, in diesem neuen Haus, in dem es ausschließlich um Wilf, sie selbst und die Zukunft gehen soll. Es erscheint ihr wie ein Akt der Treulosigkeit. Schlimmer noch, sie weiß genau, was Finn von diesem Haus hier halten würde. »Pseudorustikal für Möchtegernprovinzler«, würde er sagen. »Stehst du jetzt auf Cottage-Kitsch, Georgie?«

Doch Wilf ist kein Fake oder Möchtegern. Er ist der unverfälschteste Mensch, der ihr je begegnet ist. Er ist das Gegenteil von Finn und allem, wofür er stand, und genau das ist der Grund, warum sie hier ist.

Es war Wilfs Vorschlag, nach Devon zu ziehen. Er möchte, dass ihr Baby dieselbe sorgenfreie Kindheit erlebt, die er selbst hatte. »Auf der Dorfwiese spielen, zu Fuß zur Schule gehen – all so was.« Außerdem gab er zu bedenken, dass es vernünftig wäre, wenigstens ein Paar Großeltern in der Nähe zu haben. Die Alternative, nämlich näher zu Georgies Vater und Stiefmutter in Surrey zu ziehen, war weitaus weniger reizvoll. Und ganz gewiss will Georgie nicht, dass ihr Baby dieselbe Kindheit hat wie sie selbst: in einer Sackgasse am Stadtrand von Redhill, in einem Haus mit hohen Ansprüchen an die Hygiene, aber wenigen an die Liebe. Genau genommen gilt, je mehr Abstand Georgie zwischen sich und ihre Vergangenheit bringt, desto besser.

Es zieht sie nach oben ins Kinderzimmer, das zu einem zentralen Punkt, zu Georgies Halt, geworden ist. Hier ist alles bereit, startklar. Auf dem Wickeltisch liegen stapelweise waschbare Windeln und Kartons mit biologisch abbaubaren Feuchttüchern. Die Schubladen sind voller weißer Schlafoveralls und Mulltücher, sämtlich frisch gewaschen und zusammengelegt. Und in der Mitte des Raums steht das Babybett, ein ovales Modell mit Himmel. Es ist strahlend weiß und erinnert Georgie an ein Raumschiff, das, genau wie sie selbst, auf ein Lebenszeichen wartet.

Unter der Haut an ihrem Bauch spürt Georgie, wie sich ihr Baby schwerfällig herumdreht. »Das ist unser neues Zuhause«, flüstert sie, doch es klingt nicht besonders überzeugend – noch nicht. Sie hofft, dass sich die Dinge fügen, wenn Wilf wieder da ist.

»Es ist kein günstiger Zeitpunkt, aber ich bin nur zehn Tage weg«, hatte er gesagt. Als sie einander kennenlernten, hatte Wilf ihr von seinen Plänen erzählt, mit seinem Freund Mehdi ein Unternehmen aufzubauen, das Öko-Wanderreisen in abgelegenen Landstrichen anbietet, angefangen mit Marokko. »Wir wollen Leute an diese Orte bringen, ohne die Landschaft zu zerstören oder die Menschen, die dort leben, auszubeuten. Die Hälfte des Profits soll an Gesundheitsprojekte der Dorfgemeinschaften gehen«, hatte er ihr erklärt.

Georgie hatte genickt und es für das übliche Greenwashing gehalten, aber wie sich herausstellte, waren Wilf und Mehdi aufrichtig überzeugt – und diese erste Reise ist ein alles entscheidender Augenblick.

Mehdi war ganz darauf eingestellt gewesen, die Gruppe zu leiten, zu der einige Journalisten und ein wichtiger Lokalpolitiker gehören. Doch in allerletzter Minute hatte Mehdi sich beim Squashspielen das Schlüsselbein gebrochen. Es war ausgeschlossen, dass er einen Rucksack aufsetzte, geschweige denn eine Wanderreise leitete. »Es wäre eine Katastrophe, das abzusagen«, meinte Wilf. »Ohne die Presseberichterstattung kriegen wir keine Buchungen für das restliche Jahr. Ich muss fahren, Georgie. Aber ich bin ganz bald wieder da.«

Also hatte Georgie gelächelt und gesagt: »Natürlich«, innerlich aber heulte sie auf. Sie sah ihm zu, wie er sorgfältig Kleidung und Ausrüstung einpackte, und wollte am liebsten alles wieder herauszerren und brüllen: »Nein, fahr nicht, lass mich nicht allein.« Denn was, wenn Wilf nicht wiederkäme?

»So was kann passieren«, wollte sie ihm sagen. »Es ist schon mal passiert.« Sie hatte ihn nicht zur Tür begleitet, als er aufbrach, sondern von oben beobachtet, wie er den Rucksack über den holprigen Grund zu dem wartenden Taxi getragen hatte. »Ich mag keine Abschiede«, war alles, was sie gesagt hatte.

Das war vor fünf Tagen gewesen, und seitdem hatte Georgie versucht, ins Landleben dieser verschlafenen Ecke von Devon hineinzuwachsen. Sie bemüht sich aufrichtig, freundlich zu sein, seit sie hergezogen sind. Sie lächelt die anderen Frauen in der Klinik an, bis ihre Wangen schmerzen. Und obwohl es billiger und einfacher wäre, im Online-Supermarkt einzukaufen, erledigt sie die Lebensmitteleinkäufe eisern im Hofladen und belädt ihren Weidenkorb mit überteuerten Marmeladengläsern, mehlbestäubten Brotlaiben und erdverkrustetem Gemüse. Sie achtet darauf, mit einem heiteren, beschwingten »Guten Morgen!« zu grüßen, aber die Frau an der Kasse behandelt sie immer noch wie eine Fremde.

»Es dauert einfach, bis die Leute einen Neuankömmling akzeptieren«, hatte Wilf gesagt.

»Aber wie lange?«, will sie fragen.

Sie sieht aus dem Fenster auf die aufgewühlte Erde vor dem Haus und die durchweichten Felder dahinter. Weiter hinten liegt der graue Streifen der Straße, auf der Autos und Lastwagen aufschimmern. Georgie weiß genau, warum sie hierhergezogen ist, was sie hinter sich lassen muss. Nur fühlt sich ihre Zukunft hier noch vage an, unfertig wie die schlammige Straße, die lückenhaften Badezimmerfliesen und die schlecht schließenden Türen.

In der Zimmerecke steht einer der verblichenen Sessel, die Ruth ihnen geschenkt hat. »Der ist perfekt fürs Stillen in der Nacht«, hatte sie gemeint. Georgie lässt sich darauf sinken und hört eine alte Sprungfeder gedämpft vibrieren. Sie holt ihr Handy heraus und blättert wie üblich durch Twitter, Instagram und WhatsApp. Nicht, dass es viel gäbe, was sie verpasst.

Seit dem Umzug folgt sie ganz bewusst sämtlichen Londoner Freunden nicht mehr und hat die WhatsApp-Gruppen verlassen – zu viele Erinnerungen hängen daran. Jetzt checkt sie nur die Nachrichten und ein paar Blogs von hauptberuflich schwangeren Frauen, »Mum-Influencerinnen«, die den Tag damit zubringen, Smoothies zu zaubern und Cremes gegen Schwangerschaftsstreifen zu bewerben.

Heute allerdings haben alle diese zukünftigen Mütter nur ein Thema. Wie ein Lauffeuer hat sich eine Story mit dem Hashtag #mädchenvermisst im Internet verbreitet. Auf einer schottischen Insel wird ein Kind vermisst, eine Suchaktion wurde gestartet. Georgie überfliegt die Beiträge. Jemand hat ein verschwommenes Foto des Dorfs gepostet, in dem die Siebenjährige sich aufhielt, und ein Schulfoto, auf dem sie mit Zahnlücke in die Kamera lächelt.

Wieder regt sich Georgies Baby, und sie streichelt mit der Hand über den Bauch und ertastet einen hervorstehenden Fuß oder Ellbogen. Es ist in Ordnung, ihr Baby ist in ihr drin und in Sicherheit, aber ein anderes Kind wird vermisst. Ein kleines Mädchen, das heute Morgen in ihrem Lieblingspullover, Jeans und fadenscheinigen Turnschuhen zu einem Spaziergang aufgebrochen ist. Nun haben alle Angst um sie.

Vor Georgies Augen beginnt die Stimmung im Netz umzuschlagen – die Sorge verwandelt sich in kaum verhohlene Anschuldigungen. *Das ist schrecklich, aber wieso war das kleine Mädchen allein unterwegs? Wo waren die Eltern? Hat sie sich wirklich verlaufen, oder wurde sie entführt? Was macht eigentlich die Polizei? Was wissen wir überhaupt über die Eltern?*

Georgie muss eingeschlafen sein, denn sie wacht im Dunkeln auf. Sie hält das Handy noch in der Hand, und sie kann nicht anders, als wieder über diese Story nachzulesen, auch wenn sie weiß, dass es falsch ist, sich am Leid anderer zu weiden. Doch als sie durch die Beiträge scrollt, hebt sich ihre Stimmung. Die Story hat schon eine neue Richtung genommen. *Vermisstes Mädchen gefunden! Sie ist in Sicherheit! Wundersame Rettung!*

Georgie wendet sich vom Aufruhr in den sozialen Medien ab und sucht nach einem Update in einem regionalen Newsfeed. Sie geht nach unten, macht sich etwas Warmes zu trinken und setzt sich zum Lesen aufs Sofa. Doch als sie fertig gelesen hat, ist der Kamillentee vergessen.

Vermisstes Kind von einzelgängerischer Inselbewohnerin gerettet

Die Suche nach der siebenjährigen Jessie Lucas wurde abgebrochen – aus dem denkbar besten Grund. Jessie war bei Verwandten zu Besuch, als sie am Montagmorgen, 7. Februar, verschwand.

Gegen Mittag versammelte sich eine Gruppe von Freiwilligen, um nach dem Kind zu suchen, und darüber hinaus wurde am frühen Abend zur Unterstützung ein Rettungshubschrauber eingesetzt. Angesichts der erwarteten nächtlichen Temperaturen, die deutlich unter null zu fallen drohten, schwand bald die Hoffnung auf Rettung. »Wir hatten keine Ahnung, in welche Richtung das kleine Mädchen gegangen war«, erklärte der Inhaber des Dorfladens Andrew McNabb.
Eine Spaziergängerin, die mit ihrem Hund unterwegs war, entdeckte die kleine Jessie schließlich am Hound Rock und brachte sie ins Dorf hinunter. Die Frau kennt man im Ort unter dem Namen »Nan«, und den Inselbewohnern zufolge ist sie eher eine Einzelgängerin.
Tim Lucas, der Vater des Kindes, sagt: »Wir können dieser Frau nicht genug danken, dass sie unser Kind in Sicherheit gebracht hat. Wir sind unendlich erleichtert, dass Jessie wieder zu Hause ist.«
Jessie ist wegen leichter Unterkühlung in Behandlung, doch man rechnet damit, dass sie sich vollständig erholt. »Nan«, die Frau aus dem Ort, war für einen Kommentar nicht zu erreichen. Es war bereits die neunte Rettungsaktion in zwölf Monaten. Ortsfremde werden aufgefordert, die regionalen Sicherheitshinweise für Wanderer und Bergsteiger zu beachten.

Am Ende des Berichts ist ein Foto, und die Bildunterschrift lautet: *Die kleine Jessie, ihre Mutter Alice und »Nan«, die das Mädchen rettete.*

Mehrmals liest Georgie diese Worte, denn wenn sie das Bild direkt betrachtet, fühlt es sich an, als würde jemand ihren Brustkasten aufstemmen.

Auf dem Foto sitzt das kleine Mädchen zwischen zwei Frauen. Die eine ist unübersehbar seine Mutter, die andere aber ist eine ältere Frau. Im Vergleich wirkt sie schmutzig und verwahrlost.

Sie trägt einen großen Mantel und einen mehrmals um ihren Hals geschlungenen Schal. Das graue Haar ist in der Mitte gescheitelt, und zwei lange geflochtene Zöpfe rahmen das gerötete, wettergegerbte Gesicht ein. Über der Lippe ist ein Muttermal, und sie hat Krähenfüße in den Augenwinkeln. Doch ihre Augen sind so klar wie eh und je, und der Mund steht leicht offen, als wolle sie etwas sagen.

Als Fotografin kennt Georgie diesen Gesichtsausdruck gut: Er ist typisch für jemanden, der nicht fotografiert werden will. Das Gesicht aber erkennt sie aus einem anderen Grund. Zwar ist es älter, verwitterter und gröber als in Georgies Erinnerung. Aber es gibt keinen Zweifel, dass die Frau auf dem Bild ihre Mutter ist. Jene Mutter, die Georgie seit zwanzig Jahren nicht gesehen hat und die sie längst für tot oder so weit fort hielt, dass sie niemals wieder auftauchen würde.

Georgie wird von Schwindel erfasst, und sie beugt sich nach vorn und stützt den Kopf auf die Hände. Der verkorkste Trümmerhaufen ihrer Kindheit stürzt über sie herein, das ganze Chaos, das sie unter solchen Mühen hinter sich gelassen hat. Sie denkt daran, wie ihre Mutter in den Tagen war, bevor sie sie verließ. Ein Wirbelwind aus zusammengebissenen Zähnen und scharfen Nägeln, der durchs Haus wehte und wutentbrannt und unter Tränen an Türen und Fenstern rüttelte. Während Georgie und ihr Bruder Dan oben saßen und darauf warteten, dass der Sturm sich legte.

Dann denkt sie daran, wie Nancy an der Tür stand und Georgie auf dem Schulweg zum Abschied winkte, als wäre alles in Ordnung. Als sie so tat, als wäre sie am Ende des Schultags noch da – und von Neuem empfindet Georgie den Verrat.

Nancy hatte die Ruinen ihres Familienlebens hinter sich

gelassen und es ihren Kindern überantwortet, die Bruchstücke zusammenzusetzen und ihrem Vater so gut beizustehen, wie es ihnen möglich war. Während Georgie durch die darauffolgenden Jahre stolperte, hatte ihre Wut immer auch einen Beigeschmack von Schuld, weil sie sich fragte, wie viel Verantwortung sie selbst für das Unglück der Familie trug.

Im kahlen Wohnzimmer ihres Ökohauses konzentriert sich Georgie darauf, tief und langsam zu atmen, wie es ihr Serena, die Hebamme, beigebracht hat. In zwei Wochen wird Georgie ihr eigenes Baby zur Welt bringen, ein Kind, das sie bereits mit einer solchen Inbrunst liebt, dass ihr unerklärlich ist, wie eine Mutter ohne einen Blick zurück ihre Kinder verlassen kann.

Nun aber ist ihre Mutter wieder da, von den Toten auferstanden. Und mehr denn je braucht Georgie Antworten.

DREI

Nancy

Ihr war nicht klar gewesen, dass der Mann sie fotografieren wollte. Sie sah nichts als das Blitzen, blendende weiße Punkte, und bis sie blinzelnd wieder etwas erkennen konnte, war es zu spät, um etwas zu sagen. Der Mann war weg.

Gleich darauf kreiste der Rettungshubschrauber mit betäubendem Getöse über ihren Köpfen, und während sich alle brüllend zu verständigen versuchten, hielt Nancy es für das Beste, sich unauffällig fortzustehlen. Und so hatte sie sich in die Schatten verdrückt, kurz auf den Boden gestampft, um Bree zu sich zu rufen, und gemeinsam waren sie in der Dunkelheit verschwunden. Seite an Seite marschierten sie voran und ließen den Lärm und den Rummel hinter sich, bis nur noch das gleichmäßige Knirschen von Nans Stiefeln und Bree an ihrer Seite zu hören waren. So wie es ihnen beiden am liebsten war. Als sie ihr Zuhause erreichten, kamen Nancy die Ereignisse der vergangenen Stunden bereits nur noch wie ein Traum vor.

Zurück in der Hütte, verschränkt Nancy die Arme über der Brust; die warme Stelle, in die sich das kleine Mädchen so mühelos eingefügt hat, ist schon abgekühlt. Nan hatte das Kind über holprige, gefrorene Pfade hinuntergetragen, mit wild pochendem Herzen, voller Sorge, dass es schon zu spät wäre. Um sich zu beruhigen, hatte Nan vor sich hin gesummt. Eine alberne Melodie, ein altes Wiegenlied, das sie längst vergessen geglaubt hatte, über Spottdrosseln und Diamantringe, doch der Rhythmus half ihr, einen Fuß vor den anderen zu setzen. Und wenn sie sich nicht täuschte, dann hatte das Mädchen die Melodie erkannt und sich noch ein wenig tiefer in ihrer Armbeuge verkrochen.

Es war ein so vertrautes Gefühl gewesen, wie sich die Gliedmaßen des Kindes in die von Nancy eingepasst hatten. Der Kopf lag fest auf ihre Brust gepresst, und wenn Nancy das Kinn senkte, kitzelte sie das feine Haar, und sie atmete diesen ganz besonderen Keksduft ein. Nancy schiebt die Erinnerung fort.

Das Gefühl stammt aus einem anderen Leben, als Nancy ein anderer Mensch war. Seitdem hat sie an so vielen Orten gelebt, ihren Namen geändert, einen neuen Akzent angenommen, getan, was immer nötig war, um sich anzupassen oder sich irgendwie durchzuschlagen. Es gab finstere Zeiten, in denen sie in Herbergen oder Ladeneingängen schlief und sich unter zahllosen Decken versteckte, um ihre weiblichen Formen zu verhüllen.

An einem Ort weit weg von zu Hause war sie langsam wieder auf die Beine gekommen. Anschließend war sie nach England zurückgekehrt, um in Warenlagern und an Fabrikfließbändern zu arbeiten, bevor sie in Irland ein wenig zur Ruhe kam und sich um Tiere kümmerte, die, wie sie feststellte, eine angenehmere Gesellschaft waren als die meisten Menschen. Daraufhin war sie in die Wildnis Schottlands gezogen.

Als sie nun in dem schmalen Bett ihrer Schutzhütte liegt, denkt Nancy an das Blitzen der Kamera und fängt an, darüber nachzudenken, was das für sie bedeuten könnte. Nancy selbst hat keinerlei Bedarf an einem Telefon oder dem Internet, aber sie weiß, dass andere Menschen pausenlos im Äther schnattern, dass Bilder und Geschichten von einem Handy zum nächsten schwirren und auf den Bildschirmen in Häusern im ganzen Land aufpoppen.

Abrupt setzt sie sich im Bett auf. Wie konnte sie so töricht sein? Auf der Flucht zu sein, immer in Bewegung zu bleiben, über die Jahre ist ihr das in Fleisch und Blut übergegangen. Aber das Leben auf dieser Insel hat sie träge werden lassen; sie ist zu lange an einem Ort geblieben. Und sie hat den Fehler begangen, den Einheimischen eine Version ihres Namens zu nennen, die zu nah dran ist an der Wirklichkeit. Heute hat sie ihre Tarnung auffliegen lassen.

An Schlaf ist nicht mehr zu denken. Sie spürt, wie das Adrenalin sich von ihrer Mitte ausbreitet und jeden Körperteil in Alarmbereitschaft versetzt, wie ein Tier, das bereit zur Flucht ist. Denn wer weiß, wie weit ihr Bild schon gereist ist. Gut möglich, dass er es in dieser Minute betrachtet und sein stilles Lächeln lächelt.

Am Morgen wird Nancy ihre wenigen Habseligkeiten zusammenpacken und die Insel verlassen. Dieser Ort ist Balsam für ihre Seele geworden, es wird ihr schwerfallen, fortzugehen, aber der Fluchtinstinkt steckt ihr mittlerweile in den Knochen. Das Bewusstsein, dass es niemals wieder so schlimm sein wird wie damals, als sie das erste Mal weggehen musste, ist ein schwacher Trost.

Lange Zeit sitzt Nancy aufrecht im Bett, sie merkt kaum, wie kalt die Nacht ist. Bald wird sie das Gefühl vergessen haben, wie sich das kleine Kind an sie klammerte. Alles verblasst, wenn man lange genug wartet. Sie starrt aus dem Fenster und wartet darauf, dass der Morgen graut.

VIER

Georgie

Es ist Glück, dass eine gepackte Reisetasche bereitsteht. Die Schwangerschaftsratgeber empfehlen, sich frühzeitig zu rüsten, und Georgies Tasche wartet schon seit einem Monat neben der Haustür auf ihren Einsatz, dafür hat Wilf gesorgt. Georgie packt ein paar Dinge aus, die sie noch nicht brauchen wird: ein dickes Bündel Einlagen, ein elektrischer Zerstäuber für ätherische Öle. Den voluminösen Morgenmantel ersetzt sie durch ein zweites Paar Umstandsleggings und einen Pullover, die Georgies derzeitige langweilige, aber praktische Uniformierung ausmachen. Den Waschbeutel lässt sie drin, ebenso das Ladegerät, die Wasserflasche und eine Großpackung Müsliriegel, die vermutlich wie Pappkarton mit Zuckerglasur schmecken.

Es ist erst fünf Uhr nachmittags, aber draußen ist es schon völlig dunkel, und es fühlt sich später an. Sie findet die schottische Insel, über die sie in den Nachrichten gelesen hat, auf Google Maps, und betrachtet in der Satellitenversion eingehend die weite aus Heide und Felsen bestehende Landschaft. Es ist wirklich der hinterste Winkel der Welt. Ein Ort, an dem sich jemand sehr lange verstecken kann. Aber zwanzig Jahre lang? Das ist unmöglich. Ganz gewiss jedenfalls entspricht es nicht der Geschichte, die man ihr und Dan als Kinder erzählt hat. Georgie ruft ein Taxi und sperrt die Tür ihres Pseudo-Cottages hinter sich ab.

Der Taxifahrer gehört zur redseligen Sorte und kriegt sich kaum darüber ein, dass Georgie schwanger ist. Immer wieder versucht er, Georgies Blick im Rückspiegel auf sich zu ziehen, und drei Mal wiederholt er, dass er für den »zusätzlichen Passagier« keine Extragebühr berechnen wird, doch Georgie ignoriert ihn beharrlich.

Sie muss den Zug um 17:41 Uhr nach London Paddington erwischen und dann mit der U-Bahn nach Euston fahren, von wo aus der Nachtzug hinauf nach Schottland fährt. Wenn der Kerl Gas gibt, kann sie es schaffen. »Ja, ja, ein zusätzlicher Passagier, haha«, sagt sie. »Könnten Sie bitte ein bisschen schneller fahren? Ich muss diesen Zug unbedingt erwischen.«

Ihr bleiben nur Sekunden zum Einsteigen. Im hochschwangeren Zustand fällt der Versuch zu rennen wirklich nicht leicht – ihr Bauch fühlt sich an wie ein zusätzlicher Körperteil, der ihren Schwerpunkt aus dem Lot bringt.

Als sie sich hingesetzt und sich ihr Atem einigermaßen normalisiert hat, zieht Georgie das Handy aus der Tasche. Sie sollte Wilf Bescheid geben, wohin sie fährt. Allerdings ist das etwas heikel, denn soweit Wilf weiß, heißen Georgies Eltern Frank und Irena und leben in einer Siedlung aus den Siebzigern in Redhill in Surrey, wo sie eine hübsche Bonsaisammlung hüten und Gründungsmitglieder der örtlichen Nachbarschaftswache sind.

Sie tippt eine Nachricht:

Hier ist es gerade ein bisschen chaotisch. Anscheinend lebt meine Mutter – meine echte Mutter, nicht Irena – auf einer schottischen Insel. So wie es aussieht, schon seit einer ganzen Weile. Also, ich war zwölf, als sie uns verlassen hat, aber sie sieht definitiv so aus und hat auch einen ähnlichen Namen. Jedenfalls muss ich hinfahren und mit ihr reden. Ein paar Dinge in meinem Kopf ordnen, bevor das Baby kommt. Wenn du dann wieder zu Hause bist, kann ich mit der Vergangenheit abschließen, und wir beginnen unser neues gemeinsames Leben.

Doch dann legt sie den Finger auf den Bildschirm und sieht zu, wie diese problematischen Wörter wieder verschwinden.

»Ich hoffe, alles läuft gut«, schreibt sie stattdessen. »Ich fahre kurz weg und besuche eine alte Freundin, bin aber sicher vor Freitag zurück. Kann kaum erwarten, dich wiederzusehen.« Sie fügt zwei Ausrufezeichen hinzu, damit es fröhlicher wirkt, und drückt auf Senden.

Sie hat ihn nicht direkt angelogen, sie ist bloß noch nicht dazu gekommen, ihm ihre vertrackte Familiengeschichte zu erzählen. Egal, bis Wilf aus Marokko zurück ist, hat sie das alles geregelt. Bis dahin hat Georgie die Antworten, die sie braucht, und Wilf kann nach Hause kommen, sie in den Arm nehmen und sagen, wie sehr ihr Bauch gewachsen ist, und ihr lauter Geschichten von seiner Reise erzählen. In der Zwischenzeit kann Georgie die Vergangenheit endgültig begraben, und Wilf und sie können die Zukunft angehen – und die Tage bis zum Termin in gerade mal zwei Wochen zählen.

Zugegeben, es war eine Überraschung, als sie schwanger wurde, aber wie Wilf sagte, beschleunigte es die Dinge einfach nur ein bisschen. Sie liebt es, dass Wilf in allem das Positive sieht. Und seit sie London verlassen und mit Wilf einen Neuanfang gestartet hat, ist sie so glücklich wie schon lange nicht mehr. Nichts kann sie also weniger brauchen, als dass die Vergangenheit sich in die Gegenwart drängt wie ein schwarzer Tintenstrudel in einem Glas mit klarem Wasser und alles zu verpesten droht.

Als sie mit den Händen über die strammen, sich regenden Konturen ihres Babys streicht, stellt sie sich die unvermeidliche Frage, was ihre Mutter zu diesem Zeitpunkt ihrer eigenen Schwangerschaft wohl empfunden hat. War sie aufgeregt oder voller Angst und Sorge? Wusste Nancy damals schon, dass eine krankhafte Ruhelosigkeit in ihr lauerte?

Denn wenn es so ist, fürchtet Georgie, dass etwas ähnlich Zerstörerisches in ihr selbst darauf wartet, sich an die Oberfläche zu kämpfen. In ihrem Ökohaus in Devon könnten die Dinge nicht perfekter wirken. Auf den Neuankömmling warten winzige Schlafsäcke, ein Designerbettchen und ein topmoderner Vaporisator, und Georgie liebt ihr Baby schon jetzt mit instinktiver Dringlichkeit. Aber ist Liebe genug, um das schlimme Erbe zu überwinden und eine gute Mutter aus ihr zu machen?

Vielleicht war es für Nancy ja der Kipppunkt, als sie Kinder bekam. Oder hatte Georgie sich auf andere Weise schuldig gemacht und ihre Mutter zum Weggehen gedrängt? Zwanzig Jahre später hat Georgie noch immer keinerlei Vorstellung davon, wie Nancy diese Fragen beantworten wird. Andererseits fragt sie sich, wie viel sie überhaupt je über die Frau wusste, die ihre Mutter war.

FÜNF

Nancy, 1984

»LASS DIR JA KEIN KIND ANDREHEN«

Nancy wächst in einem Haus auf, das sich nie wie ihr eigenes Zuhause anfühlt. Das liegt daran, dass es ein Schein-Zuhause für andere ist, Gäste, die gutes Geld für einen Aufenthalt im *Beaufort Bed and Breakfast* bezahlen. »Aber nie genug«, sagt ihr Vater Mike seufzend und schiebt die Brille den Nasenrücken hinauf, wenn er am Sonntagabend die Geschäftsbücher durchsieht und mit dem dicken Zeigefinger die Zahlenreihen entlangfährt, die bestimmen, ob sie in der folgenden Woche Halsgrat oder Koteletts essen.

Die Gästezimmer liegen im vorderen Teil ihrer Doppelhaushälfte am Stadtrand von Stamford, während Nancy und ihre Eltern Theresa und Mike auf einen Anbau nach hinten beschränkt sind. Hier landen auch die alten und abgenutzten Hotelmöbel, ebenso wie die angeschlagenen Teller, stumpfen Messer und Gabeln mit krummen Zinken. Umgeben von Dingen, die ihre besten Zeiten hinter sich haben, gibt sich Nancy keinerlei Illusion darüber hin, wer im *Beaufort* wirklich wichtig ist: die zahlenden Gäste.

Kurzzeitig, als Nancy klein war, weckte das Leben in einem Hotel bei den anderen Mädchen an der Grundschule durchaus Neid. Heimlich brachte sie ihnen Minikekspackungen und winzige Becher H-Milch von den Teetabletts der Gäste mit. Und manchmal begleitete sie eine Freundin nach Hause, und Nancy führte ihr das beste Zimmer vor – das mit der seidenglatten pfirsichfarbenen Tagesdecke und Blick über die Vorstadtstraße. »Es hat ein eigenes Bad mit Toilette«, erklärte Nancy ihnen stolz, und sie bestaunten die Klopapierrolle, die zu einem V gefaltet war, und schnupperten an dem Seifenstück im Wachspapier.

Zu dieser Zeit waren Nancy und ihre Freundinnen einfach noch zu jung, um es besser zu wissen. Mittlerweile ist Nancy sechzehn, und ihr ist bewusst, wie schäbig das *Beaufort* mit seinen roten Teppichen und den Rissen in der Tapete ist. Ihr tun die Leute leid, die am Freitagabend anreisen und die »familiengeführte, einladende« Unterkunft erwarten, die auf den Gelben Seiten beworben wird. Wenn sie ihnen die Zimmer zeigt, bemerkt sie die Enttäuschung auf den Gesichtern, und sie fühlt mit ihnen, denn hätte sie die Wahl, würde auch sie gern aus diesem Haus auschecken.

Inzwischen verliert Nancy nicht mehr so viele Worte darüber, wo sie lebt, und das Zimmer mit eigenem Bad weckt keinen Stolz mehr in ihr. Genau genommen ist es mittlerweile ihr Job, die Badezimmer mit der altmodischen rosa Badkeramik zu putzen, und egal, wie viel Scheuerpulver sie benutzt, nie gelingt es ihr, die Kalkränder vollständig abzuschrubben.

Immerhin lernt sie bei der Arbeit eine Menge über andere Menschen. Bald bekommt Nancy ein Gespür für die Handelsvertreter, die sie ein bisschen zu dicht streifen, wenn sie den Putzeimer die Treppe hinaufträgt. Aber sie sieht auch schöne Dinge, und ihr fällt auf, dass in größeren Familien oft ein unbeschwerterer Umgang herrscht. Sie beobachtet Kinder, die mit aufgestützten Ellbogen am Tisch sitzen, die sich gegenseitig necken – sogar die Eltern –, und doch wird nicht geschimpft. Es muss irgendwie damit zu tun haben, Geschwister zu haben, mutmaßt sie.

Allerdings sind die fröhlichen Familien dünn gesät, denn die meisten Gäste sind enttäuscht vom *Beaufort*. Sie bemerken, dass die Wasserhähne tropfen und es in den Heizungsrohren klopft und knackt, wenn sich das System um sechs Uhr morgens einschaltet. Und dass man in Zimmer drei nur dann die Fernsehnachrichten auf Channel 4 ansehen kann, wenn man die Antenne zum Fenster richtet.

Sogar Paare, die für einen romantischen Kurzurlaub anreisen, geraten am Ende aneinander und beschuldigen sich gegenseitig, diese Absteige ausgesucht zu haben. »Keine Rückerstattungen«, wird zum ständig wiederholten Mantra ihres Vaters, wenn er an der Durchreiche zur Küche steht, die gleichzeitig sein Büro darstellt. »Seien Sie froh, dass Sie nur fürs Wochenende hier sind«, will Nancy ihnen sagen. Mit sechzehn muss sie noch zwei Jahre in diesem Haus ausharren, bevor sie sich an die Uni flüchten kann.

Niemand aber ist bitterer enttäuscht über das Leben im *Beaufort Bed and Breakfast* als Nancys Mutter Theresa. Als Theresa selbst sechzehn war, war auch sie ein aufgewecktes Mädchen. Aber das war 1966, und kein Lehrer hatte ihr gegenüber das Wort »Universität« auch nur in den Mund genommen. Stattdessen war sie wie die meisten ihrer Freunde – und vor ihnen die Eltern – zum Arbeiten in die ortsansässige Fabrik gegangen, die Flugzeugteile produzierte. Der einzige Unterschied war, dass Theresa in der Buchhaltung arbeiten durfte, weil sie die Schule überraschend gut abgeschlossen hatte. Es war eine untergeordnete Stelle, aber eine mit Perspektiven, und Theresa galt, obwohl sie ein Mädchen war, als »vielversprechend«.

Doch alles wurde schlagartig anders, als Theresa mit siebzehn zu einer Tanzveranstaltung des Rotary Clubs ging. Dort lernte sie einen Mann namens Mike Jebb kennen, von dem es hieß, dass er das *Bed and Breakfast* seiner Eltern übernehmen würde, und der als guter Fang galt. Unter dem Silberschimmer der gemieteten Discokugel wirbelte Mike Theresa zu dem Lied *Everlasting Love* wieder und wieder herum, und ihr Schicksal war besiegelt. In aller Hast heirateten Theresa und Mike, und keine sieben Monate später kam – »Überraschung!« – Nancy auf die Welt.

Als Nancy Teenagerin ist, gibt sich ihre Mutter wenig Mühe zu verheimlichen, wie sehr es ihr zusetzt, dass ihr Leben derart eingeschränkt wurde. Theresa hat klare Ansichten über Jungs, Ansichten, die sie Nancy regelmäßig kundtut. Jungs sind schmutzig, sie sind hinterhältig, und sie tun und sagen alles, was nötig ist, um an Nancys Unterhose zu kommen. Unter allen Umständen muss sie sich von ihnen fernhalten, andernfalls »ruiniert sie ihr Leben, und zwar endgültig«.

Außerdem hat Theresa die Angewohnheit, Gehässigkeiten von sich zu geben und umgehend das Zimmer zu verlassen, sodass man keine Chance hat, etwas darauf zu erwidern. »Du warst ein Unfall«, erklärt sie Nancy an einem Sonntagabend, als sie gemeinsam vor dem Fernseher sitzen. »Hast mich für immer an diesen Kloß gebunden.« Sie deutet auf Nancys Vater, der im Sessel schläft, und verschwindet dann in die Küche, als sei nichts geschehen.

Nancy, die das nicht zum ersten Mal hört, seufzt und wendet sich wieder dem grinsenden Sid James und Barbara Windsor im Fernsehen zu. Nancy weiß auch, dass ihre überstürzte Geburt – ein Notkaiserschnitt – der Grund ist, warum sie Einzelkind geblieben ist. »Die Ärzte waren so in Eile, sie haben in mir herumgewühlt und die Eileiter beschädigt«, hat ihr Theresa voller Verbitterung erklärt.

Manchmal sagt Theresa diese Sachen direkt zu Nancy, öfter aber zu Aunty Annette. Theresa und ihre Schwester Annette sitzen gern am Küchentisch, rauchen Rothmans und reden über ihre nichtsnutzigen Ehemänner und den Marktpreis für Fleisch, und warum Bettlaken aus Polyester eine günstige Alternative für das *Bed and Breakfast* sind.

»Dir stehen so viele Möglichkeiten offen, Nancy«, fährt

ihre Mutter fort, als sie wieder ins Wohnzimmer hereinschneit. »Ich hatte das nie. Also lass dir ja kein Kind andrehen. Das wäre das Ende.«

Nancy schaltet die Komödie im Fernsehen aus und verdrückt sich hinauf in ihr Zimmer, wo ihre Bücher auf sie warten. Wenn sie die Prüfungen besteht und anschließend den höheren Abschluss draufsetzt, kann sie es weit bringen – das sagen alle Lehrer. Doch als Nancy die Treppe hinauftrottet, spürt sie, wie ihr Theresas Worte dicht auf den Fersen folgen.

An Abenden wie diesen empfindet sie die düstere Stimmung ihrer Mutter geradezu körperlich, eine gelbe Wolke, die sich in den Ecken der bescheidenen Räume zusammenbauscht, unter dem Esstisch hervorquillt und unter Nancys Zimmertür hereinwabert. Wenn diese gelbe Wolke das Haus ausfüllt, dann behält Nancy ihre Gedanken wohlweislich für sich, denn die bleischwere Präsenz würde sie nur ersticken und auslöschen.

Es gibt nur eines, was dazu beiträgt, dass die Wolke sich lichtet – nämlich wenn Nancy sich vorstellt, sie sei jemand anders, wenn sie schauspielert. Das Leben in einem *Bed and Breakfast* hat ihr beigebracht, zu heucheln und zu täuschen. »Guten Morgen, was für ein schöner Tag!« »Oh, das tut mir leid, ich schau mir den Fernseher in Zimmer drei gleich an.« »Heizungsgeräusche? Nein, ich glaube nicht, dass es da ein Problem gibt.« In diesem Schuljahr aber hat die Englischlehrerin die Klasse aufgefordert, Theaterstücke laut vorzutragen.

Nancy liebt das Gefühl, ihr Ich abzustreifen und eine neue Identität auszuprobieren. Während die Klassenkameraden sich verhaspeln oder mit monotoner Stimme vorlesen, empfindet Nancy die Aufgabe als ganz einfach. Sie muss nichts tun, als sich als jemand anders auszugeben, und stellt fest, dass sie das ziemlich gut kann.

Heute Abend prägt sie sich für das Probeexamen in der

nächsten Woche Zitate aus *Othello* ein. Sie schreibt ihren Lieblingssatz ins Schulheft: »O hüte dich, mein Herr, vor Eifersucht: Sie ist das grünäugige Ungeheuer, das das Fleisch verhöhnt, von dem es sich nährt.«

Nancy ahnt, dass der tiefere Grund für Theresas Attacken darin liegt, dass ihr die Mutter die rosigere Zukunft neidet. Bald wird sie das Elternhaus verlassen – ihre Intelligenz wird die Fahrkarte aus dieser scheinheiligen Stadt sein. Und sie hat keinerlei Absichten, die Fehler ihrer Mutter zu wiederholen.

SECHS

Georgie

»Susan« steht auf dem Namensschild der Schaffnerin, und dass sie gerne bereit ist zu helfen. Susan hat Georgies Fahrkarte schon kontrolliert, aber als der Zug langsam in den Bahnhof Paddington kriecht, taucht sie noch einmal auf und beugt sich verschwörerisch flüsternd zu Georgie hinunter. »Können Sie in London irgendwo unterkommen, falls Sie dort festsitzen sollten?«, fragt sie.

Georgie schüttelt den Kopf. »Ich muss rüber nach Euston für den Nachtzug nach Schottland«, sagt sie. Nicht, dass es Susan etwas angeht.

»Ja, so was hatte ich von Ihrem Ticket in Erinnerung«, meint Susan und lässt den Blick links und rechts über den Waggon schweifen. »Aber ich glaube nicht, dass Sie heute Abend noch aus London rauskommen, meine Liebe. Morgen wird gestreikt, und die Züge aus Euston und King's Cross werden schon jetzt eingestellt. Es herrscht ein Riesendurcheinander. Unser Team hofft, dass wir den Zug schnell wenden können und zurück nach Exeter kommen. Ich würde Ihnen raten, sitzen zu bleiben und mit uns zurückzufahren.«

Das ist unmöglich. Georgie muss morgen früh in Schottland sein. Sie spürt, wie sich in ihrem Innern eine Leere ausbreitet. Sie hat gerade mal London erreicht, und schon fällt ihr sogenannter Plan in sich zusammen.

Fünf Minuten später, als der Zug in die dunkle Höhle des Bahnhofs Paddington einfährt, macht Susan eine offiziellere Durchsage. »Leider müssen wir Ihnen mitteilen, dass es derzeit keine Anschlussverbindungen von den anderen Londoner Hauptbahnhöfen gibt. Auch die U-Bahnen und Busse verkehren möglicherweise nur eingeschränkt. Der Streik ist Teil eines andauernden Arbeitskampfs. Wir bedauern etwaige Unannehmlichkeiten.«

In Georgies Waggon herrscht eine Sekunde lang Stille, wie ein gemeinsamer, synchroner Atemzug – dann bricht Tumult aus. Überall um sie herum holen die Leute ihre Handys heraus und telefonieren. Sie zerren Koffer von den Ablagen und stellen sich im Gang auf, um als Erste auszusteigen. Es wird geflucht und gestöhnt, und die Leute reden davon, dass die Taxi- und Uberpreise schon jetzt doppelt so hoch sind wie üblich.

Jemand stützt seine Hand schwer auf Georgies Kopfstütze und klemmt dabei ein paar ihrer Haarsträhnen ein. Georgie sitzt reglos da und verkneift es sich, die Haare darunter hervorzuziehen. Soll sie tun, was Susan vorgeschlagen hat, und sitzen bleiben und abwarten, bis sich der Zug mit einer neuen Ladung wütender Passagiere füllt? Still und heimlich nach Hause zurückkehren und die ganze dumme Idee vergessen?

Sie malt sich ihre Küche aus, so wie sie sie zurückgelassen hat. Die einsame Tasse auf der Arbeitsplatte. Daneben der Unterteller mit den ausgedrückten Teebeuteln. Vier Tage Warterei, bis sie das Scharren von Wilfs Schlüssel im Türschloss hören wird.

Es herrscht Gedränge und Geschubse, während die Leute auf die Zugtüren zustreben, aber Georgies Haar ist immer noch unter der Hand des Fremden eingeklemmt. Sie fällt eine Entscheidung. Mit einem Ruck reißt sie sich los, streicht sich das Haar hinter die Ohren und steht auf. »Ich bin schwanger, bitte lassen Sie mich durch«, sagt sie. Und erstaunlicherweise kommen die Leute der Aufforderung nach.

Eine Stunde später sitzt Georgie auf einer Bank im Bahnhof Paddington. Auf der Anzeigetafel für die Abfahrten verkünden Reihen flackernder orangefarbener Buchstaben immer dasselbe: fällt aus, fällt aus, fällt aus. Susan war zu optimistisch, auch ihr Zug zurück nach Exeter wurde gestrichen, und der Bahnsteig ist voller Menschen, die Koffer und Kinder hinter sich herzerren und vom Café zur Bahnhofshalle, vom Bahnsteig zum Taxistand hetzen und zunehmend panisch in ihre Handys brüllen. »Keine Züge, nein, gar nichts …« »Die Leute prügeln sich um die Taxis …« »Ich sage doch, dass die U-Bahnen nicht fahren. Genauso wenig wie die Busse.«

Georgie ist merkwürdig gleichmütig, hin und wieder tätschelt sie ihren Bauch und nippt an einem Kakao, der so süß ist, dass ihr die Zähne davon wehtun. Sie hat sich fünfzehn Minuten lang für dieses Getränk angestellt, also will sie jeden Schluck genießen. Es ist unerwartet tröstlich zu beobachten, in was für ein Durcheinander das Leben aller anderen geraten ist: Es gibt ihr das Gefühl, nicht so allein zu sein.

Das Baby unter ihrer Hand ist wach und stößt sich an dem zunehmend knapper werdenden Raum. Während sie also dasitzt, summt Georgie ein Wiegenlied, eines, an das sie sich nur vage erinnert, aber das ihr immer wieder in den Kopf kommt, über Spottdrosseln und Diamantringe, und es scheint sie beide zu beruhigen.

Doch sie kann hier unmöglich die ganze Nacht sitzen bleiben, also scrollt sie durch ihre Kontakte und fragt sich, ob sie Tanya, eine alte Trinkkumpanin, anrufen soll. Oder Lisa, die in Dulwich wohnt. Aber sie gehören zu einem anderen Leben, eines, das Georgie ganz bewusst hinter sich gelassen hat.

Das merkwürdige Klingeln in den Ohren ist wieder da, ein Zeichen von Müdigkeit und Schwindel. Schwangerschaftsvertigo, sagt sie sich. Und niedriger Blutdruck, beides vollkommen normal.

Am anderen Ende der Bank sitzt ein Mädchen im Teenageralter und spricht in ihr Handy. Sie wischt sich eine Träne von der Wange und nickt zu dem, was jemand am anderen

Ende der Leitung sagt. »Ja, okay. Ich warte hier. Danke, Mum.« Es muss schön sein, jemanden zu haben, auf den man sich stützen kann, denkt Georgie.

Es ist neun Uhr abends, und im Grunde bleibt ihr nur eine Möglichkeit. Noch einmal blättert sie durch ihre Kontaktliste, kehrt zurück an den Anfang des Alphabets, zu D für Dan, ihren Bruder, mit dem sie seit zwei Jahren nicht mehr gesprochen hat.

Sie hat es hinausgeschoben, weil der Moment, in dem sie seine Stimme hört, beide in jene düsteren Ereignisse von vor zwei Jahren zurückwerfen wird, die Georgie so dringend zu vergessen versucht. Sie bringt es kaum über sich, aber ihr bleibt keine andere Wahl. Sie drückt auf das grüne Anrufsymbol und holt Luft, halb hoffend, dass sich die Mailbox einschaltet.

Dan nimmt beim zweiten Klingeln ab. »Ja, hallo.« Er klingt fahrig, als habe er eben erst aufgelegt und noch nicht registriert, mit wem er spricht.

»Dan«, sagt sie. »Ich bin's. Georgie.«

Fest presst sie das Handy ans Ohr und hört nichts als Schweigen. Sie weiß, was in einer Sekunde geschehen wird – ihr Bruder wird das Telefonat beenden und das Handy anschließend auf stumm schalten. Bei ihrer letzten Begegnung hat Dan ihr deutlich zu verstehen gegeben, dass er sie nicht mehr sehen wolle.

Bevor er sie abwürgen kann, redet sie weiter. »Es geht um Mum«, sagt sie. »Ich habe sie gesehen, Dan. Mum ist wieder da.«

SIEBEN

Georgie

Zwei Jahre lang hatten sie keinerlei Kontakt, aber nun kommt Dan und holt sie ab – jedenfalls hat er das gesagt. Am Telefon hatte sie angefangen, ihm die Geschichte von einem vermissten Kind zu erzählen, das gerettet wurde, und hatte ihm dann, weil ihr klar war, wie wenig Sinn das alles ergab, per WhatsApp das Foto der verwahrlosten Frau im Mantel geschickt. Da hatte Dan verstanden.

»Ja«, hatte er langsam gesagt. »Ja, ich glaube, du hast recht. Ich komme, so schnell ich kann.«

Seine Stimme zu hören gab ihr das Gefühl, nach Hause zurückzukehren, in eine Zeit, als sie beide eine unverwüstliche Einheit gewesen waren. Bis zu jenem Moment, als Georgie die Verbindung unwiderruflich zerstört hatte. Jetzt aber hat Dan versprochen, herzukommen, und in Georgies Herzen regt sich Hoffnung.

Um sie herum hat sich die Menge gelichtet, und die leere Bahnhofshalle gibt ihr jetzt ein Gefühl von Verlassenheit, Beweis, dass alle anderen einen Ort haben, an den sie gehen können. Das Mädchen, das auf seine Mutter gewartet hat, ist vermutlich schon auf halbem Weg nach Hause, und die Tränen sind längst getrocknet.

Die Bahnhofsuhr zeigt 21:30 Uhr an, aber Georgie möchte noch ein wenig abwarten, bis sie nach draußen zum verabredeten Treffpunkt geht. Sie bemüht sich, nicht an ihre letzte Begegnung zu denken, an die Entschlossenheit, mit der Dan sich von ihr abgewandt hatte.

Den gesamten grauenvollen Tag über hatte er versucht, ihr

aus dem Weg zu gehen, aber schließlich hatte sie ihn doch gestellt, damit er ihr endlich zuhörte. Wortlos und voller Abscheu hatte Dan sie angesehen, ein Blick, der besagte: »Du bist tatsächlich sogar auf Finns Begräbnis betrunken?«, und ihr dann den Rücken zugekehrt. Sie hatte es nicht besser verdient – im Gegenteil. Doch der Graben, der sich zwischen ihnen aufgetan hat, schmerzt sie so sehr.

Sie ist zwei Jahre älter als ihr Bruder, aber Dan war immer für sie da. Er war der Vernünftige von beiden, wann immer Georgie Mist baute. Egal, wie spät es war, er fuhr an die Endstation irgendeiner U-Bahn-Linie, wenn sie im letzten Zug nach Hause eingeschlafen war. Als sie auf einem Festival war und ihr ganzes Geld, ihren Rucksack und sogar ihre Schuhe verloren hatte, war es Dan, der sie abholte. Bis vor zwei Jahren war er ihr Verbündeter gewesen.

Georgie geht zu dem Treffpunkt, den Dan genannt hat. In ihrem Kopf schwirren Bruchstücke aus den traurigen, schmuddeligen Zeiten, durch die Dan und sie sich gegenseitig halfen und sich für das, was ihnen von der Kindheit blieb, aneinanderklammerten. Dann die guten Zeiten in ihren Zwanzigern. Vor Finn.

Sie rechnet damit, dass Dan etwas Schickes, Schwarzes fährt, einen Dienstwagen mit getönten Scheiben und edlen Ledersitzen. Und so ignoriert sie den himmelblauen VW Käfer aus den Siebzigerjahren, der in zweiter Reihe stehen bleibt. Erst als der Taxifahrer dahinter auf die Hupe drückt, sieht Georgie ein zweites Mal hin und erkennt Dan am Steuer. Sie macht die Beifahrertür auf, schiebt die Reisetasche auf die Rückbank und hievt sich auf den Sitz.

Dan schenkt ihr kaum einen Blick, sondern legt den Gang ein und fährt los. Erst als er an der nächsten Ampel stehen bleibt, wendet er sich ihr zu.

»Also. Du siehst ganz schön … schwanger aus«, sagt er.

»Ja, die achtunddreißigste Woche«, sagt sie munter.

»Wow. Das ging schnell.«

Sie weiß, dass ihr Vater und Irena Dan davon erzählt haben. Alle paar Wochen schickt Georgie ihnen aufgeräumte E-Mails, in denen Dinge stehen wie: »Das Baby ist jetzt so groß wie ein Pfirsich. Ich esse viel Blattgemüse.« Oder: »Haben am Wochenende einen wunderschönen Spaziergang im Grünen gemacht. Wilf ist auf der Suche nach einem geländegängigen Buggy.« Manchmal sind die Nachrichten faktenbasiert, manchmal kopiert sie, was kompetentere zukünftige Mütter in Internetforen schreiben.

Irena schreibt im Namen beider ebenso aufgeräumte Nachrichten zurück. »Danke für die Neuigkeiten. Frank freut sich darauf, Großvater zu werden.«

»Schnell? Ja, irgendwie schon«, antwortet sie. »Obwohl es mir manchmal so vorkommt, als sei ich schon ewig so. Ich kann mich kaum noch erinnern, wie das Leben vorher war.«

»Na ja, ist vermutlich besser so«, erwidert Dan ruhig.

Georgie betrachtet die gläserne Welt der Londoner Straßen, den Schmutz auf den nächtlichen Bürgersteigen und die roten, vom Regen verwaschenen Leuchtreklamen der Geschäfte. Dans Bemerkung nimmt sie hin, denn im Grunde wünscht sie sich, dass er sie hier und jetzt abkanzelt und sie die Auseinandersetzung hinter sich bringen. Nur zu gerne will sie seinen Schmerz und Kummer auf sich nehmen, wenn es ihm damit besser geht.

»Na los, Dan, sag's mir ins Gesicht«, will sie sagen. »Sag mir, wie sehr du ihn vermisst, wie sehr es wehtut. Ich kann mich nicht schlechter fühlen als ohnehin schon. Sag mir, dass du mich verabscheust. Weil ich dir deinen besten Freund weggenommen habe, er dann gestorben ist und es meine Schuld war.«

Aber sie tut es nicht. Das, was mit Finn passiert ist, darf nicht den Anlass überschatten, der Georgie heute Abend hierhergeführt und Dan dazu gebracht hat, sie abzuholen.

Stattdessen also lenkt sie das Gespräch zurück auf Kurs. »Das ist sie doch, oder? Sie lebt dort oben in Schottland.« Georgie ist sich nicht sicher, ob Dan sie gehört hat. Ihre Worte scheinen vom knatternden Motorengeräusch übertönt zu werden, und es macht es auch nicht besser, dass Dan fährt wie ein Kind beim Autoscooter, stoßweise Gas gibt und dann plötzlich wieder bremst. Es wirkt, als sei er es nicht gewohnt, dieses Auto zu fahren, und Georgie fragt sich, ob der himmelblaue Käfer so etwas wie eine Midlife-Crisis-Anschaffung ist. In dem Fall war es eine schlechte Wahl für einen Mann wie Dan, der über das Lenkrad gekrümmt ist, an das seine Knie beinahe stoßen.

»Dan«, sagt sie nachdrücklicher. »Was sollen wir machen?«

Er wirft ihr einen Blick zu, fährt kurzerhand an den Straßenrand und bleibt auf einer doppelten gelben Linie stehen, was ihm so gar nicht ähnlich sieht. Kopfschüttelnd zieht er sein Handy aus der Tasche. Er tippt auf das Bild, das Georgie ihm vorhin geschickt hat, und vergrößert es mit zwei Fingern, so wie sie es selbst vor wenigen Stunden getan hat.

Georgie wartet darauf, dass Dan in den Organisationsmodus schaltet, die Kontrolle übernimmt und ruhig erklärt, was sie als Nächstes tun werden. Wahrscheinlich wird er gleich so etwas sagen wie: »Also, lass uns nichts überstürzen«, und dann die Polizei anrufen, um sich bestätigen zu lassen, dass diese merkwürdig gekleidete Frau wirklich diejenige ist, die vor zwanzig Jahren aus ihrem Leben verschwunden ist. So ist Dan: besonnen und vernünftig.

Doch er tut nichts dergleichen. Stattdessen tippt er den Namen der schottischen Insel in Google Maps und platziert sein Handy gewagt auf dem Getränkehalter, denn dieses Spielzeugauto ist nicht mit etwas derart Fortschrittlichem wie einem Navigationsgerät ausgestattet. Dann legt er den Gang ein, schaut kurz nach rechts und links und macht eine Kehrtwende.

»Dan«, sagt sie noch einmal. »Wenn du mich am Busbahnhof rauslassen willst, wäre das völlig in Ordnung.« Aber ihr Bruder sieht sie immer noch nicht an. Auf seinem Gesicht liegt grimmige Entschlossenheit, und er rast durch eine Seitenstraße, wobei er mit Sicherheit die Höchstgeschwindigkeit überschreitet. Als er endlich sein Schweigen bricht, spricht er genau die Gedanken aus, die Georgie am Nachmittag hatte. Seine Stimme ist gepresst.

»Sie ist wieder da – und wie es aussieht, schon seit einer ganzen Weile. Ich kann nicht fassen, dass sie als eine Art Einsiedlerin irgendwo am Arsch der Welt wohnt. Und das Kind von fremden Leuten rettet, als hätte sie keine eigenen Kinder. Verdammt noch mal.«

»Ich weiß«, flüstert Georgie. Sie klammert sich an die lederne Halteschlaufe, die sie über ihrem Sitz entdeckt hat, und fährt mit den Fingern über die akkurate Naht des Sattelstichs. Auf Dans Handy kann sie eine dicke, sich nordwärts windende blaue Linie erkennen. Sie lässt diese Unternehmung beinahe einfach aussehen. »11 Stunden, 20 Minuten (551 Meilen)« steht auf dem Display.

»Wir müssen dort sein, bevor sie wieder abhaut. Womöglich ist sie schon weg«, sagt er. Er klingt so unbeugsam und selbstsicher, vermutlich agiert er bei der Arbeit genauso, wenn er in seinem gläsernen Büro mit Blick über die Themse im Drehstuhl sitzt.

»Wir müssen die ganze Nacht durchfahren, aber das kriegen wir hin, oder?«, fragt er.

»Ja. Ich denke, es bleibt uns nichts anderes übrig.«

Es ist das erste Mal in zwanzig Jahren, dass sie harte Fakten über ihre Mutter in der Hand haben, seit sie Georgie und Dan an jenem Montagmorgen zur Schule verabschiedete und dann spurlos verschwand. Die beiden identischen Postkarten aus einem exotisch und fern klingenden Land mit dem Bild eines Tigerbabys vorne drauf, die sie und Dan ein

Jahr später bekamen, will Georgie nicht wirklich gelten lassen. Sie hatte sich ihre Postkarte geschnappt und war zum Lesen in ihr Zimmer gegangen. Doch die Nachricht war so kurz, dass sie sich gefragt hatte, wozu sich Nancy überhaupt die Mühe gemacht hatte. Noch enttäuschender war, als sich herausstellte, dass auf Dans Karte exakt dasselbe stand.

Die Buchstaben waren noch nicht einmal miteinander verbunden, als sei Nancy dabei, das Schreiben neu zu lernen. Und es ergab überhaupt keinen Sinn. War es eine verschlüsselte Nachricht? Oder hatte jemand neben Nancy gestanden und ihr den Text diktiert?

»Die Tiere hier haben einiges durchgemacht. Ich denke an euch in England. Ich vermisse euch jeden Tag. Hoffentlich sehen wir uns bald xxx«

Damals hatte Georgie das Bild auf der Vorderseite lange betrachtet und versucht, eine Bedeutung darin zu erkennen. Ihr Vater hatte ihnen die Sache erklärt: Nancy war ins Ausland gegangen, um etwas für die bedrohte Tierwelt zu tun. »Sie war doch schon immer so tierlieb«, meinte er. Und die merkwürdige Handschrift? »Bestimmt wollte sie sichergehen, dass ihr es lesen könnt. Sie hatte ja schon immer eine etwas unsaubere Schrift.«

Aber Georgie wusste nicht, ob sie ihm glauben sollte. Nancy hatte nie ein ausgeprägtes Interesse an Tieren bekundet. Sie hatten nicht einmal ein Haustier. Und Georgie hatte die Schrift ihrer Mutter immer problemlos lesen können. Nachdem ihr niemand eine bessere Erklärung liefern konnte, steigerte sich Georgie in die Überzeugung hinein, dass Nancy entführt und mit Gewalt in dieses Land namens Thailand verschleppt worden war. Und sie hatte eine ziemlich genaue Vorstellung, wer dafür verantwortlich war.

In den darauffolgenden Nächten hatten Dan und sie flüsternd beratschlagt und hatten schließlich einen Plan geschmiedet. Als Dreizehnjährige war er ihr absolut vernünftig erschienen. Dan und sie wollten ebenfalls abhauen. Sie würden hinfliegen und ihre Mutter retten.

Immerhin packten sie einen Koffer, den sie unter Georgies Bett versteckten. Dans Aufgabe war es, ihre Pässe zu finden, und Georgie sollte die Kreditkarte ihres Vaters stehlen. Sie hatten alles genau ausgetüftelt. Doch Wochen verstrichen, und irgendwie machte keiner von beiden den Anfang. Sie waren sich einig, dass der Poststempel auf den Ansichtskarten ziemlich schwer zu entziffern war und demnach nicht eindeutig war, wohin sie eigentlich mussten. Außerdem gab Dan zu bedenken, dass ihre Mutter womöglich schon weitergereist war.

Dann brachen die Sommerferien an, und Georgie brauchte ihre Sommerkleider, also packte sie den Koffer wieder aus und legte, ohne ein Wort darüber zu verlieren, Dans zusammengelegte Shorts und T-Shirts zurück in die Schubladen in seinem Zimmer. Ihre Rettungsfantasien versandeten, weil sie beide die Wahrheit kannten: Ihre Mutter war fort und würde nie mehr wiederkommen.

Nun aber, als sie in dem himmelblauen Auto durch Londons Straßen rasen, fühlt es sich an wie eine Reise in die Vergangenheit, damals, als Dan und sie eine Einheit waren und durch Geheimnisse verbunden, die nur sie beide verstanden. Endlich führen sie die Mission ihrer Kindheit aus – auf die Suche nach ihrer verlorenen Mutter zu gehen, die offensichtlich doch nicht in einem moskitoverseuchten Dschungel oder im Drogenrausch auf einer Strandparty gestorben ist. Irgendwann ist sie in dieses Land zurückgekehrt und hat es nur unterlassen, ihren Mann und ihre Kinder darüber zu unterrichten.

Während Dan über die Stadtautobahn prescht, kehren Georgies Lebensgeister zurück. Sie öffnet das Fenster einen Spalt und atmet die kalte, benzingeschwängerte Luft ein. Es kommt ihr so vor, als wäre sie die letzten Monate in ein Laken gewickelt gewesen, das sie ihrer Vergangenheit gegenüber taub und der Zukunft gegenüber unsicher gemacht hat. Jetzt aber rast sie dieser Vergangenheit und den Erinnerungen entgegen, die sie so lange in Schach gehalten hat.

Hin und wieder wirft sie ihrem Bruder einen Blick zu. Im Schein der Straßenlaternen kann sie erkennen, dass sein Kinn jene entschlossene Haltung angenommen hat, die sie so gut kennt. Sie beide sind weit davon entfernt, wieder Freunde zu sein, aber immerhin ziehen sie diese Sache gemeinsam durch. Und dafür ist sie dankbar.

Schließlich bricht Dan das Schweigen, und bei seinen Worten dreht sich ihr der Magen um.

»Was ist mit Dad?«, fragt er. »Sollen wir ihm sagen, dass sie wieder da ist?«

Irgendwie geht ihr das zu weit – als würde damit die Blase ihres Kindheitsabenteuers zerplatzen. Würden sie ihrem Vater davon erzählen, bekäme die Sache einen offiziellen Anstrich, und sie gäben die Verantwortung ab.

»Nein, lieber nicht«, antwortet sie behutsam. »Lassen wir ihm noch eine Weile seinen Frieden. Bis wir Genaueres wissen.« Es ist unwahrscheinlich, dass ihr Vater den Sturm in den sozialen Medien verfolgt hat – er kann diesen Unsinn nicht leiden.

Mittlerweile führen Frank und Irena ein schönes, ruhiges Leben in Redhill, vermutlich ebenjenes Leben, das er sich immer gewünscht hat. Golfspielen am Sonntag. Ausflüge in das Gartencenter, wo man an Wochentagen mit der Kundenkarte einen Nachlass auf das Mittagessen bekommt. Ein Leben, das sich grundlegend vom Chaos der Jahre mit Nancy unterscheidet.

Georgie hat jahrelang versucht zu verstehen, warum ihre Mutter sie verlassen hat. Womöglich aber ist das eigentliche Rätsel, was Frank und Nancy ursprünglich zueinanderführte.

ACHT

Nancy, 1986

»NA, WEN HABEN WIR DENN DA?«

Das erste Mal sieht Nancy Frank Brown in der Bar der Studentenvereinigung. Es ist das Ende der Orientierungswoche an der Uni, es ist laut und spät, und alle sind eifrig damit beschäftigt, Cliquen zu bilden. Irrtümlicherweise ist sie in einer Upperclass-Gruppe gelandet, Mädchen mit perfekten Zähnen und einem wohlgenährten Äußeren, das von Perlenketten und schimmerndem Lippenstift abgemildert wird. Camilla ist im Sommer von einer griechischen Insel zur anderen gereist, und Izzie hatte als Au-pair Spaß in Frankreich.

Nancy hat den Sommer genauso zugebracht wie alle anderen davor und im *Beaufort* gearbeitet: Betten gemacht, Badezimmer geschrubbt, mit einem feuchten Tuch über die Teppiche gefahren, damit es aussieht, als habe sie gestaubsaugt. Ihren neuen Freundinnen gegenüber erwähnt sie das nicht. Sie stammen aus Barnes und Hampstead und wirken ratlos, als Nancy sagt, dass sie aus Lincolnshire kommt, weil ihnen nicht ganz klar ist, wo das überhaupt liegt.

Sie hat nicht damit gerechnet, dass es an der Uni so zugehen würde. Sie hat so hart darum gekämpft, hier zu sein und das Kleinstadtvolk hinter sich zu lassen, das samstagabends im *The Plough* abhängt, trinkt, am Glücksspielautomaten spielt und hinterher auf dem Parkplatz knutscht. Aber bislang sind ihr nur Menschen begegnet, die gar nicht so anders wirken, wenn man davon absieht, dass sie einen geschliffenen Akzent haben und Gin Tonic trinken statt Bier mit Cider.

Sie hatte sich das Studentenleben aufregender ausgemalt: nächtelange Diskussionen über Method-Acting und das Durchbrechen der vierten Wand. Im Zimmer von irgendwem sitzen und einen Joint gereicht bekommen, als sei nichts dabei. Bislang aber kommen Camilla und Izzie einfach nur gern hierher zur Studentenvereinigung, um Gin zu trinken und Jungs zu begutachten.

Genau genommen interessieren sie sich gar nicht fürs Theater. »Es war das Fach, in das man am einfachsten reinkommt«, erklärt Camilla. »Besser als Kunstgeschichte. Denk nur an die ganzen Jahreszahlen!« Gequält wedelt sie mit den Händen.

»Beim Vorsprechen habe ich einfach nur daran gedacht, wie es war, als unser Spaniel Monty eingeschläfert werden musste«, erzählt Izzie. »Da kamen die Tränen ganz von selbst.« Camilla nickt, und Nancy tut es auch – »Der arme Monty« –, aber ihr ist klar, dass sie niemals zu diesen Mädchen gehören wird.

Nach fünf derartigen Abenden blickt Nancy also auf die Uhr und überlegt, ob es zu früh ist, zurück ins Wohnheim zu gehen. Da sieht sie ihn. Während alle verzweifelt darum bemüht sind, dazuzugehören, steht Frank allein an der Bar, klopft eine Zigarette aus der Schachtel und zündet sie sich mit einem Blick in die Runde an. Er gibt nicht vor, sich für Spaniels oder fürs Skifahren zu interessieren. Dieser Typ ist mit sich selbst im Reinen.

Sie hat Frank nie erzählt, dass er ihr an diesem Abend aufgefallen war. Die Geschichte, die in den folgenden Jahren wiedergegeben wurde, lautete, dass Nancy und Frank sich bei einer allgemeinen Einführungsveranstaltung kennenlernten, zu der er zu spät kam, und der einzige freie Platz war neben Nancy.

In dem überheizten Vorlesungssaal, in dem sich wegen eines Planungsfehlers sowohl die Studenten der Geisteswissenschaften als auch der Naturwissenschaften drängen, rutschen die Leute schon unruhig auf den Sitzen herum. Wahrscheinlich wünschen sich viele, sie wären gar nicht erst gekommen, denn vorn ist nichts zu sehen als ein auf die Leinwand projiziertes altes Gemälde. Es ist das etwas schwülstige Porträt einer Frau mit langem rotbraunem Haar und geschlossenen Augen. Am Pult unter der Leinwand steht ein kleiner Mann mit Spitzbart, der seine Unterlagen sortiert.

Camilla beugt sich zu Nancy und flüstert: »Ooh, das kenn ich – das ist von Rossetti.« Doch Nancy beachtet Camilla nicht. Sie versucht, einen Blick von dem Jungen zu erhaschen, der sich gerade zu ihrer Linken hingesetzt hat. Wenn sie den Kopf ein wenig neigt, kann sie ihn dabei beobachten, wie er einen Notizblock und zwei Stifte akkurat vor sich platziert.

Vorn im Saal räuspert sich der Dozent und wartet ab, dass Ruhe einkehrt. Dann beginnt er. »Lizzie Siddal. Porträtiert von Dante Gabriel Rossetti«, sagt er mit einer hohen, näselnden Stimme, und Camilla stößt ihr hart in die Rippen.

»Sie war Rossettis Muse. Zumindest eine von ihnen.« Der Dozent sieht auf und lässt den Blick über die Reihen schweifen. »Sie war sein Antrieb, schöpferisch zu wirken. Genauso braucht jeder Einzelne von uns hier im Saal eine Muse.« Mit langsamen, bedächtigen Schritten geht er von einer Seite des Saals zur anderen. »Einen Grund, schöpferisch zu sein. Einen Grund, hier zu sein.«

Camilla beugt sich zu Nancy. »Gerry Mac. Theaterwissenschaft«, teilt sie ihr mit. »Mit sehr guten Beziehungen. Hat früher im West End gespielt. Ich habe gehört, er kennt Leute in Hollywood.«

Gerry Mac bleibt stehen. »Wir alle haben unsere Beweggründe, hier zu sein. Manche …« Hier legt er eine Pause ein. »Manche treibt vielleicht weniger die Leidenschaft an, möglicherweise war das hier nicht die erste Wahl, sondern sie sind auf einen freien Studienplatz nachgerückt.« Es ertönt verlegenes Gelächter, und Nancy verkneift es sich, Camilla ihrerseits anzustoßen.

»In den kommenden drei Jahren werden Sie Zeiten erleben, die Ihnen einiges abverlangen«, fährt er fort. »Dann werden Sie an Ihren Prüfstein zurückkehren müssen. Ihren Antrieb, hier zu sein. Ihre Muse oder Motivation.«

Nancy rutscht auf ihrem Sitz nach vorn. Das hier klingt schon eher nach dem, was ihr vorschwebt: ein Schlachtruf an Kreative und Intellektuelle, Menschen wie sie, die hier sind, um etwas zu lernen. Die ihr Leben verändern wollen.

»Möchte jemand von Ihnen erzählen, aus welchem Grund Sie hier sind?« Gerry Mac mustert das Meer an Gesichtern. Er zieht eine Augenbraue hoch, und ein vages Lächeln zuckt auf seinen Lippen, sodass die Schnurrbartenden zittern. Das Schweigen zieht sich hin.

Nancy erträgt es nicht. Ist denn niemand hier interessant oder mutig genug, um etwas zu sagen? Bevor sie es sich anders überlegen kann, hebt sie die Hand. Sie merkt, dass sie ein bisschen zittert, aber es ist zu spät, um einen Rückzieher zu machen, denn Gerry Mac blickt sie direkt an.

Einen peinlich langen Moment schweigt er, erst als er sicher ist, dass er die Aufmerksamkeit aller hat, sagt Gerry Mac: »Na, wen haben wir denn da?«

»Nancy Jebb«, antwortet sie mit heftig pochendem Herzen. »Englisch und Theaterwissenschaft.«

»Nun, Nancy Jebb Englisch und Theaterwissenschaft. Was führt Sie an diese Bildungseinrichtung in der schönen Stadt Norwich?«

»Ich möchte etwas lernen«, erwidert sie. »Meinen Horizont erweitern.«

»Ich bin sicher, es gibt eine Menge junger Männer, die Ihnen gerne diesen Gefallen tun werden.« Wieder wird höflich gelacht, und Nancy spürt, wie sie rot wird. Ihr ist unerträglich heiß, sie will hier raus, aber sie kann nicht, sie steckt hier fest. Rechts von ihr lacht Camilla mit den anderen, ihr lautes, tiefes Lachen, das Nancy in der vergangenen Woche schon zu oft gehört hat, und auf der anderen Seite ist der Junge, der ihr neulich abends aufgefallen ist.

Doch er lacht nicht mit den anderen. Er sitzt ganz still da und sieht kopfschüttelnd auf Gerry Mac hinunter.

Es geht weiter, Gerry Mac wechselt zum nächsten Dia mit einem Studienplan. Und dann zu einer Darstellung, die er eine Mindmap nennt. Aber Nancy ist viel zu beschämt, um ihren Schreibblock aufzuschlagen, geschweige denn irgendetwas mitzuschreiben.

Am Ende der Vorlesung steht sie auf und will nur noch weg. Frank macht einen Schritt zurück, um sie vorbeizulassen, aber als sie zur Bibliothek geht, holt er sie ein und läuft neben ihr her. Er ist so nah, dass sie das Shampoo riecht, das er am Morgen benutzt haben muss, etwas Scharfes, Zweckmäßiges.

Heimlich wirft sie ihm einen Blick zu und sieht, dass er ein Rugby-Shirt trägt, dessen Kragen nicht aufgestellt, sondern heruntergeschlagen ist, ihrer Ansicht nach ein gutes Zeichen. Vermutlich hat er sich heute Morgen auch rasiert, denn er hat sich am Kinn geschnitten, dort ist ein blutroter Ritz in seinem sonst recht hübschen Gesicht.

Er räuspert sich. »Ich wollte nur sagen: Was der Dozent vorhin gesagt hat, das ging gar nicht.« Es klingt, als nehme er es ihm ehrlich übel.

»Ach, der hat nur einen Witz gemacht. Ich hätte mich nicht melden sollen«, meint Nancy. Sie bleibt stehen und bindet ihr Haar mit einer Klammer zusammen.

»Trotzdem. Er hätte dich nicht bloßstellen dürfen. Das war

unprofessionell.« Seine Stimme klingt belegt, und es erfüllt Nancy mit Dankbarkeit, dass der Junge das bemerkt hat. Dass er zu den Menschen gehört, die den Unterschied zwischen richtig und falsch kennen.

Sie gehen einen Kaffee trinken, und sie erzählt ihm, wie sehr sie die Schauspielerei liebt und dass es ein Kompromiss ist, Englisch und Theaterwissenschaft zu studieren, weil ihre Eltern nicht erlaubt haben, dass sie nach London auf die Schauspielschule geht. »Sie haben gemeint, dort sind nur feine Pinkel und Wichtigtuer«, sagt sie. So aber kann sie einen akademischen Abschluss machen – etwas, worauf sie zurückgreifen kann, wenn es mit der Schauspielerei nicht klappt. Sie will ihren Eltern die Illusion nicht nehmen und erzählen, dass es hier auch eine ganze Menge feiner Pinkel gibt.

Franks Eltern scheinen deutlich gebildeter zu sein. Seine Mutter ist Bürokauffrau, und sein Vater leitet ein Unternehmen, das medizinische Geräte herstellt. Sie unterstützen ihn in seiner Entscheidung, Informatik zu studieren. »Sie sind altmodisch, aber auf eine nette Art«, erzählt er Nancy.

Als sie und Frank sich drei Wochen später auf seine schmale Matratze legen, befindet Nancy, dass das auch eine passende Beschreibung für Frank ist. Altmodisch, aber nett. Hinterher ist sie froh, ihre Jungfräulichkeit los zu sein, auch wenn es nicht ganz so war, wie sie es sich vorgestellt hatte. Sie hatte damit gerechnet, dass Frank ein Feuer in ihr entfachen und sie von einem unaufhaltsamen Flammenmeer verzehrt würde. Stattdessen hat sie eine konstante, angenehme Wärme gespürt und Frank den feuchten Rücken getätschelt, als bedanke sie sich für einen ordentlich erledigten Job.

Später hilft Frank ihr beim Textlernen für einen Vorsprechtermin – sie will sich um die Rolle der Emilia in *Othello* bewerben.

»Gut gemacht, ganz toll«, sagt er und klatscht, als sie den Text perfekt wiedergibt. Nancy lächelt. Sie ist dem Kleinstadtleben und ihren kleingeistigen Eltern entkommen. Das Leben, das ihr zusteht, kann losgehen. Sie kann es kaum erwarten.

NEUN

Georgie

Seit ihrer Kindheit ist Dan derjenige von ihnen, der gut organisiert und tüchtig ist, der sich an Regeln hält, und Georgie die Zerstreute, Impulsive, die spontan agiert. Georgie weiß also, dass irgendwann die anfängliche Energieexplosion verpufft und man anfängt, sich zu fragen, ob die Idee tatsächlich so gut war, wie man dachte.

Bei Dan und ihr geschieht das nach etwa dreißig Minuten Fahrt. Das Schweigen zwischen ihnen nimmt eine zögerliche Note an, und Georgie ahnt, dass Dan seine Entscheidung bereut. Jetzt, wo er die Information über ihre Mutter hat, fragt er sich wahrscheinlich, ob er seine Schwester loswerden und die Reise allein fortsetzen kann. Georgie würde es ihm nicht verübeln, sie hat ihrem Bruder oft genug Kummer bereitet. Jetzt aber spürt sie, wie in dem kleinen Auto die Verbitterung anwächst, und sie sorgt sich über die Dinge, die er – oder sie – womöglich sagen werden.

Sie räuspert sich. »He, Dan.«

Er reagiert nicht, sondern tippt ungeduldig auf dem altertümlichen Autoradio herum, um die unangenehme Stille zu füllen. Er dreht die Lautstärke auf, und als Georgie die Eingangsakkorde von Steppenwolfs *Born To Be Wild* hört, erinnert sie sich daran, wie ihr Bruder McFly hörte, wenn er sich für die Rugbyspiele an der Schule fertig machte, und dass Green Day den Soundtrack zu seinen Abschlussprüfungen lieferte.

Früher spielte er auch selbst Gitarre, nicht mehr als ein paar geschrammelte Zweifingerakkorde, aber eine Zeit lang war er Feuer und Flamme. Schüchtern hatte er ihr seine Songs gezeigt. »Sie sind wirklich gut«, hatte sie gesagt und die Verse überflogen, die immer von unglücklicher Liebe handelten, von der Suche nach der Liebe oder vom Verlassenwerden ohne ein Wort des Abschieds.

Sie fragte nicht, ob es darin um ein Mädchen oder um die offensichtlichere Lücke in ihrer beider Leben ging. Sie tat so, als fiele ihr nicht auf, dass manche der Texte – und Akkorde – verdächtig nach Coldplay klangen. Stattdessen ermutigte sie ihn, denn so macht man das in der Familie. Für sie tat er dasselbe.

Als sie durch das Probeexamen für die Abschlussprüfungen fiel, schüttelte ihr Vater verzweifelt den Kopf. »Oh, Georgie«, sagte er. Der Oberstufenleiter sagte so etwas wie: »Was dachtest du denn? Du bist kaum je im Unterricht.« Mit seinen sechzehn Jahren aber war Dan eine größere Hilfe als alle zusammen. Er besuchte eine andere Schule, in der die Kinder frühzeitig darin geschult wurden, Prüfungen zu bestehen und in Bewerbungsgesprächen das Richtige zu sagen, und er wusste, wie er die Informationen unauffällig an Georgie weitergeben konnte.

Am Tag bevor sie die Kunstmappe für die Abschlussprüfungen abgeben musste, ließ er Abzüge von vielen ihrer alten Fotos machen, strich ihre Zeichnungen glatt und steckte sie in das Skizzenbuch. Später machte er behutsam den Vorschlag, dass ein Fotografie-Studium vielleicht eine gute Idee wäre, ließ sich ein paar Hochschulprospekte zuschicken und legte sie auf Georgies Bett. Als sie dann immer noch nicht ganz die richtigen Noten hatte, rief er die Zulassungsstelle an, um ein gutes Wort für sie einzulegen. Dabei gab er sich als ihr Vater Frank Jebb aus.

Auf diese Weise waren die beiden durch ihre Teenagerjahre gestolpert, Geschwister, aber gleichzeitig auch Ersatzeltern füreinander. Sie hatte Dan versichert, dass seine Baseballkappe wirklich cool war, und er hatte die Mädchen, die Georgie die kalte Schulter zeigten, als Zicken bezeichnet. Sie sagten einander die Dinge, die eine Mutter gesagt hätte.

Die Erinnerung an all das macht die Tatsache, dass sie und Dan an einem Punkt angekommen sind, an dem peinliches Schweigen herrscht und Worte unausgesprochen bleiben, noch schmerzhafter. Doch Georgie kennt den Grund. Dan hatte immer wieder Freundinnen und enge Freunde. Er ist mit Mandy verheiratet. Aber in all der Zeit gab es nur einen Menschen, der Dan wirklich verstand, und das war Finn. Er war Dans Fels in der Brandung, bis Georgie alles zerstörte.

Sie dreht den Kopf zum Fenster, doch das stellt sich als schlechte Idee heraus, denn sie fahren gerade über eine Art Brücke. Ein hinter dem Regenschleier verschwommenes Geländer zieht an ihr vorbei, flimmernd wie der Rand einer alten Filmrolle. Sie darf nicht nach unten sehen, denn sie weiß, was dort unten liegt – eine harte, glatte Oberfläche, die sie daran erinnert, wie verletzlich sie in dieser kleinen vorwärtsbrausenden Metallkiste sind.

Ohne dass Georgie so genau versteht, warum, überfällt sie plötzlich ein tiefes Grauen bei dem Gedanken daran, dass sie eines Tages alle nur mehr Staub und Knochen sein werden; sogar das in Fleisch und Flüssigkeit gebettete Baby wird irgendwann einmal zu nichts zerfallen.

Schwer wie ein Stein liegt ihr dieses Bewusstsein im Magen. Sie hat Schwierigkeiten, Atem zu holen, ihre Kehle verschließt sich um einen hauchdünnen Luftstrom. Sie sitzt reglos da und versucht sich vorzustellen, dass die Muskeln sich entspannen und die Luftzufuhr wieder ermöglichen. Um nicht von der Brücke hinunterzuschauen, hebt sie den Blick, konzentriert sich auf die Straßenlaternen, zählt die einzelnen giftgelben Vierecke ab und versucht, die Angst zu bannen.

Vage nimmt sie Dan neben sich wahr, der mit dem Kopf wippt, während er auf die Schnellstraße auffährt, doch Georgie fällt es immer schwerer, die Musik überhaupt zu hören. Das liegt nicht nur an dem brummenden Motor, vielmehr hat sie ein vertrautes Klingeln in den Ohren, das bald zu einem hohen, sirenenartigen Piepton verschmelzen wird. Die ganze Zeit behält sie die Augen offen, weil das Schwindelgefühl sonst nur noch schlimmer wird.

In der Kehle schmeckt sie Galle, und sie denkt: »Bitte nicht«, denn sie will sich definitiv nicht in Dans schnuckeligem blauen Auto übergeben.

Doch das Gefühl vergeht. Sie merkt, dass das Brückengeländer fort ist und sie wieder festen Boden unter sich haben. Ihre Ohren sind wieder frei, die Welt draußen stabilisiert sich und wirkt beinahe wieder normal.

Schwangerschaftsschwindel, erinnert sie sich. Ihr niedriger Blutdruck kommt vermutlich erschwerend hinzu. »Trinken Sie viel Wasser«, war der Rat ihrer Hebamme bei Georgies letztem Termin. »Und meiden Sie hohe Gebäude und Brücken.«

Sie fahren weiter. Das Gummi des Scheibenwischers schabt hin und her. Ab und zu meldet sich die Navigations-App zu Wort: »Sie befinden sich weiterhin auf der schnellsten Route.«

Georgie zwingt sich, das Schweigen zu brechen – um ihnen beiden den Grund ihres Unternehmens in Erinnerung zu rufen. »Denkst du, sie wird noch da sein?«, fragt sie. »Ich meine, sollten wir vielleicht bei der Polizei in Schottland anrufen und sie bitten, hinzugehen?«

»Das wäre das Dümmste, was wir tun könnten. Wenn vor ihrer Tür plötzlich ein Uniformierter auftaucht, haut sie womöglich ab. Und dann taucht sie wieder unter, und unsere Chance ist vertan.« Erneut dreht Dan das Radio lauter, um zu signalisieren, dass das Gespräch beendet ist.

Georgie wendet den Blick wieder auf die schwarze Straße vor ihnen, und ihr fällt ein, dass dieses Verhalten typisch für

Dan ist. Wann immer es Schwierigkeiten gibt, weigert er sich, sie anzuerkennen. Meistens schaltet er in einen vergnügten Modus und tut so, als sei nichts Schlimmes passiert. Oder er geht Laufen und schwitzt alles heraus, bestraft seinen Körper. Diesmal aber hat er sich zum Schweigen entschlossen.

Als Georgie klein war, sagten immer alle, wie ähnlich sie und ihre Mutter sich sähen, aber jetzt fragt sie sich, ob Dan Nancys ausgeprägteste Eigenschaft geerbt hat: die Fähigkeit, abzuschalten. Mag sein, dass Nancy vor all den Jahren genau das gemacht und einfach aufgehört hat, sich Gedanken zu machen. Vielleicht ist es gar nicht so schwer, dein Leben hinter dir zu lassen, wenn du nicht allzu viel darüber nachdenkst.

Georgie muss eingedöst sein, denn ein scharfer Schlenker und das mahlende Geräusch der Gangschaltung wecken sie. Sie macht die Augen auf und blickt in das grelle Licht einer Tankstelle. Ihr Mund fühlt sich schrumpelig an, und der Nacken schmerzt. Es ist 23:30 Uhr.

Nun wacht auch ihre Blase auf, und sie merkt, dass sie dringend aufs Klo muss. Kaum hat Dan die Handbremse eingelegt, ist Georgie schon draußen und marschiert, so schnell sie kann, in den Verkaufsraum. Sie schiebt die schmuddelige Tür mit der Aufschrift »Toiletten« neben dem Kühlregal auf. Auf dem Boden liegen feuchte Papierschlingen, die Klobrille sitzt schief auf der ungespülten Toilette. Ein scharfer Uringeruch liegt in der Luft.

Georgie bemüht sich, nichts anzufassen, und nimmt alle Kraft zusammen, um in der Schwebe über dem Toilettensitz zu bleiben. Doch in letzter Minute rutscht ein Fuß weg, ihr zusätzliches Gewicht bringt sie aus der Balance, und mit einem schmatzenden Geräusch landet ihr Hintern auf der Klobrille. Als sie aufsteht, erblickt sie ihr Spiegelbild. Gebückt, die große Unterhose an den Oberschenkeln, sieht sie mit ihrem dicken Kugelbauch aus wie ein Wesen von einem anderen Stern. Sie seufzt. Immerhin gibt es Toilettenpapier.

In der Warmhaltevitrine im Laden liegen ein paar nicht allzu frische, schwitzende Fleischpasteten, außerdem gibt es eine Kaffeemaschine. Georgie kauft zwei Pasteten und einen Kaffee für Dan und nimmt dann spontan noch eine große überteuerte Tüte Schokoladeneclairs mit. Um der alten Zeiten willen.

Zurück im Auto, gibt sie Dan eine Pastete und platziert die Tüte mit den Eclairs zwischen ihnen.

Dan breitet eine Papierserviette über seinen Schoß und bedeutet ihr, es ihm nachzutun. »Es wäre mir lieb, wenn das Polster sauber bliebe.«

Dann bemerkt er die Tüte mit den Eclairs. »Oh. Unser Lieblingsessen«, sagt er. Georgie empfindet es als eine winzige Versöhnungsgeste.

»Die Samstagvormittagsvorstellung im Odeon«, antwortet sie.

»Zuerst die Zeichentrickfilme, dann der Hauptfilm. So konnten wir uns für den ganzen Vormittag verdrücken.«

»*Spy Kids.*« Georgie kommt in Fahrt.

»*Shrek.*«

»Nicht zu vergessen der Klassiker *Snowdogs.*«

»Ja, stimmt. Ein besonders gelungenes Werk.«

Als Georgie vierzehn und Dan zwölf war, war es kurzzeitig eine Fluchtmöglichkeit gewesen. Sie saßen im Dunkeln und sahen sich Filme mit sprechenden Hunden und Happy Ends an, eine Atempause von den Geschehnissen zu Hause, wo ihr Vater versuchte, ein neues Leben mit Irena aufzubauen, und so tat, als hätte Nancy nie existiert.

Es ist schön, auf die Weise in Erinnerungen zu schwelgen, und Georgie wägt ab, ob sie einen Witz über Dans Talent als jugendlicher Liedtexter riskieren kann, doch da sieht sie, dass sich seine Miene verändert hat. Genauso schnell, wie er gekommen ist, ist der Moment der Nähe wieder verschwunden.

Ein Muskel an Dans Kiefer zuckt, Zeichen, dass er nervös oder wütend ist, und er streckt die Hand nach Georgies Abfall aus. »Ist lange her«, sagt er knapp. »Vergangenheit.«

Womöglich liegt es daran, dass es schon spät ist, aber bei genauerer Betrachtung wirkt Dan gealtert und abgekämpfter, als Georgie ihn in Erinnerung hat. Unter den Augen sind dunkle Ringe, und sein Haar wird schütter. Auf dem Hemd ist ein dunkler Fleck, etwas, wofür ihn Mandy sicher ziemlich scharf zurechtweisen würde.

Plötzlich kommt Georgie ein Gedanke, was diesen schnuckeligen babyblauen Siebzigerjahre-Wagen mit seinen Zierleisten aus Chrom und den Retroarmaturen angeht.

»Dan, ist das Mandys Auto?«, fragt sie.

Dan beschäftigt sich damit, die Serviette und anschließend die Papiertüte in ordentliche Vierecke zu falten. »Ist eine lange Geschichte«, sagt er nur, und Georgie ist klar, dass sie sie nicht zu hören kriegt.

Wieder überkommt sie das Gefühl, etwas verloren zu haben. Sie denkt daran, wie Dan ihr auf Finns Beerdigung den Rücken zukehrte und sich dann kerzengerade den Weg durch die schwarz gekleideten Trauergäste bahnte, um so viel Abstand wie nur möglich zwischen sie beide zu bringen.

Sie blinzelt ein paarmal, konzentriert sich auf die Schlangenlinie auf Dans erleuchtetem Handybildschirm, die besagt, dass sie noch zehn Stunden und zwölf Minuten Weg vor sich haben. Deswegen sind sie hier – nicht um über Finn zu reden, sondern um ihre Mutter zu finden. Und ihnen läuft die Zeit davon.

Georgie schnallt sich an und wartet darauf, dass der dröhnende Motor die Stille wieder ausfüllt, aber irgendetwas stimmt nicht. Nur ein dumpfes Klicken ist zu hören. Da kommt es wieder: klick, klick. Sie sieht zu Dan hinüber. Er dreht den Schlüssel in der Zündung, doch der Motor springt nicht an.

Plötzlich beginnt Dan zu fluchen, er fährt sich mit den Händen durch sein schütteres Haar, und am liebsten würde sie ihm sagen, dass er damit aufhören soll, weil er nicht allzu viel davon übrig hat. Ihm entfährt ein animalischer Laut, ein verzweifeltes Knurren.

»Gottverdammte Scheiße«, sagt er, die Hände vors Gesicht geschlagen.

»Was ist los?«

»Es muss am Anlasser liegen oder so. Zumindest hieß es das beim letzten Mal, als es passiert ist. Oder es sind die Zündkerzen. Irgendwas in der Art. Mandy dürfte es wissen.«

Sie haben ein Problem, trotzdem erscheint ihr Dans Reaktion übertrieben heftig. »Okay, rufen wir den Pannendienst«, schlägt Georgie vor.

»Das geht nicht«, sagt ihr Bruder, und seine Stimme klingt merkwürdig unbeteiligt. »Es ist ja nicht mein Auto.«

Georgies Vermutung, was dieses Spielzeugauto angeht, war also richtig. »Gut, dann ruf Mandy an. Ich weiß, dass sie schläft, aber sie versteht das bestimmt, wenn du ihr erklärst, wohin wir fahren. Sag ihr, du brauchst ihre Versicherungsnummer beim AA. Oder beim RAC, was weiß ich.« Sie mutmaßt, dass Mandy zu den Leuten gehört, die bei beiden Pannendiensten Mitglied sind, weil sie wie Dan zur Vorsicht neigt.

»Ne, das geht leider nicht.« Dan hat den Versuch, das Auto zu starten, aufgegeben. »Ehrlich gesagt habe ich sie nicht gefragt, ob ich das Auto leihen kann. Und ich bin nicht mitversichert.«

Darauf erwidert Georgie nichts, denn das ist genau die Art von dummer Leichtsinnigkeit, die typisch für Georgie war, als sie jung war, und nicht für Dan.

Bis zu diesem Augenblick war Georgie völlig vereinnahmt von den Dingen, die sie ihrem Bruder gegenüber nicht erwähnen kann – die tabu sind. Jetzt aber macht sie sich größere Sorgen um die Dinge, die Dan nicht anspricht. Was hat sich im Leben ihres Bruders ereignet, seit sie ihn vor zwei Jahren das letzte Mal gesehen hat? Irgendetwas stimmt hier nicht.

Sie blickt auf sein Handy hinunter, das auf dem Getränkehalter balanciert, auf die sich optimistisch nach Norden schlängelnde Linie. Ihre so langersehnte Rettungsmission – die Reise, über die sie als Kinder fantasiert haben – hat kaum begonnen, und schon ist sie zum Stillstand gekommen. Und Dan, der stets zuverlässige Dan, hat aufgegeben.

Mit verschränkten Armen und fest zugekniffenen Augen sitzt er da, die Beine rechts und links vom Lenkrad eingekeilt. Georgie betrachtet ihren runden Bauch. Sie spürt bereits, wie ihr die Kälte in die Zehen und Finger kriecht. Sie können unmöglich im Auto schlafen.

»Dan«, sagt sie. »Komm schon, das sieht dir gar nicht ähnlich.«

Er macht die Augen auf, starrt aber eisern an die Decke des Autos.

»Wir müssen uns ein Hotel suchen«, sagt Georgie. »Morgen früh überlegen wir, wie es weitergeht. Wir können schauen, ob die Züge wieder fahren, oder einen Bus nehmen. Dan, na los. So schnell dürfen wir nicht aufgeben.«

Er schürzt die Lippen. »Okay, Georgie.« Er spricht knapp und mit scharfer Stimme. »Okay, ganz, wie du willst. Denn es geht ja eh immer um dich. Was Georgie will, das kriegt sie auch.«

ZEHN

Georgie

Versteckt hinter der Tankstelle ist ein heruntergekommenes Motel im Achtzigerjahre-Stil, wo ihnen ein griesgrämiger Nachtportier voll Schadenfreude erklärt, dass er nur noch ein Doppelzimmer für sie hat. Wortlos folgt Georgie Dan den langen Korridor hinunter; die Neonröhren, Teppichfliesen und der von Raumspray nur ungenügend überdeckte Zigarettengeruch wirken auf deprimierende Weise vertraut. Als Dan die Schlüsselkarte an die Zimmertür hält, fällt Georgie ein, dass es sie an die Hotelgaststätten erinnert, die sie mit ihrem Vater zum sonntäglichen Bratenessen besuchten.

Nachdem Frank das alte Haus in London verkauft hatte, zogen sie in einen eher kleinbürgerlichen Teil von Surrey. »Einen Neuanfang«, bezeichnete er den Umzug nach Redhill mehrmals täglich, ein Ort mit Verkehrskreiseln und einem Einkaufszentrum, der zwar nicht wirklich auf dem Land lag, aber definitiv auch nicht mehr zu London gehörte. Wegen seiner Nähe zum Flughafen Gatwick gab es mehrere Motels im Umkreis von Redhill, in denen die Leute übernachteten, wenn sie einen frühen Flug erreichen mussten, und wo sie ihr Auto zu einem günstigen Tarif für vierzehn Tage parken konnten.

Franks Lieblingsetablissement lag an der Kreuzung dreier Hauptstraßen nicht weit von ihrem neuen Haus entfernt. Es gab lange Tische für größere, glücklichere Familien, einen riesigen Fernseher in einer Ecke und am anderen Ende eine kleine Spielecke. Stapel mit klebrigen Duplo-Bausteinen, einen Jenga-Turm voller fettiger Fingerabdrücke. Zerbrochene Wachsmalkreiden und ausgetrocknete Filzstifte. Alles viel zu kindisch für Georgie und Dan, doch ihrem Vater schien das nicht aufzufallen.

An Sonntagen führte er sie dorthin aus, um Irena das Kochen zu ersparen. »Eher das Auftauen in der Mikrowelle«, murmelte Georgie leise, sodass es die Erwachsenen nicht hören konnten.

Irena war zunächst als Putzhilfe zu ihnen gekommen, stundenweise angeheuert, um ihr altes, unaufgeräumtes, verkrümeltes Londoner Haus wohnlicher zu machen. Doch diese Aufgabe war kaum zu bewältigen, und so gab sie den Versuch bald auf und ergab sich wie die anderen dem im Haus herrschenden Gefühl von Verfall. Wenn Georgie aus der Schule kam, saß die blasse Frau im Hauskittel auf dem nach wie vor schmuddeligen Sofa, sah sich das Nachmittagsprogramm im Fernsehen an, trank Kaffee aus der Lieblingstasse ihrer Mutter und wartete darauf, dass Frank nach Hause kam.

Beinahe unmerklich änderten sich Irenas Arbeitszeiten. Sie tauchte abends auf, wenn es zu spät war, um mit dem Putzen anzufangen, und blieb bis zum Morgen im Zimmer ihres Vaters. Das Haus schien sich Irenas Bemühungen zu widersetzen und blieb genauso unaufgeräumt wie eh und je, doch das machte nichts, denn ein Jahr nachdem Nancy sie verlassen hatte, erklärte ihr Vater, es sei Zeit für eine Veränderung. Er hatte ein wunderschönes Haus in Surrey gekauft, näher bei den Brown'schen Großeltern. Und – wollt ihr noch eine Überraschung hören? – Irena käme auch mit.

In diesem viel gepriesenen neuen Zuhause stellte sich bald heraus, dass Irenas Kochkünste sich auf punktgenau aus der Mikrowelle geholte Speisen beschränkten: Lasagne und Aufläufe, die sie schmatzend auf die Teller plumpsen ließ. An Sonntagen aber gingen sie aus.

Irena trank ein paar Gläser lieblichen Weißwein und fragte Georgie und Dan höflich: »Läuft es gut in der Schule?« Georgie würdigte diese Fragen keiner Antwort. In ihren Augen waren Irenas Bemühungen, als Ersatzmutter zu agieren, noch missglückter als ihre Kochkünste. Ihr Vater lächelte darüber hinweg, zufrieden, wie gut sich alle verstanden. Daraufhin gönnte er sich ein Glas Bier mit Zitronenlimonade und hob es mit einem leichten Zittern an die Lippen. Wenn Georgie ihn dabei beobachtete, wie er den ersten köstlichen Schluck nahm, zog sich ihr Herz zusammen.

Er gab sich alle Mühe, ihnen ein neues Leben zu schaffen, also spielten Dan und Georgie die Scharade mit. Sie tunkten die dünnen, kalten Pommes in Ketchup, jagten mit dem Löffel den gelben Eiskugeln im silbernen Schälchen hinterher und zögerten den Augenblick hinaus, wenn es Zeit wurde, ihre Zuckerkopfschmerzen und ihre Trauer wieder mit nach Hause zu nehmen.

Georgie weiß nicht, wie sie diese Jahre ohne Dan überstanden hätte. In dem trostlosen, aseptischen Haus in Redhill rückten sie näher zusammen, durch das beschämende Geheimnis verbunden, dass ihre eigene Mutter sie verlassen hatte. Als hätten sie sich abgesprochen, erzählte keiner der beiden den neuen Schulkameraden, dass Irena, die Frau, die ihnen nach der Schule einen Teller mit Snacks hinstellte – vornehmlich Penguin-Kekse und Marmeladenringe –, im Grunde eine Fremde war.

»Warum sagst du Irena zu deiner Mum?«, fragte Georgies Freundin Lisa, als sie einander die Nägel in Glitzerfarben lackierten, die sie von der Make-up-Theke bei Boots geklaut hatten. »Weil sie so heißt«, antwortete Georgie forsch. »Vielleicht ist das eher so die Londoner Art. Das verstehst du nicht.«

Georgie und Dan besuchten unterschiedliche Schulen, aber lebten dieselbe Lüge. So war es einfacher, doch es war trotzdem hart. Nach der Schule, wenn das tägliche Theater hinter ihr lag, stahl Georgie sich in Dans Zimmer, setzte sich auf den Boden und wartete, dass er sein Nintendo-Spiel beendete. War das Klingeln und Tröten des Spiels verklungen, ließ er sich neben sie sinken, und sie starrten vor sich hin und sagten das Unsagbare: »Kommt sie irgendwann wieder?« »Bleiben wir für immer hier?« Keiner von beiden hatte eine Antwort für den anderen.

Bald flüchtete Dan sich in den Sport – ruppige Sportarten wie Rugby, bei denen er ganz offiziell um sich schlagen, stoßen und grölen durfte. In nachdenklicheren Momenten schrammelte er seine zwei Akkorde auf der Gitarre und sang seine traurigen kleinen Lieder. Irgendwann stellte er fest, dass Geländeläufe sich besser dazu eigneten, das Gedankenkarussell zum Verstummen zu bringen. »Ich renne einfach immer weiter und weiter. Ich denke nicht, sondern funktioniere wie eine Maschine«, versuchte er Georgie den Reiz des Ganzen nahezubringen, die sich weigerte, irgendetwas zu machen, das auch nur annähernd mit Sport zu tun hatte oder bei dem man Teil eines Teams war.

Vielmehr hatte Georgie weniger gesunde Teenagerhobbys entwickelt. Sie trank Alkohol, kleidete sich von Kopf bis Fuß in Schwarz, färbte sich passend dazu ihre Haare und malte sich dicke dunkle Striche rund um die Augen, die Flecken auf den Kopfkissen hinterließen. Immer juckte es sie, sie fühlte sich unwohl in ihrer Haut und kratzte sich die Arme blutig, die kaum je das Sonnenlicht sahen. Mit einem Jungen namens Carl schwänzte sie die Schule und kam mit einem ganzen Collier aus Knutschflecken nach Hause. Ihr Vater war zu sehr damit beschäftigt, sein neues Leben mit Irena zu vervollkommnen, um es überhaupt zu bemerken, aber für Georgie war es der sichtbare Beweis, dass jemand sie wollte.

Es dauerte nicht lange, bis sie vom Nagellackklauen bei Boots zu Topshop-Touren avancierte, wo sie knappe Tops und Unterwäsche in ihre Schultasche stopfte. Als man sie erwischte, drückte sie auf die Tränendrüse und behauptete, sie käme aus zerrütteten Verhältnissen mit einer grausamen Stiefmutter.

Das war eine Lüge. Irena war nicht grausam, sie hatte nur keinerlei Ahnung, was sie einer übellaunigen Teenagerin sagen sollte, die alles daransetzte, sich Ärger einzubrocken. »Willst du mehr Taschengeld? Geht es darum?«, fragte sie Georgie, die sie auslachte. Als sehne sie sich nach Geld! Das Einzige, worauf Irena und sie sich einigten, war, Frank nichts davon zu erzählen. »Das kann er nicht auch noch brauchen, er hat genug Kummer«, sagte Irena. Es war das einzige Mal, dass sie Georgies und Dans verschollene Mutter zumindest indirekt erwähnte.

Indizien, dass Nancy überhaupt je existiert hatte, waren seit dem Umzug nach Redhill dünn gesät. Das einzige Lebenszeichen waren die beiden Postkarten mit der kurzen, rätselhaften Botschaft, die ihnen zusammen mit der anderen Post in einem dicken Umschlag von den neuen Bewohnern der St Luke's Road nachgeschickt worden waren.

Das alte Londoner Haus war voller Dinge gewesen, die an sie erinnert hatten, angefangen bei den zerfledderten Einkaufslisten, die sie in den Tiefen von Supermarkttüten fanden, bis zu den verhedderten Halsketten über dem Spiegel ihres Schminktisches. Doch dann war die Umzugsfirma gekommen. Georgie hatte den beiden Männern in den braunen Overalls dabei zugesehen, wie sie Nancys Taschenbücher, Fotos und Bilder in staubigen Klemmrahmen eingeladen hatten. In der Küche hatten sie ihre bunt zusammengewürfelten Teller, verkohlten Pfannen, Einmachgläser voller Linsen und Bratenwender mit angekokelten Plastikgriffen weggepackt. Auch ihre Kleider landeten in den Kartons, sogar die Hausschuhe, in denen immer noch der Abdruck ihrer Zehen zu sehen war. Sie packten alles ein und nahmen es in einem großen Lastwagen mit.

Im neuen Haus aber kamen nur ein paar wenige Kartons an. Von einer Kiste nach der anderen rissen Georgie und Dan das braune Klebeband, doch sie fanden nichts von dem, was ihrer Mutter gehört hatte. Nur ihre eigenen Sachen und die ihres Vaters hatten die Reise aus dem Nordwesten Londons in diese abgeschiedene Sackgasse in Redhill gemacht.

»Es war einfach zu quälend, das dauernd zu sehen«, erklärte ihr Vater mit jener belegten Stimme, mit der sich seine Tränen oft ankündigten. »Das wird ein Neuanfang«, rief er ihnen in Erinnerung. Irena strich ihm über den Rücken und sagte: »Frank, reg dich nicht auf.«

Nach einer Weile konnte Georgie sich in dem neuen Haus ohnehin nicht mehr die Sachen ihrer Mutter vorstellen. Die selbst gestrickten knubbligen Schals, der riesige Philodendron, der viel zu groß war für seinen Topf – nichts davon hätte in die kastenförmigen Zimmer mit den cremefarbenen Teppichen, den Plastikfensterrahmen und den Styroporhohlkehlen gepasst.

Irena hingegen passte perfekt in dieses Haus. Während sich bei Nancy das schmutzige Geschirr stapelte oder sie Gläser zerbrach und die Scherben mit bloßen Füßen zur Seite fegte, schrubbte Irena die neue Küche so ausdauernd, dass Georgie vom Bleichmittel die Nase brannte. Den ganzen Tag über brummten elektrische Geräte, und bald rochen ihre Kleider nach Weichspüler und nicht mehr nach den knoblauchlastigen Eintöpfen ihrer Mutter. Mit Irenas sachverständiger Unterstützung machte sich ihr Dad daran, jede Erinnerung an das auszulöschen, was vorher gewesen war.

»Belastende Erinnerungen muss man hinter sich lassen«, erklärte er regelmäßig. Um seinen Standpunkt zu untermauern, sollten Frank und Irena heiraten. Er hatte ein paar Formulare ausgefüllt, um die »Auflösung« seiner bisherigen Ehe zu beantragen, mit der Begründung, dass seine Frau unauffindbar sei. An der neuen Schule beschäftigte sich Georgie im Chemieunterricht mit Flüssigkeiten, Festkörpern und Gasen, und sie stellte sich vor, dass sich ihre einstmals körperliche, handfeste Mutter in winzige, farbenfrohe, dahingleitende Partikel auflöste.

Während sich also der Rest ihres Lebens verflüchtigt hatte, war Dan eine Konstante gewesen. Und Georgie war für ihn da gewesen. Denn obwohl Dan Sport machte und mit ihrem Vater herumalberte, wusste sie, dass er nachts immer noch weinte. Wenn er das Bett einnässte, bezog sie es neu, während er sich noch die Augen rieb. Damals verstanden sie einander, ohne dass sie die Dinge aussprechen mussten.

Nun aber haben sie sich endlich auf die langersehnte Suche nach ihrer Mutter gemacht, und es ist kein bisschen so, wie Georgie es sich ausgemalt hat. Es fängt schon damit an, dass sie in einem hässlichen Motel kurz vor Solihull gestrandet sind und kaum ein Wort miteinander wechseln.

Georgie blickt sich um, betrachtet die verblichenen fliederfarbenen Vorhänge und die lila Tagesdecken, deren Farbe an eine alte Silk-Cut-Zigarettenschachtel erinnert. Sie streift die Stiefel ab und schlüpft noch angezogen unter die Bettdecke, von der ein strenger Waschmittelgeruch ausgeht. Das Bedürfnis zu schlafen zieht sie bereits fort, und in Georgies Vorstellung ist ihr Bett ein Floß inmitten eines tiefvioletten Ozeans, das von den Wogen und Stürmen hin und her geworfen wird. Sie hofft, dass Dan und sie am Morgen irgendwie zueinanderfinden, sofern sie das, was von dieser Nacht übrig ist, irgendwie übersteht. Vielleicht können sie beide dann ja doch auf irgendeine Weise diese Reise in die Vergangenheit fortsetzen, die so unglücklich begonnen hat.

Während sie wegdämmert, kommt eine andere Erinnerung hoch. Finn sitzt an einem Fenster; kurz neigt er den Kopf nach unten und fährt, akkurat wie eine Katze, die Milch aufschleckt, mit der Zunge an einem Zigarettenpapier entlang. Sie erinnert sich, wie das Licht auf seinem rasierten

Schädel reflektiert wurde und sie sich bremsen musste, nicht die Hand auszustrecken und darüberzustreichen.

Nein, nein, das darf nicht sein. Sie reißt sich aus den Erinnerungen und denkt an Wilf. Wie er sie von hinten umarmt und seine Hände um den wachsenden Bauch legt. Wie sie sich an ihn lehnt, seine kratzigen Bartstoppeln ihre Wange streifen und sie spürt, dass es so seine Richtigkeit hat.

Ungebeten nimmt eine andere Szene Gestalt an, eine, die noch weiter zurückliegt, mit ihren Eltern Frank und Nancy. Auch Dan ist da, zu viert stapfen sie am Strand entlang, ihre Eltern gehen voraus. Es ist das Ende eines langen, sonnigen Tages, der Sand ist tief, und immer wieder rutschen Georgies Füße weg.

Sie will die Eltern einholen, um zu sehen, ob alles in Ordnung ist, ob sie sich auch nicht streiten, aber ihre Füße machen nicht mit, sie kommt nicht schnell genug voran. Dann sieht sie, wie Frank und Nancy stehen bleiben und Dad den Arm um ihre Mum legt. Sie beobachtet, wie Nancys dünner Körper sich an ihn lehnt. Es ist ein stiller, intimer Moment, also hält Georgie inne und wartet ab. Sie erlaubt sich die Hoffnung, dass vielleicht doch noch alles gut wird.

Georgie schlägt die Augen auf, denn ihre Müdigkeit ist wie weggeblasen. Wie sie da unter der lila Bettdecke liegt, wird ihr klar, dass es bei dieser Reise in die Vergangenheit nicht nur darum geht, ihre Mutter aufzuspüren. Sondern darum, herauszufinden, wie es im Innersten von Franks und Nancys Ehe aussah – ob die Beziehung von Anfang an Risse hatte oder ob es Georgies Zutun war, dass etwas Fragiles, aber Wunderschönes zerstört wurde.

ELF

Nancy, 1986

»ICH LIEBE DICH - DU BIST TOTAL VERRÜCKT«

Nancy war seit Monaten nicht mehr zu Hause. Sie weiß, ihre Mutter würde nicht billigen, was für Kleider sie trägt, was sie raucht und was sie an der Uni macht. Genauso wenig wäre Theresa damit einverstanden, was Nancy mit ihrem Haar anstellt, wenn sie eine dicke Schicht Haarspray daraufsprüht und es dann strähnchenweise so lange in ein Glätteisen presst, bis es zischt. Theresa würden die Doc-Martens-Stiefel missfallen, die Netzstrumpfhosen und das übergroße Chambray-Hemd, das sie mit einem Gürtel als Kleid trägt. Aber das ist schon in Ordnung, denn Nancy wählt ihre Kleidung nicht mehr danach aus, Theresa zu gefallen.

Das Hemd stammt natürlich von Frank, sie hat es eines Morgens von seinem Schlafzimmerboden aufgehoben. »Dir steht es besser«, hatte er gesagt. »Behalt es.«

Also behielt sie es. Ihr gefiel, dass es nach ihm roch, nach ihnen beiden im Bett. Sie fühlt sich gut, wenn sie es trägt. Es ist der Beweis, dass sie zum ersten Mal einen richtigen Freund hat, jemanden, der sie liebt und der sich auf eine Weise um sie kümmert, wie es niemand je zuvor getan hat.

Das ganze erste Semester hindurch hat Frank ihr dabei geholfen, ihre Texte zu lernen, und als sie die Rolle in *Othello* bekommt, besucht er jede einzelne Vorstellung, sitzt in der ersten Reihe, klatscht und hebt die Hände über den Kopf. »Bravo!«, ruft er und beweist, dass er mehr vom Theatermilieu und von den Gepflogenheiten beim Applaudieren versteht als Nancy.

Frank stammt aus einer anderen Welt, in der die Menschen nicht abfällig zischen, wenn Nancy Aufmerksamkeit erregt oder, das schlimmste Vergehen überhaupt, sich aufspielt. Alles, was Frank unternimmt, tut er mit stillem Selbstvertrauen. Wenn er ein Pub betritt, drückt er sich anders als Nancy nicht an der Bar herum, bis ein Tisch frei wird, sondern blickt sich um, bittet Leute, auf einer Bank zusammenzurücken, oder trägt Stühle herbei. Nancy weiß nicht, ob es mit der Gesellschaftsschicht zu tun hat oder damit, dass er ein Mann ist, auf jeden Fall aber fühlt sie sich ein bisschen wichtiger, wenn sie mit ihm zusammen ist.

Auch die Bühnenauftritte machen sie mutiger. »Raum einnehmen« nennt man es, erfährt sie. »Bühnenpräsenz« ist auch so ein Wort, und Daisy bescheinigt Nancy, dass sie die besitzt. Daisy studiert dasselbe wie sie und ist eine wohltuende Abwechslung von den Camillas und Izzies; sie haben ausgemacht, im nächsten Jahr gemeinsam in eine WG zu ziehen, zusammen mit Daisys Partnerin Polly. Polly drängt darauf, dass es ein männerfreier Bereich sein soll. Sie hat wenig übrig für Frank, »Leute wie er« seien Teil des Problems und nicht der Lösung, meint sie und spottet über seinen spießigen südenglischen Akzent.

Polly kommt aus Doncaster, trägt eine robuste Arbeiterjacke und verkauft die *Sozialistische Wochenzeitung* vor dem Gebäude der Studentenvereinigung. Wenn sie sich unterhalten, sieht sie Nancy ernst an. »Wir zwei sind hier die Einzigen aus der Arbeiterklasse«, sagt sie zu ihr.

Nancy vermutet, dass es ihren Eltern nicht gefallen würde, zur Arbeiterklasse gezählt zu werden – im *Beaufort* wird Margaret Thatcher als eine von ihnen angesehen, die es geschafft hat. Doch Nancy erwähnt das weder Polly gegenüber noch bei den Treffen des Sozialistischen Studentenbunds, zu denen sie alle gehen. Stattdessen wirft sie Münzen in die Eimer zur Unterstützung des Kampfs gegen die Apartheid und boykottiert Äpfel aus Südafrika und den spätnachts geöffneten Laden der Shell-Tankstelle, weil auch die Teil des Problems sind.

Als sie Frank davon erzählt, runzelt er die Stirn und sagt, dass er ernsthaft über diese Themen nachdenken will. Seine Freunde sind anders, die meisten sind Jungs mit kräftigen Oberschenkeln, die rudern oder Rugby spielen und sich in einem lässigen Ton über Val-d'Isère, South Ken und Paukschulen unterhalten, lauter Wörter, die Nancy unbekannt sind. Außerdem nennen sie ihre Eltern ohne jegliche Verlegenheit Mummy und Daddy.

Sie sind höflich zu Nancy, geben allerdings Mädchen wie Camilla und Izzie den Vorzug, mit denen man »Spaß haben kann«. Wenn Nancy ihren alten Freundinnen aus der Einführungswoche auf Partys begegnet, dann werfen sie das Haar zurück und meiden ihren Blick, doch das stört Nancy nicht weiter. Sie fühlt sich Leuten wie ihnen ohnehin nicht zugehörig. Das Problem ist nur, dass Nancy nicht wirklich weiß, zu welcher Art Leuten sie gehört.

Daisy und Polly sind zwar ganz nett, aber Nancy hat ständig Angst, das Falsche zu sagen, anzuziehen oder zu kaufen. Sie fühlt sich gezwungen, eine fast volle Tube Handcreme wegzuwerfen, nachdem Daisy ihr erklärt, dass die Firma auf der schwarzen Liste steht. In anderen Fällen scheinen die Regeln dehnbarer zu sein. Zum Beispiel, wenn es um die Tatsache geht, dass Daisy ein Auto besitzt, was zwar fraglos als elitär gilt, doch die anderen drücken ein Auge zu, weil es ziemlich praktisch ist, wenn sie eine Mitfahrgelegenheit brauchen. Das ist das Problem mit den Theaterstudenten – es fällt ihnen leicht, anderen etwas vorzumachen.

Irgendwann kommt Nancy zu dem Schluss, dass es genau das ist, was sie an Frank mag – immerhin ist er aufrichtig. Als die Studentenvereinigung einen Bus nach London zur Anti-Apartheid-Demonstration organisiert, kommt er mit. Im Gedränge am Trafalgar Square verlieren sie Daisy und Polly schon bald aus den Augen. Die Polizei schreitet ein, und in der Nähe kommt es zu einer Rauferei. Es gibt Geschrei, und Nancy stolpert, spürt den Kies unter den Händen und bekommt Panik, von der Menge, die sich wie ein geschlossener Block vorwärtsbewegt, niedergetrampelt zu werden.

Frank packt sie unter den Armen, zieht sie hoch und bahnt ihnen einen Weg durch die Menge. Bald sind sie in einer Seitenstraße, gehen noch weiter und landen schließlich an einer Bahnstation. »Wurde ein bisschen brenzlig«, sagt er, als er ihr gegenüber im Zug sitzt, der sie von dem Lärm, dem Gedränge und dem Geschrei fortträgt. Er reicht ihr sein weißes Taschentuch, damit sie sich die blutigen Knie und die immer noch brennenden Handflächen abtupfen kann. Als Nancy sich zurücklehnt, empfindet sie sogar das Geräusch der schnaufenden Lokomotive als beruhigend.

Pünktlich zum Tee sitzen sie in Surrey mit seinen Eltern Lorna und Charles bei Earl Grey und Biskuittorte zu Tisch. Nancy lässt sich ein zweites Stück geben und mustert verstohlen das Haus, in dem Frank aufgewachsen ist. Es strahlt tadellose Rechtschaffenheit und dieselbe Normalität und Sicherheit aus wie Frank. Es gibt gerahmte Familienfotos, in einer Vitrine stehen Porzellanschäferinnen. Auf dem Silberpokal von einem Schulturnier ist Franks Name eingraviert.

Alles ist so zivilisiert, als existiere hinter dem Gartentor keine andere Welt. Die demonstrierenden Studenten und die ermordeten Südafrikaner mit brennenden Autoreifen um den Hals berühren Mr und Mrs Brown und das Dorf in Surrey nicht. Hier dreht sich das Gespräch um das Sommerfest und die Gerüchte um ein Verbot, den Garten zu bewässern.

Natürlich sind Nancys Eltern ähnlich blind gegenüber politischen Themen, doch bei ihnen schwingt Einschüchterung mit, als wüssten sie, dass ihre Meinung ohnehin nicht zählt. Während sie in Surrey sitzt, muss Nancy an das Wohnzimmer mit dem schäbigen Teppich und der abgenutzten Fünfzigerjahre-Couchgarnitur ihrer Eltern denken; die Plastikrosen in der Vase auf dem Kaminsims, deren Blütenblätter silbrig sind vom Staub. Die angeschlagenen altmodischen Tassen, die als ungeeignet für die Gäste erachtet werden. Beschämung überkommt sie.

Auf dem Rückweg verschanzt sich Nancy auf der Zugtoilette, weil der Schaffner kommt und sie kein Geld für einen Fahrschein hat. Frank quetscht sich mit hinein. »Ich liebe dich – du bist total verrückt«, flüstert er ihr ins Ohr.

Er erklärt sie auch für verrückt, wenn sie betrunken Dummheiten macht. Denn im Grunde hat Nancy auch im dritten Semester noch keine Leute gefunden, denen sie sich zugehörig fühlt. Sie passt nirgends richtig dazu, stellt aber fest, dass es sie weniger kümmert, wenn sie trinkt. Nach ein paar Gläsern sorgt sie sich nicht mehr darum, ob Franks schnieke Freunde sie durchschauen oder was sie sagen soll, wenn ihre Aktivistenfreunde sie fragen, wie sie zum Neomarxismus steht. Alles ist mühelos und wie im Traum, und sie muss nichts tun, als lachen, hübsch aussehen und Spaß haben.

Zugegeben, manchmal ufert die Sache etwas aus. Sie schleudert eine Whiskyflasche gegen die Scheibe eines BMW-Verkaufsraums, weil er den Kapitalismus verkörpert, und sieht dann erschrocken zu, wie das Glas in einem zeitlupenartigen Schneegestöber zerspringt. Sie ruft um fünf Uhr früh ein Taxi, um am Strand den Sonnenaufgang zu erleben, und haut dann, ohne zu zahlen, ab.

Die nüchterne Nancy macht sich über alles Sorgen: ob der Bus rechtzeitig kommt und ob der Fahrer sauer ist, weil sie kein passendes Kleingeld dabeihat. Ob die Leute sie auslachen, wenn sie zu spät zur Vorlesung kommt oder weil sie einen komischen Dialekt hat. Zuweilen kommt es ihr so vor, als müsste ihr der Kopf zerspringen von den ganzen Gedanken, die darin kreisen.

Das Trinken vertreibt all die Sorgen und dämpft für eine Weile den Lärm in ihrem Kopf. Selbst wenn darauf ein schambehafteter Kater folgt, ist es für Nancy eine neue Erfahrung, den Gefühlen freien Lauf zu lassen. Fernab von Theresas Missbilligung erlaubt sich Nancy zu schreien, zu lachen und zu weinen.

Am nächsten Morgen ist Frank da, der ihr das Haar aus dem Gesicht hält, wenn sie sich erbricht, ihr Gläser mit sprudelndem Alka-Seltzer bringt und ihr versichert, dass sie sich am Abend nicht allzu schlimm aufgeführt hat, nein, nein. Niemand hat sich wegen der zerkratzten Schallplatten oder des gestohlenen Fahrrads aufgeregt oder über ihre Idee, die Blumen auf der Verkehrsinsel auszugraben. Genau genommen finden sie die meisten Kerle ziemlich witzig.

Außerdem kommt er zu ihren Vorstellungen. Denn davon abgesehen fühlt Nancy sich nur dann ähnlich frei, wenn sie auf der Bühne steht. Während die Alltags-Nancy bei den kleinsten Dingen nervös wird, ist alles anders, sobald sie Theater spielt. Dann fällt die Last, Nancy zu sein, von ihr ab.

Zu Beginn des zweiten Studienjahrs bemüht sie sich um eine größere Rolle in einer Uni-Inszenierung: die Hauptrolle in *Nora*. Sie kriegt sie nicht, man gibt ihr stattdessen die kleinere Rolle des Kindermädchens, aber jeder Auftritt versetzt sie in einen Rausch. Beim Verbeugen wird ihr klar, dass es genau das ist, was sie machen will. Die Euphorie auf der Bühne, das Gefühl von Befreiung und die Bewunderung – das alles ist mit nichts zu vergleichen.

Nachdem Frank und sie im Kino den neuen Film angesehen haben, von dem alle schwärmen, beginnt Frank sie seine Betty Blue zu nennen. Nancy weiß nicht genau, was sie davon halten soll, denn der Film endet ja nicht gerade gut, aber Frank sagt, es sei als Kompliment gemeint.

Nancy beschließt, darauf einzugehen. Sie kauft sich einen neuen Lippenstift – ein tiefes Rot – und übt vor dem Spiegel den perfekten Béatrice-Dalle-Schmollmund. Sie erkennt, dass sie in jede Rolle schlüpfen kann. Sie kann das Kindermädchen sein, Nora oder Lady Macbeth. Wenn Frank möchte, dass sie Betty Blue ist, dann kann sie auch das sein. Sie hat nicht das Geringste dagegen, eine dieser Rollen zu spielen, denn sie erscheinen ihr viel einfacher als die Rolle, mit der Nancy sich am schwersten tut: nämlich jener, sie selbst zu sein.

ZWÖLF

Georgie

Georgie sitzt am Fenster des »Restaurants«, wie es das Motel beschönigend bezeichnet, und reißt ihre Papierserviette in lange, dünne Streifen. Ungeduldig tippt ihr Fuß auf und ab. Dan hat eine WhatsApp geschickt, dass er gleich herunterkommt, aber noch immer ist nichts von ihm zu sehen. Was zur Hölle treibt er? Es ist schon halb acht, und sie haben einen langen Weg vor sich.

Immerhin ist es erst Dienstag, sagt sie sich. Wenn sie bis zum Abend diese abgelegene schottische Insel erreichen, dann kann es klappen. Sie können Nancy aufsuchen, am Mittwoch wieder nach Hause fahren, und Georgie ist rechtzeitig für Wilfs Rückkehr am Freitag zurück in ihrem nachhaltigen Ökohaus.

Sie beobachtet das Kommen und Gehen der anderen Hotelgäste: Lastwagenfahrer, eine vierköpfige Familie und ein paar allein reisende Männer in ausgebeulten Anzügen. Sie essen die ihnen zustehenden altbackenen Croissants, trinken schlechten Kaffee und brechen wieder auf – und noch immer keine Spur von ihrem Bruder. Sie verkneift sich eine weitere Nachricht an ihn – Dan und sie fangen gerade erst an, wieder miteinander zu reden, und sie will die fragile Waffenruhe nicht beschädigen.

Sie hat schlecht geschlafen, und als ihr um sechs Uhr morgens eine Idee kam, war sie sofort hellwach. So leise wie möglich hatte sie die Tür aufgemacht und war nach unten gegangen, um ein Telefonat zu führen. Ihr heimlicher Plan hatte sie in Aufregung versetzt, aber jetzt schwappt die Müdigkeit wieder über sie herein. Ihre Haut juckt, und sie hat das Bedürfnis, sich alle Spuren dieses Orts vom Körper zu schrubben.

Aber noch darf sie ihren Fensterplatz nicht verlassen. Sie hält Ausschau nach einem Mann namens Kevin in einem dunkelblauen Pritschenwagen, der sie vielleicht retten kann – beziehungsweise Dans winziges, lächerliches Auto retten kann.

Georgie erlaubt sich ein schwaches Lächeln. Dieses eine Mal benimmt sie sich wie die Erwachsene, und es fühlt sich wie ein kleines Friedensangebot an ihren Bruder an. Eine Möglichkeit, ihre Beziehung zu reparieren.

Doch kaum dass Dan die Tür zum Restaurant aufdrückt, erlischt ihre Begeisterung, denn seine schlechte Laune ist nicht zu übersehen. Sein Gesicht ist aufgequollen vor Müdigkeit, und er fährt sich mit der Hand durch das feuchte Haar, während er auf sie zugeht. »Hab keinen Kamm dabei«, sagt er. Vergeblich blickt er sich auf der Suche nach einem Kellner im Raum um. »Eine Zahnbürste habe ich auch nicht – ich musste den Finger nehmen und was von deiner Zahnpasta.«

»Kaffee gibt's dort drüben in der Maschine«, sagt Georgie, in der Hoffnung, dass es die Sache etwas besser macht. »Hier ist Selbstbedienung.«

Auf dem Tisch neben der Kaffeemaschine ist ein dürftiges Frühstücksbüfett angerichtet: Drei Schalen mit Joghurt stehen in einer Schüssel mit eisgekühltem Wasser, in einer anderen Schale sind bunte Klumpen Dosenfrüchte. Die Müsli-Auswahl ist beige und ohne Schnickschnack: Weetabix, Cornflakes oder Reis-Crispies. Eine weiße Serviette ist über ein Tablett mit kleinen, längst kalt gewordenen Gebäckstücken gebreitet.

Dan runzelt die Stirn und entscheidet sich dann für das Gebäck. Er wartet ab, während die Kaffeemaschine brummend und zischend die verschiedenen Zubereitungsetappen durchläuft und schließlich eine braune Flüssigkeit mit seifigem Schaum in seine Tasse tröpfelt. Von ihrem Platz aus betrachtet Georgie Dans Hinterkopf, wo unter den feuchten Haarsträhnen ein glänzender Kreis hervorschimmert. Sein Modebewusstsein hat seit ihrer letzten Begegnung nachgelassen. Er trägt eine hochtaillierte Jeans und Turnschuhe, die eher aus praktischen denn modischen Gesichtspunkten ausgewählt wurden. Vielleicht sind es seine Joggingschuhe, die zufällig griffbereit waren, als er gestern Abend in aller Eile aufgebrochen und zum Bahnhof Paddington gefahren ist.

Draußen vor dem Fenster hebt sich Mandys kugelrundes blaues Auto von den vernünftigeren silbernen und schwarzen Kombis ab. So schief, wie es dasteht und über die weißen Linien der Parkbucht hinausragt, erinnert es daran, wie drängend sich ihre Mission gestern Abend anfühlte – und daran, dass das Auto nirgendwohin fährt und sie hier festsitzen.

Georgie kann die Neuigkeit nicht länger für sich behalten. Sie beugt sich über den Tisch. »Weißt du was?«

Dan seziert ein Rosinenbrötchen, pickt die verbrannten Brocken heraus und taucht die essbaren Teile in den Kaffee. Er trinkt einen Schluck und setzt dann die Tasse zu schnell wieder ab. Kaffee schwappt auf die Untertasse. »Verdammt. Hab mir die Zunge verbrannt.«

Er zieht die Augenbrauen zusammen und sieht Georgie an. Er hat jahrelange Erfahrung mit Georgies »Weißt du was?«, er weiß, dass selten gute Nachrichten darauf folgen. »Na los – mir ist schon klar, dass du es kaum erwarten kannst, mir etwas zu erzählen.«

»Es geht um das Auto«, sagt sie. »Kann sein, dass ich unser Problem gelöst habe.«

Dan kaut und wirft ihr einen skeptischen Blick zu. »Bist du heute in aller Frühe rausgeflitzt und hast es repariert?« Er pustet auf die heiße Oberfläche des Kaffees. »Mit deinen großartigen Mechanikerfähigkeiten?«

Georgie ist frustriert. Es ist ja nicht so, als würde Dan irgendetwas zu einer Lösung beitragen – Dan, der sich aufspielt, ihr aber zweifellos den wahren Grund vorenthält, warum er Mandys Auto hat. Oder auch, warum er, soweit Georgie feststellen kann, noch immer nicht mit Mandy geredet hat.

»Nein, nicht ich.« Sie bemüht sich um einen unbeschwerten, fröhlichen Tonfall. »Aber ich kenne jemanden, der das kann. Er ist auf dem Weg hierher.« Sie nimmt sich ein Stück Teigkruste von Dans Teller. »Ein alter Freund. Oder eher der Freund eines Freunds.«

Kopfschüttelnd schlurft Dan zum Frühstücksbüfett und kommt mit einem Joghurtbecher zurück, eine unbekannte Marke, mit dem Bild eines Pfirsichs auf der Seite.

Sie räuspert sich. »Ich habe Kevin vor zwei Stunden angerufen.«

Dan blickt auf. Ein Joghurtklecks rutscht ihm vom Löffel.

»Ja, der Kevin«, meint sie. »Unter den gegebenen Umständen hielt ich das für die beste Option, die wir haben. Er hat eine Werkstatt in Watford, also dürfte es nicht lange dauern, bis er hier ist. Das Ganze läuft unter der Hand, wir brauchen also keine Versicherungsunterlagen. Außerdem können wir später mit ihm abrechnen.« Sie deutet zum Parkplatz, wo ein ramponierter Lieferwagen neben Mandys Auto zum Stehen kommt. »Ich denke, das ist er. Schlüssel?«

Sie streckt die Hand aus, und Dan reicht ihr wortlos den schwarzen Autoschlüssel. Als sie über den Parkplatz geht, wirft sie einen Blick zurück und sieht Dan am Fenster stehen, doch er kommt nicht heraus.

Kevin war einer von Finns Kumpeln, einer jener fragwürdigen Typen, den alle vage kannten, der Gitarre spielte und darüber hinaus Beleuchtungsanlagen, Soundsysteme, Autos,

Transporter und fast alles andere reparieren konnte. Georgie ahnt, dass Dan und Kevin nur wenig Gemeinsamkeiten hatten. Das war typisch für Finn: Er hatte einen ständig wechselnden Freundeskreis, aber er kehrte immer zu Dan, seinem ältesten, besten Freund zurück.

Sie hatten sich an der Uni kennengelernt, wo Dan Statistik studierte und Finn etwas allumfassendes Geisteswissenschaftliches machte. »Ich habe einen echt interessanten Typen kennengelernt«, erzählte Dan, als sie beide für die Weihnachtsferien nach Hause kamen. »Man kann toll mit ihm reden. Irgendwie ziemlich cool.« Dann lachte er. »Keine Ahnung, was er an einem Spießer wie mir findet.«

Doch Finn und Dan verstanden sich auf Anhieb und waren schon bald unzertrennlich. Selbst nachdem Finn sein Studium abgebrochen hatte, blieben sie in Kontakt. »Er ist der erste Mensch, dem ich von … du weißt schon, von Mum und so erzählt habe«, sagte Dan. »Er ist irgendwie anders. Er hört wirklich zu, weißt du.«

Georgie wusste es nicht, weil sie sich nicht vorstellen konnte, sich irgendjemandem derart zu öffnen.

»Du musst ihn unbedingt mal kennenlernen, ich denke, ihr würdet gut miteinander auskommen«, meinte Dan.

Doch aus irgendeinem Grund war Finn nie da, wenn Georgie ihren Bruder besuchte. Und die wenigen Male, die Dan mit ihr ausging, hatte Finn immer gerade mit irgendeiner Band zu tun. Meistens arbeitete er als Roadie, aber manchmal fotografierte er auch. »Wie gesagt, ihr würdet euch verstehen«, sagte Dan immer wieder.

Sie lernten sich erst bei der Einweihungsparty kennen. Dan zog mit einer Freundin namens Mandy und dem legendären Finn in eine gemeinsame Wohnung. Nach der Party hieß es dann nicht mehr Finn und Dan, sondern Finn und Georgie. Und vor zwei Jahren hieß es dann nur noch Georgie.

Als Kevin nun aus seinem rostigen alten Wagen steigt, fragt sie sich, ob es wirklich eine gute Idee war, ihn anzurufen. Es könnte schwieriger werden als gedacht.

»Georgie«, sagt er, betrachtet sie von oben bis unten und nimmt die neu hinzugekommenen Rundungen zur Kenntnis. »Wie geht's? Ist ein Weilchen her.«

»Ja, stimmt.« Sie hat die schreckliche Ahnung, dass sie Kevin das letzte Mal bei der Beerdigung gesehen hat. »Mir geht's gut. Ich bin aus London weggezogen. Hast du vielleicht gehört.«

Kevin sieht genauso aus wie immer, ein drahtiger Kerl, der niemals still zu stehen scheint. Federnd wippt er auf den Fußsohlen vor und zurück und deutet mit dem Kopf auf ihren Bauch. »Du dürftest bald ganz schön beschäftigt sein, wie es aussieht. Das freut mich echt für dich.«

»Danke.« Sie lächelt. »Es war eine Überraschung. Aber eine schöne.«

Georgie blickt zum Motel und fragt sich, ob Dan herauskommen wird.

»Ich bin gerade mit Dan unterwegs. Und wie ich am Telefon gesagt habe, hatten wir eine Panne.«

»Wie geht's ihm?«, fragt Kevin, während er anfängt, im Motorraum herumzufuhrwerken.

»Dan? Um ehrlich zu sein, kann ich das gar nicht genau sagen. Mein Bruder redet nicht viel.«

»Stimmt, er war immer eher der schweigsame Typ. Habe ihn nie richtig kennengelernt. Leider.«

Kevin braucht nicht lange, um das Auto zu reparieren. »Alles klar. Ich muss weiter, aber es war schön, dich zu sehen, Georgie. Und grüß Dan von mir. Wir waren nie so eng befreundet, aber ich weiß, dass er Finn ein guter Freund war.« Er reibt die öligen Finger mit einem Lappen ab. »Und du – na ja, du warst die Beste, Georgie. Du hast Wunder bei ihm bewirkt.«

Während Kevin sein Werkzeug einpackt, plaudert er weiter. »Mann, er war so stolz auf dich. Wie er über dich geredet hat – und dann die Ausstellung, die ihr zusammen machen wolltet. Das wäre so toll geworden. Hast du nie daran gedacht, sie trotzdem durchzuziehen? Als so eine Art Hommage?«

Georgie schüttelt den Kopf und wendet sich ab. »Nein, nein. Die Fotos waren noch nicht fertig, um ehrlich zu sein. Wir waren noch ganz am Anfang, und dann, na ja …« Sie verstummt. »Danke«, sagt sie dann. »Dass du das Auto repariert hast. Ich weiß das echt zu schätzen. Du hast mir das Leben gerettet.«

Zu spät wird Georgie bewusst, was sie gerade gesagt hat, und legt sich die Hand auf den Mund. »Tut mir leid«, sagt sie. »Schlechte Wortwahl.«

Langsam stellt Kevin den Werkzeugkasten ab. »Nein.« Er schüttelt den Kopf. »So darfst du nicht denken. Ich habe Finn echt gerngehabt, das haben wir alle. Aber manchmal, wenn man mit ihm zusammen war, war es, als sähe man in Zeitlupe einem Zusammenstoß zu. Es war klar, dass so was passieren würde, nichts und niemand konnte das verhindern. Nicht einmal du, Georgie.«

DREIZEHN

Georgie, 2015

»DU MUSST MICH RETTEN«

Georgie bekommt Finn das erste Mal an einem schwülen, viel zu heißen Sonntag im Juli zu Gesicht. Eigentlich hat sie keine Lust auf Dans Einweihungsfeier, und sie macht sich mit einem Kater und geringen Erwartungen auf den Weg. Trotz all seiner guten Seiten sind Dan und sie doch sehr verschieden, und sie fühlt sich immer etwas fehl am Platz unter seinen Freunden. Aber Dans neue Wohnung liegt nur zwei U-Bahn-Stationen von Georgie entfernt, also hat sie keine gute Ausrede. »Komm vorbei«, hat Dan gemeint. »Wir sind nur eine kleine Gruppe von Leuten. Komm und bring eine Flasche Wein mit.«

So findet sich Georgie auf der Türschwelle eines maroden Hauses in Kilburn wieder, in der Hand eine Flasche billigen Weißwein aus dem Laden an der Ecke, der schon jetzt nicht mehr richtig kühl ist. Die Haustür steht weit offen, und sie steigt das dunkle Treppenhaus hinauf. Sie kommt an ein paar anderen Wohnungstüren vorbei, die fest verschlossen sind; in der Luft hängt der Geruch nach Sonntagsbraten.

Schließlich ist sie ganz oben und betritt Dans neue Wohnung, wie sie an ein paar Gegenständen aus Dans alter Wohngemeinschaft erkennt: eine Lampe, ein rot gemusterter Läufer. Das Haus ist ein Schritt nach oben. Es ist zwar noch etwas heruntergekommen, aber die Zimmer sind hell und luftig. Sie haben Parkettboden und hohe Fenster, und wenn Dan mal den Gestank nach Katzenklo los ist, dürfte es richtig hübsch werden.

Georgie entdeckt ihren Bruder, der lachend mit ein paar Leuten von seiner Arbeit in einer Ecke steht, und eine laute Mädchengruppe auf dem Sofa, die auf bestem Wege ist, sich zu betrinken. Eine von ihnen ist Mandy, die Georgie schon kennt, und sie ahnt, dass Dan sich wünscht, dass sie mehr wird als bloß eine Mitbewohnerin.

Aus der Stereoanlage kommt Musik von den Arctic Monkeys, und niemand beachtet Georgie, also geht sie auf der Suche nach einem Korkenzieher in die Küche. Stattdessen findet sie Finn. Er sitzt im offen stehenden Fenster, und der Rauch seiner selbst gedrehten Zigarette kräuselt sich im Sonnenlicht. Noch bevor er sich vorstellt, weiß sie, wer er ist. Es hat mit seinem kurzen Haar zu tun und seiner Art, sich zu kleiden, die anders ist als die der anderen. Ein ausgeleiertes T-Shirt, ausgeblichene Jeans und nackte Füße, während Dan und seine Kumpel Stoffhosen und Hemden von Next oder Topman tragen.

Sie weiß schon einige Dinge über Finn: dass er die Uni abgebrochen hat und seitdem in einer Bar jobbt. Dass er manchmal zusätzlich als Roadie arbeitet. Nebenher macht er Fotos und dealt ein bisschen, für die richtigen Leute. Georgie weiß auch, dass er Dan ein guter Freund ist und ihm durch schwierigere Phasen geholfen hat, in denen es Dan schlecht ging. Womit sie allerdings nicht gerechnet hat, ist, wie wunderschön Finn ist.

Auf dem Fensterbrett sitzend, dreht sich Finn zu ihr um, sieht sie an und lächelt. »Ah, endlich«, sagt er und schnippt die Zigarette aus dem Fenster. »Jemand Interessantes. Du musst mich retten.«

Von diesem Tag an macht sich Georgie genau das zur Aufgabe. Denn Finn mag cool sein, aber er hat auch Probleme. Er zeigt ihr die silbrigen Narben auf seinen Armen und erklärt ihr, dass er keinen Ausschaltknopf hat. Er erzählt ihr von seiner Abhängigkeit von Alkohol und Drogen, deren Namen sie noch nie gehört hat. »Schreckt dich das wirklich nicht ab?«, fragt er.

Georgie hatte auch schon vorher Beziehungen, aber keinen Freund wie Finn. Im Rückblick wirken diese Männer austauschbar und irgendwie schemenhaft. Finns Konturen hingegen sind scharf. Wenn er redet, fordert er Aufmerksamkeit ein, aber er hat auch die seltene Fähigkeit, gut zuzuhören. Er interessiert sich für die Geschichten anderer – die von Dan, ihr und allen anderen, denen er begegnet.

Manchmal fragt sie sich, ob auch das eine Art Sucht ist – dieser Zwang, Geschichten von Versagern zu sammeln. Vielleicht macht Finn das auch, um sich selbst besser zu fühlen.

Es gibt Zeiten, in denen Finn weniger aufmerksam ist. Er begibt sich auf tagelange Sauftouren, und Georgie quält sich und macht sich Vorhaltungen, nicht interessant genug zu sein – so, dass es nicht schwerfällt, sie zu verlassen.

Dann ruft sie Dan an. »Er ist weg, und diesmal mache ich mir wirklich Sorgen. Ich habe Angst, dass er eine Dummheit anstellt.« Aber dann rauscht Finn herein, mit blauen Flecken und Geschichten von durchgemachten Nächten mit einem Haufen französischer Musiker oder einem New Yorker Filmproduzenten, der die besten Klubs Londons kennenlernen wollte. Es kommt auch vor, dass er ihr überhaupt nichts erzählt, seinen Rausch ausschläft und es Georgie überlässt, sich ihre eigenen Gedanken zu machen.

Mit jedem Mal, wenn sie Dan anruft, nimmt sein Wohlwollen etwas mehr ab. Denn nachdem Finn am Abend der Einweihungsparty Georgie nach Hause begleitet, kehrt er nie mehr so richtig in Dans Wohnung zurück. Kurz darauf werden Dan und Mandy ein Paar, also stört es sie nicht, sich die zusätzliche Miete zu teilen. Aber Georgie ist klar, dass Dan darum trauert, dass Finn und er nie richtig zusammengewohnt haben.

Obwohl es niemals ausgesprochen wird, weiß Georgie, dass sie ihm Finn ausgespannt hat. Manchmal schmiegt sie sich nachts an Finns gewölbten Rücken und spürt einen Hauch Genugtuung. Dan war immer der gute Junge, der Preise gewann und Lob einheimste. Jetzt aber gehört der erste Preis ihr.

VIERZEHN

Georgie

Georgie sieht Kevin hinterher, als er davonfährt, und schüttelt den Kopf, entschlossen, sich nicht in der Vergangenheit zu verlieren. Sie geht in Richtung Motel, aber wahrscheinlich war die Bewegung zu abrupt, oder sie war zu lange draußen in der Kälte. Denn prompt erleidet Georgie einen dieser Schwindelanfälle, ein Schlingern, bei dem alles um sie herum gleichzeitig sehr weit weg und gefährlich nah zu sein scheint. Es ist die Übermüdung, sagt sie sich. Sie hätte etwas Vernünftiges essen sollen – einen Joghurt statt all der Croissants. Sie bleibt stehen, senkt den Kopf und wartet ab, dass das Flimmern unter den Augenlidern abklingt.

Als sie sich aufrichtet, ist Dan da. Er hat ihre Tasche mitgebracht und lädt sie ins Auto. Ohne ein Wort steigt er ein und lässt den Motor an. Sie setzt sich neben ihn, doch er studiert die Schlangenlinie auf seinem Handy, die sich unendlich lange nach Norden windet. »Neun Stunden, achtundvierzig Minuten – und gleich beginnt der Berufsverkehr«, sagt er. »Fahren wir!«

Als das Auto beschleunigt, lauschen beide dem brummenden Motor und beten, dass er sie nicht im Stich lässt. »Scheint zu klappen, oder?«, sagt Georgie zaghaft. Dan nickt, sagt aber nichts.

»Du hattest recht, es war der Anlasser. Er meinte, fürs Erste ist es okay, aber du sollst ihn in die Werkstatt bringen, wenn du wieder zu Hause bist.«

»Ihr seid in Kontakt? Du und Kevin?«

»Nein, natürlich nicht …«, setzt sie an.

»Ich dachte immer, Kevin wäre Studiomusiker«, meint Dan lachend.

»Ja, das ist er auch«, antwortet Georgie. »Aber er ist auch Mechaniker. Und er hat uns einen großen Gefallen getan.«

Sie sieht zu, wie ein langes Ungetüm von Lastwagen mit einem Gewirr aus Druckluftschläuchen am Fenster vorbeizieht, und ist dankbar, dass der Krach jedes Gespräch unmöglich macht. Etwas, das Kevin gesagt hat, kreist ihr durch den Kopf. »Du hast Wunder bei ihm bewirkt.« Und ihre eigenen fehlgeleiteten Worte: »Du hast mir das Leben gerettet.« Georgies Mund wird trocken, denn sie weiß, dass sie keine Wunder bewirkt hat und Finn letzten Endes nicht retten konnte.

Was den unausgegorenen Plan anging, eine gemeinsame Fotoausstellung zu veranstalten, so hatte sie im tiefsten Innern immer gewusst, dass nichts daraus werden würde. Georgie hatte an einer Serie von Porträts junger Mütter mit ihren Babys gearbeitet, aber nichts damit angestellt. Deshalb hatte Finn ein gemeinsames Projekt vorgeschlagen: Sie könnten Georgies Fotos neben seinen ausstellen. Er würde ein paar ältere Menschen fotografieren, und das Ganze könnte etwas Tiefsinniges über das Leben, Schlüsselerlebnisse und die Vergänglichkeit ausdrücken.

Aber Finn kam nie dazu, mehr als eine Handvoll Fotos zu machen, und dann schloss die Galerie, die ihm vorgeschwebt hatte. Es wäre Georgie daher falsch vorgekommen, ihre Fotos nach Finns Tod allein auszustellen. Kevin konnte das nicht wissen.

Aber das ist Vergangenheit – Georgie muss sich jetzt auf die Zukunft konzentrieren. Wie aufs Stichwort leuchtet eine Nachricht von Wilf auf ihrem Handy auf.

»Hallo, wie geht's dir? Wer ist denn diese alte Freundin, die du besuchst?«

Wilf hat noch ein paar Zeilen mehr geschrieben, die Georgie überfliegt. Einer der Journalisten, die an der Reise teilnehmen, besteht selbst in den abgeschiedensten Bergdörfern auf einer heißen Dusche, und der Politiker ist nicht so fit wie behauptet, sodass sie dem Zeitplan hinterherhinken. Wilf klingt niedergeschlagen, nicht so optimistisch wie sonst. Aber Georgie hat gerade keinen Kopf dafür.

Vor wenigen Tagen noch verfolgte sie aufmerksam jeden Schritt von Wilfs Reise, malte sich die Berberdörfer aus, die er passierte, jedes einzelne Glas Minztee, das er trank, und jede Unterkunft, in der er seine Isomatte ausrollte. Abends, wenn sie ins Bett ging, wünschte sie sich an seine Seite, und beim Aufwachen fragte sie sich, welchen Bergblick er wohl beim Aufstehen vor sich hätte. Jetzt aber erscheinen ihr Wilf und seine Abenteuer weit weg und seine Sorgen um heiße Duschen ein wenig trivial.

»Neuigkeiten?«, fragt Dan.

»Wilf will nur wissen, ob alles okay ist.«

»Ah, der berühmte Wilf.«

»Was soll das nun wieder heißen?«, erwidert Georgie gereizt.

»Ne, gar nichts. Dad hat nur gemeint, dass er nett ist.«

»Echt? Das hat er gesagt?«

»Ja. Meinte, er ist ein anständiger Kerl.«

Georgie lässt diese Information sacken. Wilf und sie haben Frank und Irena ein paarmal besucht, doch ihr Vater hat ihr gegenüber nie eine derartige Bemerkung fallen lassen. »Huch. Das ist ja ganz was Neues. Dass ich mal was mache, was Dad gut findet«, sagt sie.

Dan räuspert sich. »Also, was ist er für einer? Dieser Wilf?«

Georgie lächelt. »Er ist toll. Gerade ist er verreist, er führt eine Gruppe Journalisten durch das Atlasgebirge. Wenn sie ein paar gute Artikel darüber schreiben, könnten bald die ersten Buchungen reinkommen.«

»Ganz schön weit weg, dafür, dass du kurz davor bist, ein Baby zur Welt zu bringen.«

»Es ging nicht anders«, sagt sie. »Es sind noch zwei Wochen hin, und er kommt Freitag zurück, also ist alles okay.«

»Dad sagt, er hat ein eigenes Unternehmen?«

»Ja. Er hat nachhaltigen Tourismus studiert und schon an vielen Orten gearbeitet. Hat erlebt, wie so etwas klappen kann, aber auch, woran es scheitert. Er will zeigen, wie es besser geht: dass man die Natur schützen und die Menschen vor Ort respektieren kann, statt sie über den Tisch zu ziehen«, sagt sie nachdrücklich.

»Oha«, sagt Dan. Sie weiß, was er denkt: dass Wilfs Leben völlig anders klingt als das ihrer früheren Freunde – der Gitarrist, der auf seinen Durchbruch wartet, der Drehbuchautor mit Schreibblockade. Der Typ, der eine App erfunden hat, die die Welt verändern soll, und spurlos verschwindet, nachdem Georgie ihm Geld geliehen hat. Und natürlich der, den zu erwähnen sie sorgfältig vermeiden – Finn.

»Er ist super, ganz ehrlich«, sagt sie noch einmal.

»Wo bist du ihm denn über den Weg gelaufen?«

»Auf einer Hochzeit.«

Die Erinnerung bringt sie zum Lächeln. Georgie war zum Fotografieren da, und Wilf war ein Cousin des Bräutigams. Im Allgemeinen versuchte Georgie sich nach den Gruppenaufnahmen im Hintergrund zu halten, aber sie war Wilf aufgefallen. Sie stand an der Bar und bestellte ein Mineralwasser, als sie eine Stimme neben sich sagen hörte: »Für mich dasselbe, bitte.«

Die Gäste um sie herum, die alle etwas zu enge oder zu knallige Kleidung trugen, holten sich Drinks auf Tabletts, auf denen Bierlachen schwappten. Sie kamen sich wie die einzigen zwei Menschen im Raum vor, die stocknüchtern waren.

»Ich muss noch fahren«, sagte er zur Erklärung, als er sein Glas entgegennahm. Georgies Ausrede war, dass sie bei der

Arbeit war. Dass sie heimlich eine Strichliste führte, seit wie vielen Tagen sie nüchtern war – bislang waren es zweihundertsieben –, blieb unerwähnt. Nach Finns Beerdigung war sie mit dem Bewusstsein aufgewacht, dass es keine Alternative gab, und hatte angefangen, montagabends zu den Treffen der Anonymen Alkoholiker im Gemeindezentrum zu gehen.

Daraufhin hatte der Mann mit dem ordentlichen Haarschnitt und der weichen Aussprache gesagt: »Man hat mich nur aus Höflichkeit eingeladen. Und ich habe nur aus Höflichkeit zugesagt. Also …« Er lächelte verlegen. »… trinken wir aufs gute Benehmen.« Sie hatten ihre Gläser mit dem sprudelnden Wasser gehoben und auf Anstand und Enthaltsamkeit angestoßen.

Die Hochzeitsfeier fand im Keller eines Hotels statt, und später half Wilf ihr, die Fotoausrüstung zu dem draußen wartenden Taxi zu tragen. Der Aufzug hinauf ins Erdgeschoss war mit Spiegeln ausgekleidet, die sie beide aus allen möglichen Perspektiven zeigten.

Schon damals sah Georgie, dass sie kein Paar waren, das auf natürliche Weise zusammenzugehören schien. Wilf war groß und trug einen geliehenen Anzug, wie er ihr bereits gestanden hatte. Georgie war im üblichen Arbeitsoutfit: schwarze Jeans, schwarzes T-Shirt, das Haar zu einem straffen Knoten zusammengebunden. Im Spiegel starrten ihre dunklen Augen aus dem blassen Gesicht. Ihr Blick erinnerte an ein erschrockenes Tier, das jeden Moment die Flucht ergreifen würde. Wilf neben ihr machte einen weitaus gesünderen, freundlicheren Eindruck.

Eine Woche später schrieb er ihr, dass er sich eine Kamera kaufen müsse – dürfe er Georgie um ihre Expertise bitten? »Klar. Aber nur, wenn du es nicht auf ein Date abgesehen hast«, sagte sie. »Für so was bin ich noch nicht bereit.«

»Nein, ich würde mich wirklich über einen Tipp wegen einer Kamera freuen«, hatte Wilf geantwortet. Sie ist sich ziemlich sicher, dass es das einzige Mal war, dass Wilf nicht hundertprozentig ehrlich zu ihr war. Beim dritten Date erklärte sie ihm, es täte ihr leid, aber das mit ihnen würde nicht funktionieren. Sie erzählte ihm, dass sie Finn verloren hatte und immer noch um ihn trauerte und durcheinander war und dass es ihr falsch vorkam. Sie würde Wilf kontaktieren, falls sie jemals so weit wäre.

Aber dann hatte sie dauernd an Wilf denken müssen und an all die Dinge, die sie ihm sagen wollte. Also hatte sie ihm doch geschrieben, und beim vierten Date hatte Wilf Georgie eine Frage gestellt. Er fragte, ob sie es für möglich hielte, das Andenken an jemanden hochzuhalten und sich trotzdem wieder am eigenen Leben zu erfreuen. Er wies darauf hin, dass Georgie Finn niemals vergessen würde, ihr Leben mit seinem Tod aber nicht enden musste – und dass sie Anspruch auf eine Zukunft hatte.

Jetzt, im Auto, sagt sie zu Dan: »Ich glaube, du würdest ihn mögen. Komm uns besuchen, wenn er wieder da ist – wenn wir das hier hinter uns gebracht haben.«

Aber Dan zieht sich wieder zurück. »Am Wochenende trainiere ich meistens«, sagt er barsch. »Um meine Zeiten zu verbessern. Oder ich laufe Wettkämpfe.«

»Machst du immer noch Crosslauf?«, fragt sie. Versuchst du immer noch, die Gedanken in deinem Kopf zum Schweigen zu bringen?, denkt sie.

»Ich schau mal, ob es irgendwelche Wettkämpfe in deiner Gegend gibt«, sagt er milder gestimmt. »Dann könnte ich euch besuchen. Und Wilf kennenlernen. Und das Baby natürlich.«

»Das wäre toll«, antwortet sie, denn selbst ein vages Versprechen wie dieses ist besser als nichts. Darauf lässt sich aufbauen. »Immerhin wirst du Onkel.«

»Und was sagt Wilf zu dieser Reise – dass seine Freundin hochschwanger durch ganz Großbritannien fährt?«

Georgie sieht starr geradeaus.

»Du hast es ihm doch gesagt, oder? Wohin wir fahren, meine ich.«

Sie rutscht auf dem Sitz herum. »Nicht so genau. Noch nicht. Ich meine, es lohnt sich kaum. Morgen bin ich eh wieder daheim.«

»Oha.«

»Außerdem weiß ich nicht so recht, wo ich überhaupt anfangen soll.«

»Okay. Weiß er denn über Nancy Bescheid?«

»Nicht wirklich.«

Georgie hat Kopfschmerzen. Die Müdigkeit holt sie wieder ein, legt sich um ihren Körper wie der Schmutz, den sie auf der Haut und unter den Fingernägeln spürt, und ihr fällt ein, dass sie gar nicht mehr im Hotelzimmer war, um zu duschen. Dan soll aufhören, schwierige Fragen zu stellen. Immerhin ist auch er nicht perfekt – sie ist sich sicher, dass zwischen Mandy und ihm etwas vorgefallen ist.

»Beziehungen sind manchmal vertrackt«, sagt er schließlich.

Georgie fragt sich, ob immer noch die Rede von Wilf und ihr ist oder ob es um Dan und Mandy geht. Oder womöglich um jene Beziehung, die sie noch nicht antasten: Georgie und Finn. Aber sie hütet sich davor, ihn zu bedrängen. Stattdessen streckt sie die Hand aus und tätschelt seinen Arm. »Na ja, wir hatten die besten Vorbilder.«

Dan quittiert die Bemerkung mit einem angedeuteten Lächeln.

Laut Navigations-App werden sie ihr Ziel, eine winzige Insel an der Westküste Schottlands, am frühen Abend erreichen. Und so rasen Georgie und ihr Bruder in diesem kleinen, ungeeigneten Auto, so schnell sie nur können, ihrer Mutter und den Erschütterungen ihrer Vergangenheit entgegen, die über all die Jahre immer noch nachhallen.

Von dem Moment an, als Georgie erfuhr, dass sie schwanger war, sehnte sie sich nach diesem Baby. Es war die Chance, mit Wilf neu anzufangen und alles anders zu machen. Trotzdem treibt sie die Angst um, dass sie nie in der Lage sein wird, dem zu entkommen, was sie von ihrer Mutter geerbt hat: dem Hang, Dinge zu zerstören und die Menschen zu verletzen, die ihr am nächsten stehen.

FÜNFZEHN

Nancy

Nancys alte Tasche aus Teppichstoff steht an der Tür ihrer Hütte bereit. Sie schüttet die Teereste aufs Feuer, hört es zischen und sieht sich ein letztes Mal in dem frisch gefegten Raum um, der zwei Jahre lang ihr Zuhause war. Ein Zuhause, das so abgeschieden war, dass es ihr endlich sicher genug erschien, zu bleiben, nicht immer weiter zu flüchten. Wie dumm sie gewesen war!

Es war ein Glücksfall gewesen, als sie diesen Ort entdeckte. Sie war auf dem Festland, lebte mietfrei in einem heruntergekommenen Wohnwagen auf dem Zeltplatz von Morag und erledigte im Austausch irgendwelche Arbeiten, kümmerte sich um den Garten und solche Sachen. Aber als der Sommer kam, brauchte Morag den Stellplatz.

Eines Abends im Pub hörte sie den örtlichen Gutsverwalter jammern, was für ein Aufwand der Unterhalt der Schutzhütte draußen auf der Insel war. Immer wenn er dort war, dachte er, es wäre das Beste, einfach die Tür abzusperren. Die Hütte war ein Relikt aus einer vergangenen, vertrauensvolleren Ära, erklärte er dem Barkeeper. »Jetzt benutzen sie die Leute, um Partys zu feiern, oder als kostenlose Unterkunft für einen Junggesellenabschied. Sie machen Dreck, hinterlassen Flaschen, Graffiti und Schlimmeres.«

Sie hatte in der Ecke gesessen, zugehört und bis kurz vor der Schließzeit abgewartet und war dann auf den Barhocker neben ihm gerutscht. »Ich kann Ihre Hütte wieder herrichten«, sagte sie zu ihm. »Das Dach reparieren, die Wände streichen, sie sauber halten.«

Er hatte sich zu ihr umgedreht und sie gemustert. Dank der Zeit im Wohnwagen sah Nancy einigermaßen seriös aus.

Sie wollte den Bogen nicht überspannen. »Nur so lange, bis Sie entschieden haben, was Sie damit machen wollen. Morag vom Zeltplatz kann für mich bürgen«, fügte sie hinzu.

Der Mann leerte sein Glas, wischte sich den Schaum vom Schnurrbart und begann wieder über die guten alten Zeiten zu reden, als man den Wert von Schutzhütten zu schätzen wusste. »Für Leute in Not, die dort draußen arbeiteten, später für Wanderer. Es gab eine feste Regel: Mach keinen Dreck und hinterlasse sie so, wie du sie vorgefunden hast«, sagte er.

Nancy bedeutete dem Barkeeper, eine weitere Runde auszuschenken. Als Gutsverwalter konnte er doch sicher entscheiden, dass die Hütte für Reparaturen geschlossen wurde, schlug sie vor. Nur als vorübergehende Maßnahme. Nancy könnte dort wohnen und sie herrichten. Und Rowdys vertreiben, die dort auftauchten. »Ich bin zäher, als man denkt«, erklärte sie. »Ich kümmere mich schon eine ganze Weile allein um alles. Außerdem habe ich den Hund.« Sie deutete auf Bree, die bereitwillig mit dem Schwanz auf den Boden klopfte.

Das war vor zwei Jahren gewesen, und seither hatte sich das Aufwachen an diesem Ort für Nancy wie eine zweite Chance im Leben angefühlt. Wenn sie die Tür aufmachte und vor ihr ein Schleier aus Grüntönen lag, dann, mit dem Wechsel der Jahreszeiten, Rot- und Braunschattierungen. Sie lernte, die unterschiedlichen Vogelstimmen auseinanderzuhalten, wenn sie mit dem Eimer hinunter an den Bach ging und eiskaltes Wasser schöpfte, während Bree neben ihr hertrottete. Es war deutlich, dass auch die Hündin hier glücklich war.

Sie mischt sich nicht unter die Dorfbewohner, außer wenn sie mit ihren sorgfältig eingeteilten Ersparnissen einen Laden aufsuchen muss. Sie ahnt, wie über sie geredet wird, denn die Leute reden immer. Im vergangenen Sommer wurde viel darüber getratscht, wie sie eigenhändig eine Gruppe junger Kerle verscheucht hatte. Es waren Studenten, Burschen mit glatten Wangen und welligem Haar, die es gewohnt waren, ihren Willen durchzusetzen. Sie waren an der Schutzhütte aufgekreuzt, wollten laute Musik hören und trinken. Zunächst hatte sie Bree auf die Kerle gehetzt, dann hatte Nancy selbst ihre kaputten, gelben Zähne entblößt und sie angeknurrt. Sie hatten sie ausgelacht – »Du lieber Gott, eine Hexe!« »Eine durchgedrehte Furie!« –, bald aber doch den Rückzug angetreten und am Hafen auf die erste Fähre gewartet.

Nancy vermutet, dass man sie von da an »Nan, die Hexe« nannte, aber damit kann sie leben. Immer noch besser als manche der Bezeichnungen, die man ihr in der Vergangenheit gegeben hat. Nancy, die Trinkerin. Nancy, der Kuli. Die verrückte Nancy.

Doch, das Leben in der Schutzhütte hat ihr gutgetan. Die friedliche Ruhe dämpfte den Lärm in ihrem Kopf für eine Weile. Hier draußen kann sie niemandem Verletzungen zufügen. Hier gibt es nur sie und die Hündin. Natürlich weicht die Scham nie von ihrer Seite, doch hier draußen ist sie weniger beharrlich. Eher ein Summen als ein betäubendes Heulen.

In ihrem alten Leben hatte sie nicht gewusst, was Scham bei einem Menschen bewirken kann. Wie es auf alles, was man tut, abfärbt. Ganz ähnlich wie jenes andere Gefühl, das seit zwanzig Jahren ebenfalls ihr ständiger Begleiter ist: die Angst.

SECHZEHN

Nancy, 1988

»EIN AUSSERORDENTLICHES TALENT«

Das Sommerfest von Gerry Mac ist schon jetzt legendär. Jeder weiß, was letztes Jahr vorgefallen ist, als die Frau eines Dozenten so betrunken war, dass sie sich über einen renommierten Romancier erbrach, der Gastdozent an der Universität war. Dann war da Gerry Macs Weihnachtsfeier, bei der ein Chemiestudent irgendetwas in die Bowle mischte und der Fakultätsleiter sich die Kleider vom Leib riss und im Regen tanzte.

Demnach hält Nancy es für einen Scherz – den Streich eines Kommilitonen –, als sie eine Einladung zu Gerry Macs alljährlichem Sommerfest in ihrem Postfach entdeckt. Sie hatte bislang noch nicht einmal Unterricht bei Gerry Mac. Er war beim Vorsprechen für *Nora* dabei, doch es ist unwahrscheinlich, dass er sich an sie erinnert.

Sie dreht die lila Karte um und liest die getippte Nachricht, die von einem floralen Muster eingerahmt ist.

Einladung zu einem geselligen Sommerabend
mit netten Gästen und anregenden Gesprächen.
Ab 21 Uhr mit offenem Ende.

Sie blickt sich nach links und rechts um und sieht, wie ein anderer Student – Laurence, der die Studentenzeitschrift herausgibt – ein identisches Quadrat aus lila Kartonpapier aus seinem Fach nimmt. Also ist die Einladung echt, denkt sie.

Sie weiß nicht genau, ob sie jemanden mitbringen darf, aber sie fragt Frank, ob er mitkommt. Sie sind viel zu früh da – offenbar bedeutet 21 Uhr eigentlich 22:30 Uhr –, und Nancy trinkt einen Becher Rumbowle gegen die Nervosität. Der erste Becher gleitet so mühelos hinunter, dass sie noch einen zweiten und dann einen dritten trinkt. »Mach langsam«, sagt Frank, aber sie ignoriert ihn. Kostenlose Drinks, was soll daran schlecht sein? Im Grunde genommen hält sie es mittlerweile für doch keine so gute Idee, dass sie Frank mitgenommen hat.

Sie hätte Lust, sich mit Laurence von der Studentenzeitschrift zu unterhalten, aber der ist in den Garten hinausgegangen, und Frank will nicht nach draußen. Er leidet unter Heuschnupfen, und heute Abend ist die Pollenbelastung hoch. Also bleiben sie in ihrer Ecke stehen, und als Gerry Mac schließlich zu ihnen kommt, hat Nancy bereits so viel Rumbowle getrunken, dass sie kaum geradeaus sehen kann.

Gerry taucht die Schöpfkelle in die Bowle und reicht ihnen beiden zwei frische Plastikbecher. Nancy blickt auf ihren hinab, betrachtet die Apfelschnitze, die darin auf und ab schaukeln, und fragt sich, ob sie dieses Jahr wohl diejenige sein wird, die sich damit blamiert, dass sie sich übergibt. »Du hast jemanden mitgebracht?«, sagt Gerry und mustert Frank von oben bis unten. Frank richtet sich ein wenig auf und streckt ihm die Hand hin, ganz der wohlerzogene Schuljunge. »Frank Brown, Informatik im zweiten Jahr«, sagt er.

Nancy geniert sich für ihn: Informatik – wie albern muss das für einen Intellektuellen wie Gerry Mac klingen. Sie angelt ein Orangenstück aus dem Becher und lutscht daran, in der Hoffnung, verführerisch zu wirken.

»Informatik – so, so. Ist das nicht nur eine beschönigende Bezeichnung für das Herumgetippe auf der Schreibmaschine?«, fragt Gerry. Frank kichert höflich und fängt an, sich zu räuspern, um ihn aufzuklären, aber Gerry hört gar nicht hin. »Kreative wie wir werden wahrscheinlich immer jemanden für die Sekretariatsarbeiten brauchen«, meint er mit einer ausladenden Geste und sieht sich nach einem Auditorium um. Doch alle unterhalten sich in kleinen Gruppen, und so wendet er sich wieder an Nancy und Frank. »Kreative wie wir«, wiederholt er und fokussiert nur mehr Nancy.

Das darauffolgende Schweigen ist dem von der Erstsemestereinführung vor knapp zwei Jahren gar nicht so unähnlich. Nur dass ihr diesmal gar nichts mehr einfällt, was sie sagen könnte.

»Nancy Jebb. Die Emilia in *Othello* letztes Jahr?«, fragt Gerry, und sie bringt nur ein Nicken zustande. »Du hast für die Nora vorgesprochen.« Er nickt langsam. »Ja, ja, wirklich schade. Ich wurde überstimmt. Du wärst perfekt gewesen.«

Sie weiß noch immer nicht, was sie darauf sagen soll, aber Gerry scheint gar keine Antwort zu erwarten. Stattdessen streckt er die Hand aus und streicht Nancy eine Ponysträhne aus dem Gesicht. »Ein außerordentliches Talent, das Mädchen«, sagt Gerry an Frank gewandt. »Sie wird es noch weit bringen.«

»Ach ja?«, fragt Frank nach, aber Gerry Mac nimmt keine Notiz von ihm. »Demnächst sind wieder ein paar Inszenierungen geplant«, meint er. »Insbesondere eine davon könnte perfekt für dich sein.« Er streicht sich über den Bart. »Ich lade immer auch ein paar Leute von früher ein. Regisseure, Produzenten, du weißt schon …« Er dreht sich um und geht in den Garten.

Nancy drückt den Plastikbecher zwischen den verkrampften Fingern zusammen und hört ein Knacken. Orangefarbene Flüssigkeit spritzt über Brust und Träger ihrer weißen Latzhose.

»Oh.« Erschrocken sieht Frank auf sie herab. Er zieht sein

Taschentuch heraus und tupft vergebens auf ihrer Brust herum, bis sie ihn fortschiebt.

Bald darauf brechen sie auf. »Was für ein eingebildeter Arsch«, sagt Frank auf dem Heimweg. »Die Welt verändert sich – bald wird man alles mithilfe von Computern machen. Und Dinosaurier wie er werden einfach abgehängt.«

Nancy beißt die Zähne zusammen. Der Geruch der klebrigen Rumbowle auf den Kleidern und in ihrem Haar steigt ihr in die Nase. Sie hätte Frank nicht mitnehmen sollen. Er ist süß, aber vielleicht ist er doch nicht ihr Typ. Ein bisschen zu harmlos. Kein Wunder, dass er Gerrys kreativen Geist und seine Energie nicht zu schätzen weiß. Sie denkt an Gerrys kleine Stichelei über das Tippen. Und daran, dass er gesagt hat, sie hätte Talent, und lächelt in sich hinein.

»Ich finde ihn interessant«, sagt sie leichthin.

SIEBZEHN

Georgie

Unerträglich langsam schwinden die Meilen dahin. Das kleine Auto scheint nicht mehr als sechzig Meilen pro Stunde zu schaffen, und Georgies Ungeduld wächst, als sie die schnelleren, leistungsfähigeren Autos beobachtet, die den Blinker setzen und mühelos an ihnen vorbeiziehen. Trotzdem, immerhin fährt es. Wenn sie es nur in den Norden schaffen, den Hafen erreichen und auf diese Insel kommen, dann kann sie die Frau zur Rede stellen, die sie verlassen hat, und ein paar Erklärungen einfordern. Einen Schlussstrich ziehen.

Auf Twitter ist es ruhig geworden, kaum jemand postet mehr etwas unter dem Hashtag #rätselhafteretterin, allenfalls wird das alte Foto recycelt. Georgie betrachtet von Neuem das körnige Bild auf der Suche nach einem Hinweis darauf, was ihre Mutter all die Jahre getrieben hat und was für ein Mensch sie mittlerweile ist.

»Was denkst du, wie Nancy jetzt wohl aussieht?«, fragt sie und zoomt das Foto näher heran. »Das Bild ist ja ziemlich verschwommen.«

Dan pfeift unwillkürlich. »Och, keine Ahnung. Älter? Grauer? Faltiger? Hängt vermutlich davon ab, ob sie immer noch trinkt.« Dann widmet er sich den praktischen Fragen. »Egal, wenn wir ankommen, fragen wir uns durch. Die Insel ist klein, es sollte nicht so schwer sein, sie ausfindig zu machen.«

Georgie versucht sich diese letzte Etappe ihrer Reise auszumalen, aber es gelingt ihr nicht. Sie kommt nicht weiter als bis zu der Vorstellung, dass ihre Hand an eine Holztür klopft und die Tür aufgeht, danach verblasst das Bild. Wird Nancy einen Augenblick brauchen, um ihre Kinder zu erkennen, oder wird es ihr auf Anhieb klar sein? Und was für Gefühle werden sich in diesem Moment auf ihrem Gesicht abzeichnen?

Als Kind waren Georgies Visionen davon, wie Dan und sie ihre Mutter finden würden, Teil von weitaus exotischeren Tagträumen. Dazu gehörte, dass sie über Seilbrücken balancierten und sich durch den dichten Dschungel kämpften, um zu ihr zu gelangen. In zuversichtlicheren Momenten hatte sie sich ausgemalt, dass Nancy zurückkommen und nach ihnen suchen würde.

»Früher habe ich mir oft vorgestellt, dass sie plötzlich vor unserer Haustür steht«, sagt Georgie. »Dass sie zuerst zu unserem alten Haus in London geht, aber das wäre nicht schlimm, denn Claudia oder eine der anderen Nachbarinnen würde rauskommen und ihr erzählen, dass wir umgezogen sind. Und dann findet sie das neue Haus in Redhill, stürmt herein, sagt: ›Gib mir meine Kinder zurück!‹, und fängt an, Irenas kleine Glasfiguren zu zerschlagen oder so was.«

»Ha, bei mir war das ganz ähnlich«, sagt Dan. »Nur ohne die Glasscherben. Davon hatten wir aus meiner Sicht schon genug gehabt.«

»Stimmt.«

Nur einen Augenblick lang verliert sich Georgie in den Erinnerungen an diese lang vergangene Zeit. Merkwürdigerweise kommen ihr dabei weniger das Geschrei und die Scherben in den Sinn als die Ruhe, die dem Sturm üblicherweise voranging. Das Warten darauf war immer das Schlimmste, aber sie lernte, die Zeichen zu erkennen. Ihre Mutter war plötzlich zerstreut und geistesabwesend. Georgie entdeckte Nancys Geldbeutel im Kühlschrank, oder ihr fiel auf, dass die Mutter zwei unterschiedliche Socken trug. Auf sämtlichen Ablageflächen im Haus türmten sich Weingläser mit sauer riechendem, eingetrocknetem Bodensatz.

An Tagen wie diesen saß Georgie in der Grundschule und spürte, wie sich die Furcht in ihrem Magen immer mehr zusammenballte. Nach Schulschluss stand sie auf dem Pausenhof, sah zu, wie die anderen Mütter eintrafen, und wusste im tiefsten Innern, dass Nancy nicht unter ihnen sein würde. Claudia, die am anderen Ende der Straße wohnte, sprang oft ein und brachte Georgie und Dan nach Hause. Wenn ihr Vater davon erfuhr, schüttelte er den Kopf. »Du bist völlig durchgeknallt, Nance, du bist verrückt«, sagte er, aber das machte alles nur noch schlimmer.

Georgie beobachtete, wie der Alkohol ihre Mum schläfrig und vergesslich machte, und mit dreizehn schwor sie, mit jener typischen Selbstgerechtigkeit von Mädchen ihres Alters, niemals zu trinken. Dan tat es auch, mit dem Unterschied, dass er zu seinem Wort stand. Er trainierte ständig für irgendein Sportereignis oder einen Geländelauf, und auf Partys nippte er den ganzen Abend an einer einzigen Bierdose.

Georgies Vorsatz hatte sich beim ersten Mal, als sie sich betrank, in Luft aufgelöst. Sie war vierzehn, und jemand hatte eine Flasche Wodka in die Schuldisco geschleust. Sie stürzte das erste scharf brennende Glas hinunter, griff sich die Flasche und trank gierig direkt daraus. Alle waren zurückhaltend, zu schüchtern zum Tanzen, nur Georgie nicht. In ihrer Vorstellung war sie gleichzeitig Britney Spears, Christina Aguilera und Shakira. Gott weiß, wie sie tatsächlich aussah, nichtsdestotrotz war es das erste Mal, dass die Leute an der neuen Schule Georgie Brown zur Kenntnis nahmen.

»Wir dachten immer, du bist ein bisschen langweilig. Eine Streberin«, meinte eines der fiesen Mädchen. »Aber du bist echt in Ordnung. Du bist voll witzig, Georgie.« Also betrank sich Georgie auch bei der nächsten Party und bei der darauf. Dann kamen die Sommerferien, und sie hing mit den Mädchen, die früher fies zu ihr gewesen, aber jetzt ihre Freundinnen waren, im Park ab.

Immer gab es Alkohol oder Gras – die anderen Jugendlichen hatten es dabei, fast als wollten sie der mittlerweile legendären Georgie Brown etwas darbringen. Wenn sie sich bedient hatte, dann legte sie sich auf den Rücken und sah den Wolken zu, die über den dunkler werdenden Himmel jagten. Nie hatte Georgie sich ihrer Mutter näher gefühlt als in diesen Momenten, denn endlich ging ihr ein Licht auf. Sie verstand, warum Nancy sich an diesen langen Nachmittagen dumm und dämlich gesoffen hatte. Der Alkohol betäubte die Langeweile und Einsamkeit, machte einen zu einem anderen Menschen, und nun tat Georgie dasselbe.

Wenn sie nach Hause taumelte, steckte sie den Kopf kurz ins Wohnzimmer und beschränkte sich auf kurze, einfache Wörter wie: »Okay, Nacht.« An den meisten Abenden blickten Frank und Irena kaum auf. Manchmal kam es ihr so vor, als könnte ihr Vater es nicht ertragen, sie allzu lange anzusehen. Vielleicht erinnerte sie ihn zu sehr an Nancy, nun, da sie älter wurde. Oder ihm gefiel nicht, was er sah: die neuen Piercings, die Knutschflecken am Hals.

Georgie blickt aus dem Fenster auf den Seitenstreifen der Autobahn, betrachtet die Böschung mit den armseligen Bäumen, die sich an die graue Erde krallen. Kurz erhascht sie die Wölbung eines zerfetzten Reifens am Straßenrand, dann blitzt ein Blutfleck auf, und ihr wird klar, dass der schwarze Bogen kein Gummireifen, sondern der Pelz eines toten Dachses ist. Das arme Tier, das instinktiv den althergebrachten Wegen folgt, die seine Mutter und deren Mutter bestimmt haben, alten Pfaden, die schon vor langer Zeit überpflastert wurden.

Vielleicht haben auch wir Menschen keine Chance, denkt sie. Wir können nicht anders, als den ausgetretenen Pfaden zu folgen, selbst wenn uns klar ist, dass sie im Unheil enden.

Sie sieht Dan an. »Ich mache mir Sorgen, weißt du«, sagt sie.

»Worüber? Ob wir heute Abend noch ankommen?«

»Nein. Ich habe Angst, so zu werden wie sie. Ob es das ist, was bei Nancy den Schalter umgelegt hat: als sie Mutter wurde.«

Es folgt Schweigen, und sie fragt sich schon, ob Dan genau dieser Meinung ist. Aber dann sagt er: »Tu das nicht. Du wirst nicht so, Georgie. Du wirst eine wunderbare Mutter sein.«

Georgie reibt sich die Augen, die trocken sind vor Müdigkeit, und bemüht sich, den Kloß hinunterzuschlucken, der sich in ihrer Kehle gebildet hat. »Danke«, bringt sie heraus.

»Und auch wenn ich ihn noch nicht kenne – es klingt so, als ob auch Wilf ein guter Vater sein wird.«

»Ja«, sagt sie. »Das glaube ich auch.«

»Aber du musst mit ihm reden. Wirklich reden, meine ich.«

Georgie weiß, was ihr Bruder meint.

»Denn natürlich muss jeder Mensch ein paar Geheimnisse für sich behalten, das ist ganz normal. Aber die großen Geheimnisse können eine Beziehung zerstören. Sie sind Zeichen eines grundlegend fehlenden Vertrauens und fehlenden Respekts.«

Er hat recht – doch dies ist eine Seite von Dan, die sie noch nicht kannte, eine, die mit Therapeutenjargon vertraut ist. Sie fragt sich, ob es die Sprache eines Paartherapeuten ist, denn wie es aussieht, hat Dan sich immer noch nicht bei Mandy gemeldet. Mandy ist Gutachterin und trägt schimmernde Strumpfhosen, die knistern, wenn sie die Beine übereinanderschlägt. Immer fragt sie, wie Georgie mit ihrem Hobby vorankommt; für die eigene Hochzeit heuerte sie einen »professionellen« Fotografen an.

Apropos, hat Dan sich bei der Arbeit gemeldet? Er hat einen hohen Posten bei irgendeiner Versicherung, eine Tatsache, die Frank ihr regelmäßig unter die Nase reibt. Aber selbst Dan wird doch wohl für diese durchgeknallte Verfolgungsjagd um einen freien Tag bitten müssen?

Ein Klingeln meldet den Eingang einer Benachrichtigung, aber als Georgie auf ihrem Handy nachsieht, ist das Display dunkel. Das Geräusch ertönt ein zweites Mal, es muss von Dans Handy kommen. Auf dem Smartphone im Getränkehalter sind jedoch keine Nachrichten zu sehen, sondern nur die blaue Schlangenlinie auf der Landkarte und die beunruhigende Erinnerung, dass sie noch neun Stunden und zwei Minuten Fahrt vor sich haben.

Sie wirft Dan einen Blick zu und merkt, dass ihm rote Flecken am Hals emporkriechen. Wieder klingelt es. Offensichtlich hat Dan irgendwo im Auto ein zweites Handy.

»Wo …?« Sie sieht unter dem Sitz und im Handschuhfach nach und blickt ihn dann an.

»Nirgends. Es ist egal«, antwortet er brüsk.

»Aber vielleicht ist es Mandy oder dein Büro oder irgendwas Wichtiges …«

»Lass es gut sein.« Es klingt wie eine Warnung.

Am Fenster rauscht ein Reisebus vorbei, und eine Reihe gelangweilter Gesichter sieht auf ihr kleines Auto herab. Was ist los in Dans Leben? Er klingt, als hätte er eine Therapie hinter sich. Und im Allgemeinen gibt es nur einen Grund, warum jemand ein zweites Handy besitzt – eine Affäre. In ihrem Magen ballt sich die Wut zu einem Knoten.

Hat Dan denn gar nichts aus dem Chaos ihrer Kindheit gelernt? Erinnert er sich nicht mehr daran, wie schmerzhaft ein Betrug ist? Georgie hat viele Fehler im Leben gemacht, aber sie war nie untreu. Sie weiß, wie es sich anfühlt, wenn man von jemandem, den man liebt, ohne jede Vorwarnung verlassen wird, und Dan weiß es auch. Er sollte es besser wissen.

Sie fahren weiter.

Diese Reise hatte eigentlich dazu dienen sollen, mit der

Vergangenheit abzuschließen, aber stattdessen erweckt sie sie wieder zum Leben und rührt verwirrende Erinnerungen auf. Georgie starrt auf die endlose Straße vor sich und wünscht sich plötzlich, sie hätte das Taxi nie gerufen, wäre nicht zum Zug gehetzt und hätte ihren Bruder nicht angerufen. Vor allem aber wünscht sie, sie hätte das Foto von Nancy nie gesehen, das dieses ganze Unterfangen erst ins Rollen gebracht hat.

Schon viel zu viele Jahre ihres Lebens hat Georgie mit dem Versuch vergeudet, diese Frau zu verstehen. Als Kind dachte sie sich Rechtfertigungen für Nancy aus und malte sich rosa getünchte Versöhnungsszenen aus. Sie erfand Lügen, die sie den Nachbarn, Lehrern und Müttern ihrer Schulfreunde erzählen konnte. Vielleicht ist für Georgie endlich der Moment gekommen, ihr Herz zu verschließen. Sie will eine Erklärung von Nancy, und dann will sie ihr den Rücken zukehren und weggehen, ein für alle Mal. Denn es gibt Fälle, in denen ein Vertrauensbruch unverzeihlich ist.

ACHTZEHN

Nancy

Sie erwischt die erste Fähre, und um den frühmorgendlichen Regen abzuwehren, schlingt sich Nancy den Schal um den Kopf. »Die Nachrichten sind voll von Ihnen«, sagt Joe, der die Fährtickets verkauft.

»Die Nachrichten?« Nancy hofft, dass es ein Witz sein soll.

»Na ja, Twitter jedenfalls.« Er lässt ein Zahnlückenlächeln sehen. »Also für uns waren Sie immer ›Nan‹ oder ›Nan in der Schutzhütte‹. Aber jetzt nennt man Sie die ›rätselhafte Retterin‹. Sie haben sogar einen eigenen Hashtag!«

Nancy hat keine Ahnung, was das bedeutet, aber es klingt nach nichts Gutem. Sie zieht den Schal dichter ums Gesicht und streichelt Bree über den weichen Kopf, um das Pochen in ihrer Brust zu beruhigen. Es war die richtige Entscheidung, wegzugehen; sie muss weiterziehen, denn genau das muss Nancy bleiben: ein Rätsel.

Das Bahnhofsgebäude auf dem Festland ist ein malerisches Haus, dessen Fensterrahmen und Tür kirschrot gestrichen sind, doch es stellt sich heraus, dass die Tür noch abgesperrt ist. Es ist zehn Uhr vormittags, der Bahnhof müsste längst offen sein. Sie rüttelt an der Tür, tritt einen Schritt zurück und blickt an dem Backsteingebäude hoch.

»Ist zwecklos. Die streiken. Leben Sie etwa hinterm Mond?«, ruft ein Mann von der anderen Straßenseite herüber. Er hat die Tageszeitung in der Hand und schlägt sie wie zur Unterstreichung gegen die andere Handfläche. Sie gibt ihm keine Antwort – es wäre zu kompliziert, das zu erklären.

Doch der Mann mit der Zeitung hat recht, denn es taucht

niemand auf, um den Bahnhof aufzusperren, und Nancy weiß, dass sie den Bus, der einmal täglich fährt, bereits verpasst hat. Bree, die nicht versteht, was sie hier machen und wohin sie unterwegs sind, schmiegt sich an Nancys Bein. »Ich weiß, meine Kleine«, murmelt Nancy. »Ich weiß.«

Schließlich macht Nancy, was sie immer macht, wenn nichts anderes mehr geht, und streckt den Daumen raus, um ein Auto anzuhalten. Nehmen die Leute heutzutage überhaupt noch Anhalter mit – noch dazu jemanden mit Hund? Es gibt nur eine Möglichkeit, das herauszufinden, also stellt sie sich kurz vor den großen Kreisverkehr am Stadtrand. Lange Zeit steht sie da im harschen Wind.

Als endlich jemand anhält, hat sich Nancy so daran gewöhnt, ignoriert zu werden, dass sie es beinahe nicht bemerkt. Da ertönt ein Hupen. Sie sieht sich zu dem klobigen Wohnmobil um und zögert, fast will sie es bleiben lassen, denn es weckt Erinnerungen an eine lange zurückliegende Reise in einem Transporter, die nicht gut endete.

Doch über ihrem Kopf ziehen sich dunkle Wolken zusammen: Es wird regnen. Als sie hingeht, sieht Nancy, dass eine Frau am Steuer sitzt, ungefähr im selben Alter wie sie. Munter, mit frischen roten Wangen, denen man anmerkt, dass sie von Campingwochenenden rühren und nicht von Nancys Art, unter freiem Himmel zu schlafen. Die Frau fährt das Fenster herunter. »Wohin wollen Sie?«

»Wo immer Sie hinfahren«, sagt Nancy.

»Nach Süden?«

»Süden passt«, sagt Nancy und steigt mit der Hündin ein.

NEUNZEHN

Nancy, 1989

»DA KOMMT NICHTS RÜBER«

Nancy betrachtet das Poster am Schwarzen Brett der Theaterwissenschaft. Ihr ist bewusst, dass es nur eine Universitätsinszenierung ist, aber da steht ihr Name in großen Buchstaben. An erster Stelle. Warm breitet sich Stolz in ihrem Körper aus.

Es ist eine Inszenierung von *Brief Encounter* – eine überraschend altmodische Wahl, findet Nancy, aber Gerry besteht darauf, dass es zeitgenössische Relevanz besitzt. »Wir sind alle in konventionellen Rollen und Erwartungen gefangen«, sagt er, und sie nickt, denn es ist fast schon unheimlich, wie Gerry immer genau das Richtige zum richtigen Zeitpunkt zu sagen weiß.

Wie auch immer, er verleiht dem Skript einen besonderen Dreh, indem er das Stück in die Sechzigerjahre verlegt – eine revolutionärere Epoche, wie er sagt. Demzufolge besteht Nancys Kostüm aus einem orangefarbenen Minikleid und weißen Stiefeln, wie aus einem Beatles-Film oder *Blow Up*. Die Stiefel drücken ein bisschen, aber Nancy will sich nicht beschweren, weil Gerry ihr Kostüm eigens ausgesucht hat.

Sie gibt alles, doch Gerry, der bei der Kostümprobe in der ersten Reihe sitzt, wirkt verstimmt. Er kaut auf dem Kugelschreiber und schürzt die Lippen, sodass sein Schnurrbart zuckt. »Irgendwie fehlt da etwas bei dir«, meint er und zieht die Wörter in die Länge. »Da kommt nichts rüber.« Die Erregung, die Nancy in den vergangenen Monaten Auftrieb gegeben hat, sackt wie ein Stein herab.

Sie müsse ganz in die Rolle schlüpfen, sagt er. Vielleicht würde ein Haarschnitt helfen? »Ich denke da an Twiggy. Oder Mia Farrow in *Rosemaries Baby*.«

Gerry hat einen Freund, Adrian, der ihr das Haar kostenlos schneiden kann, und so sitzt sie nach Ladenschluss in einem Drehstuhl in seinem Salon, und er macht schnipp, schnapp. Sie spürt seinen Atem an ihrer Wange und dann im Nacken, während ihr Haar auf den Boden fällt, und schon bald sitzt sie mitten in einem Kranz aus roten Federn. Als Nancy in den Spiegel schaut, hofft sie auf schnittige Knabenhaftigkeit. Stattdessen aber sieht sie geschoren aus, wie ein Schlachttier. Mit zitternder Hand fährt sie sich über den Kopf und versucht, die paar Locken, die er an den Seiten hat stehen lassen, herunterzuziehen, aber es ist kaum etwas übrig. Nicht einmal genug, um sich das Haar hinter die Ohren zu streichen, so wie sie es gerne macht.

»Na also«, sagt Gerry. »Perfekt.«

Nancy hat einen Kloß im Hals. Sie möchte weinen, aber das darf nicht sein, das wäre kindisch. »Danke«, flüstert sie.

Das Stück aber ist ein Riesenerfolg. Nancy liebt es, dass sie zu einer anderen Person wird, kaum dass sie die Bühne betritt, zu jemandem mit einer klaren Vorgeschichte und – wie alle andere zu finden scheinen – einer tollen Frisur. Als sie sich am letzten Abend verbeugt, klatschen und johlen die Leute, und sie fühlt sich großartig. Das ist es, was ich will, denkt sie. Das ist meine Bestimmung.

»Frank nicht da heute Abend?« Gerry reicht ihr ein Glas Wein. Sie feiern die letzte Vorstellung, aber Nancy ist allein da. Frank war bei der Premiere, hat geklatscht und Bravo gerufen, doch heute, meinte er, würde er es wohl nicht schaffen.

Nächste Woche steht eine wichtige Prüfung an, und er muss lernen.

»Sieht nicht so aus«, sagt Nancy und schenkt ihm ihr strahlendstes Lächeln. Sie wird sich den Abend von Frank nicht verderben lassen. Gerry schenkt ihr nach und sagt, dass er beim nächsten Stück einen Regisseur aus dem West End einladen will. Einen seiner alten Kumpel. »Ich denke, ihm wird gefallen, was er sieht«, meint er. »Da bin ich mir ganz sicher.«

Später gibt es Musik, und es wird getanzt, und am Ende des Abends wird sie plötzlich hochgehoben und landet auf dem Tisch, wo sie weitertanzt. Oh, es fühlt sich so unglaublich an! Alle Leute lächeln und lachen, und sie – Nancy Jebb – ist das Zentrum. Aber dann verschiebt sich etwas, der Raum um sie herum verschwimmt, und sie muss schnell vom Tisch herunter.

Als Nächstes ist sie im Badezimmer, Gerrys Badezimmer. Sie nimmt den Geruch eines muffigen Handtuchs wahr, das über dem Badewannenrand hängt, und schon beugt sie sich über die Kloschüssel. Aber das darf nicht sein, sie will die Party nicht verpassen, es ist doch alles so toll gelaufen, und sie versucht aufzustehen, aber es gelingt ihr nicht, ihre Beine wollen nicht. Also legt sie sich auf den Boden, um sich ein bisschen auszuruhen, nur ganz kurz.

Als Nancy aufwacht, ist keine Musik mehr zu hören. Gerry beugt sich über sie und sagt etwas, doch es ergibt keinen Sinn. Sie muss nach Hause – oder vielleicht sollte sie besser zu Frank gehen und schauen, ob er noch wach ist. Aber wie sich herausstellt, kann sie immer noch nicht aufstehen. Sie stützt sich mit der Hand an der Wand ab, und es ist ein Glück, dass niemand sonst sie sehen kann. Der nette Gerry hilft ihr aus dem Badezimmer, und es ist so peinlich, weil er doch ihr Dozent ist, und sie hat sich blamiert und riecht bestimmt nach Kotze.

Als sie am Wohnzimmer vorbeikommen, sieht es ganz anders aus – nichts als leere Flaschen und Aschenbecher unter der grellen Deckenlampe. Sie ist untröstlich, es tut ihr so leid, dass sie in einem solchen Zustand ist, doch Gerry sagt, es sei schon in Ordnung, er hilft ihr gerne und führt sie durch den Gang, und dann sind sie in einem Schlafzimmer.

Hier hat sie ihre Jacke abgelegt, jetzt erinnert sie sich wieder, und das Bett ist so weich, so viel besser als der Badezimmerboden, also lässt sie sich nach hinten plumpsen. Sie lacht ein bisschen, weil das orangefarbene Kleid aus dem Stück, das sie immer noch anhat, nach oben gerutscht ist. »Unschicklich«, versucht sie zu sagen, denn so würde ihre Mutter es nennen. »Unsch…«, sagt sie, aber Gerry hört nicht zu. Er streichelt ihr übers Haar, was schön ist, aber auch schräg, und plötzlich, fast wirkt es wie ein Versehen, ist er über ihr.

Kurz fragt sie sich, ob er das Gleichgewicht verloren hat und ebenfalls betrunken ist, aber dann spürt sie, wie seine Hand ihre Strumpfhose und die Unterhose mit einer einzigen Bewegung herunterzieht; sein Kopf drückt an ihren Hals. Er ist ein kleiner Mann, sodass seine Stirn ziemlich fest gegen ihre Luftröhre gepresst wird, wodurch es schwierig ist, überhaupt etwas zu sagen.

Plötzlich, so als spiele sie auch jetzt nur eine Bühnenrolle, stellt Nancy sich vor, wie sie heute Abend auf Gerry gewirkt haben muss: ein Mädchen, das auf dem Tisch tanzt, im vollen Bewusstsein, dass man ihr unter den Rock schauen kann, und das sich für die Mia Farrow von heute hält. Sie denkt an den Rat ihrer Mutter zum Thema Männer und weiß, es ist gar nicht Gerrys Schuld – wenn sich hier jemand etwas vorzuwerfen hat, ist es Nancy.

Und genau genommen ist es so schnell vorbei – ein Stöhnen, dann ein glitschiges Gefühl, als er aus ihr herausrutscht –, dass sich Nancy fragt, ob es überhaupt zählt. Denn Gerry sitzt nun am Bettrand, streicht sich das Haar wieder zum Pferdeschwanz zusammen, rückt sein Hemd zurecht und verhält sich so, als sei nichts geschehen. Also tut Nancy es ihm nach. Sie schwingt die Beine über den Bettrand auf der anderen Seite und will gerade einen schwachen Witz über linke und rechte Bettseiten machen, doch als sie aufsieht, ist Gerry gar nicht mehr im Zimmer. Er hat sich diskret zurückgezogen, damit Nancy sich in Ordnung bringen kann.

Sie steht auf und merkt, dass alle möglichen Stellen an ihrem Körper schmerzen. Vermutlich ist sie im Badezimmer gestürzt. Auf dem Bett liegt eine Jacke, es ist ihre, was ihr wie ein glücklicher Zufall erscheint. Dann fällt ihr ein, dass sie sie dort hingelegt hat, vor hundert Jahren, als sie lachend und voller Enthusiasmus war.

Gerry steht in der Küche am Waschbecken und spült Gläser ab. Er summt vor sich hin und hebt kaum den Blick.

»Dann mache ich mich mal auf den Weg«, sagt sie.

»Ah? Oh, na klar. Gute Idee«, erwidert er. Er trägt gelbe Spülhandschuhe, hebt eine Hand und wackelt mit vier Schaumfingern.

Er begleitet sie nicht hinaus, aber als Nancy die Wohnungstür hinter sich zuzieht und in die kalte Nacht tritt, denkt sie, es ist besser so. Er hat ihr einen Gefallen getan, indem er dem Vorfall keine weitere Beachtung geschenkt hat. Im Grunde ist ja praktisch nichts passiert.

Am Morgen erzählt sie ihren Mitbewohnerinnen, dass sie so betrunken war, dass sie einen Filmriss hatte – und noch nicht einmal weiß, wie sie nach Hause gekommen ist. »Nach zehn Uhr ist da buchstäblich nichts mehr«, sagt sie. »Wie bist du denn drauf, Nancy?«, meint Daisy. »Du bist verrückt!«, sagt Polly.

Sie hat einen Kater, ist zittrig, und ihr ist übel, aber ihr kommt eine Idee. Sie wird zum Co-op-Supermarkt gehen und für das Sonntagsfrühstück eine Tüte von Franks Lieblingscroissants kaufen. Dann will sie sie mit Wasser besprenkeln und im Ofen aufwärmen – ein alter Trick aus dem *Beaufort,* wenn die Brötchen altbacken waren. Sie wird sie mit einem rot-weiß karierten Geschirrtuch bedecken, ein schönes Glas Marmelade dazutun, zu Frank gehen und ihn damit überraschen.

Und dann werden sie im Bett frühstücken, wie in einem Liebesfilm, und alles kommt wieder in Ordnung. Schon spürt sie, wie die Nancy von gestern in den Hintergrund tritt wie ein schlechter Traum, der im Lauf des Tages verblasst. Sie wird diesen schlechten Traum fortscheuchen, indem sie Frank zeigt, wie sehr sie ihn liebt. Der liebe, zuverlässige Frank, der nichts gemacht hat, als zu Hause zu bleiben und für seine Prüfung zu lernen.

Im Supermarkt aber gibt es keine Croissants. Es ist Sonntag, und egal, wie lange sie vor den Regalen steht, dort ist nichts als geschnittenes Brot und Biskuitkuchen, und aus irgendeinem Grund muss sie weinen, ein stiller Tränenstrom, der nicht zu enden scheint. Als der junge Mann, der die Regale einräumt, sie fragt, was los ist, hat sie keine Ahnung, wie sie es erklären soll.

Also kauft sie stattdessen eine Packung Kekse, auch wenn es nicht dasselbe ist, und geht direkt zu Frank. Kein kariertes Geschirrtuch, keine besondere Marmelade, nur dieses bescheidene Friedensangebot.

»Tut mir leid, dass ich es gestern nicht mehr geschafft habe«, sagt Frank, als sie ihm eine Teetasse in die Hand drückt. »Ist nicht so meine Welt, diese ganzen Theaterleute. Aber ich bin echt gut vorangekommen. Bin ganz zuversichtlich. Wie ist es gelaufen?«

»Oh, gut«, sagt sie und klettert zu ihm ins Bett. »Du hast nicht viel verpasst.«

Er fährt ihr mit der Hand über den kurz geschorenen Schädel und lächelt traurig. Sie nimmt seine Hand und hält sie fest. »Keine Sorge, mein Haar wächst schnell. Ich bin im Handumdrehen wieder die alte Nancy.«

»Ja, meine verrückte kleine Nancy«, sagt Frank und beugt sich zu ihr, um sie zu küssen.

»Schau mal, ich habe dir Kekse mitgebracht«, sagt sie und lacht, ohne recht zu wissen, warum, und ungeschickt fummelt sie an der Packung herum, um sie aufzumachen.

»Du bist aber lieb zu mir!« Frank nimmt sich zwei Kekse.

»Nein, bin ich nicht. Bin ich wirklich nicht.« Nancy wendet das Gesicht ab.

»Nance?« Frank berührt ihren Arm. »Was ist los? Weinst du?«

Sie schüttelt den Kopf und schmiegt sich dicht an ihn, damit er es nicht sehen kann.

»Du bist bestimmt erschöpft – erst die vielen Proben und dann die Aufführungen. Aber jetzt kannst du entspannen, dich einen Tag lang ausruhen.«

Sie wischt sich über das Gesicht. »Ja, du hast recht. Um ehrlich zu sein, bin ich froh, dass es vorbei ist. Ich wünsche mir einfach nur einen schönen ruhigen Tag. Nur mit dir.«

ZWANZIG

Georgie

Zunächst hält Georgie es für Einbildung, aber doch, die Nadel am Tacho schwankt wirklich und neigt sich öfter nach links, als ihr lieb ist. Abwechselnd sieht sie zum Tacho, dann wieder widmet sie sich ihrem Handy und aktualisiert den Newsfeed. Nichts von beidem trägt wirklich zu ihrer Beruhigung bei. Im Netz gibt es keinerlei Neuigkeiten über die »Rätselhafte Retterin« – genau genommen scheint die Story bereits zu versanden. Ein vermisstes Kind, das wieder aufgetaucht ist, ist keine Nachricht mehr wert. Sie hebt den Blick.

»Dan, kommt es mir nur so vor, oder fahren wir langsamer?«

Ihr Bruder reibt sich über das Gesicht. »Was? Ach, entschuldige, ja, ich war nicht ganz bei der Sache.« Er tritt aufs Gaspedal, und die Nadel wandert nach rechts, doch Georgie merkt, dass mit ihm etwas nicht stimmt. Das Geräusch eingehender Benachrichtigungen auf dem unsichtbaren Handy hat aufgehört, aber jetzt hat sie das deutliche Gefühl, dass irgendwo im Auto ein leises Brummen ertönt. Jemand ruft Dan an, und wer auch immer es sein mag, die Person scheint nicht so leicht aufzugeben.

»Dan«, sagt Georgie. »Du lieber Himmel, willst du nicht rangehen? Ehrlich gesagt müsste ich mal aufs Klo. Lass uns bei der nächsten Gelegenheit anhalten.«

Nach ein paar Meilen kommt eine Raststätte, und als Dan auf den Parkplatz fährt, wird Georgie bewusst, wie dringend sie aufs Klo muss; so schnell sie kann, watschelt sie zum Gebäude.

Als sie die Raststätte verlässt, kommt Dan ihr entgegen. »Hier«, er wirft ihr die Autoschlüssel zu. »Ich hole uns was zu essen. Was möchtest du?«

»Einen Salat, falls sie so was haben«, antwortet sie.

Im Auto riecht es nach abgestandenem Kaffee, ungewaschenem Haar und etwas Säuerlichem, das womöglich von Georgie selbst stammt. Sie blickt zur Raststätte hinüber, aber von Dan ist nichts zu sehen. Er braucht ewig.

Georgie reißt einen ihrer Müsliriegel auf und beißt ab. Gezuckerter Pappkarton, ganz wie erwartet. Sie kaut mechanisch.

Da ertönt ein Geräusch im Auto, ein schnelles Ping, Ping, Ping mehrerer Nachrichten, die kurz nacheinander eintreffen. Georgie hat schon im Handschuhfach nachgesehen und weiß, dort ist das Handy nicht. Sie dreht sich um, schiebt ihre Tasche auf dem Rücksitz zur Seite, um nach dem versteckten Telefon zu suchen. Da ist nichts. Unter Mühen beugt sie sich über ihren gewölbten Bauch nach vorn, sieht im Fußraum und in dem dunklen Bereich unter Dans Sitz nach. Da fällt ihr das Fach in der Fahrertür ins Auge. Jetzt, ohne das Brummen des Motors, wirken die Klingeltöne noch hartnäckiger. Sie wirft einen Blick zur Raststätte, Dan ist noch immer nicht zu sehen.

Sie beugt sich über seinen Sitz, greift in das Fach und ertastet das Plastikgehäuse eines Handys. Es ist ein billiges Prepaid-Handy, die Art, wie sie die Verbrecher in Krimis benutzen. Offensichtlich ist Dan kein Meisterdieb, denn schon mit der ersten Nummer, die ihr einfällt, lässt sich das Handy entsperren. Dans PIN ist sein Geburtstag.

Ein Strom von Nachrichten tut sich vor ihren Augen auf, alle vom selben Absender. Kein Name, nur eine Nummer. Der Wortlaut der Nachrichten unterscheidet sich leicht, ein Begriff aber wiederholt sich jedes Mal.

SIE SIND MIT IHREN KREDITZAHLUNGEN IN VERZUG.
WIR WISSEN, WO SIE SIND.
IHR KREDIT IST ÜBERFÄLLIG. DIESE NACHRICHT GEHT AN ALLE KONTAKTE UND IHRE FAMILIE. VIEL SPASS MIT DER BLAMAGE.
KREDIT ÜBERFÄLLIG, ZAHLEN SIE, ODER WIR SUCHEN SIE ZU HAUSE AUF.

Endlos setzen sich die Nachrichten fort, und als Georgie durchscrollt, überkommt sie Übelkeit, trotzdem kann sie nicht aufhören, sich diese Sturzflut von Bösartigkeiten und Drohungen anzusehen. Kalte Luft strömt herein, als die Tür mit einem Klacken aufgeht. Es lässt sich nicht verheimlichen, was sie tut; über Dans Sitz gebeugt, sein Handy in der Hand, sieht sie zu ihm auf. Sie ist ertappt.

»Was zum …?« Dan reißt ihr das Telefon aus der Hand. »Kannst du dich nicht einmal im Leben um deinen eigenen Scheiß kümmern?«

»Entschuldige.« Sie versucht sich aufzurichten. Aber sie steckt fest, das Gewicht ihres Bauchs zieht sie hinunter. »Könntest du mir vielleicht helfen? Nur ein ordentlicher Ruck, dann komme ich schon hoch.«

Dan hält sie am Oberarm fest und zieht Georgie hoch. Wortlos steigt er ein und reicht ihr einen Plastikbehälter mit Salat. Sie spürt die Wut, die von ihm ausgeht, und beschäftigt sich damit, ihre Salatbox aufzumachen. Scharfer Essiggeruch breitet sich im Wageninneren aus. Sie nimmt die Plastikgabel, legt sie dann aber wieder ab.

»Dan, es tut mir leid, ich hätte mir das nicht ansehen dürfen.«

»Stimmt ganz genau. Ich wollte es stumm stellen, habe es aber vergessen. Mir geht gerade ein Haufen Zeug durch den Kopf.« Ihr Bruder packt ein übel riechendes Sandwich aus – sie tippt auf Eier – und nimmt ein paar kleine Bissen. »Wir sollten weiter – wir haben noch eine lange Fahrt vor uns«, sagt er mit vollem Mund.

Als sie auf die Autobahn auffahren, ist Georgie bewusst, dass sie ein schlechtes Gewissen haben sollte, weil sie die Nachrichten auf seinem Handy gelesen hat, doch im Grunde empfindet sie hauptsächlich Erleichterung. Dan hat nicht etwa eine Affäre, sondern Schulden. Nicht, dass daran etwas Gutes ist – ganz gewiss nicht –, aber in Georgies Augen ist es etwas, das sich beheben lässt. Es macht ihr Hoffnung.

Sie lässt von dem schlaffen Salat ab und räuspert sich. »Ich weiß, es war falsch, in deinem Handy herumzuschnüffeln. Aber ich habe mir Sorgen gemacht. Ich dachte, du hättest Dummheiten angestellt.«

»Nun, dann bist du jetzt sicher zufrieden mit dir.«

»Was? Nein, natürlich nicht. Ich meine, du hast Geldprobleme, aber das ist doch nicht das Ende der Welt. Du kannst dir einen Kredit bei der Bank holen oder Mandy um Hilfe bitten. Was hat dich nur geritten, dass du zu einem Kredithai gegangen bist?«

Dan schüttelt den Kopf und lacht ein falsches Lachen, das er früher immer dann benutzte, wenn Georgie versuchte, sich in die Vater-Sohn-Gespräche über Rugby, Angeln oder Golf einzumischen. Jenes Lachen, das besagt: »Ach, Georgie, du Dummerchen.«

»Du hast doch keine Ahnung«, sagt er. »Überhaupt keine.«

»Dann erklär's mir. Was ist los? Bist du diesen Monat ein bisschen knapp bei Kasse, oder was?«

Wieder lacht er dieses Lachen.

»Dan, hör auf, so fies zu sein. Ich will nur helfen.«

Er lacht immer noch und treibt sie damit derart zur Weißglut, dass sie ihm sagt, er solle den Mund halten. Dann aber sieht sie genauer hin und merkt, dass er gar nicht lacht. Dan weint.

»Oh, nein, hör auf«, sagt sie. »Es tut mir leid.«

Sie sieht sich um und fragt sich, ob es irgendeine Möglichkeit gibt, anzuhalten, aber der Verkehr zieht unaufhörlich an ihnen vorbei.

Dan wischt sich mit dem Handrücken über die Nase, und Georgie kramt in der Handtasche nach einem Taschentuch, obwohl sie weiß, dass sie keines hat.

»Ich fürchte, ich stecke in Schwierigkeiten«, sagt er schließlich.

Sie gibt ihm Zeit, sich zu sammeln.

»Irgendwie ist die Sache aus dem Ruder gelaufen. Es handelt sich nicht nur um diesen Monat, Georgie, das geht schon viel länger. Allein die Zinsen …« Er verstummt.

»Oh, Dan, wie kann das sein?« Sie bremst sich. »Was ich meine, ist, mach dir keine Sorgen. Das lässt sich doch bestimmt klären. Es gibt Beratungsstellen, die einem bei so was weiterhelfen und einen Rückzahlungsplan machen.«

»Diese Typen gehören nicht zu den Leuten, die Rückzahlungspläne mit dir aushandeln. Die Sache ist nicht wirklich legal.«

»Aber wie kommt das …? Ich meine, du verdienst doch einen Haufen Geld, viel mehr, als ich jemals haben werde.«

»Georgie. Nein. Ich arbeite nicht mehr, schon eine ganze Weile nicht mehr. Sie haben mich entlassen, weißt du. Meine Leistungen waren zu schlecht. Ich habe es nicht aus dem Bett geschafft, bin ständig zu spät gekommen. Und wenn ich doch mal im Büro war, habe ich bloß am Schreibtisch gesessen und Löcher in die Luft gestarrt. Eines Tages hat man mich an der Glastür abgefangen, und ich durfte buchstäblich nicht mehr rein.«

»Das ist ja furchtbar, sie hätten dir doch helfen müssen, dich irgendwie unterstützen müssen. Gilt so was nicht als ungerechtfertigte Kündigung oder so?«

»Ach, das ist mittlerweile Schnee von gestern. Das ist fast zwei Jahre her.«

Wie ein Gewicht senken sich Dans Worte auf sie herab. Sie blickt auf den ungegessenen Salat, und als ihr der Geruch nach billigem Pflanzenöl und ein ätzender Essighauch in die Nase steigen, regt sich leichte Übelkeit. Sie fährt das Fenster ein Stück herunter, und der Wind rauscht herein und wirbelt ihr Haar herum. Doch es genügt nicht, um ihre Gedanken zu betäuben.

Vor zwei Jahren ist Finn gestorben. Auch wenn sie und Dan seit dem Begräbnis nicht miteinander geredet hatten, hatte sie doch durch Irena und ihren Dad immer wieder Neuigkeiten über ihn erfahren. Und kein Besuch bei Frank und Irena kam ohne die Bemerkung aus, wie unglücklich Dan war. »Deinen Bruder nimmt der Tod von Finn wirklich mit«, sagte ihr Vater. Oder Irena mischte sich ein: »Es geht hier nicht nur um dich, Georgie. Finn und Dan waren doch so eng befreundet.«

Plötzlich sieht Georgie klarer, die Puzzleteile ergeben ein Bild. »Das ist also der Grund, warum du keinen Firmenwagen hast«, sagt sie langsam.

»Mmhm.«

»Deswegen benutzt du Mandys Auto. Ohne Versicherung.« Sie weiß, sie sollte aufhören, ihn zu bedrängen, aber das geht nicht, noch nicht. »Dan, weiß Mandy, dass du ihr Auto hast?«

»Sie hat es in unserer Einfahrt stehen lassen – genau genommen ist es mittlerweile eher meine Einfahrt. Also dachte ich, das geht schon in Ordnung.«

Das ist schlecht, schlimmer, als Georgie erwartet hat. »O Mann. Wann ist das alles passiert?«

»Na ja, sie ist vor etwa einem halben Jahr ausgezogen. Meinte, es sei nur vorübergehend, bis wir die Dinge zwischen uns geklärt haben. Aber dazu ist es noch nicht gekommen.«

»Wo wohnt sie?«

»Sie hat eine Wohnung. Näher an ihrer Arbeit. Aber dort

gibt es keine Parkplätze. Deshalb …« Dan hebt die Hand und deutet auf das Auto.

Die ganze Zeit über hatte Georgie sich ausgemalt, dass Dan ein glanzvolles Leben führt. In seinem Eckbüro mit Blick über die Themse sitzt und am Wochenende Golf mit ihrem Dad spielt. Traurig, das schon, auf seine Weise um Finn trauernd. Aber nicht derart gebrochen.

Vor ihren Augen flimmert ein schwarzes Geländer vorbei, als sie über eine Brücke fahren, und da passiert es wieder, ein schwindelerregender Ruck bringt ihre Welt ins Taumeln. Ihr Mund ist staubtrocken, die Ohren klingeln, und Georgie klammert sich an die Lederschlaufe, in der Hoffnung, dass sie ihr Halt gibt. Wieder sagt sie sich: »Alles in Ordnung. Das ist der niedrige Blutdruck, Schwangerschaftsvertigo. Gleich ist es vorbei«, und schließt die Augen.

Doch das ist keine gute Idee, denn in kurzen Bildsequenzen blitzt Finns Gesicht vor ihr auf. Das raue und doch weiche Kratzen seiner Bartstoppeln, der Schatten unter seinen Augen, zart wie ein blauer Fleck. Schlanke, knochige Finger, das filigrane Muster der Venen auf seinem Handrücken.

Immer mehr Bilder stürzen über sie herein, doch sie entstammen ihrer Imagination: das betäubende Dröhnen, als der Zug in den Tunnel einfährt, Funken sprühen. Finn dreht sich um, seine Augen weiten sich, als ihm klar wird, was passiert.

Was war ihm in diesem letzten Moment durch den Kopf gegangen? Hatte er sich nach Georgie umgesehen, nach ihr gerufen? Denn egal, was Wilf oder Kevin sagen mögen, sie hätte bei ihm sein sollen. Es war ihr Auftrag gewesen, Finn zu retten, doch am Ende war sie gescheitert. Sie hatte nicht genügt.

Sehnlichst wünscht sich Georgie zurück in ihr adrettes Ökohaus in die Orchard Drive, wo sie nichts tun muss, als Schlafanzüge zu falten und Kamillentee zu trinken. Stattdessen aber steckt sie in einem gestohlenen Auto fest, mit einem Bruder, der sich auf weit mannigfaltigere Weise quält, als sie dachte.

Vor ihr verkündet ein großes blaues Autobahnschild, dass sie auf dem Weg Richtung Schottland und Carlisle sind. Georgie spürt neue Wut auf ihre Mutter in sich aufsteigen, unausweichlich wie eine Welle.

EINUNDZWANZIG

Nancy, Mai 1989

NICHT SO SCHLAU, WAS?

Nach den Theateraufführungen und der Party verbringt Nancy viel mehr Zeit bei Frank. Sonntags kocht sie große Töpfe voll Bolognese oder Chili, von denen er und seine Mitbewohner mehrere Tage zehren können. »Sie ist der fürsorgliche Typ«, meint Dougie, der eine breite Stirn und einen buschigen roten Haarschopf hat wie ein schottisches Hochlandrind.

Sie lächelt und stellt die Teller zusammen. Ihre neueste Rolle ist die der liebenden Freundin, und die will sie mit ganzem Einsatz spielen. Es ist das Mindeste, was sie tun kann, und mit jedem Teller, den sie abwäscht, und jeder Mahlzeit, die sie kocht, fühlt sie sich nicht mehr ganz so verdorben.

Der neue Alltag hat etwas Tröstliches, Behagliches. Abends sitzen sie alle gemeinsam vor dem Fernseher und schauen Fußball, dann gehen Nancy und Frank hinauf in sein Zimmer, und sie fragt ihn zu den anstehenden Prüfungen oder Referaten ab. Sie liest Fragen über Betriebssysteme und Datenanalysen vor, die er auf Karteikarten notiert hat. Eigentlich sollte sie selbst eine Hausarbeit über die geschlechtsspezifische Tragik bei Shakespeare schreiben, aber es fällt ihr schwer, den Enthusiasmus dafür aufzubringen. Für ihren letzten Aufsatz hat sie eine mittelmäßige Note bekommen. »Enttäuschend – Sie wirken nicht mehr so fokussiert«, hatte der Dozent in roter Tinte daruntergeschrieben.

Sie fängt an, Seminare zu schwänzen, insbesondere das bei Gerry Mac. Ihr war nicht klar, womit sie bei ihrer ersten Begegnung danach gerechnet hatte, aber im Rückblick denkt sie, dass Gerry es ganz richtig gehandhabt hat. Er ließ den Blick über die Klasse schweifen und streifte ihr Gesicht so flüchtig, als sei nicht das Geringste zwischen ihnen vorgefallen. Er erklärt sein Verhalten nicht, nicht ausdrücklich jedenfalls, aber Nancy versteht das schon. Sie weiß, es wäre unklug, sich anmerken zu lassen, dass er jemanden bevorzugt.

Die Leute würden womöglich tratschen, und er könnte Schwierigkeiten mit der Universität bekommen. Womöglich würden sie die Sache missverstehen und denken, er hätte die Situation ausgenutzt, während es im Grunde doch eher umgekehrt war. Sie hatte zu viel getrunken und war bei ihm geblieben, als alle anderen längst nach Hause gegangen waren. Ihre Mutter hatte schon recht, wenn sie sagte, dass ein Mann eben nur bis zu einem gewissen Punkt der Versuchung widerstehen konnte.

Wirklich, sie versteht gut, warum er sie ignoriert. Aber es ist trotzdem schwer, dort zu sitzen, während er mit allen anderen Scherze macht und seine Gedanken über Ibsen darlegt, mit denen sie eigentlich nicht einverstanden ist, und gleichzeitig zu wissen, dass sie ihre Überlegungen besser für sich behält.

Kurz nachdem eine Neue zur Gruppe stößt, hört Nancy ganz auf, das Seminar zu besuchen. Das Mädchen heißt Belinda, kommt aus Amerika und macht ein Auslandsjahr. Sie ist gertenschlank, hat langes blondes Haar, und Gerry sagt, sie habe ein außerordentliches Talent.

Und so verbringt Nancy nicht mehr allzu viel Zeit in ihrer eigenen Wohngemeinschaft, sondern ist häufiger bei Frank. Es wäre nett, hin und wieder mal ins Pub zu gehen, denkt sie. Oder in einen Klub. Aber Frank hat an so etwas wenig Interesse, und nach einer Weile gibt Nancy ihm recht, dass es tatsächlich ziemlich mühsam ist, auszugehen. Neuerdings kann sie schon tagsüber kaum die Augen offen halten, und oft schläft sie schon, wenn Frank ins Bett kommt. Außerdem erträgt sie im Augenblick keinen Alkohol, also ist es eh irgendwie sinnlos. Wenn sie Wein bloß riecht, dreht sich ihr schon der Magen um.

Auf dem Heimweg von der Drogerie versteckt sie die Papiertüte wie Schmuggelgut unter der Jacke, sitzt dann auf der Toilette und sieht zu, wie die zweite Linie auf dem Schwangerschaftstest erscheint. Sie lebt mittlerweile mehr oder weniger bei Frank, und sie sind beide leichtsinnig geworden, also kommt es nicht vollkommen überraschend. Aber es jagt ihr panische Angst ein.

»Alles wird gut«, sagt Frank. »Ich unterstütze dich, egal, wie du dich entscheidest.«

Um ganz sicher zu sein, geht sie zum Arzt, und als sie nach Hause kommt, weint sie so lange, dass ein nasser Fleck auf dem Kragen seines blauen Hemds zurückbleibt, das dem nicht unähnlich ist, das sie früher mit einem Gürtel und Netzstrumpfhosen getragen hat. All das scheint so lange her: mittlerweile sind ihr bequeme, weniger auffällige Kleider lieber. Leggings oder Jogginghosen, schlabberige Sweatshirts. Eine Baseballmütze, bis ihr Haar nachgewachsen ist.

Der Termin ist um elf Uhr, aber sie sind zu früh dran. Nancy muss ein Formular ausfüllen und bemerkt, wie die Frau am Empfang die Lippen aufeinanderpresst, als Nancy in das Feld mit dem Beruf »Studentin« einträgt. Sie spricht es nicht aus, aber Nancy weiß, was sie denkt. Theresa würde sagen: »Nicht so schlau, was?«

Es ist 10:55 Uhr, und Franks Bein neben ihr wippt nervös auf und ab – er kann nichts dagegen tun, sagt er. Sie sieht auf die Uhr und bemüht sich, nicht an den »Eingriff« zu denken, wie der Arzt es nennt. Stattdessen versucht sie über das Drama des achtzehnten Jahrhunderts nachzudenken, denn in zwei Tagen soll sie eine Hausarbeit abgeben, mit der sie noch nicht einmal angefangen hat. Immer wenn sie sich daransetzen will, ist ihr Gehirn wie leer gefegt.

Die Wanduhr zeigt 10:58 Uhr an. Frank scheint das Ganze wirklich an die Nieren zu gehen, er seufzt und atmet schwer, als wäre er derjenige, der in zwei Minuten durch diese weiße Tür muss. Plötzlich steht er auf, wischt sich die verschwitzten Handflächen an der Hose ab und sagt: »Nance. Komm mit nach draußen. Bitte.«

»Das geht nicht, ich bin gleich dran«, meint sie. Aber er streckt ihr die Hand hin, führt sie zur Tür, und dann stehen sie draußen auf den Betonstufen. Es ist eine viel befahrene Straße, und die Luft ist trüb, aber von den Schlüsselblumen, die am Straßenrand wachsen, kommt ein süßlicher Geruch, der Nancy an die Sommer erinnert, als sie noch klein war. Frank nimmt ihre beiden Hände und sieht ihr in die Augen.

»Wir sollten das nicht machen, Nance. Lass uns stattdessen heiraten.«

Sein Atem geht schwer, sie spürt das Zittern in seinen Händen, und es rührt sie, dass er so nervös ist. Sie denkt an die strenge Rezeptionistin dort im Wartezimmer, die vermutlich in dieser Minute Nancys Namen ausruft.

Dann denkt sie an die Hausarbeit, die in ihrem Studentenzimmer auf sie wartet, und das beschämende Gefühl, als Gerrys Blick bei der Ankündigung der Vorsprechtermine über sie hinwegglitt. Sie blickt in Franks erwartungsvolle braune Augen, die so sehr an einen Welpen erinnern. Frank. Nancy und Frank, verheiratet. Für immer.

Als beobachte sie sich aus der Ferne, hört sie sich sagen: »Ja, lass uns das machen.« Und dann rennen sie los, und sie stellt sich vor, was für ein Bild sie für die Leute in dem Bus, der an ihnen vorbeisaust, die Autofahrer auf dem Weg in die Stadt und die Leute beim Einkaufen abgeben. Bestimmt sehen sie aus wie ein Paar, das jung, unbeschwert und verliebt ist.

Als sie wieder in Franks Wohnung sind, behandelt er sie wie etwas Zerbrechliches und Besonderes, bringt ihr eine Tasse Tee und einen Teller mit ihren Lieblingskeksen. »Geht es dir gut?«, fragt er. »Ist dir nicht übel?«

»Alles in Ordnung, es geht mir gut. Wirklich«, antwortet sie. Und sie meint es so. Im tiefsten Innern weiß Nancy, dass ihr Traum, Schauspielerin zu werden, niemals in Erfüllung gegangen wäre – das Stück war ein Zufallstreffer gewesen, eine einmalige Sache. Nancy Jebb ist nicht für so etwas gemacht. Ohnehin ist sie mittlerweile so im Verzug mit allem, dass es wenig Sinn hat, das Studium abzuschließen. Mutter zu sein, Franks Frau zu sein – das ist eine Rolle, die sie hinbekommt. Es wird die Rolle ihres Lebens sein, eine, die ihr niemand nehmen kann.

Als sie Franks Mitbewohnern am Abend davon erzählen, wird gejohlt und auf den Tisch geklopft. »Gut gemacht«, sagt Doug und klatscht mit ihnen ab. Als Nancy ihre Mutter anruft, sagt Theresa nichts dergleichen. Genau genommen sagt sie gar nichts. »Mum, hast du gehört, was ich gesagt habe? Ich werde heiraten«, wiederholt Nancy, zieht die gekringelte Telefonschnur so weit wie möglich auseinander und sieht dann zu, wie sie sich wieder zu einem Knäuel zusammenrollt.

Ihre Mutter sagt nur ein einziges Wort: »Warum?«

»Was für eine Frage!« Nancy versucht zu lachen. »Weil wir einander lieben natürlich.« Sie macht eine Pause, holt Luft. »Übrigens gibt es noch eine Neuigkeit. Wir bekommen ein Baby.«

Als Nancy hört, wie der Hörer mit einem Klacken aufgelegt wird, gefolgt vom eintönigen Tuten, empfindet sie es als

Erleichterung. Sie weiß, dass sie eine Enttäuschung für ihre Eltern ist. Gleichzeitig fragt sie sich, ob Theresa Jebb nicht auch ein kleines bisschen Genugtuung verspürt. Denn trotz all der hochtrabenden Ideen und Ambitionen hat Nancy bewiesen, dass sie doch nichts Besonderes ist. Im Grunde genommen ist sie nicht besser als ihre eigene Mutter.

ZWEIUNDZWANZIG

Nancy, August 1989

»ES GAB IMMER NUR DICH«

Nancy ist nicht abergläubisch und zeigt Frank das Kleid, das sie für die Hochzeit gekauft hat. Mit Daisy war sie bei Monsoon in der Oxford Street, wo es einen Sommerschlussverkauf gab. In der Umkleide hat Daisy ihr nette Komplimente gemacht, jetzt aber ist Nancy sich plötzlich nicht mehr so sicher.

Das Kleid ist aus dunkelblauem Samt mit Rüschen am Ausschnitt. Es ist eher ein Kleid, das jemand anders auf einem Ball tragen würde, aber Nancy geht nicht auf einen Ball, sondern nur zu ihrer eigenen Hochzeit. Es hat Puffärmel, und Nancy hofft, dass die, ebenso wie die Rüschen, die Aufmerksamkeit von ihrem Bauch und den lächerlich großen Brüsten ablenken.

»Was meinst du?«, fragt sie und dreht sich hin und her. Der Samt ist wärmer, als ihr in der Umkleidekabine aufgefallen ist, und bei genauerer Betrachtung hält sie die Rüschen vielleicht doch nicht mehr für eine so gute Idee.

»Ja, hübsch. Sehr schön.« Frank sieht kaum hin. Er liegt auf dem Bett und schaut sich nebenbei ein Golfturnier auf dem tragbaren Schwarz-Weiß-Fernseher an. Es ist nicht böse gemeint, das weiß Nancy. Frank hat einen leichten Kater, weil er mit Doug was trinken war, der einen Job in der City mit einem Spesenkonto ergattert hat.

Bis sie eine eigene Wohnung gefunden haben, sind sie bei

Franks Eltern untergekommen. Von Surrey aus, so sagt Frank immer wieder, kann man problemlos nach London pendeln. Seit ein paar Wochen macht er eine Graduiertenfortbildung bei einer PR-Agentur, für die er die Datenbank und das Computernetz einrichtet.

Sie geht neben dem Bett in die Knie und sieht mit einem – wie sie hofft – neckischen Blick zu ihm auf. Frank wendet die Augen nicht vom Fernseher ab.

»Was ist los?«, fragt sie.

»Nichts.«

»Irgendwas ist doch«, meint sie. »Sag schon.«

Frank steht auf, um den Fernseher auszumachen, und im Zimmer wird es still. »Tut mir leid.« Er reibt sich über das Gesicht. »Dougie war bloß ein Arschloch. Gestern Abend. Hat bescheuerte Sachen behauptet.«

»Was denn?«

»Dummes Zeug. Über die Hochzeit, darüber, sich so jung zu binden.« Frank lässt sich wieder aufs Bett fallen.

»Wahrscheinlich ist er ein bisschen eifersüchtig«, sagt Nancy, die bei Dougie schon immer einen fiesen Zug vermutet hat. »Marxistenfräulein« hatte er sie damals im ersten Studienjahr genannt, als Nancy politische Botschaften auf Transparente gemalt hatte und auf Demos gegangen war.

»Möglich.« Frank betrachtet seine Fingernägel und sieht Nancy immer noch nicht an. Sie wartet ab, denn sie spürt, dass noch etwas kommt.

»Es ist nur das, was er über dich und diesen Kerl gesagt hat. Gerry Mac, den Dozenten. Dass der auf dich steht.«

Ein Hitzeschwall breitet sich von Nancys Bauch aus, Angst, die glühend heiß über sie schwappt. »Au Mann, das ist so dämlich«, sagt sie, steht auf und will den Reißverschluss am Kleid aufziehen, aber er klemmt. Schon jetzt ist das Kleid zu eng, wie wird es erst in zwei Wochen beim Standesamt aussehen? Wieder zerrt sie daran, spürt juckenden Schweiß in den Achselhöhlen. Sie hört ein Ratschen, doch es ist nicht der Reißverschluss, sondern der Saum.

»Ja, habe ich ihm auch gesagt. Er meinte, im letzten Semester hätte es Gerede gegeben. Über die Party nach der letzten Aufführung. Du hättest getanzt, er hätte dich angeschaut, ach, ich weiß nicht …« Frank verstummt.

Nancy hält die Luft an, zieht mit einem Ruck am Reißverschluss, und endlich gleitet er hinunter. Sie steigt aus dem Kleid und mustert den kleinen Riss an der Seitennaht.

»Also echt, ich habe sechzig Pfund dafür bezahlt«, sagt sie. Sie fühlt sich schutzlos, wie sie da in Umstands-BH und großer Unterhose in Franks Kinderzimmer steht. Sie blickt hinunter auf ihren Bauch, der prall ist wie eine Bierwampe und von feinen blauen Venen überzogen.

Frank gibt keine Antwort, sondern dreht sich von ihr weg auf die Seite.

Nancy schlüpft neben ihn ins Bett, atmet ihm in den Nacken und legt den Arm um seinen Oberkörper. Fest zieht sie ihn an sich. »Frank, sei doch nicht dumm. Es gab immer nur dich.«

Er liegt weiter steif und unbeugsam da.

»Ich liebe dich«, sagt sie. »Wir bekommen ein Baby. Etwas Besseres kann ich mir nicht vorstellen.«

Langsam entspannt sich sein Körper, und er nimmt ihre Hand. »Ich weiß. Ich liebe dich auch.«

Mit ein paar Stichen lässt sich die Naht bestimmt reparieren, denkt Nancy. Das Kleid wird aussehen wie neu. Den Unterschied wird niemand merken.

DREIUNDZWANZIG

Nancy, 1990

»DER BESTE JOB DER WELT«

Das Baby weint viel. So viel, dass es unmöglich normal sein kann, denkt Nancy. Tag und Nacht klingt ihr das auf- und absteigende Geräusch im Kopf, selbst in den kurzen Phasen, wenn das Baby kapituliert und in einen ruhelosen Schlaf fällt.

Sie geben ihm den Namen Georgina nach Franks Urgroßmutter, kürzen ihn aber zu Georgie ab. Stundenlang könnte Nancy ihr Baby anschauen, sie ist wie gebannt und von einer Liebe erfüllt, die sich wunderbar und gleichzeitig wie ein Schlag in den Magen anfühlt. Eine Liebe, die sie so noch nie empfunden hat.

Das Versorgen des Babys aber, zwischen diesen Augenblicken des Staunens, ist erbarmungslos. Ähnlich wie die Geburt, auch da hatte niemand Nancy vorgewarnt. Kann es denn normal sein, dass ein Baby so viel weint, sorgt sie sich, oder ist etwas nicht in Ordnung? Nancy schleppt das Baby ständig mit sich herum, massiert ihm den Rücken und legt es über ihre Knie, so wie man es ihr gezeigt hat. »Vielleicht sind es Koliken«, meint die Hebamme, während sie ihre Unterlagen schon wieder einpackt und auf die Uhr sieht, die umgekehrt an ihrem Kittel klemmt. »Irgendwann wächst sich das aus.«

Nancy wüsste gern, wann dieses irgendwann ist, denn sie dreht schon fast durch von dem Geheule, den Windeln und der vielen Wäsche. Vor allem aber setzt ihr der Schlafmangel zu. Es fühlt sich an wie eine sehr präzise Foltermethode, die Schmerzen am ganzen Körper verursacht, welche um ihren Schädel herum zu einer strammen Kopfzwinge zusammenwachsen.

Wenn Frank von der Arbeit kommt, bringt sie keinen vollständigen Satz zustande. Doch auch er ist müde. Die Arbeit ist anspruchsvoll, in der PR-Agentur versteht niemand, wozu er ein Computernetz installieren will. »Sie wollen bei ihren Schreibmaschinen bleiben, Nance – stell dir vor, Schreibmaschinen!«

Nancy kümmert nicht im Geringsten, was diese jungen, zielstrebigen PR-Typen wollen. Nachdem sie den ganzen Nachmittag mit dem Baby in der Bauchtrage den Flur auf und ab gegangen ist, könnte sie vor Müdigkeit heulen, und auf ihrem T-Shirt klebt eine nasse Schicht aus Babytränen, Schnodder und milchigem Speichel. »Kannst du …?« Sie fängt an, die Druckknöpfe der Trage aufzumachen, kann es nicht erwarten, dieses heiße, sich windende, wütende Bündel loszuwerden.

»Klar, ich spring nur schnell unter die Dusche.« Im Vorübergehen kitzelt Frank das Baby am feuchten Kinn und lockert die rote Krawatte.

Wie gern würde Nancy sich die Haare waschen, die nach säuerlicher Milch und Talg riechen. Wenn Nancy es in die Dusche schafft, muss sie das Baby in eine Wippe direkt daneben legen. Wutentbrannt brüllt es, und Nancy seift sich den Körper so schnell wie möglich ein. »Tut mir leid, ich bin gleich wieder da!«, ruft sie und zieht sich die Kleider über, die an der noch feuchten Haut kleben.

Aber sie will nicht ungerecht sein, denn auch Frank arbeitet hart. Sowohl im Büro als auch am Haus. An den Wochenenden schleift er die Böden ab und löst rissige Tapetenstreifen von den Wänden. Sie haben ein Haus zum Herrichten gekauft, wie Frank sagt. Es war eine Räumungsvollstreckung, was bedeutet, dass es zurück an die Bank gegangen ist, wie Nancy lernt. Frank meint, der Kauf war ein Glücksfall. Das Viertel ist im Aufschwung, womöglich können sie es sogar irgendwann gewinnbringend verkaufen, meint er und taucht den Pinsel in einen Eimer Brillantweiß.

Eines Abends klingelt das Telefon. Nancy springt auf, um ranzugehen, weil das Baby dieses eine Mal früh eingeschlafen ist. Es ist Daisy, die mit einigen Leuten aus der Uni-Clique in der Gegend ist. Sie haben sich ein Stück im Tricycle Theatre angesehen. Können sie vorbeikommen?

Mit Rotweinflaschen im Arm stampfen sie ins Haus und tragen mit den Jacken eisige Kälte herein. Machtlos sieht Nancy zu, wie sie die Küche auf der Suche nach Gläsern durchstöbern, laut reden und lachen.

Vor allen anderen hört sie das Baby weinen – diesmal ist es echt, nicht nur das Echo in ihrem Kopf – und rennt die Treppe, zwei Stufen auf einmal nehmend, hinauf. Sie bringt Georgie herunter, doch die will sich nicht beruhigen, sondern strampelt und brüllt. Als Daisy sie in den Arm nimmt, reißt sie den Mund noch weiter auf – ein hässlicher roter Schlund.

Frank zieht sich zurück – er muss morgen früh aufstehen. Nancy bemüht sich, die lustige Person zu sein, die sie einmal war, das verrückte Mädchen, das alles für einen Lacher tut. Insgeheim aber will sie bloß, dass die Freunde gehen, und schließlich tun sie es auch.

Das Baby ist ungefähr ein halbes Jahr alt, als Frank anfängt, an Freitagabenden später nach Hause zu kommen. »Alles hängt davon ab, dass man Beziehungen knüpft – vielleicht kann ich noch ein bisschen was dazuverdienen«, sagt er beim ersten Mal, als er sie vom Telefon im Pub aus anruft. Als er ins Bett kommt, sieht Nancy an den leuchtenden Zeigern des Radioweckers, dass es fast zwei Uhr ist. Franks Haar riecht nach Rauch und Bier und etwas aus der Welt dort draußen, das sie nicht zuordnen kann.

An Sonntagnachmittagen fahren sie nach Surrey zu Franks Eltern.

»Du hast wirklich Glück«, sagt Franks Mutter Lorna, als die Männer auf der Suche nach einem Bohrer hinaus zum Schuppen gehen. »Frank macht sich so gut im Büro – und arbeitet auch noch Tag und Nacht am Haus.«

Nancy merkt, dass Lorna ihr auf das T-Shirt starrt, blickt an sich herab und versucht, mit dem Fingernagel einen schorfigen braunen Fleck abzukratzen. Es ist Weetabix. Georgie ist gerade mal sieben Monate alt, aber Nancy versucht alles, um sie dazu zu bringen, feste Nahrung zu sich zu nehmen. Hilflos spürt Nancy, wie eine Träne an ihrer Wange herabläuft. Sie sieht zu, wie sie auf dem T-Shirt landet und gleich darauf noch eine folgt.

Ihre Schwiegermutter beobachtet es ebenfalls und tätschelt Nancys Hand. »Na, na«, sagt sie. »Schläft sie immer noch so schlecht?«

Nancy schüttelt den Kopf und wischt sich mit dem Ärmel über das Gesicht.

»Es wird einfacher.«

»Aber wann?«, will Nancy fragen. Denn sie ist sich nicht sicher, ob sie noch lange durchhält.

»Vielleicht solltest du mal ein bisschen rauskommen«, meint Lorna. »Eine Mutter-Kind-Gruppe vielleicht?«

Es ist eine Strapaze, sich und das Baby rechtzeitig für die Singgruppe um elf Uhr in der Gemeindekirche fertig zu machen, aber Nancy schafft es, sie sind sogar einen Augenblick zu früh da. Schwer atmend setzt sie sich zu den anderen, die im Schneidersitz in einem Kreis auf dem Boden sitzen, und macht es den anderen Müttern nach und platziert Georgie auf dem Schoß. Die Gruppenleiterin legt eine Kassette ein, und die Mütter »helfen« ihren Babys, in die Hände zu klatschen, und natürlich sind auch sie es, die singen, denn die Babys können ja noch nicht einmal sprechen, geschweige denn singen. Danach wird ein Tablett mit Getränken herumgereicht: Tee oder Pulverkaffee und Vanillekekse.

»Ah, endlich. Unsere Belohnung«, sagt Nancy zu der Frau neben sich.

»Ja.« Die Frau lächelt. Sie trägt einen fliederfarbenen Rollkragenpullover, der leicht schimmert, und eine bestickte Weste. Ihre Hose hat einen elastischen Bund. Aber Nancy steht es nicht zu, sich über die Kleidung anderer lustig zu machen, denn ihre Uniform aus T-Shirt und Jogginghose hat schon lange eine Generalüberholung nötig. Das Haar ist nachgewachsen und ist jetzt weder kurz noch lang, und Nancy ist ständig dabei, es sich hinter die Ohren zu streichen.

»Aber die eigentliche Belohnung sind ja unsere Babys«, sagt die Frau dann.

Nancy lacht und verschluckt sich fast an dem Vanillekeks. Endlich jemand, der mich versteht, denkt sie. Jemand mit Humor. Immer noch lachend wendet sie sich der Frau zu und bricht dann ab.

»Ja«, sagt die Frau ernst. »Wir können uns so glücklich schätzen. Das hier ist der beste Job der Welt.«

Auf dem Heimweg redet Nancy mit ihrem Baby, weil es niemanden anders gibt, dem sie diese Dinge sagen kann. Mit dunklen, allwissenden Augen sieht Georgie sie an. »Es tut mir so leid, ich weiß einfach nicht, wie das geht«, sagt Nancy. »Ich glaube, ich habe einen schrecklichen Fehler gemacht.«

VIERUNDZWANZIG

Georgie

Der Hype um die Frau, die ein vermisstes Kind gerettet hat, hat sich ganz offensichtlich gelegt. Immer wieder aktualisiert Georgie den Newsfeed, aber es tut sich nichts.

Sie hat einen schlechten Geschmack im Mund, und ihr knurrt der Magen, aber sie können sich nicht noch eine Pause erlauben. Je früher sie diese Reise hinter sich bringen, desto besser, denkt sie.

Hin und wieder sieht sie zu Dan hinüber, doch dessen Miene ist wie versteinert. Natürlich, das ist typisch für Dan: Er überspielt alles, tut immer so, als sei alles in Ordnung. Das hat er auch gemacht, als sie noch klein waren, sogar damals, als ihre Welt zusammenbrach.

Das Navi sagt, dass sie 238 Meilen vor sich haben – noch sechs Stunden und dreißig Minuten. Das Auto ist so unendlich langsam und unbequem. Georgie versucht, den Rücken durchzudrücken gegen das steife Gefühl, das sich festsetzt, aber dabei schneidet ihr der Sitzgurt in den gewölbten Bauch, und das ist vermutlich nicht gut. Also versucht sie sich schräg hinzusetzen, aber auch das ist nicht besser. Sie fühlt sich wie ein alter Hund, der in seinem Körbchen nicht zur Ruhe kommt. Schließlich setzt sie sich wieder gerade hin, den Blick nach vorn gerichtet.

Der Bildschirm ihres Handys leuchtet auf, und hastig entsperrt sie es. Der Hashtag #rätselhafteretterin trendet wieder, nachdem sich ein Reporter des *Daily Record* auf den Weg zur Insel gemacht hat. Er hat einen Beitrag gepostet, in dem er vor einem kleinen Steinhaus mit grüner Tür steht und etwas ins Mikrofon brüllt. Georgie spielt das Video dreimal ab, wobei sie sich das Handy ans Ohr presst, damit sie über das dröhnende Motorengeräusch hinweg verstehen kann, was gesagt wird.

»Ich bin auf der ersten Fähre rübergekommen, aber auf der Insel ist nichts zu finden. Die Schutzhütte war offensichtlich bewohnt, steht jetzt aber leer. Ich habe mit dem Inhaber des Dorfladens und dem Fährmeister gesprochen, doch die Leute im Ort halten sich bedeckt. Es sieht ganz danach aus, als habe die Frau, die man unter dem Namen Nan kannte, die Insel verlassen, allerdings weiß niemand, wohin.«

Da sind sie, auf der Autobahn irgendwo in Cumbria, und wieder hat Nancy sie überlistet. Sie kann mittlerweile wer weiß wo sein. Georgie betrachtet den Verkehrsstrom auf der Gegenfahrbahn. Durchaus möglich, dass Nancy in ebendiesem Moment in der Gegenrichtung an ihnen vorbeirast.

Georgie bemüht sich um eine ruhige, ebenmäßige Stimme: »Dan, wenn du irgendwo eine gute Stelle zum Stehenbleiben siehst, sollten wir mal anhalten.«

»Machst du Witze? Musst du schon wieder aufs Klo?«, fragt Dan, aber sein mürrischer Blick wird sanft, als er ihren Gesichtsausdruck bemerkt.

»Nein, es ist wegen Nancy. Sie ist weg, Dan. Wir haben sie verpasst.«

Es dauert zehn Meilen, bis Dan stehen bleiben kann, an einem trostlosen Parkplatz, mit nichts als einem Toilettenhäuschen, einem Imbisswagen und ein paar helleren Flecken auf dem nassen Asphalt, wo gerade erst Autos weggefahren sind.

»Das Ganze ist zwecklos«, schreit Georgie frustriert. »Es ist unmöglich, sie jetzt noch zu finden. Tut mir leid, dass ich dich da mit reingezogen habe. Wäre ich doch einfach nur daheim geblieben.«

Jetzt weint sie richtig, die Art Weinen, bei dem das Schluchzen einen eigenen Rhythmus bekommt und man nur schwer aufhören kann.

»Na ja, ganz offensichtlich will sie nicht gefunden werden. Du musst dich nicht entschuldigen, sie ist auch meine Mutter. Außerdem, wie du dir vielleicht vorstellen kannst, hatte ich zu Hause nichts wirklich Wichtiges zu tun, außer mit anderen armseligen Losern *Call of Duty* zu spielen. Oder mir die Wiederholung von *Seinfeld* anzuschauen und Mandys Pflanzen zu gießen.«

Georgie schnäuzt sich. »Das klingt schon ein bisschen traurig.«

Er schenkt ihr ein ganz vages Lächeln.

Sie denkt an damals, als Dan zu studieren anfing – an der Schule hatte er Bestnoten und war ein Crack in Mathe. Er entschied sich für Statistik, weil es ihm lag und ihm die Berechenbarkeit und die Gewissheit in Zahlenbeziehungen gefielen. Er hatte davon gesprochen, ein Gap-Jahr zu machen, bevor er sich auf einen Job festlegte. »Ich will nicht den Rest meines Lebens am Schreibtisch sitzen«, scherzte er.

Kurz nach dem Abschluss hatte ihn allerdings ein großes Versicherungsunternehmen angeworben und ihm ein Angebot gemacht, das er nicht ablehnen konnte. Und so war er in jenem gläsernen Eckbüro gelandet und hatte Präsentationen und Berichte verfasst – das exakte Gegenteil von dem, was er sich geschworen hatte.

Beschämt erinnert sich Georgie daran, wie Finn und sie hinter Dans Rücken über ihn hergezogen hatten. »Bei ihm dreht sich alles nur noch ums Business. Der absolute Verrat«, sagte Finn. »Er will nur unseren Dad beeindrucken«, antwortete sie, und sie spotteten über Dans Anzüge, den Achtstundentag und seinen Dienstwagen, während sie taten, als hätten sie den Durchblick – das Künstlerpaar, das die Welt mit seiner Fotografie beeindrucken würde. Eine Ausstellung war schon geplant. Eines Tages wären ihre Werke Sammlerstücke, und dann würde auch ihr Vater erkennen, welches seiner Kinder das mit Talent war.

Mittlerweile aber ist Georgie eine Hochzeitsfotografin ohne Kunden, und Dan ist arbeitslos und verbringt seine Tage damit, *Call of Duty* zu spielen. Georgie weiß nicht, ob einer von ihnen gewonnen hat, ob es überhaupt je einen Wettstreit zwischen ihnen gab oder ob der nur in ihrer Einbildung existierte.

Sie greift nach ihrer Wasserflasche. »Hast du Dad erzählt, was passiert ist – dass du deinen Job verloren hast? Und das mit Mandy?«

»Nein«, antwortet Dan. »Es gilt die Familientradition zu wahren: Niemals über irgendwas reden. Niemals sagen, was man fühlt. Immer lächeln und so tun, als hätten alle einen Heidenspaß.«

Georgie denkt an die sonntäglichen Mittagessen im Hotel in Redhill, bei denen Dan für gute Stimmung sorgte und »Mhmm, lecker« über das Essen sagte. Er spielte seine Rolle perfekt, während Georgie sich die Arme aufkratzte und schmollte und Irena am Chardonnay nippte und versuchte, Konversation zu treiben. Anschließend kehrten alle vier in das leere, aseptische Haus zurück, in dem keines der beiden Kinder über Gefühle reden, geschweige denn den Namen ihrer wahren Mutter aussprechen konnte.

Feiner Regen überzieht die Windschutzscheibe, und Dan tippt an den Hebel, sodass die plumpen Scheibenwischer einmal hin und her fahren. Georgie denkt an den schottischen Reporter, der gegen den Wind angeschrien hat. Er war vor ihnen auf der Insel und hat doch nichts gefunden.

Dann aber wird Georgie klar, dass Dan und sie einen bedeutenden Vorteil gegenüber dem Reporter haben. Zwar wissen auch sie nicht, *wo* Nancy ist, aber sie wissen, *wer* sie ist. Und sie kennen Menschen, mit denen sie früher zu tun hatte.

»Hältst du es für denkbar, dass Nancy jetzt, wo ihre Tarnung aufgeflogen ist, beschließt, sich zu ihrem alten Leben zu bekennen?«, fragt sie. »Dass sie womöglich auf dem Weg in den Süden ist, um uns zu suchen, während wir hier über die Autobahn nach Norden brettern?«

Dan wirkt skeptisch. »Tut mir leid, Georgie, aber hätte sie wirklich eine Wiedervereinigung gewollt, hätte sie das längst tun können.«

Georgie fährt sich mit der Hand über den Bauch und spürt ihre Hoffnung versiegen. »Stimmt schon. Und wir haben ja nach ihr gesucht. Dad hat gesucht – er hat doch alles versucht, um sie zu finden.«

Sie weiß noch, wie ihr Vater im Hausflur des alten Londoner Hauses saß und endlose Telefonate führte. Zuerst rief er alle Mütter in der Nachbarschaft an, dann Nancys Familie. Grandma und Grandpa Jebb. Großtante Annette, die Schwester ihrer Mutter. Dann versuchte er es bei ihren alten Freundinnen von der Uni.

»Ja, vermutlich schon.«

»Was meinst du mit vermutlich? Ich weiß das doch noch, Dan. Er hat es bei der Polizei gemeldet, Grandma und die ganzen Nachbarn angerufen …«

»Na ja, klar. Das war wohl in der Woche nachdem sie verschwunden war. Später hat er es dann noch mal probiert …« Dan verstummt.

»Später? Als er die Auflösung der Ehe beantragt hat, meinst du?«

»Ja, ich denke schon.«

Plötzlich begreift sie. Nach dem Umzug nach Redhill war Dan zu Dads Flügeladjutant geworden. Georgie dagegen – nun, die war damit beschäftigt, Georgie zu sein, diejenige, die nichts auf die Reihe brachte. Die unordentlich und unbeholfen war, zu spät zur Schule kam und bei den Prüfungen durchfiel. Als es schlimmer wurde und man sie beim Ladendiebstahl und Rauchen erwischte, betrachtete ihr Vater sie und sagte: »Ach, Georgie, wenn du nur deiner Mutter nicht so ähnlich wärst.«

Dad und Dan aber – sein »Danny-Boy« – waren ein echtes Team gewesen. Die Polizei hatte bald aufgehört, nach Nancy zu suchen – es gab keinerlei Hinweise auf ein Verbrechen, außerdem hatte sie ihren Pass mitgenommen. Sie hatte sogar diese beiden Postkarten geschickt, ein Beweis, dass sie am Leben war und sich in einem viele Tausend Meilen entfernten Land aufhielt. Also hatten Dan und ihr Vater gemeinsam ein paar Nachforschungen angestellt. Ein Jungsprojekt, bei dem sie alle Informationen auf Dads neuem Computer sammelten. Es gab sogar eine Tabelle, auf der Dan die Namen der Leute abhakte, die Dad angerufen hatte.

»Bestimmt habt ihr beiden alle Möglichkeiten abgecheckt.« Ihre Stimme verhärtet sich. »Hast du ihn auf deiner Liste abgehakt?« Aufgebracht starrt sie Dan an. »Den, dessen Name nicht genannt werden darf.«

Natürlich ist die Rede von Gerry, dem Mann, der in ihrer aller Leben platzte und es zerstörte. »Auch wenn die Leute diese ›Nan‹ in den Nachrichten als Einzelgängerin beschreiben, wer sagt, dass sie nicht immer noch mit ihm zusammen ist? Dass er ihr älterer Lover ist? Womöglich hat er mit in der Schutzhütte gelebt und Stöckchen geschnitzt oder Weidenkörbe geflochten. Was immer solche Loser halt machen.«

»Aber das ist ja das Komische«, meint Dan. »Dad konnte Gerry nie ausfindig machen.«

Sogar jetzt noch kommt es Georgie wie etwas Verbotenes vor, den Namen auch nur zu hören, weil er so lange ihr schuldbeladenes Geheimnis gewesen war. Das erste Mal, dass Georgie gewagt hatte, ihn laut auszusprechen, war, als sie neben Dan auf dem Boden seines Kinderzimmers saß und sie ihre Rettungsmission nach Thailand planten, von der beide im tiefsten Innern wussten, dass sie niemals stattfinden würde.

»Ich glaube, ich weiß, bei wem sie ist«, hatte Georgie geflüstert. »Da war dieser Mann, er heißt Gerry …« Schnell hatte Dan nach ihrer Hand gegriffen, eine Geste, die besagte, dass sie nicht weiterzureden brauchte. Dass sie nichts weiter sagen musste, weil er bereits Bescheid wusste.

Während Georgie nicht über die Fantastereien hinausgekommen war, sich auf der Suche nach ihrer Mutter durch den Dschungel zu schlagen, hatten sich Dan und ihr Vater zu einer weitaus erwachseneren Suche zusammengeschlossen, die Tabellen und Telefonate beinhaltete. Georgie war an diesen Aktivitäten nicht beteiligt gewesen – offensichtlich aber hatte die Suche auch Gerry abgedeckt.

»Ja, Dad hat die alte Uni angeschrieben«, sagt Dan, »aber es stellte sich heraus, dass Gerry Mac schon Jahre zuvor entlassen worden war. Dad mutmaßte, dass es irgendeinen Skandal gegeben hatte, der unter den Teppich gekehrt wurde. Irgendwas mit einer amerikanischen Austauschstudentin. Dad hat es dann bei einigen Theatern versucht und bei Mums alten Schauspielfreunden, aber er konnte überhaupt nichts herausfinden – weder über Gerry noch über Nancy. Es gab keine Informationen über ein Unternehmen, keine Steuerunterlagen, keine Immobilien in seinem Namen – der Mann war wie vom Erdboden verschluckt.«

»Er war ein findiger Typ«, meint Georgie. »Insofern überrascht mich das nicht wirklich.« Auch wenn Georgie an diesen Nachforschungen nicht teilgenommen hatte, so hatte sie im Lauf der Jahre immer wieder Gerrys Namen und den ihrer Mutter gegoogelt – ohne Ergebnis.

Der Druck, der ihren Kopf in die Zange genommen hat, wird stärker, denn irgendwie passt das alles nicht zusammen. Georgie muss nachdenken. »Ihr habt also weiterhin bei Grandma und Grandpa nachgefragt, bei Großtante Annette und Nancys alten Freunden?«

»Ja, Dad rief sie alle der Reihe nach an und fragte, ob sie

etwas von ihr gehört hatten, und ich hakte die Namen in der Tabelle ab.« Dan klingt erschöpft. »Mit der Zeit ist die Sache wahrscheinlich ein bisschen eingeschlafen. Anfangs haben wir das einmal im Monat gemacht, dann nur noch alle paar Monate, und als ich wegen des Studiums weggezogen bin, immer seltener.«

Die Großeltern sind mittlerweile tot, aber Annette lebt noch, die Schwester von Grandma Jebb. Früher schickte sie Georgie und Dan jedes Jahr eine Weihnachtskarte mit derselben nichtssagenden Botschaft: »Frohe Weihnachten. Grüße von Großtante Annette.«

»Meinst du, es lohnt sich, jemanden von der Liste zu kontaktieren? Annette zum Beispiel – nur für alle Fälle?«

Achselzuckend greift Dan nach seinem Handy – dem normalen – und stellt es auf laut. Schon beim zweiten Klingeln nimmt Annette ab, und kaum dass Georgie ihre Stimme hört, fühlt sie sich in alte Zeiten versetzt. Ihre Großtante klingt exakt so wie Grandma Jebb: Die betont deutliche Aussprache soll vornehm wirken, aber es gelingt ihr nicht, den Dialekt völlig zu kaschieren. Als sie ihr berichten, was passiert ist, spricht Großtante Annette immer schneller, und zunehmend entgleitet ihr der Akzent. »Hey, was meint ihr mit ›Sie ist wieder da!‹? Du lieber Himmel, seit wann? Und wo ist sie jetzt?«

Dan schildert das wenige, das sie wissen, und Georgie merkt, wie ihre Hoffnung versiegt, denn es ist offensichtlich, dass Nancy ihre Tante nicht kontaktiert hat. Sie beugt sich vor. »Nur um ganz sicherzugehen: Du hast also all die Jahre nichts von ihr gehört – alles ist unverändert, seit unser Vater das letzte Mal nachgefragt hat?«

»So ist es, leider. Ehrlich gesagt hatte ich befürchtet, dass sie längst tot ist. Es ist eine wunderbare Nachricht, dass sie lebt. Bitte gebt mir Bescheid, wenn ihr etwas herausfindet.«

»Na klar. Das tun wir«, sagt Georgie. Wie traurig, dass sich nach Nancys Verschwinden so eine Distanz zwischen ihnen auftat. Bei den Großeltern war es dasselbe gewesen: ein paar halbherzige Besuche, bis Frank ihnen erklärt hatte, dass Grandma und Grandpa Jebb die lange Reise nach Redhill nicht mehr schafften. Es war die Rede davon, dass Dan und Georgie in den Sommerferien mal nach Stamford fahren könnten, aber die Einladung blieb aus.

»Na dann, tschüss. Und viel Glück«, sagt Annette. Dan will das Gespräch gerade beenden, als Annette noch ein Gedanke zu kommen scheint.

»Ach – ich weiß ja nicht, ob das jetzt unpassend ist, aber ihr habt gesagt, dass euer Dad mich angerufen hat.«

»Ja, er hat doch alle paar Monate bei dir nachgefragt«, sagt Dan. »Anfangs habe ich ihm geholfen. Er hat mir gesagt, wen er angerufen hat, und ich habe deinen Namen auf einer Liste abgehakt.«

»Tut mir leid«, meint Annette, »aber das stimmt nicht. Euer Vater hat mich ein einziges Mal angerufen, kurz nachdem Nancy fortgegangen war. Und das war's. Ich habe angerufen und auf den Anrufbeantworter gesprochen, aber Frank hat nie zurückgerufen. Nach eurem Umzug habe ich hin und wieder einen Brief und Weihnachtskarten an euch beide geschrieben, aber nie eine Antwort bekommen.«

»Aber er hat dich doch angerufen, ich habe deinen Namen abgehakt …«, sagt Dan noch einmal, doch in seine Stimme mischt sich Zweifel.

»Bei Theresa, eurer Großmutter, war es das Gleiche.« Annette gerät in Fahrt. »Euer Vater hat ihr zu verstehen gegeben, dass er keinen Kontakt mehr wollte. Er meinte, es täte ihm leid, aber ihr zwei wolltet nicht mehr zu Besuch kommen. Ich weiß schon, meine Schwester war ein schwieriger Mensch, aber es hat eurer Großmutter das Herz gebrochen, nicht nur die Tochter, sondern auch noch die Enkel zu verlieren.«

Nach dem Telefonat sitzen Georgie und Dan da und starren geradeaus, ohne ein Wort zu sagen. Lastwagen kommen und gehen, und der Mann im Imbisswagen taucht immer wieder an seinem Fenster auf und reicht den Kunden Tee in weißen Styroporbechern heraus.

Ihr Vater hat sie belogen. Er hat Nancys Familie nicht kontaktiert. Vielmehr hat er ihren Großeltern erklärt, Dan und Georgie wollten sie nicht sehen.

»Warst du jemals bei diesen Telefonaten dabei?«, fragt Georgie.

»Jetzt, wo du es sagst … Wahrscheinlich nicht. Er hat mir nur das Datum und das Ergebnis gesagt – »keine Nachricht« –, und ich habe das abgehakt. Aber warum sollte er das machen? Mich anlügen, uns beide anlügen? Ich meine, Grandma und Grandpa Jebb waren vielleicht nicht die größten Spaßvögel, aber sie gehörten immerhin zur Familie.«

»Wir sind noch nicht einmal zu den Beerdigungen gefahren«, sagt Georgie.

»Wenn er diese Telefonate mit der Familie gar nicht geführt hat, frage ich mich schon, wie gründlich er überhaupt nach Nancy gesucht hat«, meint Dan. »Dachte er, sie wäre tot und es lohne sich eh nicht, nach ihr zu suchen? Oder wusste er womöglich die ganze Zeit, wo sie sich versteckt hielt?«

Das Auto bewegt sich nicht vom Fleck, aber Georgie muss sich am Sitz festklammern, weil schon wieder ein Schwindelanfall über sie hereinbricht. Diesmal fühlt es sich allerdings anders an als sonst. Es erinnert eher an Angst. Georgie hat diese Reise in die Vergangenheit angezettelt, doch mittlerweile hat sie keine Ahnung, wohin sie diese Reise führen wird.

FÜNFUNDZWANZIG

Nancy, 1991

»HE DU, HALLO«

Als Georgie ein Jahr alt ist, hört Nancy auf zu essen. Natürlich nicht ganz, aber es gelingt ihr, sich auf das absolut Nötigste zu beschränken. Sie erlaubt sich einen schwarzen Kaffee am Morgen und einen Apfel zum Mittagessen – einen schönen, knackigen, der so sauer ist, dass es beim Hineinbeißen fast wehtut.

Abends kocht sie für Frank, rührt das Essen selbst aber nicht an. Stattdessen isst sie zwei Scheiben Knäckebrot, die sie unter dem Grill toastet, bis sie schwarz sind, obendrauf eine dünne Schicht kalorienreduzierte Margarine. Manchmal blanchiert sie Zucchinischeiben im fauchend köchelnden Wasser, gießt sie ab und besprenkelt sie mit Salz. Sie verträgt keine süßen Sachen mehr, außer bitteren, schlichten, schmerzhaften Speisen bringt sie nichts hinunter.

Anfangs bekommt sie Komplimente. Die Kirchenmütter aus der Spielgruppe, die sonst keine Notiz von ihr genommen haben, begeistern sich über Nancys Aussehen und sagen, wie sehr sie sich wünschten, sie könnten den Babybauch auch so einfach loswerden. Frank aber sagt gar nichts, selbst dann nicht, wenn sie ein Unterhemd trägt, bei dem man ihre knochigen Arme sieht, und Shorts, die die neu entstandene Lücke zwischen den Oberschenkeln offenbaren. Langsam versiegt die Milch, und Georgie weint noch mehr und knufft wütend mit der Faust an Nancys Brust.

Nancy bekommt Zahnschmerzen, an beiden Seiten. Zunächst denkt sie, es läge daran, dass sie ständig die Kiefer zusammenbeißt, doch dann fangen die Backenzähne in den Zahnfleischtaschen an zu wackeln. Als würde ihr das Baby alles entziehen, was an Gutem noch übrig ist.

Ihre Mutter erscheint zu einem ihrer seltenen Besuche. »Also wirklich, du treibst es zu weit«, meint Theresa an Tag zwei. »Man kann auch zu dünn sein, weißt du.« Sie setzt Georgie in den Buggy, rumpelt damit die Stufen hinunter und marschiert davon.

Erleichtert lässt Nancy sich auf das Sofa fallen, denn genau das ist es, was sie braucht – Hilfe mit dem Baby, damit sie dieses unerträgliche und gleichzeitig so mühselige Leben in den Griff kriegt, das sich ihrer Kontrolle entzieht.

Eine halbe Stunde später aber ist Theresa wieder da, mit einem Berg beflissen knisternder Plastiktüten. Sie war im Supermarkt, hat Müsli, Milch und einen Laib geschnittenes Brot gekauft. Ein schönes Kotelett für Frank, das im Preis herabgesetzt war. Zum Abschluss holt sie triumphierend eine Schachtel Pralinen hervor und stellt sie auf den Couchtisch. »Hier, für dich. Etwas zum Naschen beim Stillen«, sagt sie und drückt Nancy das brüllende Baby in den Arm. »Sie hat schon wieder Hunger.« Gehorsam, vor Erschöpfung wie im Fieber, knöpft Nancy ihr Oberteil auf.

»Die wird dir noch Ärger machen, das sag ich dir«, meint Theresa. Und während sie aus dem Zimmer geht, fügt sie hinzu: »Na ja, die Suppe hast du dir selbst eingebrockt, jetzt musst du sie halt auslöffeln.«

Kaum dass ihre Mutter fort ist, stopft Nancy die Schokoladenpralinen noch in der glänzenden Zellophanverpackung in den Mülleimer.

Je dünner sie wird, desto näher kommt sie ihrem Ziel. Nancy möchte unsichtbar sein, so leicht wie die Luft, sodass niemand sie wahrnimmt. Es ist ein verwirrendes Bedürfnis, denn gleichzeitig sehnt sie sich danach, gesehen zu werden. Sie will Frank anbrüllen: »Sieh mich an! So fühlt es sich in mir drin an.« Er soll die scheußlichen, verworrenen Gedanken in ihrem Innern sehen, damit er versteht, dass sie das nicht schafft, das Muttersein, das allen anderen so leichtzufallen scheint. Ganz natürlich.

Aber Frank sagt nur: »Was soll ich denn noch tun?« Er arbeitet schwer, sagt er. Er verdient ihren Lebensunterhalt. Nachts dreht er sich von ihr weg, und sie kann es ihm nicht verdenken. Sie besteht aus einem Haufen Knochen, die rasseln und klappern und sich nicht in die Räume fügen, die Nancy ausfüllen soll: die Spielgruppe, die grell ausgeleuchteten Gänge im Supermarkt, sogar ihr Zuhause.

Als sie eines Mittags dabei ist, eine Banane für Georgie zu zerdrücken, klingelt das Telefon. Sie hebt ab, und eine Stimme sagt: »He du, hallo.«

Er muss seinen Namen nicht nennen, sie würde seine Stimme immer erkennen. Die Art, wie er die Worte in die Länge zieht, als denke er ganz genau über das nach, was er sagt. Oder vielleicht auch über sie. Sie hört das Begehren in seiner Stimme, es kommt ihr so vor, als greife jemand direkt in ihr Gedärm und zwirble es zu einem festen, heißen Knoten der Erwartung.

Gerry erzählt, dass er nicht mehr an der Universität ist, weil er die Engstirnigkeit dort nicht mehr ertragen hat. »Das sind selbst ernannte Gatekeeper, Nancy – wer legitimiert eigentlich deren Entscheidungen?«

»Weiß nicht«, antwortet Nancy. Das Telefon hängt an der Wand im Flur, von wo aus sie Georgie in ihrem Hochstuhl im Blick hat. Sie sieht zu, wie das Baby die Faust in das Schälchen mit dem Bananenmus steckt, es aufmerksam mustert und sich anschließend ins Haar schmiert. Nancy wendet sich ab, damit sie es nicht mitansehen muss.

Gerry erzählt über ein Improstück, bei dem er Regie führt,

und dass er damit auf Tournee gehen will, jedoch fürchtet, dass es für die meisten Leute zu avantgardistisch ist. »Für die Mittelschicht, die Hausfrauen in den Vorstädten. Die Bürohengste.« Kurz lacht er. »Aber ich bin sowieso unterwegs. Mache meine eigene Tournee.«

Nancy denkt an den Gerry Mac, der vorn im Vorlesungssaal stand, der Mann, der mit so viel Begeisterung Regie führte. Der Nancy ein außerordentliches Talent nannte und sie in ein orangefarbenes Minikleid steckte, in dem sie aussah wie Mia Farrow. Daran, wie er sie ansah, wie sie sich gesehen fühlte.

Jetzt, endlich, sagt Gerry, was sie so dringend hören muss: »Du hast schon verstanden, dass ich damals nicht zeigen durfte, was du mir bedeutet hast, Nancy. Es hat mir körperliche Schmerzen bereitet, meine Gefühle zu unterdrücken. Ich habe mich nicht getraut, dich nur anzusehen.« Die Erleichterung durchflutet Nancy in einer warmen Woge. Sie hatte doch gewusst, dass das der Grund war, aber die Bestätigung tut gut – zu wissen, dass sie auf derselben Wellenlänge sind und immer waren.

»Das Gerede hätte so viel Schaden angerichtet«, sagt er und fügt dann zur Verdeutlichung hinzu: »Für meinen Ruf …«

Gerry hat ihre Nummer von Daisy, die ein Theaterkollektiv im Londoner Osten leitet, aber jetzt, wo er Nancys Adresse hat, will er schauen, ob er nicht mal vorbeikommen kann, wenn er das nächste Mal in London ist. Es stehen ein paar Termine an. »Mit Produzenten, Casting-Leuten, du weißt schon.«

»Klar, na ja, ich bin meistens da …«, setzt Nancy an, aber Gerry ruft aus einer Telefonzelle an, und es piept zum Zeichen, dass die Zeit abgelaufen ist.

Zwei Wochen später ist sie mit dem Buggy auf dem Heimweg vom Supermarkt, an beiden Griffen hängen Einkaufstüten, die Regenhaube ist über Georgie gezogen. Das Baby zahnt und war den Großteil der Nacht wach, jetzt aber schläft es tief und fest. Als Nancy in ihre Straße einbiegt, sieht sie einen schweren grauen Transporter an der Ecke stehen. Es ist ein ungewohnter Anblick: verrostete Felgen, die Beschriftung an der Seite mehr schlecht als recht übermalt, die hinteren Fenster mit Sperrholzplatten abgedeckt. Ihr erster Gedanke ist, dass es Frank nicht gefallen würde, dass der Wagen hier steht und dem Ansehen des Viertels schadet.

Da schwingt die Hecktür auf, und er steht vor ihr. Kleiner als in ihrer Erinnerung, ein bisschen rundlicher, aber es ist doch Gerry Mac. Er hat immer noch das Funkeln in den Augen. Der Transporter, erklärt er, ist jetzt sein Zuhause. Häuser sind was für Spießer. Nancy schiebt den Buggy auf dem Gehsteig vor und zurück, damit Georgie weiterschläft, und widersteht dem Drang, die Straße hinauf zu ihrer eigenen spießigen Doppelhaushälfte zu blicken.

Nancy hat Glück, dass sie ihn erwischt, sagt Gerry, denn morgen trifft er sich mit einem Casting Director, sie wollen über vielversprechende neue Gesichter sprechen. »Dein Look ist sehr *heutig*, weißt du.« Er legt den Kopf schief und mustert sie mit professionellem Blick. »Der Magerlook.«

Im Innern von Gerrys Transporter riecht es nach ungewaschenen Laken und der Dosensuppe, die Gerry sich zum Essen auf einem Campingkocher aufwärmt. Der Platz reicht gerade so für den Buggy, wenn Nancy sich neben Gerry auf das herunterklappbare Bett setzt.

»Ich muss nur ein gutes Wort einlegen, mehr braucht es nicht. Das richtige Gesicht zur richtigen Zeit«, sagt Gerry, während er die Auflösung an seiner neuen Videokamera einstellt. »Lass uns loslegen, ja?«

Nancy ist unvorbereitet, sie hat sich noch nicht einmal die Haare gebürstet. »Das gehört alles zum Look«, meint Gerry und zoomt sie heran. Weil der Casting-Agent so etwas erwartet, macht er auch ein paar Aufnahmen im BH. Mit ausgesuchter Höflichkeit bitte er sie, ihn auszuziehen.

»Perfekt. Sehr heutig. Ganz Kate Moss«, flüstert er. Nancy weiß nicht genau, von wem er spricht, also blickt sie einfach auf die Linse. Der Rest dauert nicht lange, und sie fixiert das starre rote Auge der Kamera, bis er fertig ist. Kurz flackert eine alte Erinnerung daran auf, begehrt zu werden. Etwas Besonderes zu sein.

Danach macht Gerry die Hecktür auf und hilft ihr, den Buggy hinunterzuheben. Erst da scheint er das Baby darin zu bemerken.

»Ah, es schläft viel, oder?«

»Nicht wirklich.«

Nancy weiß, was als Nächstes von ihr erwartet wird, genau wie dann, wenn ältere Frauen sie im Supermarkt ansprechen und fragen, ob sie mal reinschauen dürfen. Nun aber fühlt es sich anders an, irgendwie falsch, das Baby dieser Situation auszusetzen. Es war besser, als Georgie unter der Regenhaube versteckt war, ohne etwas von Gerry, seinem schmutzigen Transporter und dem roten Kameraauge zu ahnen.

Aber Gerry wartet, also schnürt sie die Regenhaube auf, schiebt schüchtern das Verdeck zurück und offenbart Georgies schlafendes Gesicht. Ihre roten Wangen, eine Ecke des rosa Overalls.

»Ein Mädchen also. Sie hat dein Haar.«

»Ja«, sagt Nancy und zieht das Verdeck entschlossen zurück nach vorn. »Es ist kühl geworden, ich sollte sie besser nach Hause bringen.«

Erst als sie in der Küche steht, fällt ihr ein, dass sie die beiden Einkaufstüten in Gerrys Wagen vergessen hat. Sie kann unmöglich zurückgehen, jetzt nicht mehr, und so steht sie da und gibt einen frustrierten Laut von sich. Da wacht das Baby auf und schreit ebenfalls, mit rotem Gesicht, und zerrt an den Riemen, um aus dem Buggy herauszukommen.

Als Nancy am folgenden Vormittag zum Supermarkt geht, um die Einkaufsliste an Dosen, Päckchen und Gläsern ein weiteres Mal abzuarbeiten, ist der Transporter weg. Nur ein Ölfleck auf der Straße ist zurückgeblieben. Nancy hört nie etwas von dem Casting-Agenten. Anscheinend hat der Magerlook doch keinen Gefallen gefunden.

»Wir brauchen Urlaub«, verkündet Frank und findet eine billige Pauschalreise nach Griechenland, last minute. Nancy weiß nicht recht: Ihr graut vor der Warterei am Flughafen, sie rechnet fest damit, dass der Flug mit Georgie ein Albtraum wird. Doch sie täuscht sich. Mit Georgie klappt alles bestens, und sie verbringen eine Woche am Strand, lesen und schlafen. Georgie wird in der Taverne herumgereicht wie ein grinsendes pausbäckiges Püppchen, während sie essen (und ja, auch Nancy isst, voller Heißhunger nach Oliven, Schafskäse und Brotscheiben, weil hier die alltäglichen Regeln ausgesetzt zu sein scheinen).

Sie trinken Retsina und reden. Nancy fasst sich sogar ein Herz und erzählt Frank, wie schwer es ihr fällt, Mutter zu sein. Ihr Leben muss aus mehr bestehen als Wäsche waschen, kochen, putzen und in der Babysinggruppe Rumbarasseln hin und her zu schwenken. Sie erzählt ihm, wie verloren sie sich fühlt, als habe sie keinerlei Substanz.

»Wenn wir wieder daheim sind, schauen wir, ob wir irgendwelche Weiterbildungskurse für dich finden. Du könntest sogar deinen Abschluss nachholen. Meine Mum kann ja zum Babysitten ein paarmal die Woche in die Stadt kommen. Das kriegen wir schon hin«, sagt Frank.

Frank hat Sonne abbekommen, und wenn er lächelt, sieht sie, was für ein gut aussehender, lieber Mann er ist.

Als sie wieder in London sind, schreibt Georgie an die Schauspielschule und bittet um Informationsbroschüren, weiter allerdings kommt sie nicht. Sie erbricht das Frühstück, ihre Brüste sind wund, und bevor sie auch nur einen Test gemacht hat, weiß sie, dass sie schwanger ist.

Diesmal beobachten Frank und sie gemeinsam, wie die blaue Linie sichtbar wird, und Frank drückt sie fest an sich. »Wahnsinn«, sagt er. »Fantastisch.«

Sie wissen beide, dass es der Neuanfang ist, den sie brauchen. Diesmal wird niemand von Eingriffen sprechen, es wird keine von Dougie gestreuten Gerüchte geben, kein eisernes Schweigen ihrer Mutter. Sie sind verheiratet und leben in einer Doppelhaushälfte in Kensal Rise mit drei Schlafzimmern und einer sonnengelb gestrichenen Küche. Ab sofort werden sie eine richtige Familie sein.

Sie kann sich schon jetzt kaum mehr an Gerrys Besuch erinnern, an sein zusammengekniffenes Auge neben der gläsernen Kameralinse.

»Ich werde Vater!«, sagt Frank.

Nancy lacht. »Das bist du doch schon.« Aber sie weiß, was er meint. Diesmal wird alles anders sein.

Frank ist schon dabei, die Nummer seiner Eltern zu wählen. »Ja, ein Baby! Wir haben es gerade herausgefunden … ich weiß – stellt euch nur vor, wenn es ein Junge wird. Wäre das nicht perfekt?«

SECHSUNDZWANZIG

Georgie

Schließlich bricht Dan das Schweigen. »Sollen wir ihn anrufen? Fragen, warum er uns angelogen hat?«

»Wen? Dad?«

»Ja, natürlich Dad.«

»Ne, das ist mir zu viel. Nicht jetzt«, meint Georgie. Sie malt sich aus, was ihr Vater an einem Dienstagnachmittag im Februar macht. Vor ein paar Jahren hat er eine gute Abfindung von der PR-Agentur bekommen. Jetzt hilft er freitags als Ehrenamtlicher bei der Essensausgabe der Tafel mit. An den Wochenenden macht er lange Ausflüge mit dem Fahrradklub. Heute aber dürfte er zu Hause sein. Wahrscheinlich sitzt er in seinem Sessel mit einer Tasse Tee und liest die neueste Biografie irgendeines prominenten Sportlers oder in Ungnade gefallenen Politikers. Später wird er sich vielleicht eine Quizshow im Fernsehen ansehen oder ein Sudoku machen.

Endlich hat ihr Vater genau das, was er sich immer gewünscht hat: ein kleines, gewöhnliches Leben. Sie stellt sich vor, dass er ihren Anruf annimmt, wie sich seine Miene verändert, wenn sie ihn fragen: »Warum hast du nur so getan, als würdest du nach Mum suchen, und hast gar nichts gemacht?«

Was ist der eigentliche Grund für Franks Betrug? Ging es darum, dass es sein neues Leben mit Irena ruiniert hätte, wenn er Nancy gefunden hätte? Oder wusste er womöglich die ganze Zeit mehr, als er vorgab?

»Ich glaube, er wollte sie nicht nur vergessen. Er wollte sie auslöschen.« Georgie spürt, wie ihr die Tränen kommen.

Lange sieht Dan sie an. Dann sagt er etwas Merkwürdiges: »Manchmal zwingen wir uns zu vergessen. Um uns zu schützen.«

»Willst du damit sagen, dass Dad uns schützen wollte? Das finde ich eine ganz schön verquere Vorstellung vom Elternsein.«

»Nein«, antwortet Dan behutsam. »Ich will bloß sagen, dass … so etwas vorkommt. Mir hat mal jemand erklärt, dass das Gehirn Dinge verdrängt, wenn es zu schwierig wird, mit ihnen fertigzuwerden – sie zu ›verarbeiten‹.« Er malt Anführungszeichen in die Luft. »Er hat es so beschrieben, dass wir Erinnerungen so lange in eine Kiste packen, bis wir uns in der Lage fühlen, sie aufzumachen.« Er hält inne, um sicherzugehen, dass Georgie noch zuhört. »Vielleicht hat Dad ja etwas in der Art gemacht. Hat für uns die Kiste verschlossen.«

»Wow«, sagt Georgie. »Du hast ja wirklich ernsthaft an dir gearbeitet, Dan. Wie viel kostet denn so eine Therapiestunde?«

Dan schüttelt den Kopf. »Bitte, Georgie. Ich versuche nur, mir zu erklären, warum er das gemacht hat.«

»Entschuldige.« Sie fühlt sich zurechtgewiesen. Dan will helfen, so wie er es immer getan hat, als sie beide noch ein Team waren. »Irgendwie wünschte ich, ich hätte mich nie auf diese Reise gemacht«, sagt sie. »Aber, Dan …«

»Ja?«

»Ich bin froh, dass wir zwei wieder miteinander reden. Sehr sogar.«

»Ich auch.«

Draußen ist kaum mehr zu sehen als struppiges Gras und nasser Asphalt. Die nutzlos gewordene Navigations-App beklagt, dass ihr Ziel noch sechs Stunden und zwanzig Minuten entfernt ist. Dan schließt das Fenster auf dem Display. Sie sind wenige Meilen vor Gretna. Sie haben es nicht einmal bis

Schottland geschafft, bevor Nancy ihrer Reise ein abruptes Ende beschert hat.

»Also«, meint er. »Soll ich dich nach Hause bringen?«

Georgie weiß es nicht. Alles, was sie weiß, ist, dass sie schrecklich müde ist und ihre Glieder bleischwer und aufgeschwemmt sind. Wirre Gedanken schwirren ihr durch den Kopf. Quälende Schnipsel, Bilder, die keinen Sinn ergeben. Sie schüttelt den Kopf, versucht den nächsten Schwindelanfall abzuwehren.

Da bemerkt sie, dass der Bildschirm ihres Handys aufleuchtet – der Hashtag #rätselhafteretterin ist wieder aktiv. Sie scrollt durch die Einträge und beugt sich dann nach vorn. Sie deutet auf das Radio. »Schnell, wie stellt man auf dem Ding Chat Time FM ein?«

»Ich dachte, du magst kein Radio?«

»Mach einfach«, blafft sie. Jemand hatte die großartige Idee, einen Radioaufruf zu starten, um die geheimnisvolle Frau zu finden, die ein Kind von einem Berg heruntergetragen und vor dem sicheren Tod gerettet hat und daraufhin spurlos verschwunden ist. Die Eltern des Kindes haben eine Belohnung ausgelobt für Informationen, die sie zu der Frau führen.

»Es gibt eine Anrufaktion«, sagt sie. »Dan, nicht nur wir – überall suchen die Leute nach Nancy.«

In den darauffolgenden fünfundzwanzig Minuten sitzen Dan und Georgie in dem beengten Auto und hören wahllosen Leuten zu, die behaupten, »Nan« gesehen zu haben. Ein Mann in Sunderland schwört, dass sie in der örtlichen Fish-and-Chips-Bude arbeitet. »Sie hat mir zugezwinkert und mir dann noch eine Extraschippe Pommes draufgegeben«, bringt er zum Beweis vor. Eine Frau mit Glasgower Akzent versichert, dass Nancy früher unter der Bahnüberführung geschlafen hat. Eine Mutter von zwei Kindern aus Peckham im Süden Londons ist fest davon überzeugt, dass Nancy Schülerlotsin in ihrem Viertel ist. »Sie lächelt immer so freundlich«, sagt sie.

»Au Mann, das ist doch alles Quatsch. Die wollen nur Sendezeit schinden und irgendwelchen Spinnern etwas bieten, worauf die sich stürzen können«, meint Dan. »Ich denke, das Beste ist, wir fahren nach Hause und lassen die ganze Sache erst mal sacken. Ich weiß schon, nicht alles ist hundertprozentig stimmig, aber vielleicht können wir dann mit Dad reden, und er erklärt uns seine Version der Geschichte.« Er beugt sich vor, um das Radio auszuschalten, doch Georgie packt ihn am Handgelenk.

»Warte«, sagt sie schnell.

Ein neuer Anrufer ist dran, und Georgie erstarrt, als seine Stimme im Auto ertönt. »Ja, guten Tag«, sagt er und zieht die Wörter absichtlich schwerfällig in die Länge. »Ich denke, ich habe da ein paar interessante Informationen für Sie. Die Frau, die Sie suchen, heißt Nancy Jebb. Vor vielen Jahren war sie eine vielversprechende Studentin von mir. Falls sie das hört: Ich würde sie gern wiedersehen und über alte Zeiten plaudern.«

Georgie dreht die Lautstärke hoch, doch es ist zu spät – der Anrufer hat aufgelegt. Der Moderator schaltet sich ein. »Okay, das war Gerry aus Hoyton Beck, der sagt, dass er die rätselhafte Retterin früher unterrichtet hat, und uns ihren vollen Namen genannt hat. Das ist wirklich außerordentlich.«

»Gerry«, flüstert Georgie. »Gerry Mac will über alte Zeiten plaudern.«

Lange bevor sie aufhörten, Nancys Namen zu Hause zu erwähnen, war das ein anderer Name, den sie nicht laut auszusprechen wagten. Georgies letzte deutliche Erinnerung an diesen Mann ist die, wie er ihnen im Familienurlaub in Wales über den Weg lief. Keine Woche später war ihre Mutter verschwunden.

Hatte ihr Vater je nach Gerry Mac gesucht, der ja zweifellos der vielversprechendste Anhaltspunkt auf der Suche nach Nancy war? Und falls nicht, warum? Ist es denkbar, dass dieser Gerry auf irgendeine unheilvolle Weise Macht über ihre Eltern hatte?

Plötzlich ist Georgie hellwach und von neuer Dringlichkeit erfasst. Sie tippt auf ihrem Handy. »Schau mal, Hoyton Beck – ist gar nicht so weit von hier«, sagt sie. »Es liegt praktisch auf unserem Weg zurück in den Süden.«

Doch Dan schüttelt den Kopf. »Warte. Wir sollten keine voreiligen Schlüsse ziehen.«

»Was? Das war er, eindeutig.« Sie starrt Dan an. »Er kannte ihren Namen. Die Art, wie er geredet hat …«

»Auch wenn er es war, weiß ich nicht, ob es eine so gute Idee ist, ihn aufzusuchen.« Dans Stimme klingt plötzlich merkwürdig unbeteiligt. »Ich bin dagegen, Georgie. Ihn wiederzusehen weckt vielleicht alle möglichen … Assoziationen.«

Es ist zum Verrücktwerden. Warum haben alle solche Angst vor Gerry Mac?

»Na los, Dan«, sagt sie. »Ich habe einfach das Gefühl, wenn irgendjemand sie finden kann, dann er. Vielleicht hat Nancy ihn ja auch im Radio gehört und ist schon auf dem Weg zu ihm.«

»Ich glaube wirklich nicht …«

Aber sie spürt, dass er wankt. »Dan? Bist du denn überhaupt nicht neugierig? Bitte. Wir sind schon so weit gekommen, lass uns jetzt nicht aufgeben. Er ist unsere einzige Hoffnung.«

Der Mund ihres Bruders ist ein dünner, zusammengepresster Strich, aber er tut, worum sie ihn bittet. Er tippt den Namen der Stadt ins Handy und stellt es zurück in den Getränkehalter. Die App verkündet, dass sie eine neue Route ermittelt. Dann: »Sie erreichen Ihr Ziel in zwei Stunden. Sie befinden sich auf der schnellsten Route.«

SIEBENUNDZWANZIG

Nancy, 1992

»ALLES LÄUFT GANZ WUNDERBAR«

Von Anfang an, schon als Baby, ist Dan ganz anders als Georgie. Natürlich weint er auch, aber nicht auf diese markerschütternde, nicht enden wollende Art, die Nancy vom ersten Mal kennt. Sogar die Geburt ist anders. Bei Georgie hatte sich das Fruchtwasser, von grünen und braunen Streifen durchsetzt, über den Boden im Kreißsaal ergossen. »Kindspech«, sagte die Hebamme mit grimmiger Miene und zog enge Gummihandschuhe über. Daraufhin folgte eine Menge Stochern und Bohren, und jemand sagte streng, sie solle »Pressen, jetzt!«, denn womöglich sei das Baby in Gefahr.

Nancy könnte schwören, dass bei Dan das Fruchtwasser süßlich roch, nach grüner Wiese und wilden Rosen, und die Geburt war zwar schmerzhaft, aber nicht so abrupt, er kam in einem gemessenen Tempo, beinahe behutsam auf die Welt. »Was für ein süßer Kerl«, sagte die australische Hebamme. Und während Georgie unter Gebrüll, mit einem wütenden braunen Haarschopf geboren wurde, hatte Dan nur einen zarten hellen Flaum. Ruhig blickte er zu Nancy hoch, als wäge er noch ab, wie er diese Sache namens Leben am besten angehen sollte.

Zu Hause liegt Dan nach dem Stillen zufrieden im Kinderwagen im Garten und betrachtet die Muster, die die tanzenden Blätter des Apfelbaums in den Himmel malen. Kein endloses Auf-und-ab-Gehen, Rotz und Geheul, wie Nancy es mit Georgie erlebt hat. »Du bist großartig. Du machst das so toll«, sagt Frank.

Auch Nancys Mutter Theresa wirkt gegen ihren Willen beeindruckt, als die Eltern zu Besuch kommen. »Er ist ein guter Junge«, sagt sie. »Ein prächtiger Kerl«, fügt ihr Vater hinzu und hält das gewindelte Baby im Arm. »Mit einem hübschen Namen.« Nancy sieht zu, wie Georgie hingeht, dem Baby über den Kopf streichelt und sich gleich darauf abwendet, gelangweilt von dem ganzen Theater um ihren kleinen Bruder.

Im Großen und Ganzen aber ist alles ganz wunderbar. Sie nimmt beide mit in die Krabbelgruppe, wo Georgie im Wasser und Sand spielen kann, während Nancy mit den anderen Müttern plaudert. Eine Sache aber macht Nancy zu schaffen.

Die instinktive Resonanz, die sie bei Georgie empfunden hat, fehlt, der unwillkürliche Reflex, aus dem Bett zu schießen, wenn sie sie weinen hörte. Das Baby macht die richtigen Dinge zur richtigen Zeit: Mit sechs Wochen hebt es die pummelige Faust in die Höhe und betrachtet sie staunend. Mit acht Wochen versucht Dan, den Kopf zu heben. Nancy nimmt diese Dinge mit Erleichterung zur Kenntnis, ihr Baby ist normal. Aber sie berühren sie nicht.

Als er das erste Mal richtig lächelt, weckt es bei Nancy praktisch keinerlei Gefühlsregung. Sie schreibt es trotzdem in ihr Tagebuch, damit sie Frank davon erzählen kann, wenn er nach Hause kommt.

Sie weiß, es ist unmöglich, denn sie hatte ihn im Krankenhaus immer im Blick, aber fast kommt es ihr so vor, als habe man ihr das neue Baby untergeschoben. Oder es hat bei der Geburt gespürt, dass es das Beste ist, keinerlei Aufhebens zu machen. Wie auch immer, Nancy hat den Eindruck, dass das Leben die Lautstärke heruntergedreht hat, und obwohl sie sich nach einem friedfertigen Baby gesehnt hat, ist es irgendwie unheimlich. Es ist so ganz anders als gewohnt.

Andererseits verursacht Georgie auch mit zwei Jahren noch jede Menge Chaos. Unter Getöse leert sie eine Kiste Bauklötze in genau dem Moment auf dem Holzboden aus, als das Baby fast eingeschlafen ist. Sie weigert sich, aufs Töpfchen zu gehen, will wieder Windeln tragen und hat regelmäßig Tobsuchtsanfälle – im Supermarkt, im Park, jedes Mal, wenn sie an einem Eiswagen vorbeikommen.

Eines Nachmittags, als Nancy Dan gerade stillt, entdeckt Georgie eine Schachtel Wachsmalkreiden und bemalt die gesamte Wohnzimmerwand. Das Gekritzel hinterlässt fette wächserne Spuren und lässt sich nicht abschrubben, egal, wie sehr man sich bemüht.

Frank meint, Nancy sollte strenger sein. »Sie muss lernen, dass sich jetzt nicht mehr alles nur um sie dreht«, sagt er und schaukelt das Baby auf seinen Knien. Allerdings ist Frank zwar gern dabei, wenn es um gute Ratschläge geht, selbst aber selten da, um zu helfen. Seine Firma bewirbt sich um einen großen Auftrag, und er muss öfter Überstunden machen. »Ich mache das für uns«, wendet er ein, wenn Nancy sagt, dass sie eine Pause braucht. »Wie wäre es, wenn deine Mum herkommen würde?« Aber darauf fällt Nancy nicht noch einmal herein, sie möchte ihre Probleme lieber unter vier Augen klären.

Denn im tiefsten Innern weiß Nancy, dass mit diesem prächtigen, glücklichen Baby alles in Ordnung ist. Selbst die temperamentvolle, ungestüme zweijährige Georgie tut nur, was Kleinkinder eben so tun. Das Problem liegt bei Nancy. Von einem Tag auf den anderen überkommt sie das Gefühl, durch tiefes Wasser zu waten und unerreichbar zu sein. Worte klingen dumpf, Farben wirken gedämpft. Als würde sie langsam ertrinken.

Schließlich greift Nancy auf die Methode zurück, die sie

immer angewendet hat, wenn das Leben schwierig wurde: so tun, als ob. Sie lächelt und nickt, wenn die Leute sagen, dass sie süße Kinder hat. Sie stimmt ihnen zu, wenn sie meinen, dass es jetzt zwar viel Mühe ist, aber die Kinder einander immer als Spielkameraden haben werden. Und weil sie die Kinder so jung bekommen hat, kann Nancy wieder mit dem Studium anfangen, sobald sie zur Schule gehen. »Ja«, antwortet sie. »Alles läuft ganz wunderbar.«

ACHTUNDZWANZIG

Nancy, 1996

»DAS BLEIBT UNSER KLEINES GEHEIMNIS«

Als Dan vier Jahre alt ist, findet Nancy einen Freund, der sie versteht. Fast jeden Nachmittag kommen sie zusammen, und manchmal auch am Vormittag. Genau genommen kehrt sie zu einem alten Freund zurück. Das Trinken hat sie in der Vergangenheit in Schwierigkeiten gebracht – an der Uni hat sie sich wie die letzte Idiotin benommen –, aber das alles ist vergeben und vergessen, und so heißt sie den Alkohol in ihrem Leben wieder willkommen.

Ein Gläschen hier und da hilft ihr durch den Tag. Es nimmt den Dingen die harten Kanten und macht die Plackerei erträglicher. Insbesondere macht es Georgie erträglicher. Mit ihren sechs Jahren beschimpft sie Nancy, tritt um sich und brüllt, wenn es Zeit ist, zur Schule zu gehen. Die Lehrer reden über Fleißbildchen, Auszeiten und Ruhephasen auf dem stillen Stuhl, und Nancy stimmt ihnen zu, dass all diese Ideen sehr gut sind. Doch sie macht nichts davon.

Georgie schmeißt immer noch gern Gegenstände auf den Boden – eine Tüte Reis, Bücher, einen Korb mit frisch gewaschener Wäsche –, und so herrscht im Haus ständig Chaos. Doch nach dem ersten Drink des Tages stört das nicht mehr allzu sehr. Nancy verschiebt das Abspülen und die Wäsche auf später, setzt sich in den Liegestuhl im Garten und raucht sich durch eine Schachtel Silk Cut. Dort draußen zu sein und die Wolken zu beobachten ist einfach schöner.

Meistens schafft sie es, mittags rechtzeitig an Dans Kindergarten zu sein, aber wenn es so weit ist, Georgie von der Schule abzuholen, ist alles oft schon etwas verschwommen. Manchmal bringt eine andere Mutter, eine Frau namens Claudia, Georgie nach Hause. Wie aus dem Nichts taucht sie auf und starrt mit besorgtem Blick auf Nancy herab. Die lächelt und tastet hektisch nach der Sonnenbrille, um ihr Gesicht zu verbergen.

An den Nachmittagen, an denen Claudia Georgie nach Hause bringt, bleibt Nancy meist im Gartenstuhl liegen, lässt die Hand an der Seite herunterhängen und streicht mit den Fingern über das buschige Gras. Nach einer Weile hört sie das Schmatzen der Kühlschranktür – Georgie, die auf der Suche nach etwas zum Abendessen ist. Mit einem Klacken geht die Tür wieder zu. Eigentlich ist Georgie ein gutes Mädchen. Sie kann sich und ihrem Bruder ein Müsli machen oder auch einen Toast, wenn sie ein bisschen achtgibt. Nancy bleibt im Garten, bis ihr die Haut von der kühlen Abendluft kribbelt, aber in ihrem Kopf ist alles angenehm taub.

Die Kinder scheinen zu wissen, was für eine Darbietung von ihnen erwartet wird, wenn Frank nach Hause kommt. Der Abwasch ist erledigt, und Georgie und Dan sitzen am Tisch und zeichnen oder malen etwas aus. Immer geht Frank direkt zu Dan und zerstrubbelt ihm das Haar. »Was ist das, Danny-Boy?«, fragt er. So nennt er ihn. Oder auch »Best Boy« oder einfach nur »Sohn«.

Georgie sieht auf und streicht ihr Pferde- oder Katzenbild glatt. Vielleicht hat sie auch die Buchstaben des Alphabets nachgezeichnet, an den Stellen grau verschmiert, wo sie etwas ausradiert hat, weil sie sich alle Mühe gibt, es richtig zu machen. Aber Frank blickt nie in ihre Richtung.

Wortlos kramt Nancy in der Tiefkühltruhe und sucht etwas zum Abendessen für Frank heraus. Sie schwankt leicht, während sie die Tiefkühlpommes auf ein Backblech kippt und mit dem Fuß die Ofentür zuschiebt.

Etwa zu dieser Zeit besuchen sie einen Elternabend an Georgies Grundschule. Nancy gibt sich Mühe, sie trägt ein Blumenkleid, das sie im Secondhandladen gefunden hat, und Schuhe mit kurzen Pfennigabsätzen, in denen sie seriös aussehen will. Sie hat noch nicht einmal besonders viel getrunken, doch sie hat wieder einmal vergessen zu essen, und das ist vermutlich das Problem. Es ist gar nicht so dramatisch, nur ein Stolperer auf dem glatten Boden der Schulaula. Aber ach, Georgies Gesicht, als sie ihre Mutter auf Knien sieht, die sich lachend nach jemandem umblickt, der ihr aufhilft. Und Franks Miene ist wie ein Donnergrollen.

»Hoppla, jetzt sitz ich in der Klemme!«, sagt sie zu dem Lehrer, der ihr zu Hilfe kommt – ein junger Kerl mit sanftmütigen Augen, in einem Pullover mit Lederflicken an den Ellbogen. Sie möchte ihn fragen: »Wieso tragen Sie Altmännerklamotten? Verschwenden Sie Ihr Leben nicht!«, aber es kommt ganz falsch heraus – all die Zischlaute sind so schwer auszusprechen.

Nach diesem Vorfall ist Frank ihr gegenüber eine ganze Ewigkeit lang abweisend. Eines Abends, als sie nach ein paar zusätzlichen Gläsern Wodka Mut gefasst hat, stolpert sie ins Wohnzimmer, wo er auf dem Sofa ausgestreckt ist und die Nachrichten anschaut. »Du bist so langweilig«, sagt sie. »Warum haben wir überhaupt keinen Spaß?«

»Du scheinst ganz allein schon genug Spaß zu haben«, erwidert er kühl.

Aufmerksam mustert sie ihn. Vor Kurzem hat er sich ein paar neue Hemden in Rosatönen gekauft, und er trägt poppige Socken von Paul Smith, die mehr kosten, als das Haushaltsgeld für eine Woche beträgt. Bei genauerer Betrachtung sieht Frank gar nicht langweilig aus, vielmehr wirkt er wie ein Mann, der auf sein Äußeres achtet. Neuerdings geht er ins Fitnessstudio und leistet sich einmal im Monat einen Haarschnitt, eine Nassrasur und eine Anwendung mit heißen Tüchern bei einem schicken Friseur, und Nancy fragt sich, für wen er den ganzen Aufwand treibt.

»Und wie steht es mit dir, Frank? Hast du auch deinen Spaß?« Sie beugt sich zu seinem Gesicht hinab und redet ganz langsam. »Diese ganzen Drinks nach Feierabend? Um Beziehungen zu pflegen?«

Frank zuckt zurück. »Du stinkst nach Alkohol aus dem Mund.« Er schaltet den Fernseher ab. »Du bist verrückt, Nancy. Und ich meine nicht auf die gute Art. Reiß dich zusammen.«

Wenig später, mit einem verblüffenden Gespür fürs perfekte Timing, taucht der Transporter wieder auf. Es sind Schulferien, Frank ist mit Dan für einen Tag zu seinen Eltern gefahren. Nancy hat Georgie eben aus dem Ferienklub abgeholt. Die Kinder haben für Ostern hart gekochte Eier bemalt, und Georgie bittet Nancy, ihr Ei zu tragen, damit es nicht kaputtgeht. Es ist in eine Serviette gewickelt, und Nancy trägt es in beiden Händen und genießt die schlichte, gefällige Form.

Georgie hüpft vor ihr her, zwei zerzauste Zöpfe schlenkern auf den Schultern, und einen kurzen Moment verliert Nancy sie aus dem Blick. Als sie um die Ecke biegt, hat sie kaum Zeit, den Transporter zu registrieren und sich darüber klar zu werden, dass er es ist. Sie sieht nur, wie die Hecktür aufschwingt und die vertraute, wichtelartige Gestalt heruntersteigt und sich ihrer Tochter in den Weg stellt.

Nancy merkt gar nicht, als ihr das Ei aus der Hand rutscht, doch sie hört das dumpfe Knacken auf dem Gehsteig. Sie sieht, wie Georgie sich umdreht, das Gesicht verzieht und heiße Tränen der Wut in ihr aufsteigen.

»Oje, oje«, sagt Gerry, bückt sich und betrachtet das angeknackste Ei am Boden.

Doch er redet nicht mit Nancy, sondern sieht Georgie an. Er streckt die Hand aus, zupft das lose Haargummi aus einem der Zöpfe ihrer Tochter und hält es ihr hin. »Du musst Georgie sein. Ich bin Gerry, ein alter Freund von Mummy.«

Erst dann blickt er zu Nancy hoch. »Mir war das bisher noch gar nicht aufgefallen.«

»Was?« Ihr Mund ist trocken.

»Ihr Name. Dass er mit einem G anfängt. Das ist schön.« Gerry Mac schenkt Nancy ein breites Lächeln.

Im Transporter zeigt Gerry ihnen all die Neuerungen, die er vorgenommen hat. Er war »auf Reisen«, doch es bleibt unklar, wo. »Du weißt schon, einfach unterwegs. Ich bin eben ein rastloser Geist und folge meinem Instinkt.« Er weist auf die Regale hin, die er an den Wänden angebracht hat, und die bessere Herdplatte. Er zeigt ihnen eine weitere Ergänzung: einen Schaukelstuhl. Über der Rückenlehne hängt eine Häkeldecke. Gerry versetzt ihm einen Schubs, und der Stuhl gibt ein knarrendes Geräusch von sich. »Willst du dich mal reinsetzen?«, fragt er Georgie, aber sie will nicht. Sie versteckt sich dahinter und späht durch die Löcher in der Häkeldecke. »Ich will nach Hause«, flüstert sie Nancy zu.

An diesem Abend rührt Nancy keinen Tropfen Alkohol an. Die Schuld strömt durch ihre Blutbahnen wie Fieber, das ansteigt, bis ihr von der Hitze ganz flau ist. Doch um Georgies willen gibt sie sich alle Mühe zu lächeln. Nancy bürstet ihr das Haar, und eine gefühlte Ewigkeit verbringen sie mit einem komplizierten Puppenspiel. Dann liest sie ihr zwei Gutenachtgeschichten vor und danach ausnahmsweise noch eine. Nancy verspricht Georgie, am nächsten Tag ein paar Eier zu kochen, die sie bemalen können, als Ersatz für das eine, das sie hat fallen lassen – ja, wie dumm von ihrer Mummy.

»Georgie«, sagt sie, als sie sich hinunterbeugt, um ihrer Tochter einen Gutenachtkuss zu geben. »Lass uns Daddy und Dan lieber nichts von meinem Freund und seinem komischen Wagen erzählen. Das bleibt unser kleines Geheimnis, okay?«

Danach geht Nancy zu Dan, streicht seine blonden Locken zur Seite und küsst seine warme Stirn.

Sie widert sich selbst an. Sie ist die schlechteste Mutter auf Erden.

NEUNUNDZWANZIG

Nancy, März 2002

»WIR BRAUCHEN EINFACH EINEN RICHTIGEN URLAUB«

Noch bevor sie überhaupt da sind, hat Nancy ein ungutes Gefühl, was diesen Osterurlaub in Wales angeht. Die ganze Fahrt über ist Frank hektisch, umklammert das Lenkrad, lässt den Motor aufheulen und fährt anderen Autos zu dicht auf. Auf der Arbeit läuft es nicht gut. Es gibt Gerüchte über Entlassungen. Und auch zu Hause läuft es nicht so toll.

Georgie ist zwölf, missmutig und trotzig und hat permanent Kopfhörer im Ohr. Wie immer bleibt es an Dan hängen, der inzwischen zehn ist, für gute Stimmung zu sorgen. »Wir fahren in Urlaub!«, erzählt er dem Mann an der Theke, als sie Pause bei McDonald's machen. »Wir fahren nach Tenby in Wales!«

Frank greift die Stimmung auf und spielt sich als Muster-Daddy auf. Er benimmt sich, als sei er der Vater in den Peter-und-Jane-Büchern, die Nancy als Kind gelesen hat: ein vernünftiger, umgänglicher Kerl, der das Auto wäscht und mit seinem Sohn Sachen repariert, während Mutter und Tochter den Abwasch machen. Doch irgendetwas stimmt nicht. Es wirkt viel zu bemüht.

»Das wird toll«, sagt er und schlägt mit der Hand aufs Lenkrad. »Wir brauchen einfach einen richtigen Urlaub. Was sagst du, Danny-Boy, gehen wir angeln? Dann können wir am Strand picknicken und lange Spaziergänge in der Natur machen. Und zum Abendessen gibt's Fish and Chips.« Er grinst Nancy an.

Sieben Tage, sagt sie sich. Sechs Nächte. Das kriegt sie hin. Genau genommen ist es eine Erleichterung, Ostern zu verreisen – warum ist ihr das nicht schon vor Jahren in den Sinn gekommen? Denn Ostern ist die Zeit, in der Gerry regelmäßig vorbeikommt. Seit damals, als er plötzlich dastand und Nancy so erschreckte, dass sie Georgies bemaltes Osterei fallen ließ, ist er immer wieder aufgekreuzt.

Es gibt nie eine Vorwarnung, aber immer wenn Ostern ansteht, kommt sie um eine Ecke, sieht den altbekannten Transporter da stehen, und ihr Magen verkrampft sich. Einmal stellte er ihn direkt gegenüber dem Café ab, in dem sie einen Teilzeitjob als Kellnerin ergattert hatte. Er hielt es für wahnsinnig komisch, hörte nicht auf mit seinem schrillen Lachen. »Na, war das eine Überraschung, Nancy? Kaum zu glauben, dass du mich gar nicht bemerkt hast. Du hast halt immer den Kopf in den Wolken, das ist dein Problem.«

Nancy aber fängt an, Gerry für das eigentliche Problem zu halten. Mittlerweile sieht sie die Dinge etwas anders. Sie ist keine gutgläubige Studentin mehr und auch keine ausgelaugte junge Mutter, die in erbärmlicher Weise dankbar für das kleinste Krümelchen Aufmerksamkeit war und ihm seine erstunkenen und erlogenen Geschichten abnahm.

Sie würde ihn gerne zum Teufel schicken, aber so einfach ist das nicht. Denn Gerry hat die Casting-Videos nie gelöscht, obwohl sie ihn darum gebeten hat – immer wieder. Außerdem ist da noch die andere Information, die er besitzt.

»Es ist noch nicht zu spät, deinem Frank reinen Wein einzuschenken«, hatte Gerry einmal gesagt, als er das Gefühl hatte, dass Nancy ihn nicht freundlich genug willkommen hieß. »Dein Computerfreak, der dachte, er hätte einen Treffer gelandet. Ich könnte ja mal an die Tür klopfen und unsere Bekanntschaft erneuern.« Dann hatte er wieder dieses hohe Lachen von sich gegeben.

Also lässt sie zu, dass er sie besucht, und versucht sein Wohlwollen nicht zu verspielen. Einmal im Jahr hört sie sich seine öden Geschichten über Inszenierungen an, die niemals stattfinden, und über Regisseure, die er nie getroffen hat. Mittlerweile durchschaut sie das alles, aber sie hat trotzdem noch Angst vor Gerry und seinem großen grauen Transporter. Sie weiß einfach nicht, was sie tun soll.

Also doch, beinahe freut sie sich auf diesen Urlaub. Obwohl sich Frank wirklich merkwürdig benimmt: diese ganze gespielte Fröhlichkeit – als wolle er etwas beweisen. Sich selbst oder ihr, weiß sie nicht. Sie weiß nur, dass ihre Ehe im Sterben liegt, total angeschlagen ist und sich etwas ändern muss. Allerdings ist ihr nicht klar, was.

Bei der Ankunft in Wales stellt sich heraus, dass das Ferienhaus ganz anders aussieht als in der Broschüre. Nancy entdeckt Mäuseköttel in den Küchenschränken und Schimmel an den Schlafzimmerwänden. Weil Frank ohnehin schon sauer ist und darüber redet, dass er sich beschweren will, putzt sie heimlich das Badezimmer. Sie zupft Haarklümpchen aus dem Ausguss und schrubbt den fleckigen Toilettensitz. Es ist ganz wie früher im *Beaufort*.

Sie sehnt sich nach einem Drink, aber sie hält sich zurück. Seit Januar beschränkt sie sich auf ein Glas Wein am Abend. Frank gibt sich diese Woche alle Mühe, also wird sie es auch tun.

Am ersten Morgen werden sie vom stetigen Geräusch des Regens geweckt. Er dauert den ganzen Tag an und auch den nächsten. Sie spielen Scrabble. Georgie schummelt, und als Frank sie deswegen zur Rede stellt, schleudert sie das Spielbrett durchs Zimmer. Dan versucht sich die Wörter in Erinnerung zu rufen, um die Anordnung auf dem Brett wiederherzustellen, aber als er endlich sämtliche Plättchen hingelegt hat, haben alle das bisschen Interesse am Spiel verloren, das sie hatten.

Am dritten Tag kommt die Sonne heraus. Frank und Dan gehen angeln, was aufwendige Vorbereitungen, spezielle grüne Angeltaschen und lange Gummistiefel beinhaltet.

Georgie lungert auf dem Sofa herum und sieht sich Kindersendungen an, weil nichts anderes läuft. »Hast du Lust auf einen Spaziergang in die Stadt? Schauen, was es dort zu sehen gibt?«, fragt Nancy, um einen munteren Ton bemüht. Franks gespielte Jovialität scheint ansteckend zu sein.

Tenby ist voller Cafés, die auf alt machen, Souvenirgeschäfte und Eisbuden. An Leinen aufgespannte Plastikwimpel flattern im Wind, und die Bürgersteige quellen über von Touristen, die auf der Suche nach Gelegenheiten sind, ihr Geld auszugeben. Georgie bettelt, dass Nancy ihr eine Feenfigur aus Gips kauft. Sie ist lila und grässlich, und Nancy weiß, dass ihre Tochter sie für kindisch erklären wird, noch bevor sie wieder daheim sind. Sie kauft sie trotzdem.

Sie ergattern einen Tisch in einem der Cafés, in denen die Kellnerinnen schwarz-weiße Uniformen und gelangweilte Mienen haben. Es ist heiß und stickig und riecht nach warmer Mayonnaise. Mit zittriger Hand trinkt Nancy eine Tasse schwarzen Kaffee (das eine Glas Wein am Abend reicht nicht ganz) und pflegt ihre Dauerkopfschmerzen. Ohne sichtliches Vergnügen vertilgt Georgie ein mit Sahne gefülltes Brötchen.

Sie sind auf dem Heimweg, als Nancy es hört: dieses charakteristische Motorenbrummen. Es kommt von hinten, und obwohl sie weiß, dass er es unmöglich sein kann, hält sie den Atem an. Der Motor beschleunigt, wird lauter, und das Fahrzeug überholt sie. Es ist ein grauer Transporter, genau wie der von Gerry. Er fährt an den Fahrbahnrand und bleibt stehen. Nancy hält inne, spürt, wie sich die Spucke in ihrem Mund sammelt, und rechnet beinahe damit, sich zu übergeben, denn vor ihnen steigt Gerry aus dem Wagen.

»Na, so was, dass wir uns hier begegnen!«, sagt er und geht auf sie zu. Er schlenkert mit den Armen hin und her, als genieße er diesen kleinen Ausflug, diese Landpartie ins walisische Tenby.

»Woher …? Woher …?«, stammelt Nancy und greift nach Georgies Hand. Ihrer Tochter ist nicht nach Händchen halten – dafür ist sie schon zu alt –, aber Nancy lässt sie nicht los. »Hör zu, Georgie. Du gehst jetzt voraus zum Ferienhaus«, sagt sie. »Lass mich das hier regeln.«

Am Abend spielt die ganze Familie Monopoly, aber nicht einmal Dan kann Begeisterung heucheln. Die beiden haben keinen Fisch gefangen, und Frank ist sauer, weil er seinen Lieblingsfliegenköder verloren hat oder so. Nancy aber ist guter Laune. Sie gönnt sich ein zweites Glas Wein, weil sie es sich verdient hat. Es ist ihr gelungen, ein Desaster abzuwenden – sie hat Gerry klargemacht, dass es keine gute Idee war, sie im Urlaub derart zu überrumpeln.

»Woher wusstest du, dass wir hier sind?«, sagte sie. »Du bist uns doch wohl kaum von London aus hierhergefolgt?«

»Ich habe meine Methoden, um an Informationen zu kommen«, war alles, was Gerry darauf sagte. Aber er merkte, dass er einen Schritt zu weit gegangen war und sie sich nicht freute, ihn zu sehen. »Ich wollte bloß kurz vorbeischauen, dir frohe Ostern wünschen, wie immer.« Dann lachte er sein dämliches hohes Lachen, das sie früher einmal so schlau gefunden hatte. Aber Nancy erwiderte sein Lachen nicht.

Gerry willigte ein, Tenby zu verlassen. »Und kreuze ja nicht noch mal einfach so auf«, hatte sie entschlossen erklärt. »Das muss aufhören.«

Sie nippt an ihrem Weinglas und schließt die Augen. Gerry hat die Stadt verlassen. Sie hofft, dass er die Botschaft endlich verstanden hat. Soll er meinetwegen sein schäbiges Video behalten – solange er sie nur in Ruhe lässt.

Am letzten Urlaubstag ist es so sonnig, dass sie alle an den

Strand gehen, und es wird ein wirklich wunderschöner Tag. Einer der schönsten überhaupt. Georgie vergisst, dass sie eine schmollende Präpubertierende ist, und planscht und spielt mit Dan im Meer. Frank hilft ihnen beim Bauen einer Sandburg: Sie ist gigantisch, die drei brauchen den ganzen Tag, und Nancy bittet einen vorbeikommenden Urlauber, ein Foto von ihnen allen zu machen. Als sie gegen Ende des Tages über die rutschenden Sanddünen stapfen, zieht Frank sie sogar in seine Arme.

Zurück im Ferienhaus, sagt Frank, dass er schnell zur Tankstelle fahren will, um den Tank für die lange Heimreise am folgenden Tag aufzufüllen. Dan zieht sich die Schuhe an – er rechnet damit, ihn zu begleiten, denn so mag es sein Vater. Doch dann überrascht Frank sie alle damit, dass er sagt: »Georgie, willst du mitkommen? Wir können schauen, ob wir was Süßes finden, was meinst du?«

Georgie grinst und ist zur Tür hinaus und im Auto, bevor ihr Vater es sich anders überlegen kann. Als sie wegfahren, denkt Nancy, dass Frank ja möglicherweise recht hatte: Sie hatten alle einfach einen richtigen Urlaub nötig.

Als sie etwas später hört, wie Georgie trampelnd die Treppe ins Obergeschoss rennt, wundert sich Nancy, dass sie nicht zuerst in die Küche kommt. Sie muss doch hungrig und durstig sein. Nancy hat walisische Rosinenküchlein gebacken, für jeden eins und eines extra für Frank. Doch dann betritt Frank die Küche, macht die Tür hinter sich zu, und Nancy weiß, dass etwas passiert ist – etwas Schlimmes.

»Ist alles in Ordnung? Geht es Georgie gut?«, fragt sie und trocknet sich die Hände am Geschirrtuch ab. Erst vor wenigen Minuten, beim Warten auf Georgies und Franks Rückkehr, hatte sie die Tür zum Garten aufgemacht und im Sonnenschein gestanden. Sie hatte zugesehen, wie eine Drossel von Ast zu Ast gehüpft war, hatte den Blütenduft von einem der Bäume eingesogen und gedacht, dass es im Grunde genommen ganz gut lief. Vielleicht konnten sie es ja schaffen, Frank und sie.

»Du Schlampe. Du miese Schlampe«, sagt Frank. Nancy dreht sich der Magen um, ihre Knie geben nach, und sie streckt die Hand aus und tastet nach einem Stuhl.

»Wie konntest du ihn hierher einladen?«, sagt Frank, genau genommen schreit er so grimmig, dass seine Spucke auf ihrem Gesicht landet. Also weiß er Bescheid, denkt Nancy.

»Das habe ich nicht«, erwidert sie. »Er muss uns gefolgt sein.«

»Ich glaube, du hast ihm gesagt, dass er herkommen soll, Nance. Du hast die Vorstellung nicht ertragen, eine Woche mit deiner Familie zu verbringen, also hast du ihn aufgefordert, hierherzukommen, damit ihr euch heimlich treffen könnt. Nach all den Jahren. Dieser Mann. Und wie ich jetzt erfahre, triffst du ihn jedes Ostern.«

»Nein.« Ihre Erwiderung ist zwecklos, kaum mehr als ein Flüstern. »So ist es nicht.«

Frank macht zwei kleine Schritte auf sie zu und presst sein Gesicht so dicht an ihres, dass sie die vom Tag an der Sonne rosige Haut auf seiner Nase sieht. Sie sieht, dass seine fest zusammengebissenen Zähne über die Jahre fleckig geworden sind. Er flucht, beschimpft sie aufs Übelste, und sie wagt es nicht, sich zu bewegen.

In der Faust hat er ihr T-Shirt zusammengeballt und zieht sie an sich, aber dann überlegt er es sich anders und schubst sie fort, als habe er mit ihr abgeschlossen. In diesem Augenblick weiß sie, dass es kein Zurück mehr gibt, und fängt an zu lachen. Es ist kein Lachen, das sie von sich kennt, es klingt wie von einer Maschine produziert, als käme es nicht von ihr. Doch sie kann nicht aufhören. Alles ist so lächerlich – noch vor einer Stunde haben sie am Strand gesessen und darüber geredet, dass sie zum Abendessen Fish and Chips essen wollten.

Als Frank wieder etwas sagt, ist seine Stimme kalt und ruhig. »Du bist labil, Nancy. Das warst du schon immer – aber es ist schon lange nicht mehr lustig oder liebenswert. Es ist zerstörerisch. Für die Kinder.«

Er fängt an, in der Küche aufzuräumen, wischt die Arbeitsflächen, stellt die Tassen ordentlich aufgereiht ins Regal. »Wenn wir nach Hause kommen, musst du weggehen. Wir brauchen eine Atempause. Ich glaube nicht, dass ich dir diese Verfehlung vergeben kann.«

»Verfehlung?«, wiederholt sie. Frank klingt wie aus einem Roman des neunzehnten Jahrhunderts. Früher einmal hatte sie seine Förmlichkeit geliebt, seine vernünftige, beständige Art. Aber jetzt mal ehrlich: »Verfehlung?« Sie hat Schmerzen, eine Art Seitenstechen, doch sie kann immer noch nicht aufhören zu lachen.

Dann aber dreht Frank sich zu ihr um und benutzt deutlich klarere, einfachere Worte. »Nancy, ich rede nicht über diesen Urlaub. Ich rede über einen grundsätzlichen Vertrauensbruch. Ich denke, du hattest Sex mit einem anderen. Du hast ein Kind von ihm bekommen und so getan, als wäre es meins.«

Jetzt lacht Nancy nicht mehr. Ihr Kopf ist plötzlich weit weg, treibt fort, entfernt sich von Frank und seinen grausamen Worten. Genau genommen fühlt sich alles an ihr leicht wie Luft an, ohne jede Substanz. Und sie wünscht sich, sie könnte davonschweben, diesen Ort hinter sich lassen, diese Worte, die er nun endlich laut ausgesprochen hat.

Sie denkt an die Kinder im Stockwerk über ihnen. Sie sieht Frank an, den Mann, zu dem sie vor all den Jahren nicht hätte Ja sagen dürfen.

Auch ihn hat der Kampfgeist verlassen; er wirkt gebrochen, verloren. »Sag, dass ich unrecht habe. Nancy. Sag es.«

Ehrlicherweise aber kann Nancy das nicht tun.

DREISSIG

Nancy, April 2002

»FÜR DICH WAR DAS HIER NIE DAS RICHTIGE«

Sie kehren an einem Freitag von der unseligen Wales-Reise zurück, und das Wochenende über wechseln Frank und Nancy kaum ein Wort. Nancy erklärt den Kindern, dass sie auf dem Sofa schläft, weil sie Husten hat. Am Sonntagabend schließlich kommt Nancy ins Badezimmer, wo Frank sich gerade die Zähne putzt. Sie steht hinter ihm und betrachtet sein Gesicht im Spiegel. »Ich tu's«, sagt sie. »Ich geh weg. Wir gönnen uns eine Atempause, oder wie auch immer du das nennen willst. Aber wir müssen uns überlegen, was wir den Kindern sagen.«

Frank schenkt ihr kaum einen Blick. Er bearbeitet seine Zähne mit Zahnseide, sägt mit dem weißen Faden zwischen den Schneidezähnen hin und her. »Mir fällt schon was ein«, sagt er. »Ich sage ihnen, dass du verreist bist. Dass du vom Aussterben bedrohten Tieren hilfst oder irgend so was. Dann klingt es wenigstens so, als seist du besser, als du bist.«

Frank lässt den Faden in den Mülleimer fallen und spreizt die Lippen, um seine Zähne zu mustern. »Hau einfach ab, Nancy. Geh zu deinen Eltern. Oder meinetwegen zu ihm – mittlerweile ist mir das auch schon egal. Mir geht es in erster Linie um die Kinder.« Er dreht sich um und geht an ihr vorbei. »Und ja doch, beide. Ich bin kein Unmensch, sie sind immerhin Bruder und Schwester. Sie brauchen einander. Dich aber braucht im Augenblick keiner von uns.«

In der Nacht kann Nancy nicht schlafen. Sie liegt auf dem Sofa, Tränen laufen ihr in die Ohren und am Hals hinunter, und sie denkt an all die Momente in ihrem Leben, in denen sie es anders hätte machen können. Als schließlich das milchig weiße Morgenlicht an den Seiten der Vorhänge hereinkriecht, fühlt sie sich leer; da gibt es keinerlei Empfindung mehr als die Scham. Sie steht auf und schüttet für die Kinder Müsli in zwei Schälchen.

Dan verlässt als Erstes das Haus – seit Neuestem geht er gemeinsam mit einem Nachbarsjungen zur Schule. Sie umarmt ihn fest, aber er entzieht sich ihr, denn er hat es eilig. Sie blickt ihm hinterher, für sein Alter ist er schon ziemlich groß und schlaksig.

Georgie ist wie immer spät dran. Sie schreit, dass sie ihre Schuhe nicht finden kann und Geld fürs Mittagessen braucht. Mit zitternden Händen kramt Nancy in ihrem Geldbeutel. Sie hat keine Münzen, und so hält sie Georgie einen Fünfpfundschein hin. Ihren letzten. »Da«, sagt sie. »Ich verlasse mich darauf, dass du nicht alles ausgibst.«

»Oh, danke.« Über Georgies Gesicht breitet sich ein seltenes Lächeln. »Bis nachher.«

Nancy ist kurz davor zu sagen, dass sie am Abend möglicherweise nicht da sein wird, weil sie für ein paar Tage wegmuss, aber Georgie ist schon aus der Tür. Außerdem hat Frank gesagt, sie soll es nicht tun. Dass er die Sache am Abend klärt.

Es ist nur vorübergehend, sagt sie sich. Wenn Frank sich beruhigt hat, kommt sie zurück. Sie werden es wie Erwachsene angehen und über das Sorgerecht reden.

Nancy rennt zur Tür, um noch einen Blick auf Georgie zu erhaschen. Sie trägt ein kariertes Trägerkleid, das aus dem Wäschekorb gefischt werden musste, und geht langsam und mit gesenktem Kopf, in Gedanken verloren. An der Ecke bleibt sie kurz stehen und dreht sich noch einmal zu ihrer

Mutter um, als ahne sie, dass etwas im Argen ist. Nancy schafft es gerade noch, ihr zu winken, dann ist Georgie um die Ecke verschwunden.

Nancy erwägt, ihre Mutter anzurufen, bringt es aber nicht über sich, wenn sie an die Fragen denkt, die sie beantworten müsste. Wie Theresa immer wieder betont, hat Nancy sich die Suppe selbst eingebrockt, jetzt muss sie sie auslöffeln. Da wäre noch Claudia, die Nachbarin, die immer nett zu ihr war. Aber deren Tochter geht auf dieselbe Schule wie Georgie, das alles ist zu nah dran, zu kompliziert; wenn Nancy zu ihr geht, weiß morgen die ganze Schule Bescheid.

Oben packt sie ein paar Kleider in eine Tasche und steckt, für alle Fälle, den Pass ein. Vielleicht braucht sie ihn irgendwann, um sich auszuweisen. Den Schlüssel legt sie auf den Tisch im Flur. Und dann geht sie. Das Gefühl, leicht wie Luft zu sein, trägt sie weiter, vorbei am Briefkasten und an dem Laden an der Ecke, in dem sich Georgie und Dan, als sie klein waren, Süßigkeiten aussuchen durften. Vorbei an der Bushaltestelle und dem Eingangstor zum Park.

Sie hat keine Ahnung, wohin sie geht. Sie hat kein Geld, sie besitzt nur eine Karte für das Haushaltskonto, das Frank jeden Montag aufstockt. Sie ahnt, dass am heutigen Tag kein Geld auf diesem Konto eingehen wird. Ihr wird bewusst, dass es keinen Ort gibt, an den sie gehen kann, keinen Menschen, an den sie sich wenden kann.

Ein schreckliches Gefühl von Unvermeidlichkeit überkommt sie, als sie das tiefe Motorenbrummen hinter sich hört. Von aller Hoffnung verlassen, sinken Nancys Schultern herab, und sie bleibt stehen und wartet, dass Gerrys Transporter neben ihr auftaucht.

»Soll ich dich irgendwohin mitnehmen?«, fragt er.

Sie sieht ihn nicht an, als sie sagt: »Er hat mich rausgeworfen.« Gerry scheint ohnehin jeden ihrer Schritte zu kennen, ihretwegen soll er das auch wissen. »Irgendwie hat er herausgefunden, dass du in Tenby warst, wir hatten einen furchtbaren Streit, und jetzt weiß er Bescheid. Da hat er mich rausgeworfen.«

Gerry redet mit seiner sanften Stimme auf sie ein, sagt Dinge, die eigentlich dazu dienen sollten, dass es ihr besser geht, die Nancy tatsächlich aber in noch tiefere Verzweiflung stürzen. Er erklärt ihr, dass er sich um sie kümmern wird. Dass sie jetzt endlich zusammen sein können – und Nancy bald erkennen wird, dass es das Beste ist. »Vielleicht erweist es sich am Ende als ein Segen. Das kann ein ganz neuer Anfang werden, Nancy! Für dich war das hier nie das Richtige«, meint er. »Jetzt beginnt dein wahres Leben.«

Nancy lacht freudlos, weil sie sich daran erinnert, dass sie mit achtzehn exakt dasselbe dachte, in der Woche, in der sie Frank und Gerry das erste Mal sah, ohne die geringste Vorstellung davon, was ihr bevorstand.

»Na los, Nancy, ich kann dir helfen.« Gerry wirkt jetzt ernst, als täte sie ihm tatsächlich leid. »Ich kenne da einen Ort. Auf dem Land – der eignet sich perfekt für eine Auszeit. Bis du wieder auf die Beine kommst.«

»Bis ich wieder auf die Beine komme«, wiederholt sie, mehr zu sich selbst als zu Gerry. »Eine Auszeit. Nur für eine Weile.«

Die Fahrt in dem scheppernden Transporter dauert den ganzen Tag, und irgendwann schläft Nancy ein. Als sie aufwacht, rumpeln sie über einen Feldweg in einem Wald, bis an eine Stelle, an der sie mit dem Wagen nicht mehr weiterkommen. Es ist dunkel, die letzte halbe Meile müssen sie zu Fuß gehen, sie stolpern über Wurzeln, und tief hängendes Laub streift ihr Gesicht.

Gerry braucht eine Ewigkeit, um den Schlüssel zu finden – er meint, er sei unter einem Blumentopf versteckt, und tastet seine Taschen nach einem Feuerzeug ab. Sie hört das metallische Kratzen, sieht sein zerfurchtes Gesicht in der Flamme. Allein steht sie im Dunkeln da, atmet den Geruch des Lehmbodens ein und blickt hinauf zu den blinkenden Sternen, und erst da wird ihr die Ungeheuerlichkeit dessen bewusst, was sie getan hat.

Gerry sagt, das Häuschen trage den Namen »Schlupfwinkel«. Es gehört nicht wirklich ihm, sondern seiner Großmutter. »Sie lebt in einem Pflegeheim«, sagt er und verzieht bekümmert das Gesicht. »Ich helfe ihr, sehe hier für sie nach dem Rechten.« Er sagt, dass Nancy, solange sie möchte, bleiben kann. Niemand wird sie hier, so tief im Wald, stören.

Als sie am nächsten Morgen aufwacht und sieht, wohin Gerry sie gebracht hat, ist sie entsetzt. Das Haus wirkt wie aus einem Theaterstück: Ölgemälde an den Wänden, um die sich Spinnweben ranken, ein verschimmelter Laib Brot in der Vorratskammer, Löcher in der Decke, die so groß sind, dass man den blauen Himmel sehen kann. Die Tapete ist mit feuchten Flecken gesprenkelt, und wie eine Schneeschicht liegen Farbkrümel von der Decke auf dem ausgeblichenen roten Sofa und dem Boden verstreut.

In den Wochen darauf verändert sich das Haus im Wald. Anfangs denkt sie, dass Gerry sauber macht, denn zwei Bilder verschwinden von der Wand, auf der dunkle Rechtecke zurückbleiben. Danach lichtet sich nach und nach die Vitrine, die mit Porzellan und dekorativem Silbergeschirr vollgestopft war. Als Nächstes wendet sich Gerry dem Schmuck seiner Großmutter zu, wählt Goldketten und schillernde Broschen mit roten und grünen Steinen aus. »Die Arme, damit bezahlt sie das Heim.«

Er fährt mit Nancy in eine einige Meilen entfernte Stadt, damit sie ihm hilft, die Sachen zu verkaufen. »In den Antiquitätengeschäften kennen sie mich schon – die zahlen mir nie einen guten Preis«, erklärt er ihr. »Bei dir läuft es sicher besser. Vor allem, wenn du lächelst.« Nancy tischt dem Händler die Geschichte einer Großtante auf, die ihr alles hinterlassen hat. Sie denkt an ihre Kinder, und die Tränen kommen ganz mühelos. Draußen drückt sie Gerry das Bündel Geldscheine in die Hand.

Erst nach einem Monat wagt sie, einen Brief an Frank zu schreiben. Der Brief ist kurz, sie fragt, wann sie sich treffen und über alles reden können. »Bitte, ich muss die Kinder sehen«, schreibt sie. Auf den Briefkopf schreibt sie die Adresse, sagt, sie wohne bei einem alten Freund. Geduldig wartet sie auf eine Antwort.

EINUNDDREISSIG

Georgie

Hoyton Beck ist die Art Kleinstadt, die in den Achtzigern von Menschen entdeckt wurde, die auf der Suche nach einem alternativen Lebensstil waren, um dort ihr eigenes Brot zu backen und ihre Yogamatten auszulegen. Mittlerweile hat sich das Leben verändert, alternativ sein ist zum Mainstream geworden. Auf dem Hauptplatz finden sich eine traditionelle Bäckerei, ein Feinkostladen und ein Einrichtungsgeschäft, das Duftkerzen, riesige Pflanzgefäße und eine Fülle an Untersetzern für Teelichter verkauft. Zweimal umrundet Dan den Platz, und sie lassen das alles auf sich wirken und fragen sich, wie es jetzt weitergeht.

»Ich kann mir echt nicht vorstellen, dass irgendwas Gutes hierbei herauskommt …«, sagt Dan, aber Georgie schenkt ihm keine Beachtung. Eine Frau mit dichten Ringellocken ist gerade dabei, die Auslage von Blumentöpfen zurück in den Laden zu tragen. Es muss kurz vor Ladenschluss sein.

»Halt an. Einen Versuch ist es wert«, sagt Georgie. Während sie auf den Laden zugeht, presst Georgie die Faust an die schmerzende Stelle, die sich an ihrem Kreuz eingenistet hat, und streckt ihren Körper – es tut gut, endlich mal aus dem Auto zu kommen. Die Frau richtet sich auf und streicht sich eine Locke aus dem Gesicht. Sie trägt eine lange Strickjacke über einem seidenen Kleid, das im nachmittäglichen Dämmerlicht schimmert und glänzt. Darunter dicke Socken und braune Birkenstocks.

»Hallo.« Die Frau lächelt. Georgie möchte wetten, dass das Geschäft in Hoyton Beck an einem Dienstag im Februar eher schleppend läuft und dass sich ein Gespräch mit jedem Kunden lohnt, selbst einem, der so spät am Tag aufkreuzt. »Ich wollte gerade schließen, aber suchen Sie etwas Bestimmtes?«

»In gewissem Sinne schon.« In Georgies Kopf kristallisiert sich bereits eine Geschichte heraus. »Ich bin Georgie, und das da ist mein Bruder Dan. Ihr Laden ist wirklich hübsch. Bestimmt ist er ein richtiger Treffpunkt hier im Ort.«

»Hi. Ich bin Tabby«, sagt die Frau. »Na ja, zumindest habe ich mir das zum Ziel gesetzt. Wir organisieren Workshops: Makramee, Aktzeichnen, Garnfärbetechniken. Oh, und einen Literaturkreis haben wir auch – sind Sie neu in der Gegend? Jeder ist herzlich eingeladen.«

»Nicht wirklich.« Dann erzählt Georgie, dass sie vor längerer Zeit jemanden aus dem Ort kannte, einen Mann namens Gerry Mac. »Damals war ich noch jung, aber er hat großen Eindruck auf mich gemacht«, erklärt sie. Sie deutet auf ihren prallen Bauch. »Ich würde ihm gern von der guten Neuigkeit berichten.«

Bei diesen Worten verschränkt Tabby die Hände. »Ach, wie schön«, ruft sie.

»Ja.« Georgie kommt in Fahrt. »Fast kommt es mir so vor, als hätte Gerry Einfluss darauf gehabt, wie mein Leben sich entwickelt hat. Auf den Weg, den ich eingeschlagen habe.«

»Ach, das ist wahr.« Tabby nickt weise. »Das ist Gerrys Gabe. Menschen unter seine Fittiche zu nehmen.«

Georgie schafft es nicht, etwas darauf zu erwidern, also setzt sie eine, wie sie hofft, verzückte Miene auf und reibt sich mit großer, bedeutungsvoller Geste über den Bauch.

»Also«, sagt sie schließlich. »Lebt er noch am selben Ort?«

»In seinem Häuschen im Wald? Natürlich. Er verlässt es nur selten.«

Georgie wendet sich zum Gehen, hält dann inne und tippt sich mit den Fingern an die Stirn. »Ach, können Sie mir noch mal auf die Sprünge helfen, wie ich dort hinkomme? Mein

Gedächtnis ist zurzeit ganz schrecklich. Schwangerschaftsdemenz!« Sie lacht.

»Ach du lieber Himmel. Aus der Stadt raus, an der Kreuzung links, dann die Abzweigung rechts. Halten Sie Ausschau nach dem roten Gatter. Alles klar?«

»Rotes Gatter, verstanden.« Georgie ist schon auf dem Rückzug, dann sitzen sie wieder im Auto, schnell hintereinander schlagen zwei Türen zu, und Tabby bleibt auf dem Bürgersteig zurück.

Es dämmert bereits, doch das Gatter ist leicht zu finden. Es ist aus Holz, windschief, und auch wenn die Farbe abblättert, ist zu erkennen, dass es einmal knallrot gestrichen war. Georgie steigt aus, hebt die Seilschlinge an und sieht zu, wie das Gatter aufschwingt. Anschließend lässt sie es offen stehen – sie hat nicht die Absicht, lange zu bleiben.

Dan fährt den Feldweg hinunter, kaum mehr als zwei Spurrillen, ohne dass ein Ende in Sicht ist. Kahle Äste schrammen am Auto entlang, und die Räder rumpeln über unsichtbare Buckel, massig wie menschliche Körper. Als Georgie schon anfängt, sich Katastrophenszenarien auszumalen – Tabby steckt mit Gerry unter einer Decke und hat ihnen eine Falle gestellt; gleich fällt das Auto in einen verborgenen Fluss –, öffnet sich der Weg auf eine Lichtung, und aus der Finsternis taucht ein heruntergekommenes Haus auf.

Die Tür geht auf, und ein Mann kommt heraus. Vor dem gelben Lichtschein zeichnet sich seine Silhouette ab, und Georgie sieht, wie er in einer allzu vertrauten Geste die Hand hebt und den Bart spitz zusammenstreicht.

Als sie aus dem Auto steigen, ist sich Georgie deutlich der knackenden, von der Kälte spröden Blätter unter ihren Füßen bewusst. Sie hört, wie sie Luft holt, spürt das Pochen ihres Herzens. Der Augenblick zieht sich merkwürdig in die Länge, jedes Geräusch scheint verstärkt. So viel hängt davon ab, wie diese Sache ausgeht, denkt sie.

Die Zeit rückt wieder ins Lot, und sie stehen am Eingang. Gerry streckt ihnen die Hand hin, schüttelt zuerst Dans und dann ihre. Sie fühlt sich seltsam weich an, nicht wie die Hand eines Menschen, der das Holz selbst hackt oder Gemüse in den vor dem Haus abgesteckten Beeten anpflanzt, und Georgie fragt sich, ob im Innern noch jemand ist und sie von dort aus beobachtet.

»Na, so was«, sagt er. »Dan und Georgie Brown. Was für eine Überraschung. Und doch auch keine Überraschung.« Er mustert sie von oben bis unten und zieht die Augenbrauen hoch, als er Georgies Bauch bemerkt.

Dumpf hämmert Georgies Herz. Woher wusste er, dass sie kommen würden? Heißt das, Georgies Ahnung stimmt, und ihre Mutter ist auf dem Weg hierher? Oder ist Nancy womöglich schon da, versteckt sich oben und wird sie gleich überraschen?

»Kommt rein«, sagt er mit einem breiten Grinsen. Georgie kann den Blick nicht von seinem spitzen Bart abwenden, der mittlerweile eher grau als schwarz ist. Sie sieht die feuchten Lippen, kurz blitzen unnatürlich weiße Zähne auf, und sie kämpft gegen den Übelkeit erregenden Schwindel an, der sie mit sich reißt, mächtiger und schneller als zuvor. »Kommt nur«, wiederholt er und fordert sie auf, in die winzige Diele zu treten und von dort in ein Wohnzimmer.

Gerry hebt einen betagten roten Kater vom Sofa und klopft auf die Sitzfläche eines alten Schaukelstuhls. »Setzt euch. Macht es euch bequem.« Georgie lässt den Blick durch den Raum schweifen, sucht nach Anzeichen von Nancy, doch am Haken in der Diele hängt nur eine einzige Jacke, und hier drinnen steht nur ein leeres Glas auf dem Couchtisch.

Da erblickt sie eine Häkeldecke auf der Rückenlehne des Sofas, mit einem blauen und gelben Blumenmuster, und ohne sie zu berühren, weiß sie, wie sie sich anfühlt – die Maschen überraschend fest und hart. Sie weiß auch, dass man die kleinen Finger fast durch die Löcher zwischen den gehäkelten Blumen stecken kann, man das aber nicht tun darf, weil man sonst das Muster kaputt macht. Sogar der Schaukelstuhl ist Teil einer verlorenen Erinnerung, glatte geflochtene Stränge, an die sie ihr Gesicht presste, vor einer Ewigkeit, in einem kleinen Raum, der fast wie ein Zimmer war, aber doch keines war. Ein Raum, in dem sie sich nicht sicher fühlte – sie hatte von dort weggewollt und am Kleid ihrer Mutter gezupft.

Georgie wird bewusst, dass sie angestrengt auf das Geräusch knarrender Dielen von oben horcht, auf ein Zeichen, dass ihre Mutter hier ist. Aber sie hört nichts als das Knistern des Kaminfeuers, weißes Holz, das knackt, als wäre es erst kürzlich eingelagert worden.

»Woher wussten Sie, dass wir kommen?«, bringt sie mühsam heraus.

»Oh, so was habe ich im Gefühl«, antwortet Gerry munter. »Eine Art sechster Sinn.« Dann entfährt ihm ein Kichern. »Nein, es war anders. Tabby, die Gute, hat mich angerufen. Sagte, eine Frau namens Georgie wäre auf dem Weg zu mir. Sie sei mit ihrem Bruder Dan unterwegs. Da habe ich eins und eins zusammengezählt. Das, und die Tatsache, dass eure Mutter in den Nachrichten ist.«

Er wartet auf eine Reaktion. »Ich bin immer gern auf dem Laufenden. Von meinem Computer aus bekomme ich alles mit.« Sein Blick wandert nach oben zur Decke, dorthin, wo er vermutlich Tag und Nacht sitzt und das Internet durchforstet. Und bei Anrufsendungen im Radio anruft.

Georgie bemerkt, dass sie die Arme um ihren Oberkörper geschlungen hat. »Ist sie hier?«, fragt sie, aber es scheint nur ein Flüstern zu sein, denn Gerry reagiert nicht. Er sieht Dan an. »Und wie geht's dir, dem Wunderknaben?«, sagt er. »Das Haar wird ein bisschen lichter, aber das geht uns ja allen so.«

Er wendet sich an Georgie und fährt sich mit der Zunge über die Lippen. »Du hingegen scheinst prächtig zu gedeihen.«

Er geht zu dem dunklen Küchenbüfett und fängt an, die Flaschen darin ans Licht zu halten, um zu sehen, welche noch nicht leer sind. »Ihr habt ja eine ganz schöne Reise hinter euch«, sagt er, und Georgie kommt ein aberwitziger Gedanke: Hat der verschlagene Gerry sie irgendwie aus der Ferne auf ihrer glücklosen, planlosen Reise beobachtet und sich über ihre Zögerlichkeit und Langsamkeit amüsiert, durch die ihnen Nancy entwischt ist? Nein, das ist lächerlich. Schon wieder geht vor Erschöpfung die Fantasie mit ihr durch.

»Ja, ist eine ziemlich lange Fahrt«, antwortet Dan, und Georgie ist leicht irritiert. Sie sollten keine Zeit mit höflichem Geplauder vergeuden, sie brauchen nur Informationen, und dann können sie von hier verschwinden.

Sie findet die Sprache wieder. »Gerry, wir sind auf der Suche nach unserer Mutter. Nach Nancy. Offensichtlich hat sie auf einer schottischen Insel gelebt, aber dort ist sie nicht mehr. Deshalb haben wir uns gefragt, ob sie sich bei Ihnen gemeldet hat.«

Aber Gerry lässt sich nicht drängen. Er inspiziert immer noch seine Sammlung verstaubter Flaschen mit uralten Etiketten und eingedrückten Korken. Schließlich zieht er eine dunkelgrüne heraus und schwenkt sie in der Luft hin und her.

»Nicht für mich«, sagt Georgie.

»Für mich auch nicht«, meint Dan.

Trotzdem schenkt er zwei Gläser ein und befüllt ein drittes mit Wasser aus einem Metallkrug. Dann stellt er sie auf den Couchtisch neben ein halb gelöstes Kreuzworträtsel und ein abgegriffenes Wörterbuch. Georgie riecht die pflaumige Süße des Portweins und trinkt einen Schluck Wasser aus dem Glas, das für sie gedacht sein muss. Es schmeckt staubig, und ein Hauch von Laubmulch und Verfall geht von ihm aus.

Die Portweingläser sind verschnörkelt, mit Schliffmuster und gewundenen Stielen, wie aus dem Besitz einer alten Dame. Gerry hebt sein Glas.

»Also habt ihr die Nachricht auch gehört«, sagt er. »Vielleicht kommt sie nun endlich doch zurück.« Er schürzt die Lippen und trinkt noch einen Schluck. »Die entzückende Nancy.«

Georgie beugt sich vor und wartet darauf, dass Gerry weiterredet. Da wird ihr klar, dass die Sache falschläuft – eigentlich sollten sie ihn ausquetschen und dann abhauen, stattdessen aber hat dieser Kerl die Oberhand. Er spielt mit ihnen, serviert ihnen Portwein und verhöhnt sie.

Dan, der im Schaukelstuhl sitzt, scheint zum selben Ergebnis zu kommen. Er stellt die Füße auf den Boden und bringt den Stuhl abrupt zum Stehen.

»Also, wann haben Sie das letzte Mal von ihr gehört?«, fragt Dan. »Wir gehen davon aus, dass sie bei Ihnen war, nachdem sie uns verlassen hat. Als wir Kinder waren. Und da hat keiner von Ihnen beiden daran gedacht, sich bei uns zu melden?« Dans Frage hängt im Raum. »Zwei Postkarten. In zwanzig Jahren.« Er schüttelt den Kopf.

Wieder nippt Gerry an seinem Glas und betrachtet Dan voller Neugier. Als er endlich antwortet, tut er es mit jener durchdringend näselnden Stimme, die an den Nerven zerrt.

»Aber mein lieber Junge – Nancy hat auch mich verlassen. Eines Nachts ist sie auf und davon. Ich denke mal, das ist ihr besonderer Trick: sich – puff – in Luft auflösen.« Langsam umfasst Gerry sein Kinn und streicht den Bart in einer Geste glatt, die auf unbestimmte Weise sexuell wirkt, und Georgie muss den Blick abwenden.

Das alles ergibt überhaupt keinen Sinn. »Aber wir dachten, Sie sind zusammen ins Ausland gegangen? Sie wollte doch den Tieren helfen. Den Tigerbabys.« Sie verstummt, als sie merkt, wie infantil sie klingt.

»Also, falls es so ist, dann hat eure Mutter das aus eigenem Antrieb gemacht. Es ist neunzehn Jahre her, dass ich Nancy das letzte Mal gesehen habe – und zwar in diesem Zimmer. Sie hat hier mit mir gelebt, glücklich, wie ich dazusagen möchte. Aber dann ist sie verschwunden, wie gesagt. Leider, leider.«

Georgie spürt, wie sich etwas in ihr regt; etwas ist ganz und gar verkehrt an diesem Mann und an dem, was er sagt. »Was zum Henker soll das?«, brüllt sie, denn dieser Mann, der in seiner Waldhütte Portwein trinkt, hat nicht die geringste Ahnung, was er angerichtet hat. »Sie sind in unser Leben geplatzt. Als ich Sie das letzte Mal gesehen habe, haben Sie unseren Familienurlaub in Wales ruiniert. Und dann haben Sie unser Leben ruiniert. Sie haben uns unsere Mutter weggenommen, und dann sind Sie ins Ausland gegangen, nach Thailand. Sie hat uns eine Postkarte geschickt …« Doch jetzt verhaspeln sich ihre Gedanken, Erinnerungsfetzen kollidieren mit Bildern, die sie sich selbst ausgedacht hat: Nancy, die ein Tigerbaby mit der Flasche füttert, die die Tierwelt schützt – das war die Geschichte, die ihnen der Vater erzählt hat.

Auf Gerrys Gesicht breitet sich ein Grinsen aus. »Meine Liebe, du scheinst die Dinge gleich in mehrfacher Hinsicht durcheinanderzubringen. Das letzte Mal, dass wir uns gesehen haben, war nicht in Wales. Damals warst du ganz scharf darauf, Zeit mit mir zu verbringen …«

Bei diesen Worten steht Dan abrupt auf und geht Richtung Tür. »Es reicht«, sagt er. »Komm, Georgie, wir gehen.« Er schnippt mit dem Autoschlüssel an die Handfläche. »Der weiß auch nicht mehr als wir. Wir verschwenden hier nur unsere Zeit.«

Aber Gerry ignoriert ihn und streckt die Hand nach Georgie aus. »So schönes Haar«, sagt er. »Wie deine Mutter.« Seine Finger streifen eine Strähne, die sich aus dem Haargummi gelöst hat.

Obwohl im Kamin neben ihr das Feuer prasselt, überzieht ein kribbelnder Kälteschauer ihren Schädel. Sie versucht aufzustehen, gerät dann aber vom Schwindel erfasst ins Taumeln. Der Raum dreht sich, und vor Georgies Augen tanzen grelle Muster aus unendlich vielen winzigen gehäkelten Blumen.

Sie merkt, wie Dan ihr wieder aufs Sofa hilft, spürt seine Hand auf ihrem Arm, einen beständigen, wohlwollenden Druck. Ihr lieber Bruder, der immer für sie da war. Sie blinzelt, und langsam wird das Bild vor ihren Augen wieder klar und hört auf, sich zu drehen.

Gerry sitzt immer noch mit vor dem Bauch verschränkten Händen da und beobachtet sie. Er trägt eine Lederweste, die Georgie an ein Tier aus einem Kinderbuch erinnert. An einen Dachs vielleicht oder ein Wiesel. Ein Tier, das unangenehm werden kann.

Mit kaltblütiger Klarheit weiß Georgie, dass sie hier fortmüssen, und zwar schnell. Dieser Mann war nie ein Freund ihrer Mutter, er wollte ihr Böses und tut es immer noch. Was auch immer vor vielen Jahren zwischen Gerry und Nancy vorgefallen ist, war zutiefst unrecht.

Gerry lächelt, und sie bemerkt, dass seine Lippen vom Portwein einen leichten Stich ins Violette haben, die Zähne aber immer noch makellos weiß sind, und ihr wird klar, dass es falsche Zähne sind, jeder einzelne. Sie weiß auch, dass sein Bart, käme sie ihm nahe, kratzig und zugleich weich wäre und dass er aus der Nähe nach schlecht getrockneten Kleidern röche, ein saurer, modriger Geruch, bei dem sich ihr immer der Magen umdrehte. Sie steht auf, geht zur Tür und tritt hinaus in die kalte Abendluft, krümmt sich nach vorn und stützt sich auf den Knien ab, bis sie wieder atmen kann.

ZWEIUNDDREISSIG

Georgie

Nie hätte sie gedacht, froh zu sein, wieder in diesem albernen Auto zu sitzen, im Mief nach alten Sandwiches und mit einem Teppich aus zerknüllten Bonbonpapieren unter den Füßen, jetzt aber fühlt es sich wie eine sichere Zuflucht an. Und, was noch wichtiger ist, es ist ihr einziges Fluchtmittel. Dan dreht den Schlüssel in der Zündung, und sie wartet, dass der Motor zum Leben erwacht. Doch das vertraute Geräusch bleibt aus. Stattdessen ertönt ein tiefes, mechanisches Stöhnen.

Dan dreht den Schlüssel ein weiteres Mal. Der Motor stottert, erstirbt. Georgie erträgt es nicht, weiter zuzusehen. Ihre Beine fangen an zu zucken, ein Zittern, das nicht von der Kälte kommt, und sie wagt es nicht, auch nur ein Wort zu sagen. Sie hält die Luft an, hört den Motor prusten und stottern, und endlich springt er an. Dan und Georgie wechseln einen erleichterten Blick.

Er löst die Handbremse, fährt auf den holprigen Feldweg, und Georgie riskiert einen Blick in den Rückspiegel. Eine gnomenhafte Gestalt steht im Türrahmen und schwenkt die Hand von links nach rechts, wie die Parodie von jemandem, der zum Abschied winkt. Georgie schaudert und wendet sich ab.

Sie hat keine Ahnung, was ihre Mutter einmal an diesem Mann gefunden hat oder inwiefern er Macht über Nancy hatte, aber irgendetwas sagt ihr, dass sie so viel Abstand zwischen sich und Gerry Mac bringen muss wie nur möglich. Georgie fährt mit der Hand über ihren Bauch und spürt, wie sich etwas darin verlagert, herabsenkt, als wolle auch ihr Baby sich verstecken und ihn weit hinter sich lassen.

Erst als sie am Ende des holprigen Fahrwegs zum Stehen kommen, fallen Georgie zwei beunruhigende Dinge auf. Zum einen funktionieren die Scheinwerfer des Autos nicht richtig, nur ein ganz schwaches Strahlen geht von ihnen aus. Zum anderen sieht die Karte auf Dans Handy anders aus als sonst.

Sie sind ein blauer Punkt mitten in einer grünen Gegend, und auch als sie das Bild heranzoomt, ist auf dem Display nichts weiter zu sehen. Und statt der aufsteigenden Balken in der linken oberen Ecke steht dort »kein Netz«. Sie schwenkt es durch die Luft. Dan nimmt es ihr aus der Hand und macht dasselbe. Sie sehen einander an und betrachten dann die Kreuzung.

»Nicht gut«, meint Georgie.

»Nein, wirklich nicht.«

»Lass uns nach links fahren«, sagt sie.

»Warum?«

»Aus der Richtung sind wir gekommen, aus der Stadt.«

»Aber was sollen wir machen, wenn wir dort sind?«, fragt Dan.

»Keine Ahnung. Ich weiß nur, dass wir so schnell wie möglich von hier wegmüssen.«

Dan biegt nach links ab und gibt Gas. Er plaudert, redet davon, dass er das Auto so lange fahren wird, wie es durchhält, und dass sie, sofern nichts dazwischenkommt, gegen Mitternacht in London sein dürften. Doch Georgie hört kaum, was er sagt. Sie versucht, das Wirrwarr aus Erinnerungen in ihrem Kopf aufzudröseln.

Manche davon haben etwas Unwirkliches, wie Filmszenen, aber eine bestimmte lässt sich nicht richtig abrufen. Ein flimmerndes Brückengeländer, darunter eine dunkle Straße, und ihr wird klar, dass Bilder aus den vergangenen zwei Tagen sich mit denen verflechten, die sie kaum zuordnen kann.

»Das letzte Mal, dass wir uns gesehen haben«, hat Gerry gesagt. Sie erinnert sich an sein Grinsen, an die Plastikzähne, die nicht richtig im Zahnfleisch sitzen.

Diese Zähne lassen sie an eine große Tüte gefüllter Zitronenbonbons denken, die sie eines nach dem anderen zerkaut. Schon jetzt ist ihre Zunge ganz geschwollen von all dem Zucker, doch sie kann einfach nicht aufhören. Sie sitzt im Schlafzimmer eines Ferienhauses, die Blümchentapete reicht bis in die Fensternische, und draußen sieht sie, wie dreieckige grüne und weiße Plastikwimpel knatternd und knallend vom Wind hin und her geworfen werden.

Sie machen Urlaub in Wales, wo die Menschen eine andere Sprache sprechen, aber, wann immer sie wollen, ins Englische wechseln können. Georgie kennt dieses Gefühl, parallel zwei unterschiedliche Leben zu führen. Das Verhalten anzupassen, je nachdem, mit wem man gerade spricht. Jetzt gerade aber hat sie einen schrecklichen Fehler gemacht. Sie hat ein Geheimnis aus dem einen Leben – dem ihrer Mum – ihrem Dad erzählt, der einem anderen Leben angehört. Dad hörte nicht auf nachzubohren. Er nahm sie mit zur Tankstelle, kaufte ihr diese prickelnden Bonbons und sagte: »Komm schon, Georgie, du kannst es mir doch sagen.«

Er war so nett zu ihr, so freundlich, dass Georgie nachgab – sie erzählte ihm, wen sie mit ihrer Mutter in der Stadt getroffen hatte und dass sie gar nicht so furchtbar überrascht gewesen war, weil er immer um diese Zeit, um Ostern herum, zu Besuch kam. Seit sie klein war und Nancy das schöne bemalte Osterei hatte fallen lassen.

Als sie wieder im Ferienhaus waren, gab es Geschrei und Türenschlagen und schreckliche Beschimpfungen, und Georgie blieb oben, aß die Bonbons, bis die Innenseiten ihrer Wangen schmerzten, und wünschte, sie hätte nichts gesagt.

Denn sie schien etwas Fürchterliches losgetreten zu haben, und schon in diesem Moment wusste sie, es würde nicht vorübergehen. Drei Tage später war ihre Mutter weg.

Fest kneift Georgie die Augen zusammen, konzentriert sich auf den gleichmäßigen Rhythmus der Scheibenwischer und dann darauf, wie der Regen zwischen die Beats einen Snare-Drum-Wirbel setzt. In ihrem Innern regt sich ein Gefühl, das an Hunger erinnert, gleichzeitig aber ist ihr ziemlich übel.

»Dan«, setzt sie an, aber mehr kommt nicht heraus, sie verschluckt die Wörter, weil sich ein glühender Schmerz in ihren Rücken bohrt und ausbreitet. Georgie ringt um Luft. Doch so plötzlich, wie er gekommen ist, zieht sich der Schmerz zurück, lässt sie aus seinen Fängen, und sie kann wieder atmen.

Übungswehen, sagt sie sich. Mein Körper wärmt sich nur auf, das ist völlig normal. Genau genommen ist es beruhigend.

Sie verliert sich in Gedanken, aber der Rhythmus der Scheibenwischer ruft ihr in Erinnerung, dass die Zeit vergeht. Dann spürt sie, wie sich verstohlen, aber nachdrücklich eine neue Schmerzwoge zusammenbraut. Georgie drückt den Rücken durch, als die Welle sie auf ihre Krone nimmt, mit ihr spielt und sie dann hinunterschleudert.

Dan neben ihr bekommt nicht das Geringste davon mit. Tief über das Lenkrad gebeugt, späht er hinaus in die Finsternis. Georgie wartet ab und fragt sich, wie es jetzt weitergeht. Sollte sie die Zeit der Übungswehen stoppen? Sie weiß es nicht mehr. Für alle Fälle holt sie das Handy heraus und wartet auf die nächste … doch nichts passiert. Da ist nur mehr ein dumpfes Echo des Schmerzes, fast so, als habe sie sich das alles bloß eingebildet. Georgie spürt, wie sich ihr Körper langsam entspannt.

Der blaue Punkt auf Dans Handy treibt ziellos auf dem

leeren Bildschirm, denn sie haben noch immer keinen Empfang. Immerhin bringen sie Abstand zwischen sich und Gerry. Sie fahren nach Hause. Morgen werden Dan und sie in ihr jeweiliges Leben zurückkehren und vermutlich nie mehr ein Wort über jenes Unternehmen verlieren, als sie in Mandys Auto Hunderte Meilen nach Norden fuhren, für nichts und wieder nichts.

Sie werden Nancy niemals finden, jetzt nicht mehr. Ihre Mutter hat sie schon wieder ausgetrickst. Aber auf gewisse Weise hat sie ihnen trotzdem geholfen. Sie hat Georgie und Dan wieder zusammengebracht. Plötzlich überkommt Georgie eine ruhige, scharfe Klarheit, und sie weiß genau, was sie tun muss. Es gibt eine Möglichkeit, wie bei dieser Reise und dem ganzen Kummer, der davon aufgerührt wurde, doch noch etwas Gutes herauskommt.

Bevor sie nach Hause zurückkehren und Georgies Leben eine völlig neue Wendung nimmt, muss sie ihrem Bruder die Wahrheit sagen. Die Begegnung mit Gerry hat gezeigt, wie schwer Geheimnisse auf einem lasten und dass ihr Gewicht im Lauf der Jahre nicht weniger wird, sondern nur zunimmt.

Sie muss Dan sagen, wie sein bester Freund gestorben ist und dass es nicht der Alkohol, Drogen oder reines Pech war, was ihn getötet hat. Die Wahrheit ist: Georgie hätte ihn retten können, aber sie hat es nicht getan.

»Dan«, hebt sie an. »Ich muss dir was sagen. Es geht um Finn und die Nacht, als er starb.«

DREIUNDDREISSIG

Georgie, 2020

»MACH KEINE DUMMHEITEN«

Es lässt sich nicht genau bestimmen, zu welchem Zeitpunkt die Probleme zwischen ihr und Finn beginnen. Natürlich gibt es erste Hinweise. Die Wochenenden, an denen er mit obskuren französischen Bands oder den Typen aus der Bar um die Häuser zieht, die zunehmende Häufigkeit, mit der Finn sie um Geld bittet und dann wie ein verwöhntes Kleinkind eine beleidigte Schnute zieht, wenn sie fragt: »Was ist mit deinem Lohn?« Außerdem ist da die Art, wie er sie abblockt, wenn sie ihn fragt, was los ist. Schnell lernt sie, dass Finn einen eisernen Willen besitzt und tagelang, ohne ein Wort zu sagen, schmollen kann.

Georgie liest ein paar Beziehungsratgeber und stellt fest, dass sie Finn zuhören muss, wenn ihre Partnerschaft funktionieren soll. Schließlich war er – sowohl ihr gegenüber als auch Dan – immer ein guter Zuhörer. Also ermuntert sie ihn, von seiner Mutter zu erzählen, die ihn aufs Internat geschickt und nie wirklich geliebt hat, und seinem Vater, der wieder heiratete und eine neue Familie gründete. Sie erwähnt, dass es etwas ist, was sie gemeinsam haben, dass sie selbst auch eine schwierige Kindheit hatte, aber Finn erwidert seufzend: »Es ist nicht das Gleiche. Du hast mehr Widerstandskraft, Georgie. Und Dan auch. Bei mir sitzt der Schmerz hier, wie ein Fausthieb«, und schlägt sich auf die Brust.

Doch sie kann ihm auf andere Weise helfen, zum Beispiel,

indem sie die Miete und Rechnungen begleicht und Lebensmittel einkauft. Manchmal bringt Finn halb leere Weinflaschen von seinem Job in der Bar nach Hause, aber das ist im Großen und Ganzen sein einziger Beitrag. Sie lässt seine Freunde wochenlang auf dem Sofa schlafen und kocht für alle große Eintöpfe und Suppen, die sie auf merkwürdige Art an ihre Mutter erinnern. Beim Duft nach angebratenen Zwiebeln und Knoblauch fühlt sie sich einsamer denn je, während um sie herum Finns Freunde lachen und trinken und Finn eine leere Flasche in die Höhe hält, um darauf hinzuweisen, dass sie eine neue brauchen.

Mittlerweile sind sie seit fünf Jahren ein Paar, und Georgie hat noch immer nicht den Durchbruch als künstlerische Fotografin geschafft. Sie bewirbt sich um Arbeit bei kommerziellen Fotoagenturen, aber es ist ein hartes Geschäft, weshalb sie die Hochzeitsfotografie weiterbetreibt. Finn macht abschätzige Bemerkungen. Mittlerweile nennt er ihre Arbeiten nicht mehr »Fotoreportagen«, sondern hält sie für banal und fantasielos, aber Georgie macht weiter. Einerseits, weil sie das Geld brauchen, andererseits aber auch, weil sie es insgeheim mag, rauszukommen und dabei zu sein, wenn Familien einen Tag feiern, der sich ganz um die Liebe dreht. Es macht ihr Hoffnung.

Zugegeben, zu Beginn hat es ihr hämische Genugtuung bereitet, Dan den besten Freund zu stehlen, jetzt aber denkt sie, es wäre schön, mit ihm gemeinsam Dinge zu unternehmen. Doch Finn zeigt wenig Interesse. Er findet, Dan sei spießig geworden und habe sich an den Konzern verkauft. Trotzdem organisiert Georgie einen Restaurantbesuch zu dritt.

Sie hat den Eindruck, dass es gut läuft. Dan und Finn schwelgen in Erinnerungen an ihre frühere Studienzeit, und am Ende des Abends stehen sie auf dem nassen Bürgersteig, und der Abschied fällt schwer. Ihr Bruder umarmt erst sie und dann Finn und sagt: »Lasst uns das bald mal wieder machen.« Finn ist damit beschäftigt, ein Taxi anzuhalten, also sieht nur Georgie die Enttäuschung auf Dans Gesicht, als Finn ruft: »Na ja, ehrlich gesagt glaube ich nicht, dass das so bald wieder klappt. Hab gerade viel um die Ohren.«

Finn stirbt spätnachts an einem Freitag. Georgie war den ganzen Tag über im Londoner Süden und hat ein wunderbares Paar, Dermot und Spike, bei seiner Hochzeit in Dulwich fotografiert. Während sie ihre Sachen zusammenpackt, fragt sie sich, was sie bei ihrer Heimkehr wohl erwartet – eine leere Wohnung oder eine, die voll ist mit Freunden von Finn? Sie malt sich aus, dass sie auf dem Sofa herumlungern und überall Bierdosen und Pizzakartons verstreut liegen. Nein, heute nicht, beschließt sie und bestellt das Taxi ab.

Stattdessen ruft sie ihre alte Unifreundin Lisa an, die ganz in der Nähe lebt, und fragt, ob sie Zeit hat. Sie treffen sich in einem trendigen Pub und verbringen einen wunderbaren Abend miteinander, wie in alten Zeiten. Als Georgie die vielen verpassten Anrufe von Finn auf dem Handy sieht, steckt sie es zurück in die Tasche. Sie hat Spaß – außerdem kennt Lisa eine Hochzeitsplanerin, also ist es möglicherweise sogar beruflich interessant.

Aber er hört nicht auf, sie anzurufen, also ruft Georgie ihn von der Toilette aus zurück. Er redet wie ein Wasserfall, gleichzeitig aber lallt er und wiederholt sich ständig. Eiskalt registriert sie, dass es nicht bloß Alkohol ist, sondern dass er etwas anderes genommen haben muss. Dauernd sagt er, seine Kumpel seien weg. »Ich habe sie verloren«, jammert er. »Ich bin ganz allein. Wie soll ich denn von Soho nach Hause kommen? Ich habe kein Geld.«

Georgie schluckt ihren Missmut hinunter. Finn macht kein Telefonbanking – er hält es für eine staatliche Überwachungsmethode –, also kann sie ihm kein Geld schicken. Nicht, dass sie das möchte.

»Ich bin auch nicht zu Hause, Finn. Ich bin ganz woanders, in Südlondon, ich kann dich nicht abholen. Tut mir leid«, sagt sie kühl. »Vielleicht kannst du ja bei irgendwem übernachten. Oder zu Fuß nach Hause gehen?«, schlägt sie vor, in der vagen Hoffnung, dass ihn das ausnüchtert.

»Aber du hast doch gesagt …«, wiederholt Finn ununterbrochen. »Ich brauch dich, Georgie. Verlass mich nicht.«

»Das tu ich nicht«, erwidert sie und bemüht sich, ruhig zu bleiben. »Ich wollte einfach mal ausgehen. Mit einer Freundin.« Finn aber erinnert eher an ein anstrengendes Kleinkind als an einen Partner. »Mach keine Dummheiten«, sagt sie.

Hinterher fragt sie sich, ob das der Auslöser war. Pure Sturheit und der Wunsch, Georgie zu zeigen, dass er Dummheiten machen kann und machen wird, wenn sie nicht Tag und Nacht an seiner Seite ist.

Kaum dass Georgie am Samstag wach wird, überkommt sie ein ungutes Gefühl. Irgendwie ahnt sie, dass es diesmal anders ist als sonst, wenn er über Nacht fort war. Schon jetzt hat sich die Luft in der Wohnung verändert. Sie ist dünner, leerer, und Georgie weiß, dass Finn nicht zurückkommen wird. Es ist dasselbe Gefühl wie damals, als sie die Tür in der St Luke's Road aufschob und spürte, wie sich die Abwesenheit wie Nebel um sie legte.

Sie telefoniert sämtliche Krankenhäuser ab und erfährt schließlich, dass man sie nicht früher kontaktieren konnte, weil Finns Handy in tausend Einzelteile zermalmt wurde und in den Trümmern verloren ging. So nennen sie es: »Trümmer«.

Am Montag steht es auf der ersten Seite des *Evening Standard.* »Tragischer U-Bahn-Tod.« Eine Weile gibt es Debatten über die Installierung weiterer Überwachungskameras und den Personalmangel bei der U-Bahn, aber nichts davon kann Finn noch helfen. Es passierte an der Station Oxford Circus, also mutmaßt Georgie, dass Finn sich ihren Rat zu Herzen nahm und sich von Soho zu Fuß auf den Weg in den Nordwesten machte. Vermutlich verlor er irgendwann die Lust und beschloss, über die Schranke zu springen und die letzte Bahn nach Hause zu nehmen.

Eine Augenzeugin, eine Anwältin im Ruhestand, die auf dem Heimweg aus dem Theater war, berichtet, dass er neben ihr auf dem Bahnsteig stand und dann urplötzlich verschwunden war. Kurz darauf beobachtete sie, wie er zwischen den glänzenden Gleisen in den Tunnelschlund marschierte und dabei schimpfte, dass er ebenso gut zu Fuß gehen könne, da der Zug ja doch nicht käme. Sie rannte los, um einen Notrufknopf zu suchen oder jemandem Bescheid zu geben, aber es war zu spät.

Finn war noch nicht einmal in die richtige Richtung gegangen. Er war auf halber Strecke zum Piccadilly Circus, als der Zug ihn erwischte.

Beim Begräbnis betrachtet Georgie Finns Schönwetterfreunde, die in schlecht sitzenden, geliehenen Anzügen aufgekreuzt sind, und weiß, dass sie keinen von ihnen jemals wiedersehen wird. Eine Frau mit einem exakten schwarzen Bob und rotem Lippenstift weint mehr als unbedingt nötig und streckt die Hand aus, um über den Sarg zu streicheln, und Georgie fragt sich, ob es bloßes Melodrama ist oder ob auch sie es sich zur Aufgabe gemacht hatte, Finn zu retten.

Seine Eltern sind höflich, aber distanziert, und sie wird keinen anderen Familienmitgliedern vorgestellt. Dans Verhalten aber versetzt ihr einen Stich ins Herz. Im allerletzten Moment trifft er in der Kirche ein und setzt sich auf eine Bank ganz hinten. Als Georgie auf der Trauerfeier Mut fasst und, das Weinglas fest umklammernd, zu ihm geht, sagt er kein Wort. Sein Blick wandert an ihr vorbei, als würden sie sich kaum kennen, und dann dreht er sich um und geht weg.

VIERUNDDREISSIG

Georgie

Dan, hörst du, wir müssen über das reden, was in der Nacht von Finns Tod passiert ist. Ich muss ehrlich zu dir sein.«

Ihr Bruder aber wirkt abwesend. Er stellt den Scheibenwischer wieder an, weil starker Regen einsetzt und sich in brutalen Sturzbächen über die Windschutzscheibe ergießt. »Im Ernst, Georgie? Wir haben Nancys Spur verloren und haben es eben erst aus dem Haus dieses Freaks geschafft, ich kann die Straße vor mir nicht sehen, weil die Scheinwerfer dieser Karre nicht funktionieren – und du willst ausgerechnet jetzt darüber reden?«

Aber Georgie weiß, wenn sie jetzt nicht redet, tut sie es womöglich nie. Denn so ist es immer: Es tut sich ein kleines Fenster auf, um die Wahrheit zu sagen, und dann schließt es sich wieder. Das Leben geht weiter, die Menschen bauen ihren Alltag um Halbwahrheiten und Missverständnisse herum, und es wird schwer, das Ganze zu entwirren.

»Ja, tut mir leid, aber es muss sein.« Tief holt sie Luft. »Ich weiß, Finns Tod war nicht nur für mich ein Verlust, sondern auch für dich. Und ich verstehe schon, warum du bei der Beerdigung nicht mit mir reden wolltest. Ich habe dir Finn weggenommen, und dann habe ich ihn auf die übelste Weise im Stich gelassen.«

»Komm schon, Georgie, das stimmt doch nicht.«

Sie weiß schon, was Dan vorhat: abwiegeln, so tun, als gäbe es nichts zu bereuen. Aber das lässt sie ihm nicht durchgehen, dieses Mal nicht.

»Doch, ich fürchte schon«, widerspricht sie, und dann erzählt sie ihm, dass es zwischen ihr und Finn damals schon knirschte, weshalb sie sich an jenem Freitagabend bewusst dazu entschieden hatte, mit einer Freundin auszugehen. Und dass Finn sie angerufen hatte – immer wieder.

»Er wollte, dass ich ihn abhole, aber ich habe mich geweigert. Darauf läuft es hinaus – er bat mich um Hilfe, und ich habe sie ihm verweigert. Das werde ich mir niemals verzeihen, Dan. Aber ich wollte dir die Wahrheit sagen, weil Lügen und Geheimnisse nur Schaden anrichten …« Ihre Stimme wird brüchig.

Sie merkt, dass das Auto langsamer wird, hört das Ticktack des Blinkers. Dan fährt an den Straßenrand und bleibt stehen; er wird sie hinauswerfen, hier, mitten im Nichts. Vermutlich hätte sie einen besseren Moment wählen sollen, um die Karten auf den Tisch zu legen.

Sie wartet darauf, dass Dan sie zum Aussteigen auffordert, doch stattdessen hört sie ihn sagen: »Aber Georgie, du warst nicht für Finn verantwortlich. Nicht in dieser Nacht.«

Lange herrscht Schweigen. »Doch. Ich glaube, ich habe ihn erst auf die Idee gebracht.«

»Wie meinst du das?«

»In gewisser Hinsicht war es mein Vorschlag. Ich habe gesagt: Kannst du nicht zu Fuß gehen?, und das hat er getan. In seinem Drogennebel hat er mich beim Wort genommen, ist vom Bahnsteig gesprungen und die Gleise entlanggelaufen.«

Georgie beobachtet die Blätter des Scheibenwischers, die weiter quietschend hin und her gleiten. »Also. Ich war die Letzte, die mit Finn geredet hat. Und ich habe ihn im Stich gelassen.«

Endlich blickt sie zu ihrem Bruder hinüber, um sich dem zu stellen, was sie angerichtet hat. Doch Dan kratzt sich heftig am Kopf. Schließlich murmelt er vor sich hin. »O nein, das alles ist komplett falsch«, sagt er, und sie hat den Eindruck, er erleidet eine Art Zusammenbruch. Die Erinnerung an Finns Unfall zu all dem anderen ist einfach zu viel.

Er sieht ihr in die Augen. »Du täuschst dich, Georgie. Du warst nicht die Letzte, die mit ihm geredet hat. Das war ich.«

Das ergibt überhaupt keinen Sinn. Wahrscheinlich erfindet Dan irgendwelche Sachen, um sie wieder einmal zu schützen.

»Aber er hat mich doch angerufen. Er war so betrunken und wollte, dass ich komme und ihn abhole …« Die Worte wiegen schwer, wie Klumpen liegen sie in Georgies Mund.

»Das glaube ich schon«, antwortet Dan. »Er muss wirklich verzweifelt gewesen sein, denn dann hat er mich angerufen. Er sagte: ›Na los, Dan, komm schon, sei kein Langweiler. Komm her. Um der alten Zeiten willen.‹ Ich hatte ihn so schrecklich vermisst, deswegen bin ich sofort hingerast. Ich habe ein Taxi nach Soho genommen.«

»Du bist hingefahren?«

»Ja, es war nach elf, als ich ihn gefunden habe, und um ehrlich zu sein, glaube ich, dass er sich gar nicht mehr an unser Telefonat erinnern konnte. Er war sehr betrunken – sogar für seine Verhältnisse –, und manisch war er auch. Hat Unsinn geredet, getönt, er sei unbesiegbar. Ich sagte, er solle heimfahren, aber er war total neben der Spur. Ich hielt ein Taxi an, doch der Fahrer weigerte sich, ihn mitzunehmen. Das nächste Taxi blieb gar nicht erst stehen. Ich brachte ihn immerhin dazu, dass er weiterging, und wir schafften es bis zur Oxford Street. Mein Plan war, etwas zu essen zu besorgen, einen Kaffee oder Wasser zu organisieren, irgendwas, damit er nüchtern würde, und dann noch einmal zu versuchen, ein Taxi zu kriegen. Aber es war unmöglich, ihn zu irgendetwas zu bewegen. Mal saß er wie ein nasser Sack auf dem Gehsteig, dann wieder stand er auf und rannte über die Straße, um mit einem Fremden zu reden. Immerhin gelang es mir, ihn in einen Imbiss zu bugsieren. Ich ging an die Theke, um etwas zu bestellen – und als ich mich umdrehte, war er verschwunden. Ich raste hinaus, rannte auf dem Gehsteig auf und ab. Da sah ich den Eingang zur U-Bahn. Den Rest kennst du: Er hüpfte über die Absperrung, und es gibt Videoaufnahmen davon, wie er danach auf dem Bahnsteig hin und her läuft. Er schaute erst in die eine, dann in die andere Richtung, sprang auf die Gleise und verschwand im Tunnel. Ich habe nicht gesehen, wie es passiert ist, Georgie, aber als ich die Rolltreppe hinunterfuhr, hörte ich das Geschrei. Jemand schrie.«

»Du warst da.« Mehr bringt sie nicht heraus.

»Auf der Beerdigung konnte ich dir noch nicht einmal in die Augen sehen, genauso wenig wie seinen Eltern. Ich habe ihn sterben lassen – es war mein Fehler.«

Georgie schüttelt den Kopf, sie begreift gar nichts mehr. »Aber, Dan, warum hast du mir denn nichts gesagt?«

»Ich habe es niemandem erzählt. Ich habe noch nicht einmal gewartet, bis der Krankenwagen da war. Die U-Bahn-Station wurde geräumt, und zu meiner Schande muss ich gestehen, dass ich mich mit der Menge habe treiben lassen. Ich bin raus auf die Straße und dann allein nach Hause gelaufen. Mandy hat die ganze Zeit geschlafen – sie wusste noch nicht einmal, dass ich die Wohnung verlassen hatte. Am Samstag kam dein Anruf, nachdem du die Krankenhäuser abtelefoniert hattest, und als ich aufgelegt hatte, habe ich weiter Fußball geschaut. Am Tag darauf war ich zum Mittagessen bei Dad und Irena, und am Montag ging ich zur Arbeit, als sei nichts geschehen.«

»Das wusste ich nicht.«

»Ich hätte dir das erzählen müssen«, sagt Dan. »Aber ich habe so getan, als sei das gar nicht passiert. Nur habe ich bei der Arbeit nicht mehr funktioniert. Irgendwann gab es eine Umstrukturierung, und – Überraschung! – man entschied, dass mein Job nicht mehr gebraucht wurde. Und was Mandy angeht … Na ja, es gehörte wohl nicht zur Abmachung, es mit diesem jämmerlichen Penner ohne Job auszuhalten. Sie mochte den alten Dan, den fröhlichen, lächelnden, der alle immer so gut unterhielt.«

Georgie zieht sich das Herz zusammen bei dem Gedanken an Finns unsinnigen Tod und daran, was Dan durchgemacht haben musste. Und ja, auch beim Gedanken an sie selbst. »Ich dachte, du hasst mich.«

»Ich habe mich selbst gehasst«, sagt Dan. »Dafür, dass ich Finn gegenüber versagt habe – und ihn dir für immer weggenommen habe.«

Plötzlich überkommt Georgie unendliche Trauer über diesen nicht enden wollenden Kreislauf aus Schuld und Vorwürfen.

»Ich weiß überhaupt nicht mehr, wo mir der Kopf steht«, sagt sie. »Was ich weiß, ist, dass Finns tragischer Tod völlig sinnlos war. Keiner von uns beiden trägt Schuld daran. Das hilft uns nicht weiter, und es bringt Finn nicht zurück.«

Nach einer Weile sagt Dan: »Ich bin froh, dass wir darüber geredet haben. Dass du mich angerufen hast.«

»Und ich bin froh, dass du gekommen bist«, antwortet sie.

Dan lässt den Wagen wieder an, und trotz der nur schwach leuchtenden Scheinwerfer, des lauten Motors und der schlechten Luft im Auto legt sich ein Gefühl von Ruhe über Georgie. Ihr Bruder bringt sie nach Hause. Sie werden ihre Mutter niemals finden. Die Reise ist vorbei, aber sie war nicht ganz umsonst, denn sie und Dan haben als Geschwister wieder zueinandergefunden. Und dafür ist Georgie dankbar. Sie ist nur so unendlich müde. Sie schließt die Augen und lässt sich von der Erschöpfung überwältigen.

FÜNFUNDDREISSIG

Nancy

Die Frau, die Nancy und Bree am Straßenrand aufgegabelt hat, sagt, sie heißt Veronica. »Und mein Wohnmobil heißt Molly.«

»Das Wohnmobil hat einen Namen?«

»Ja, es ist mein treuer Begleiter. Sie haben einen Hund, ich meine vier Räder. Beide sind auf ihre Art nützlich.«

Bree hat sich im Fußraum zusammengerollt, und Nancy hält ihre altmodische Tasche aus Teppichstoff auf den Knien. Sie riecht nach den feuchten Steinmauern der Hütte und nach Erde, aber sie darf sich jetzt keine Sentimentalität erlauben. Sie muss Abstand zwischen sich und die Insel bringen.

Vielleicht hat er die Pressemeldung gar nicht gesehen. Nach allem, was sie weiß, könnte er auch schon tot sein, aber weiterzuziehen gibt ihr Sicherheit. Es verhindert, dass sie anderen Menschen zu nahe kommt oder sich erklären muss, und sie bleibt auf die Gegenwart fokussiert. Denn die Vergangenheit ist wie ein fremdes Land, ein anderes Leben, in das Nancy niemals mehr zurückkehren kann.

Glücklicherweise gehört Veronica nicht zu den Leuten, die Fragen stellen; ihr genügt es vollauf, über sich selbst zu plaudern. Sie erzählt Nancy, dass sie seit zwei Jahren verwitwet ist und sich das Wohnmobil – »meine Molly« – gekauft hat, weil sie einen Neuanfang brauchte. »Alle paar Monate fahre ich weg. Ich versuche immer, etwas Neues kennenzulernen«, sagt sie. »Es gibt so viel Schönes zu entdecken, wenn man einmal die Großstadt hinter sich lässt, finden Sie nicht auch?« Nancy sieht das ganz genauso, im Augenblick aber zieht es sie in die Großstadt, weil sie dort leichter untertauchen kann.

Nach einer Weile deutet Veronica auf eine Tupperdose in einem Fach hinter dem Schaltknüppel. »Sandwiches«, sagt sie fröhlich. »Bedienen Sie sich.« Als Nancy den Plastikdeckel anhebt, steigt ihr ein starker, angenehmer Brotduft in die Nase, und dort liegen Käsebrocken – exotischeres Essen als ihre üblichen Rationen aus den Sonderangeboten im Inselsortiment.

Veronica war früher Buchhalterin, musste die Arbeit allerdings aufgeben, als ihr Mann krank wurde. »Drei Jahre lang habe ich ihn gepflegt«, erzählt sie. »Als er dann gestorben war, habe ich beschlossen, dass es an der Zeit ist, das Leben zu genießen.« Nancy nickt und findet, dass diese Frau mit den rosigen Wangen und herzhaften Sandwiches es sich redlich verdient hat, so viele Abenteuer zu erleben wie nur möglich.

Bei Einbruch der Dämmerung sind sie kurz vor einem Städtchen namens Skipley, und Nancy schreckt auf, als sie den Ortsnamen erkennt. Vor Jahren hat sie diese Stadt auf diversen Fahrten zu entfernt liegenden Antiquitätengeschäften und Goldhändlern passiert. Aber es ist immer noch ein gutes Stück Weg nach Hoyton Beck, ihre Angst ist albern. Wie sich herausstellt, hat Veronica einen Stellplatz auf einem Campingplatz ein paar Meilen von hier gebucht, also lässt sie Nancy am Stadtrand aussteigen. »Danke«, sagt Nancy, »dass Sie mich mitgenommen haben.«

Schon jetzt ist der Boden unter ihren Füßen eisig. Nancy ist in Versuchung, weiterzutrampen, um so viel Abstand wie möglich zwischen sich und Yorkshire zu bringen. Doch sie ist müde, und bestimmt ist die Hündin hungrig. Sie wird sich einen Unterschlupf suchen und dann weitersehen. Sie macht sich auf den Weg in die Stadt. Ein wenig Geld hat sie, doch aus Erfahrung weiß sie, dass es immer schlechter kommen kann und im Zweifel auch wird, also will sie es noch nicht verprassen.

Brees Klauen klackern auf dem Gehsteig, ein fremdartiges Geräusch nach der langen Zeit, in der sie nur Gras und Moos unter den Füßen hatten. Vor ihnen liegt ein Parkplatz und, was interessanter ist, ein kleines Gebäude. Es ist ein Toilettenhäuschen, und in einem hübschen, gepflegten Ort wie diesem könnte es für die Nacht taugen. Als sie jedoch näher kommen, sieht Nancy ein klobiges Vorhängeschloss an der Tür hängen. »Okay, mein Mädchen, was machen wir jetzt?«

Zaghaft schwenkt Bree den Schwanz hin und her und sieht mit ihren braunen Augen zu Nancy auf. Es ist kalt und längst Zeit für ihr Abendessen.

»Was hältst du von einer leckeren Dose Sardinen?«

Nancy geht weiter, bis sie eine Gabelung erreichen. Links kann sie einige Reihenhäuser mit schmucklosen Fassaden erkennen, rechts aber ist ein hell erleuchteter kleiner Lebensmittelladen. Die Kreuzung ist etwas unübersichtlich, aber es herrscht kein Verkehr, also betritt sie die Fahrbahn. Sie überlegt gerade, ob sie im Laden um Wasser für den Hund bitten kann, als alles anders wird.

Von links kommt das grimmige Dröhnen eines Motorrads. Es ist gar nicht so schnell, ihnen bleibt genug Zeit, um die Straße zu überqueren, also zieht sie sanft an Brees Leine. Innerhalb von einer Sekunde aber macht das Motorrad eine unvorhergesehene Bewegung. In jenem Augenblick, in dem Nancy die schwarze Eisschicht bemerkt, sieht sie den funkelnden Helm des Fahrers, und da reißt sich das Motorrad schon unter ihm los und schießt, immer noch dröhnend, seitwärts davon.

Sie hört den Aufprall eines Körpers auf dem Asphalt, erhascht einen Blick auf das Gesicht eines Mannes und dessen schreckgeweitete Augen, und plötzlich ist sie es, die weggerissenen wird, in hohem Tempo, weil Bree in die andere Richtung zieht. Ein Ruck, und die Hündin ist fort, und wie in Zeitlupe stürzt Nancy zu Boden und spürt, wie ihre Wange auf die Straße knallt. Kies unter den Händen, ein schmerzendes Knacksen im Fußgelenk. Blut im Mund, möglicherweise auch Zähne.

Sie hört ihren eigenen nassen Atem, und Panik durchfährt sie, als ihr bewusst wird, dass sie an einer Kreuzung mitten auf der Straße liegt. Sie muss aufstehen und auch den Motorradfahrer von der Fahrbahn kriegen. Sie blickt zu ihm und sieht, dass er flach auf dem Rücken liegt. Die Räder seines Motorrads neben ihm drehen sich noch.

»Alles okay?«, ruft sie.

Er gibt keine Antwort, zumindest nicht in Worten. Sie hört ein Stöhnen und fragt sich, ob es von ihm stammt oder von ihr selbst.

Aus dem Nichts tauchen die Scheinwerfer eines Autos auf und steuern geradewegs auf sie zu, doch sie kann sich nicht rühren, sie weiß, sie hat sich etwas gebrochen und braucht Hilfe. Sie hebt die Hand, versucht zu winken und das blendende Licht zum Stehen zu bringen. Es klappt, das Auto wird langsamer, jemand steigt aus, und aus dem Laden rennen Menschen herbei.

Um sie herum stehen Beine, und sie hört jemanden sagen: »Er hat die alte Frau umgefahren.« Kurz fragt sie sich, wer die alte Frau ist, und muss dann beinahe lachen, als ihr klar wird, dass von ihr selbst die Rede ist, und sie möchte erklären, dass es anders war.

Jemand beugt sich über sie und sagt ihr, dass sie sich nicht bewegen soll. Die Person trägt Doc-Martens-Stiefel, sie kann die gelbe Naht am Rand ausmachen und muss an die Einführungswoche an der Uni denken und an ihre groben Stiefel, bei denen das Schnüren immer ewig dauerte, an ihre dürren Beine in den schwarzen Strumpfhosen und die Lederjacke, die vielleicht gar nicht so anders war als jene, die der Motorradfahrer anhat.

Jemand redet über eine Obdachlose und fragt sie nach ihrem Namen, doch sie kann sich nicht erinnern, ob ihr Name Nan ist oder Nancy oder einer der anderen Namen, die sie im Lauf der Jahre verwendet hat, die immer mit N anfingen, um die Sache zu vereinfachen. Die erfundenen Namen wiederum erinnern sie an Bree, und immer wieder stellt sie dieselbe Frage, aber niemand nimmt Notiz davon.

Selbst als der Krankenwagen kommt und Nancy noch einmal fragt: »Wo ist mein Hund? Wo ist mein Mädchen?«, antwortet keiner. Als man Nancy auf die Trage schnallt, hebt sie die Hand zum Gesicht. Auf der Haut ist eine rote Spur, eine Wunde, wo die Leine an ihr gezerrt hat.

Die arme Bree; der Mann und das Motorengeheul müssen sie verschreckt haben, das instinktive Wissen, in Lebensgefahr zu sein. Sie ist ihrem Instinkt gefolgt und hat Reißaus genommen. Nancy kann es ihr nicht verdenken. An ihrer Stelle hätte sie dasselbe getan – ohne zu zögern, wäre sie geflohen.

SECHSUNDDREISSIG

Georgie

Im Traum ist Georgie beim Surfen. In Wahrheit war sie noch nie surfen, im Traum aber ist sie ein Naturtalent. Sie hat alles perfekt unter Kontrolle – ihr Körper und das Wasser sind eins. Lächelnd steht sie auf dem Brett und reitet auf dem Wellenkamm, unter sich das aufgewühlte, schäumende Wasser. Sie vertraut ihrem Körper, spürt, dass ihre Rumpfmuskulatur alles im Griff hat, genießt das Gefühl der Balance in Beinen und Oberkörper. Das Wasser ist gleichzeitig durchsichtig und fest. Es gibt ihr Halt, doch sie weiß, sie muss sich in Acht nehmen, denn es kann jeden Augenblick umschlagen und sie abwerfen.

Kaum ist sie sich dieser Gefahr bewusst, ist der Zauber gebrochen. Der Traum verblasst und wird von einem anderen Gefühl abgelöst. Jetzt surft sie nicht mehr, sie ist wach und hat Schmerzen.

Es sind furchtbare Rückenschmerzen und gleichzeitig ein tief sitzendes Ziehen sowohl im Becken als auch in den Eingeweiden, die sich in einem endlosen Augenblick vereinigen. Dann wiederum wirkt es weniger wie ein Schmerz, sondern eher wie eine Kraft, die ihren Körper überwältigt und alle anderen Körperfunktionen vereinnahmt, sodass diese jeden Nutzen verlieren. Wen kümmert es, ob sie sich das Haar gewaschen hat, dass ihre Knöchel geschwollen sind und die Knie vom langen Sitzen im Auto schmerzen? Der Rest ihres Körpers hat keine Bedeutung mehr und muss sich dieser höheren Macht unterwerfen.

Plötzlich, wie eine Welle, die bis ganz hinauf an den Strand gebrandet ist, zieht sich die Kraft zurück und verkümmert bis auf einen winzigen Rest. Georgie reibt sich über das Gesicht und sieht sich um.

Als die nächste Übungswehe kommt, ist Georgie hellwach und bereit. Sie atmet dagegen an, wie sie es gelernt hat, ein leises Pfeifen durch die gespitzten Lippen. Sie nimmt ihr Handy, klickt auf die Stoppuhr und sieht beim Herunterzählen der Sekunden zu. Das ist eine gute Übung, denkt sie, für den eigentlichen Tag in zwei Wochen, wenn Wilf die Zeit stoppen wird. Sie fängt an, eine Nachricht an ihn zu tippen.

> **Hallo, Liebling. Bin jetzt auf dem Heimweg. Es gibt viel zu erzählen. Ich vermisse dich. Hoffe, alles ist gut gelaufen …**

Sie kommt nicht dazu, die Nachricht zu Ende zu schreiben, denn punktgenau nach vier Minuten legt sich eine neue Schraubzwinge um Georgies Unterleib. Sie atmet, wartet, stellt die Stoppuhr neu ein. Als die Zahlen bei 3:48 ankommen, stürzt die nächste Wehe über sie herein. Beeindruckend, denkt sie, dass der Körper seine eigene innere Uhr hat.

Beim folgenden Mal entweicht ihr ein Stöhnen, das sie nicht unterdrücken kann. Es kommt irgendwo tief aus ihrem Innern, und sie merkt, dass es ihr hilft. Es gibt ihr das Gefühl, dass die unterschiedlichen Teile ihres Körpers sich verbinden und zusammenarbeiten.

Sie schließt die Augen, als sie die nächste Welle reitet, und wieder entweicht ihr dieses Geräusch, höher diesmal, wie der Anfang eines Lieds. Als sie die Augen wieder öffnet, sieht Dan sie an. Sein Blick wandert zwischen der Straße und ihr hin und her.

»Ist alles okay? Geht es dir gut?« Er klingt atemlos, leicht panisch.

»Ja, alles okay. Meine Gebärmutter wärmt sich nur auf. Übungswehen.« Sie bemüht sich zu lachen, aber dann gelingt es ihr nicht, weil die Woge wieder Anlauf nimmt, und Georgie geht mit, schafft es fast bis auf den Wellenkamm, doch dann ist es zu viel, sie hält sich nicht mehr an der Oberfläche, sondern taucht unter, kann nicht atmen, sie ringt nach Luft und macht Geräusche, über die sie keine Kontrolle hat. Sie muss aufstehen, sich bewegen, aber das geht nicht, dieses winzige Auto ist eine Falle. Der Gurt schneidet ihr in den Bauch, dabei muss sie sich zur Seite drehen, den Schmerz abstrampeln und sich ausstrecken.

»O Gott, nein, bitte nicht jetzt«, sagt Dan, und Georgie will ihn beruhigen, ihm sagen, dass alles in Ordnung ist, will ihm die Stoppuhr zeigen, aber sie hat das Handy fallen lassen, es ist irgendwo neben den Sitz gerutscht, und sie kommt nicht dran, und kaum dass sie Atem schöpfen kann nach einer Wehe, stürzt die nächste über sie herein, drückt sie hinunter, und Georgie schlägt panisch um sich.

Sie klammert sich an den Sitzgurt, spürt die glatte Oberfläche unter den Fingern, dreht den Kopf zur Seite und presst das Gesicht in die Kopfstütze. Ihr Mund steht offen, die Kunstfasern verhaken sich an ihren trockenen Lippen. Nein, bitte nicht in Mandys Auto, denkt sie. Was ist mit den Sitzpolstern.

»O Mann, Scheiße, nein.« Dan setzt den Blinker, und Georgie merkt, wie das Auto einen Satz macht, als er abrupt den Gang herunterschaltet. Sie fahren auf eine kleinere Straße ab, und schließlich bleibt er stehen.

»Georgie, sind das wirklich noch Übungswehen oder …?«

Sie hat den Kopf immer noch abgewandt und atmet in die Kopfstütze, die sich wie ein neuer Freund anfühlt, etwas, woran sie sich halten muss, weil es ihr hilft, das hier durchzustehen.

»Ich weiß nicht«, jammert sie. »Aber es ist zu früh, es ist

noch nicht Termin, nicht …« Eine neue Wehe zieht herauf, rast ihr in den Rücken, und sie will die Fäuste ins Kreuz stemmen, um den Schmerz zu lindern, aber es geht nicht; sie muss alles daransetzen, sich an diese Kopfstütze zu pressen. Sie stöhnt, ihr ist heiß, und sie weiß, sie muss sich bewegen.

»Mach die Tür auf, ich muss raus«, keucht sie.

Kurz sieht sie, wie Dan vorn ums Auto herumrennt, er ist so schnell, dass er wie eine Comicfigur aussieht. Sie will lachen, aber dann macht er die Beifahrertür auf, und kühle Luft strömt herein, die sich unheimlich gut anfühlt. Sie riecht die feuchte Nachtluft, das Gras, den schweren Lehmboden und einen Hauch Dung von Vieh, das nicht weit weg sein kann. Sie muss daran denken, wie Kühe kalben, während sie auf dem Feld stehen oder in einem Bett aus Stroh knien, muhend und sich wiegend, bis das Kalb kommt. Tiere machen das ständig, oder nicht?

Georgie stellt einen Fuß auf den Boden und dann den anderen, und erst jetzt fällt ihr ein, dass sie die Stiefel vorhin ausgezogen hat, weil ihre Beine so geschwollen sind. Schwerfällig hievt sie sich aus dem Wagen, stützt sich dagegen und spürt das kalte Blech von Mandys Auto an den Handflächen und die nasse Erde, die durch die Socken dringt. Sie verspürt den Drang, die Hüften zu wiegen, also tut sie es, und es verschafft ihr Erleichterung. Hier draußen an der frischen Luft, wo sie sich bewegen kann, ist es besser.

Eine Ruhepause tritt ein, beinahe verschwindet der Schmerz, nur die Erinnerung daran kribbelt noch in den Lenden, und sie muss lachen. »O Gott«, sagt sie. Sie lässt das Auto los und massiert sich mit den Handballen, so gut es geht, den Rücken, doch ihr Pullover ist zu dick, der Boden ist matschig, und das alles ist völlig verkehrt. So sollte es nicht sein.

Dan ist jetzt ganz still, Georgie hört nichts als das Rauschen des Verkehrs. Ihr Atem bildet weiße Wölkchen in der kalten Luft, und wieder muss sie an die Kühe in der Nähe denken, die feuchten Mäuler und den schnaubenden Atem. Sie bemerkt, dass die Scheinwerfer von Mandys Auto immer noch nicht funktionieren, sondern zu einem schwachen Strahl verblasst sind, der kaum den schmalen Randstreifen beleuchtet, an dem Dan angehalten hat.

Fluchend betrachtet Dan sein Handy, hebt es in die Höhe, flucht wieder.

»Himmel noch mal, hier ist immer noch kein Empfang«, sagt er. »Es tut mir leid, wir müssen weiterfahren. Ich komme nicht einmal zum Notruf durch.«

Georgie stöhnt, wendet sich wieder zum Auto und stützt die Stirn auf die Hände. Sie will stehen bleiben, aber ihre Beine gehorchen ihr nicht mehr, sie schlackern vor und zurück, als seien sie aus Gummi und gar kein Teil von ihr. Schnell streckt sie die Hand nach ihrem Bruder aus und packt ihn an seinem Pullover. Das alles ist völlig verkehrt, Wilf sollte hier bei ihr sein, aber der ist so weit weg. Er weiß noch nicht einmal, was los ist. »Dan, ich schaff das nicht«, sagt sie, und ihre Stimme schwillt zu einem panischen Kreischen an.

»Doch, du schaffst das«, erwidert Dan bestimmt. »Georgie, du bist die stärkste Frau, die ich kenne. Alles wird gut. Aber wir müssen dich ins Krankenhaus bringen.«

Er hält sie an den Händen fest, und gemeinsam legen sie einen Schritt zur offenen Autotür zurück. Gleichzeitig fallen ihre Blicke auf Georgies schlammgetränkte Socken. »Oh«, sagt Dan.

»Willst du eine Plastiktüte suchen oder so, auf die ich mich setzen kann?«, fragt Georgie. »Kann sein, dass mir im Auto die Fruchtblase platzt. Das ist doch so, oder?«

»Nein, mach dir keinen Kopf um die Polster.«

Dan stützt sie an den Ellbogen, während Georgie sich vorsichtig ins Auto manövriert. Noch bevor er die Tür hinter ihr geschlossen hat und auf dem Fahrersitz sitzt, hat sie sich schon wieder zur Seite gedreht, klammert sich an ihre alte Freundin, die Kopfstütze, und heult laut auf. Sie hat das Gefühl, dass sie sich übergeben und auf die Toilette muss, beides zugleich, aber sie bringt kein Wort heraus, also trommelt sie bloß mit einer Hand gegen die Kopfstütze.

Dan scheint zu verstehen, denn er lässt den Motor an. Doch das Auto rührt sich nicht vom Fleck. Nur das unerträgliche Geräusch der auf dem nassen Gras durchdrehenden Reifen ist zu hören, gefolgt vom Winseln und Stottern des Motors.

Dan entweicht ein Wimmern. Er versucht es wieder, langsamer, und das Auto setzt sich in Bewegung. In der Luft hängt der Geruch nach verschmortem Gummi, und Dan krümmt sich tief über das Lenkrad, denn die Scheinwerfer sind noch schwächer als zuvor. Er führt murmelnde Selbstgespräche, sagt, dass er nicht wieder auf die Autobahn auffährt, denn wer hätte je ein Krankenhaus an einer Autobahn gesehen, und Georgie ist sich nicht sicher, ob das eine gute Idee ist, denn als sie den Blick nach vorn wendet, sieht sie, dass sie eine dunkle schmale Straße befahren, und das erscheint ihr in jeder Hinsicht falsch.

Als sich ein neues Schmerzbeben über ihren Rücken ausbreitet, presst sie das Gesicht in das Polster und verflucht sich und ihre falschen Entscheidungen. Georgie hat schon eine Reihe falscher Entscheidungen in ihrem Leben getroffen, aber zwei Wochen vor dem Geburtstermin einen Roadtrip zu starten, um nach ihrer Mutter zu suchen, ist definitiv die bislang dümmste.

Dans Instinkt hat ihn nicht getrogen, denn irgendwann nimmt Georgie Straßenlaternen, dann Häuser und Ampeln wahr. Schließlich bleibt Dan am Straßenrand stehen, und offenbar hat sein Handy Empfang, denn er telefoniert. Er fordert einen Krankenwagen an und sagt: »Ja, die Patientin atmet. Nein, es gibt kein Blut.« Eine Pause, woraufhin er schreit, dass sie vorzeitige Wehen hat. Ja, es ist das erste Kind, und nein, er ist nicht der Vater, was spielt das für eine Rolle. Dann sagt er: »Zwei Stunden? Das geht nicht … Fünfzehn Minuten? Okay, das bekomme ich hin.«

»Kommt jemand?«, fragt sie.

»Nein, sie schaffen es nicht so schnell hierher. Sie sind total überlastet. Aber nur fünfzehn Minuten von hier ist ein Krankenhaus, also fahren wir hin. Halte durch, Georgie.«

Wieder fahren sie, und diesmal will Georgie nicht, dass es aufhört. Mittlerweile hat sie sich fast an den Schmerz gewöhnt, die Zuverlässigkeit, mit der er sich durch ihren Körper schiebt, sie bis an einen Punkt treibt, an dem sie es nicht mehr erträgt, und sich dann zurückzieht. Wenn sie die Augen zumacht, kann sie wieder in den Traum vom Surfen eintauchen, in dem sie auf dieser unaufhaltsamen Welle reitet, aber plötzlich ist alles anders, denn sie sind an einem Ort mit grellen Lichtern, irgendwelche Menschen machen die Autotür auf und sehen zu ihr herein, und sie hört das Klicken einrastender Metallriegel.

»Hallo, Georgie, wir kümmern uns jetzt um Sie, machen Sie sich keine Sorgen«, sagt eine Frau, und zwei Leute in Krankenhauskitteln beugen sich über sie und sagen ihr, wohin sie die Füße in den nassen, schlammigen Socken setzen soll, sodass sie sich in den Rollstuhl sinken lassen kann. Georgie will zu Fuß gehen, sie will wissen, wo Dan ist, aber die Stimme der Person, die sie durch die endlosen, grell erleuchteten weißen Korridore schiebt, sagt ihr, dass dafür keine Zeit bleibt.

Sie bemüht sich, tief einzuatmen, aber die Luft ist heiß und abgestanden. Es riecht sauer nach schlechtem Atem, Krankheit und Desinfektionsmitteln, und sie sehnt sich danach, draußen unter den Sternen zu sein, mit den Kühen und der Luft.

Georgie sieht an sich herab, und plötzlich wird ihr bewusst, was die anderen Leute sehen. Das Oberteil, das sie seit zwei Tagen trägt, ist fleckig, und an ihren Händen klebt Schlamm. Wehmütig denkt sie an die Reisetasche in Mandys Auto, die Wilf so gewissenhaft gepackt hat. Auch ihr Mantel liegt noch auf dem Rücksitz und ihr Handy – genau genommen hat sie keine Ahnung, wo das Handy ist. Dan muss es für sie suchen, damit er Wilf anrufen kann. Denn Wilf sollte jetzt eigentlich hier sein – so war es geplant –, aber wieder einmal hat Georgie alles vermasselt, so wie immer.

Der Rollstuhl macht einen Schlenker und einen Ruck, als die Krankenschwester die Bremse feststellt, und Georgie erkennt, dass sie in einem Warteraum abgestellt wurde. Die Pflegerin versichert ihr, sie sei in einer Sekunde zurück, sie will gleich auf der Entbindungsstation anrufen, aber den Rest hört Georgie nicht, denn die Hitze ist wieder da, breitet sich aus und verbrennt ihr den Rücken. Sie stöhnt, und mit der Wehe nimmt das Geräusch an Lautstärke zu.

Sie sieht nichts als blaue Vorhänge um sich herum. Dahinter findet ein anderes Leben statt – es rattern die Räder von Rollwagen, Türen werden geschlagen, jemand rennt, schlapp, schlapp, durch den Korridor. Ein Telefon klingelt, aber niemand nimmt ab. Und dann hört sie ein anderes Geräusch, es kommt ganz aus der Nähe, womöglich stammt es aus ihrem eigenen Kopf. Eine ruhige, leise Stimme.

»Pscht«, sagt sie. »Sie schaffen das.«

Georgie hält den Atem an und fragt sich, ob sie sich die Stimme nur eingebildet hat. Plötzlich spürt sie etwas Merkwürdiges, irgendwo im Bereich der Blase macht es plopp, und sanft löst sich etwas, vermutlich ist die Fruchtblase geplatzt. Aber hier ist niemand, dem sie das sagen kann. Dan parkt wahrscheinlich gerade das Auto, während man sie in dieser von Vorhängen umgebenen Nische abgestellt und allein gelassen hat.

Ihr Blick fällt auf den Linoleumboden, wo sich ein kleines Rinnsal bildet, und sie erlaubt sich ein selbstmitleidiges Schluchzen. Sie muss daran denken, wie sie einmal im Sportunterricht in die Hose pinkelte, weil sie fälschlicherweise dachte, sie könnte es noch einhalten. Die Pfütze auf dem Parkett war viel größer als diese hier, und den Rest des Nachmittags musste sie eine Ersatzhose aus der Kiste mit den Fundsachen tragen. Es war eine knallgrüne Jungenhose. Mum hatte am Schultor auf sie gewartet, und als Georgie ihr erzählt hatte, was passiert war, hatte sie anders als die Sportlehrerin nicht sauer reagiert, sondern hatte sie fest in den Arm genommen. Damit war alles wieder gut gewesen. »Immerhin hast du eine tolle grüne Hose dabei herausgeschlagen«, sagte sie, und sie beide hatten den ganzen Heimweg über gelacht.

Georgie hört, wie jemand mit quietschenden Schuhen übers Linoleum läuft, und abrupt wird der Vorhang neben ihr aufgerissen. Die Ringe klimpern, und erschrocken hebt Georgie den Blick. Sie fühlt sich bloßgestellt.

Neben ihr liegt eine alte Frau auf einer Krankentrage. Der Pfleger mit den lauten Schuhen ist wegen dieser anderen Frau hergekommen, er löst die Bremse und sagt: »Auf geht's, Zeit für die Röntgenaufnahme.«

Doch Georgie nimmt keine Notiz von dem Mann mit den quietschenden Schuhen. Sie starrt die Frau auf der Trage an, die Georgie das Gesicht zugewandt hat; ganz sicher ist es die Frau, die sie durch den Vorhang beschwichtigt hat. Dunkle Augen, von Falten umgeben. Zwei zottige graue, geflochtene Zöpfe, die Reste eines Mittelscheitels. Ein Muttermal über der Oberlippe.

Die Frau macht den Mund auf, will etwas sagen, aber es ist zu spät, die Trage bewegt sich fort. Im selben Moment wird Georgie von einer Schmerzwoge erfasst, die sie weit wegträgt. Als sie ins Hier und Jetzt zurückkehrt und wieder bei klarem Verstand ist, ist die Frau auf der Trage nicht mehr zu sehen.

Jetzt dringen wieder Krankenhausgeräusche herein, Stimmen, das Klappern eines Metalltabletts. Weiter weg weint oder lacht jemand, es ist schwer auszumachen. Verblüfft schüttelt Georgie den Kopf.

Es ist erstaunlich, denkt sie, wie das Gehirn Dinge heraufbeschwört, im Kopf umherschwirrende Gedankenfetzen aufgreift und zu einer Geschichte zusammensetzt. Wie es dir einredet, dass etwas tatsächlich geschieht, genau wie in einem lebhaften Traum.

Eine Stunde später aber, als Georgie dasteht, sich am Fußende eines Betts festklammert, die Hüften kreisen lässt und blökt wie eine Kuh, sieht sie das Gesicht der Frau wieder vor sich. Es steckt Güte darin, absolute Vertrautheit. Und als sie anfängt »Ma … Ma« zu schreien, hat sie nicht die Nancy aus ihrer Kindheit vor Augen, an die sie sich kaum erinnert, sondern die grauhaarige Frau, auf die sie einen Blick erhascht hat, als der Vorhang zur Seite gezogen wurde, und das alles wird ihr zu viel, und so brüllt sie und verscheucht den albernen Gedanken.

Die Hebamme redet ihr gut zu, spornt sie an, als handle es sich um einen sportlichen Wettkampf und Georgie stünde kurz vor der Ziellinie, und auch sie selbst spürt, wie sich alle Kräfte vereinen, und sie weiß, ja, sie schafft das. Die Hebamme fragt sie, ob sie den Kopf ihres Babys berühren möchte, und Georgie streckt die Hand nach unten und ertastet einen feuchten Haarkranz, und sie fragt sich, ob es rötlich braun ist wie ihres oder dunkler, wie das seines Vaters. Die Erkenntnis, dass in ihrem Körper ein kleiner Körper existiert, der bald außerhalb davon sein eigenes Leben führen wird, erscheint ihr völlig surreal. Gefühle stürzen über sie herein, ein reißender Schmerz, und wie betäubt von dem Bewusstsein, was hier geschieht, fühlt sie sich, als stünde sie am Rande eines Abgrunds.

Mit einem unvorstellbaren Ruck glitscht das Baby heraus.

Die Hebamme hält es im Arm, jemand fasst Georgie unter den Achseln und hilft ihr zu einem Gebärhocker, und dann wird ihr das nasse, blutige Baby auf die Brust gelegt. Georgie wagt einen Blick nach unten, sieht zwei Augen, die versuchen, die Welt zu erkennen. Sie wünscht sich Zauberkräfte, um das Licht zu dämpfen, will den Leuten um sich herum ebenjenes »Pscht« zuflüstern, die sich viel zu laut darüber unterhalten, wie ungewöhnlich kurz die Nabelschnur ist.

»Eine kurze Nabelschnur – das heißt, die Kleine wird immer in Ihrer Nähe bleiben«, sagt die ältere Hebamme in breitem Yorkshire-Dialekt. Dann schiebt sie die Hand sacht unter das Handtuch, in das das Baby gewickelt ist, das Schnippen einer Schere ist zu hören, und das lilagraue verdrillte Gewebe löst sich.

Eine letzte schmerzende Anstrengung, und Georgie gebiert die Plazenta, die wie eine Trophäe auf einem silbernen Tablett zur Inspektion davongetragen wird. »Sie wollen sie hoffentlich nicht nach Hause mitnehmen und mit Zwiebeln anbraten, oder?«, fragt die Hebamme.

»Nein, danke, ich bin Vegetarierin«, antwortet Georgie schwach und denkt, dass sie diesen Moment mit ihrem Baby genießen sollte, statt mit Fremden Unsinn zu reden.

Sie presst das blutige Bündel an ihren Oberkörper, das viel zu neu für diese grelle Welt erscheint. Kaum wagt sie, sich zu bewegen, aber sie muss einfach hinschauen. Sie erhascht einen Blick auf die Nase, auf die zu einer Faust geballten Finger mit perfekt ausgebildeten winzigen Nägeln. Ein maunzender Mund, ein Büschel brauner Haare.

»Sagten Sie, *die* Kleine?«, fragt Georgie.

»Ja. Es ist ein wunderschönes Mädchen.«

Dann wird das Baby weggetragen, weil es ein bisschen zu früh auf die Welt gekommen ist und man kontrollieren muss, ob alles in Ordnung ist, und Georgie nickt. Sie blickt auf den Kittel hinunter, den ihr vorhin irgendjemand angezogen haben muss, sieht Blut und Schleim. Man reicht ihr noch ein paar Handtücher und hilft ihr auf ein Bett. Ihr dreht sich der Kopf, also legt sie sich hin. Schon jetzt fühlt es sich an, als sei ihr etwas weggenommen worden. Gerade eben war ihr Baby noch da, dicht an ihrer Haut, und jetzt ist es weg, und das Verlustgefühl ist derart überwältigend, dass es Georgie beinahe die Luft abschnürt.

Da kehrt die Hebamme mit dem fachmännisch eingepackten Baby zurück, und sehnsüchtig streckt Georgie ihr beide Hände entgegen. Dem Baby hat man das Gesicht sauber gewischt und etwas Weißes angezogen, und Georgie ertastet die knisternde Windel unter der Krankenhausdecke.

Die Hebamme redet übers Stillen, Kolostralmilch und darüber, dass das Baby ein gutes Gewicht hat, doch Georgie hört nicht hin. Ihr ganzes Denken gilt der Tatsache, dass sie ihre kleine Tochter in den Armen hält und sie niemals mehr loslassen will. Für sie ist es unvorstellbar, dass eine Mutter zu so etwas in der Lage sein kann.

SIEBENUNDDREISSIG

Nancy

Wäre Nancy in der Lage, aufzustehen und wegzurennen, sie würde es tun. Doch wann immer sie ihr linkes Bein zu bewegen versucht, schießt der Schmerz vom Fußknöchel herauf. Vermutlich sollte sie dankbar sein, dass sie überhaupt ein Bett bekommen hat – man hat sie auf eine Station verlegt, weil bis zum Morgen niemand Zeit hat, sich die Röntgenaufnahmen anzusehen. Sie muss nüchtern bleiben, für den Fall, dass morgen eine Operation nötig ist, also ist ihr noch nicht einmal eine tröstliche Tasse heißer, süßer Tee vergönnt. Nebenan hört sie die Pfleger in dem kleinen Büro über einen Verkehrsunfall und eine Wohnsitzlose reden, eine alte Frau, die von einem Motorrad angefahren wurde.

Das alles ist ein großes Missverständnis, am liebsten möchte Nancy schreien und das richtigstellen. Warum betrachten die Menschen die Dinge so oft nur von außen und entscheiden, was die Wahrheit ist, ohne Fragen zu stellen? Es gab Blitzeis, will sie sagen, sie hat den unheilvollen Schimmer gesehen, als sie auf der harten Fahrbahn lag und dem schwachen Stöhnen des Motorradfahrers lauschte. Aber niemand interessiert sich für Nancys Sicht auf den Vorfall.

Falls ein Pfleger kommt, wird sie dennoch keine Zeit auf diese Sache verschwenden. Stattdessen wird sie die Schmerzen in der Hüfte und im Fußgelenk thematisieren. Zwar ist es nicht mehr so schlimm wie vorhin, aber das wird Nancy sich nicht anmerken lassen. Man soll ihr geben, was der Medizinschrank hergibt, etwas, das sie außer Gefecht setzt, damit sie nicht mehr nachdenken muss.

Das metallische Klirren der Vorhangringe klingt ihr noch in den Ohren, das Ratschen, als der abwischbare Vorhang zur Seite gezogen wird. Dann der Anblick ihrer eigenen Tochter, keine zwei Meter von ihr entfernt. Die Frau, die diese verzweifelten, einsamen Töne von sich gegeben hatte, war ihr eigenes Fleisch und Blut.

Georgies Gesichtsausdruck, die Millisekunde der Erkenntnis, die schreckgeweiteten Augen. Bevor Nancy ein Wort sagen konnte, schaffte man sie fort, den Flur hinunter, in einen Aufzug, während sie kaum glauben konnte, was sie gesehen hatte. Sie hatte auf dem Röntgentisch gelegen, unter schrecklichen Schmerzen hatte man ihr Bein hin und her gedreht, doch sie war froh über die Schmerzen gewesen, sie waren Ablenkung und gerechte Strafe in einem.

Und nun hat man ihr ein Bett auf dieser überheizten, sauer riechenden Station gegeben, während ihr tausend Fragen durch den Kopf schwirren. Ohne Zweifel war es Georgie. Doch warum ist sie ausgerechnet hier? Gestern, als der Mann sie fotografiert hatte, war Nancy klar, dass ihre Deckung aufgeflogen war und man auf die Suche nach ihr gehen würde. Allerdings hatte sie nicht damit gerechnet, dass es Georgie sein würde.

In der Brust ballt sich die vertraute Panik und arbeitet sich die Kehle herauf. »Schwester, ich brauche was gegen die Schmerzen«, ruft sie.

Zwar hat sie im Lauf der Jahre hie und da bruchstückhafte Informationen über ihre Kinder erhalten, doch sie hatte nicht gewusst, dass Georgie schwanger war. Möglicherweise war ein Brief an Moragues Zeltplatz gegangen. Oder aber es war nach einigem Für und Wider entschieden worden, dass Nancy kein Recht auf diese Neuigkeit hatte.

Das Stöhnen, das aus der Nische neben ihr kam, hat sie noch immer im Ohr. Schon bevor sie ihr Gesicht gesehen hatte, hatte Nancy den Drang verspürt, die Frau zu trösten, denn es war offensichtlich gewesen, dass sie nicht wegen eines Knochenbruchs oder einer Blinddarmentzündung stöhnte. Es war das unmissverständliche Geräusch einer Frau, die kurz davorstand, ein Kind zu gebären.

Nancy hatte an ihre erste Geburt denken müssen, an die dunklen Stunden, die sie bis an die Schmerzgrenze trieben. Vermutlich war Frank da gewesen, aber Nancy erinnert sich nur an die Angst, die Verstörung und das Gefühl absoluter Einsamkeit. Und daran, wie ihr ein Baby in die Hand gedrückt wurde, hilflos und verwundbar, das auf eine Weise schutzbedürftig war, die Nancy nicht befriedigen konnte. Die Hebamme hatte dem Baby das Gesicht abgewischt und gesagt: »Ganz klar, nach wem sie kommt.« Nancy hatte sich hingelegt und gespürt, wie die Hoffnung sie verließ wie eine ungestillte Blutung, denn im Grunde hatte sie schon damals gewusst, dass das Kind nicht das Ende ihrer Probleme wäre, sondern der Anfang.

»Schwester!«, ruft sie noch einmal. »Ich brauche etwas gegen die Schmerzen.«

ACHTUNDDREISSIG

Nancy, 2002

»ICH BIN GLEICH WIEDER DA«

Sie sagt Gerry nicht, dass sie die Kinder heute sehen wird, nur dass sie Frank in London trifft, um die Dinge durchzusprechen. Sie hält es für besser, die Kinder gar nicht zu erwähnen. Im Grunde versucht sie, das Ganze herunterzuspielen, weil sie weiß, dass Gerry nicht will, dass sie hinfährt. Von den Momenten abgesehen, wenn er vor irgendwelchen Antiquitätengeschäften auf sie wartet, hat er sie seit der Ankunft in Yorkshire nicht aus den Augen gelassen. »Ich treffe Frank nur, um über Geld zu reden«, erklärt sie ihm. »Irgendwas muss er mir doch schuldig sein – ich kann ja nicht von Luft leben.«

Gerry zieht die Augenbrauen hoch und sagt: »Stimmt, schon wahr. Du kannst dich nicht bis in alle Ewigkeit auf meine Großzügigkeit stützen.« Die Wände sind kahler denn je, aber Nancy hat keine Ahnung, was Gerry mit dem gehorteten Geld vorhat. Längst ist ihr klar, dass es nicht in die Bezahlung eines Pflegeheims fließt.

Sie nimmt einen Überlandbus nach London, weil er billiger ist als der Zug. Die ganze Fahrt über hat sie ein nervöses Flattern in der Brust. Teilweise liegt es am Schock, nach so langer Zeit wieder draußen unter Menschen zu sein, hauptsächlich aber ist es die Aufregung. Wenn sie zu sehr darüber nachdenkt, was ihr bevorsteht, kriegt sie kaum noch Luft.

Sie trägt das alte T-Shirt und die Jeans, in denen sie ihr

Zuhause vor drei Monaten verlassen hat, doch kaum steigt sie aus dem Bus, wird ihr bewusst, wie zerlumpt sie aussieht. Die Kleider werden beim Waschen in der Küchenspüle nie richtig sauber, und Make-up besitzt sie auch nicht. Noch nicht einmal eine Haarbürste, sie muss sich mit Gerrys fettigem Kamm behelfen. Ihre Turnschuhe sind schlammverkrustet und die Sohlen abgelaufen.

Ausgemacht ist, dass sie Frank und die Kinder um zwei Uhr vor der Royal Festival Hall trifft. Frank hat den Treffpunkt ausgesucht – »auf neutralem Boden«, wie er es nennt. Es bedurfte einiger Überredungskunst und Zusicherungen, bis sie seine Zustimmung hatte.

»Ich habe ihnen erzählt, dass du im Ausland bist und dich um bedrohte Tiere kümmerst. Ich weiß wirklich nicht, ob es eine gute Idee ist, schon wieder Unruhe in ihr Leben zu bringen. Wir haben unser Leben neu geordnet, wir kommen gut zurecht. Wir haben jetzt sogar eine Putzfrau«, hatte er Nancy geschrieben.

Als wäre Putzen alles, was eine Mutter tut, hatte Nancy wutschnaubend gedacht und den Brief zerknüllt. Dann hatte sie ihn wieder glatt gestrichen und eine Antwort verfasst.

Ich denke, die Auszeit hat uns allen gutgetan. Kannst du ihnen bitte sagen, dass ich wieder da bin und mich unheimlich darauf freue, sie wiederzusehen? Bitte, Frank, das würde mir so viel bedeuten. Ich kann dir gar nicht sagen, wie leid mir alles tut, und ich hoffe, wir finden um der Kinder willen eine Lösung.

Schließlich hatte er sich einverstanden erklärt. Der Plan ist also, dass die Kinder bei Nancy bleiben und Frank sie um vier Uhr wieder abholt. »Dort in der Gegend gibt es einiges, was man sich anschauen kann. Oder du gehst mit ihnen was essen«, schrieb er. »Wenn es gut läuft, könnten wir danach alle zusammen noch einen Spaziergang am Fluss machen.« Sie hofft, dass Frank und sie bei der Gelegenheit ein paar Dinge besprechen können – ausmachen, wer die Kinder wann hat, über das Haus reden.

Nancy ist zu früh am vereinbarten Treffpunkt und sitzt auf der Kante der Bank, schaut auf die Uhr und blickt nach links und rechts. Als sie sie kommen sieht, kann sie sich nicht bremsen, sondern rennt ihnen entgegen, umarmt erst Dan und dann Georgie. Ihre Tochter wirkt steif in ihren Armen. Sie trägt ein ärmelloses rosa Top und kakifarbene Cargohosen, die Nancy nicht kennt. Seitlich hängt ein langer dünner, geflochtener Zopf herunter, in den ein blaues Band und Perlen verwoben sind, und Nancy berührt ihn.

»Meine Freundin hat mir den geflochten«, sagt Georgie schüchtern, und Nancy merkt, wie stolz sie darauf ist. »Es hat ewig gedauert.«

Frank kommt nicht näher, sondern beobachtet sie aus der Ferne, aber als sie zu dritt weggehen, versetzt es Nancy einen freudigen Schauer, dass sich keines der Kinder nach ihm umdreht.

Anfangs läuft es wunderbar, es fühlt sich wie das schönste Geschenk der Welt an, und Nancys Herz weitet sich voller Hoffnung. Sie sehen ein paar jugendlichen Skatern zu, die auf einer Rampe hinauf- und hinunterjagen, und im Foyer der Royal Festival Hall spielt eine Jazzband. Die Musik ist zwar nicht unbedingt Nancys Geschmack und ganz sicher auch nicht Georgies, aber es ist schön, gemeinsam dazustehen und zuzuschauen. So kann sie den Moment hinauszögern, in dem sie mit ihnen reden und ihnen erklären muss, warum sie weggegangen ist.

Sie spazieren wieder nach draußen. Es war ihr zu peinlich, Frank zu gestehen, dass sie kein Geld hat, um die Kinder zum Essen auszuführen, aber es reicht, um ihnen ein überteuertes Eis zu kaufen. Sie gehen zurück zu der Bank, und

Nancy erlaubt sich den Gedanken, dass es ja vielleicht doch funktionieren kann.

Es ist vorstellbar, dass Frank und sie ein Übereinkommen finden und die Kinder wochenweise abwechselnd bei sich haben. Natürlich müssen sie das Haus verkaufen und zwei kleinere Wohnungen suchen. Es tut Nancy so gut, einen Tag von Gerry und der feuchten, deprimierenden Waldhütte fortzukommen. Ihr wird bewusst, wie sehr ihr Leben auf die engen Wände dieses klaustrophobischen, kleinen Hauses geschrumpft ist und dass ihr das ganz und gar nicht guttut.

Die Sonne kommt heraus, und Nancy schließt die Augen und spürt die Wärme auf ihrem Gesicht. Wenn die Kinder ihr Eis aufgegessen haben, wird sie ihnen alles erklären. Sie will ihnen sagen, dass es ihr nicht gut ging und sie deswegen weggehen musste, aber dass jetzt alles schon viel besser ist. Sie wird ihnen sagen, wie sehr sie sie vermisst.

Doch da fällt ein Schatten auf Nancys Gesicht. Sie macht die Augen auf, sieht die groben Knöpfe seiner Strickjacke, die blinkende Gürtelschnalle.

»Gerry?«, bringt sie ungläubig heraus.

Sie kommt auf die Beine und stellt sich zwischen ihn und die Kinder. Doch Georgie betrachtet ihn bereits misstrauisch und sieht Nancy voller Argwohn an. Dan ist noch mit seinem Eis beschäftigt.

»Ich dachte, ich geselle mich zu euch«, sagt Gerry. »Zur moralischen Unterstützung.«

Nancy sieht sich um, glückliche Familien spazieren vorbei. Sie will keine Szene machen, ihre Zeit mit den Kindern läuft ohnehin ab. Ein Blick auf die Uhr sagt ihr, dass ihr nur noch fünfundzwanzig Minuten bleiben. Das Beste ist vermutlich, mitzuspielen und keine große Sache daraus zu machen. An einem trubeligen Platz wie diesem ist es nicht so unwahrscheinlich, dass man sich zufällig über den Weg läuft.

In ihrem Innern aber spürt sie die Panik wachsen. Es ist

eine einmalige Gelegenheit, die Kinder zu sehen und alles wiedergutzumachen, und schon wieder ist Gerry ihr gefolgt. Wird sie ihn denn niemals los? Vom heutigen Tag an, so beschließt sie, muss sich etwas ändern.

Sie spürt Dans Blick auf sich. »Mummy?«

»Es ist alles in Ordnung«, sagt sie mit gepresster Stimme.

»Nein, Mummy. Ich muss aufs Klo.«

Sie sieht Dan an, dessen Gesicht merkwürdig blass ist, und dann Georgie, die nicht mehr an ihrem Eis leckt. Lange weiße Tropfspuren laufen an der Waffel herunter auf ihre Hand.

»Oh, Dan«, sagt Nancy. »Kannst du nicht warten?«

»Nein. Ich muss jetzt. Bitte, Mummy.«

Nancy nimmt ihre Tasche. »Na los, Georgie, gehen wir.« Im Innern der Royal Festival Hall gibt es sicher eine Toilette; sie blickt an dem Betongebäude hoch und versucht sich ins Gedächtnis zu rufen, wohin sie müssen.

Sie spürt, wie Dan eine klebrige Hand in ihre schiebt, aber Georgie rührt sich nicht vom Fleck. Stattdessen mustert sie ihre Mutter irgendwie merkwürdig.

»Nein«, sagt Georgie langsam. »Ich warte lieber hier, danke.« Sie steht auf und wirft das nur halb gegessene Eis in einen Abfalleimer.

Dan drückt Nancys Hand und zieht sie zum Gebäude – es ist nicht der rechte Augenblick, um mit Georgie zu streiten. Nur widerwillig billigt Nancy Gerrys Anwesenheit, aber ihr bleibt nichts anderes übrig. »Gerry, pass bitte kurz auf sie auf, okay?« Und dann, an Georgie gewandt: »Ich bin gleich wieder da.«

Georgie antwortet nicht, dafür tut es Gerry. »Aber klar.« Er streicht sich auf jene Art über den Bart, bei der ihr früher die Knie weich wurden, die jetzt aber den Wunsch in ihr weckt, ihm in die Frettchenvisage zu schlagen. »Wir warten hier, stimmt's, Georgie?«

Es dauert Ewigkeiten, bis sie ein Klo finden, das erste wird gerade geputzt, und dann müssen sie mehrere Stockwerke hinauf, während Dan die ganze Zeit jammert, wie dringend es ist; sie gehen, so schnell sie können, rennen beinahe. Doch dann ist es erledigt, alles ist in Ordnung, und während sie die Treppe hinuntergehen, wird Nancy ruhiger und fühlt sich etwas mehr Herrin der Lage. Als sie hinaus in die Sonne treten, ist ihr klar, dass sie das hinkriegt.

Sie wird Gerry ganz ruhig erklären, wie wichtig ihr die Zeit mit den Kindern ist und dass sie hier lieber allein sein möchte. Das muss er doch verstehen und ihr ein bisschen Freiraum lassen. Falls nicht, na ja, dann ist es höchste Zeit, dass er ihr zuhört.

Zunächst denkt sie sich nichts, als sie die Sirenen hört. Immerhin sind sie in London, da heult ständig irgendwo eine Sirene. Doch dann bemerkt sie die Bank, auf der Georgie sitzen sollte, und sie ist leer. Auch dieser Mann ist nirgends zu sehen. Sie rennt auf den Platz und schaut sich nach allen Seiten um. Ihre Zunge ist wie ausgedörrt und viel zu groß und schwerfällig, um zu funktionieren, aber es gelingt ihr doch zu schreien. Ihr ist egal, ob die Leute starren: Immer wieder legt sie die Hände trichterförmig um den Mund und brüllt den Namen ihrer Tochter.

Plötzlich merkt sie, dass Dan an ihr zerrt. Er deutet zu dem neuen Fußgängersteg über den Fluss, der direkt an den Gleisen der im Bahnhof Charing Cross ein- und ausfahrenden Züge entlangführt. Tief unten fließt der braune, aufgewühlte Fluss.

Dan und sie rennen los, Richtung Brücke, wo sich am Fuß der Treppe eine Menschenmenge angesammelt hat, die nach oben schaut. Zuerst sieht Nancy nur ein Mädchen mit langen herabhängenden Haaren, das aussieht, als versuche es nach einem Gegenstand im Wasser weit unter sich zu greifen. Aber der Winkel stimmt nicht, das Ganze ist völlig verkehrt. Sie beugt sich viel zu weit über das Brückengeländer, und ihr

Oberteil ist so kurz, dass man den nackten Rücken sehen kann. Es ist ein ärmelloses rosa Top, und im Haar des Mädchens sieht Nancy blaue Perlen glitzern.

Man lässt Nancy nicht auf die Brücke, egal, wie sehr sie schreit und brüllt und sich durchzudrängeln versucht. Da sind zwei Polizisten mit verschränkten Armen, die ihr nicht zuhören, als sie ihnen erklärt, dass sie die Mutter des Mädchens ist. Aus einem Funkgerät kommt ein Krächzen, und dann steht eine Polizistin neben ihr und führt sie weg, fragt nach dem Namen des Mädchens und ob sie sich ausweisen kann. Wie in Trance werden Nancy und Dan zu einer Bank geführt, und das Seltsame ist, dass es ausgerechnet die Bank ist, auf der sie gerade noch mit ihrem Eis gesessen haben.

»Ich habe sie allein gelassen. Wie konnte ich sie nur allein lassen?« Etwas anderes bringt Nancy nicht heraus, sie wiederholt es wieder und wieder, bis ein Krankenwagen mit Geheul herbeikommt. So dicht wie möglich fährt er an den Fuß der Treppe heran, und Nancy entweicht ein Wimmern.

»Es ist alles in Ordnung, meine Liebe«, sagt die Polizistin. »Es scheint ihr gut zu gehen. Nur eine Vorsichtsmaßnahme.«

Nancy zittert und umklammert Dans Hand. »Es ist alles in Ordnung«, flüstert sie ihm zu. »Die Polizistin sagt, Georgie geht es gut.«

Sie sieht, wie die Menge sich auflöst und Menschen in Uniformen die Treppe herunterkommen, und dann sieht sie Georgie. Sie wirkt anders, irgendwie gealtert, oder vielleicht merkt Nancy in diesem Augenblick auch nur, dass sich zwischen ihrer Tochter und ihr ein Graben aufgetan hat, der sich nicht mehr schließen lassen wird. Nancy steht auf, will zu ihr rennen, doch die Polizistin, die eben noch so freundlich wirkte, hat sie fest im Griff, und Nancy kann nur zusehen, wie Georgie die letzte Stufe erreicht und jemandem die Arme entgegenstreckt, der unten auf sie wartet. Es ist Frank, der zum verabredeten Zeitpunkt am Ort der Verheerung aufgetaucht ist.

Sie sieht Frank mit seiner schicken Frisur und im smarten Hemd, und wie die beiden Polizisten nicken und zuhören. Dann merkt sie, wie Dan, der eben noch bei ihr war, zu seinem Vater und seiner Schwester geführt wird. Da dreht sich einer der Polizisten, der sich mit Frank unterhält, um und deutet mit dem Finger auf Nancy. Sie weiß genau, was Frank sagen wird: »Vertrauensbruch. Kindeswohlgefährdung. Untaugliche Mutter.«

Überall herrschen Unruhe und Lärm, und Nancy tritt um sich und schreit. Sie will ihre Tochter, doch sie weiß, dass es kein Zurück mehr gibt. Keine Entschuldigungen oder Ausreden können diesen Schaden wiedergutmachen. Frank hat recht – bei ihr sind die Kinder nicht sicher. Es dauert lange, bis sie sich stumm gebrüllt hat.

NEUNUNDDREISSIG

Nancy, 2002

»WIR BLEIBEN FÜR IMMER HIER«

Wochenlang hat Nancy das Gefühl, in ihr sei etwas zerbrochen. Sie liegt im Bett und stellt sich vor, dass sich ihr Herz aus der Verankerung gelöst hat und ziellos in ihrem Innern herumschwimmt, an die Knochen rumst und dann zerschrammt und lädiert weitertreibt. Dann wieder verlagert sich der Schmerz in den Magen, und sie zieht die Knie an den Oberkörper und behält diese Haltung sehr lange bei.

Wie schon vor Jahren empfindet sie Nahrung als einen Affront ihrer Sinne, als einen Trost, den sie nicht verdient hat. Und so kehren die hohlen Wangen zurück, die Armknochen erinnern auf befriedigende Weise an ein Skelett, ein Symbol ihres Schmerzes.

Nach jenem entsetzlichen Nachmittag am Fluss hatte man sie auf die Polizeiwache gebracht. Ein Polizist hatte sie in ein Zimmer gesperrt, war dann zurückgekehrt und hatte etwas notiert. Irgendwann hatte man Nancy erlaubt zu gehen. Es war Samstagabend im West End, und die Polizei hatte genug zu tun, die üblichen Streitereien, Ausschweifungen und Betrunkenen zu beseitigen. Das Wichtigste war, dass es Georgie gut ging.

»Dir hat sie das jedenfalls nicht zu verdanken«, hatte Frank gesagt. Er hatte lediglich vor der Polizeistation Charing Cross gewartet, um Nancy zu erklären, dass sie keinen

Gedanken daran zu verschwenden brauche, ihre Kinder in absehbarer Zeit wiederzusehen. »Du hast sie ernsthaft in Gefahr gebracht. Ohne dich und diesen kranken Typen, der dich überallhin zu verfolgen scheint, sind sie sicherer. Kein Richter wird dir jetzt noch das Sorgerecht zusprechen«, schleudert er ihr zum Abschied entgegen. »Wahrscheinlich noch nicht einmal ein Umgangsrecht.«

Natürlich war Gerry von der Bildfläche verschwunden. Der Polizei zufolge hatte er die Beamten auf der Brücke voller Erleichterung begrüßt und erklärt, dass er das junge Mädchen vom Geländer gezogen hatte, weil sie sich zu weit nach vorn gebeugt hatte. Es hatte gefährlich ausgesehen, sagte er, wie gut, dass er sie rechtzeitig bemerkt hatte. Als die Polizisten mit ihren Funkgeräten das Kommando übernahmen, hatte Gerry sich zurückgezogen. Und als sie sich schließlich nach dem Retter des Mädchens umgesehen hatten, war er fort, in der Menge verschwunden.

Georgie war ins Krankenhaus und dann nach Hause gebracht worden, wo Franks Eltern auf Dan aufpassten. Seit man sie von der Brücke geführt hatte, hatte sie kein Wort gesagt, erzählte Frank Nancy. »Ist es das, was du deiner Tochter wünschst? Dass sie völlig verkrampft und verschreckt ist und einen Zusammenbruch erleidet, bevor sie überhaupt Teenagerin ist?«

»Nein«, hatte Nancy geflüstert. Dann hatte sie gefragt: »Wie geht es Dan?«

»Ihm scheint es gut zu gehen. Er zeigt meinen Eltern seine Transformers-Sammlung. Tut so, als sei nichts geschehen.«

»Sag ihnen, dass es mir leidtut. Es tut mir so leid. Ich werde mir das nie verzeihen.«

Aber Frank versprach nichts. »Halt dich einfach von ihnen fern. Um der Kinder willen.«

Frank hatte Nancy auf dem Gehsteig vor der Polizeistation zurückgelassen. Sie wusste nicht, wie lange sie dort gesessen hatte, aber unvermeidlich standen irgendwann ein Paar staubige Herrenschuhe vor ihr.

»Was für ein Schlamassel«, meinte Gerry kopfschüttelnd. Dann erklärte er ihr, dass alles nur ein Riesenmissverständnis gewesen sei. Er habe Georgie mitgenommen, damit sie sich die Boote anschauen konnten, und sie habe sich etwas zu weit übers Geländer gebeugt. Doch Nancy wusste, dass er log. Ihr war klar, dass Gerry ihr damit eine Botschaft übermittelte: »Versuch nur, wegzurennen – ich werde dir immer auf den Fersen sein. Und falls ich dich nicht finde, dann finde ich deine Kinder.« Sie verstand die Botschaft, laut und deutlich.

»Ja, ja«, sagte Gerry und schüttelte wieder den Kopf. »Das Mädchen ist ein rechter Wildfang – na, von wem sie das wohl hat?«

Wie sie da auf dem feuchten Gehsteig saß, fasste Nancy den Entschluss, Gerry niemals mehr einen Grund zu geben, ihren Kindern nahe zu kommen. Sie würde tun, was Frank verlangte, und sich von ihnen fernhalten. Es wäre Nancys Strafe – und die Rettung der Kinder.

Nun sind Nancy und Gerry wieder im Haus seiner Großmutter, das kahler wirkt denn je. An den Wänden hängt kein einziges Gemälde mehr, und vom Silberbesteck ist kaum noch etwas übrig. Der Vorfall in London hat auch Gerry verändert. Er ist wachsamer. Fordert sie auf, ihre Taschen auszuleeren, wenn sie von den Antiquitätengeschäften, den Goldhändlern und Auktionshäusern kommt, die sie in Yorkshire aufsuchen. »Man kann dir halt nicht über den Weg trauen«, sagt er. »Die hinterhältige Nancy macht sich womöglich heimlich Richtung London auf. Aber ich werde dir immer auf den Fersen bleiben.« Mittlerweile schließt er nachts die Tür ab.

Eines Abends betrinkt sich Gerry mit dem Port seiner Großmutter und setzt sich zu Nancy aufs Sofa. Bislang hat er nicht versucht, mit ihr zu schlafen. Heute aber legt er seine pummelige Hand auf ihr Bein. »Da sind wir also«, sagt er. »Wenn ich daran denke, wie ich von Momenten wie diesem geträumt habe. Ich hatte nichts als ein paar verwackelte Videos, um die Flamme am Leben zu erhalten. Aber jetzt sind wir hier: Gerry Mac und seine Muse. Und können für immer hierbleiben.« Nancy zuckt vor seiner Berührung zurück und geht in ihr Zimmer. Sie klemmt einen Stuhl unter den Türknauf, setzt sich auf das schmale Bett und gibt sich ihrem Hass hin. Sie wird den richtigen Moment abpassen.

Ein halbes Jahr nach dem Vorfall auf der Brücke schleicht Nancy die knarrende Holztreppe hinunter, überquert auf Zehenspitzen den Küchenboden zu dem Schrank, in dem Gerry eine Dose voller Geld aufbewahrt, und nimmt alles an sich. Zuvor, als sie Gerry ins Bett hinaufhalf, hat sie unbemerkt die Hand in seine Westentasche gesteckt und ihm den Schlüssel, den er dort hütet, abgenommen. Behutsam zieht sie die Haustür hinter sich zu.

Ihre erste Mitfahrgelegenheit ist ein Lastwagen, der sie nach Liverpool mitnimmt, die erste von vielen Großstädten, die sich bald als das beste Versteck erweisen. Nancy ist klar, dass Gerry wegen des gestohlenen Geldes in Rage ist, also kann sie es nicht riskieren, sich ihren Kindern zu nähern. Er wird auf der Suche nach seinem Geld und seiner sogenannten Muse sein. Und so hält sie die Angst vor Gerry auf Abstand zu ihren Kindern, aber mehr noch die Scham.

Wenn sie an all den Schaden denkt, den sie angerichtet hat, wird die Scham zu einer erdrückenden Last, die sie wochenlang in dem Hostel festhält, in dem sie wohnt. Als sie endlich wieder an die Oberfläche kommt, ist sie zu der Überzeugung gelangt, dass ihre Kinder ohne sie besser dran sind. Sie muss darauf vertrauen, dass Frank eine Möglichkeit gefunden hat, ihnen die Lage zu erklären, so wie damals, als Nancy das erste Mal aus London wegging.

Während Nancy im Hostel im Bett liegt, dem Schlagen der Feuertüren und dem Gebrüll anderer gepeinigter Menschen lauscht, fällt sie einen Entschluss. Es ist unmöglich, jemanden aus ihrem alten Leben um Hilfe zu bitten. Ganz sicher kommen ihre Eltern nicht infrage, die ihre Beschämung nur verschlimmern würden. Und schon der Gedanke, alte Freunde, Nachbarn oder auch nur entfernte Verwandte anzurufen, zieht sie noch tiefer hinab, denn sie müsste erklären, wie umfassend sie ihr Leben und das ihrer Kinder ruiniert hat. Es gibt also nur eine Lösung. Sie muss sich ins Exil begeben.

VIERZIG

Nancy, 2003

»DIE TIERE HIER HABEN EINIGES DURCHGEMACHT«

Nancy nimmt sich viel Zeit bei der Wahl der beiden Postkarten, lässt den quietschenden Metallständer kreisen und berührt nacheinander jede einzelne staubige Karte. Schließlich kauft sie zweimal dasselbe Motiv, denn bei zwei unterschiedlichen Bildern fürchtet sie, dass eines der Kinder – im Zweifel Georgie – der Meinung ist, das schlechtere von beiden bekommen zu haben. Es fällt ihr schwer, die Hand ruhig zu halten, also schreibt sie jedes Wort sorgfältig und langsam. Auch die Nachricht ist schlicht: »Die Tiere hier haben einiges durchgemacht. Ich denke an euch in England. Ich vermisse euch jeden Tag.« Dann fügt sie hinzu: »Hoffentlich sehen wir uns bald«, im Bewusstsein, dass es eher ein Wunsch als ein Versprechen ist.

Auf der Vorderseite der Postkarte ist das Foto eines Tigerbabys. Wahrscheinlich ist es für Georgie und Dan, die mittlerweile dreizehn und elf sind, schon zu kindisch, aber Nancy weiß nicht, was sie sonst nehmen soll. Ursprünglich, als sie das erste Mal wegging, hatte Frank gemeint, er würde den Kindern erzählen, dass sie bedrohten Tieren helfen wolle, also ergibt das für die beiden vielleicht einen gewissen Sinn. Es ist die Fortsetzung einer Lüge, doch die ist immer noch besser als die Wahrheit.

Nancy kümmert sich nicht um Tigerbabys, doch immerhin gelingt es ihr mittlerweile besser, sich um sich selbst zu kümmern. Eine Frau, der sie in einem Hostel in Leeds begegnet war, hatte ihr von diesem Ort erzählt. Er liegt im Norden Thailands, hierher schickt man Menschen, Abhängige aller Art, zur Heilung. »Ich weiß schon, das klingt ganz furchtbar, aber es funktioniert«, hatte Luna gemeint. Luna hat einen kahl rasierten Schädel, Tattoos und eine dazu passende Haltung.

Im Hostel hatte sie im Zimmer neben Nancy gewohnt und auf dem Korridor für Ordnung gesorgt. Nancy bezahlte Luna den Flug und fragt sich, ob das von Anfang an der Plan war, aber im Grunde stört es sie nicht weiter. Außerdem hatte Luna recht: Allmählich tut ihr dieser Ort mit seiner schwülen Hitze, dem roten Staub und den Mücken gut. Nachts schläft sie neben anderen Frauen in einer lang gestreckten Bambushütte. Tagsüber sitzen sie und die anderen verwundeten Seelen auf geflochtenen Matten im Kreis und reden darüber, auf welch vielfältige Art sie verletzt wurden und auf welch vielfältige Art sie andere Menschen verletzt haben.

Auf verquere Weise ist es tröstlich zu wissen, nicht die schlimmste Sünderin in dieser Truppe zu sein, bei Weitem nicht. Sie alle sind ehemalige Suchtkranke. In den Sitzungen lernt Nancy, dass der Alkohol nicht ihr einziges Problem ist. Man erklärt ihr, dass sie zusätzlich unter einer Co-Abhängigkeit leidet und in toxische Beziehungen geraten ist. Sie lernt Begriffe kennen wie »Zwangskontrolle« und »Machtgefälle«. Auch »Vertrauensbruch« ist ein Wort, das auf ihre Situation passt.

Um einen Neuanfang zu machen, muss sie anderen verzeihen und sich ihre eigenen Fehler eingestehen, sagt man ihr, und bis zu einem gewissen Punkt stimmt Nancy überein, aber sie hält es auch für ungerecht, denn niemand fordert Gerry auf, das zu tun. Oder Frank.

Sie schreibt lange Briefe an Frank, in denen sie zu erklären versucht, wie es ihr in den Jahren mit einem Baby und schließlich mit zwei Kindern erging. Von dem Gefühl, gemeinsam mit den Weetabix-Resten, dem Zwieback und dem Birnenmus im Abfluss zu verschwinden. Gerry erwähnt sie auch, weil sie ahnt, wie er sie damals in Wales aufgespürt hat, in jenem Urlaub, bei dem alles ans Tageslicht kam, doch im Grunde spielt es kaum noch eine Rolle. Denn hätte Gerry sie dieses eine Mal nicht gefunden, wäre er eben ein andermal wiedergekommen, und das Ganze wäre anderswo geschehen.

Monatelang bekommt Nancy keine Antwort. Dann, eines Morgens, wartet ein schmaler blauer Luftpostumschlag neben dem Frühstücksschälchen mit dem Reisporridge auf sie. Er kommt überraschend, und es dauert eine Weile, bis sie wirklich begreift, was es mit diesem Brief auf sich hat, aber er ist ein Hoffnungsschimmer.

Von da an bekommt sie unregelmäßige Nachrichtenschnipsel, Briefe an jene Orte, an denen Nancy das Gefühl hat, eine wenigstens halbwegs dauerhafte Adresse zu haben. Es steht nicht allzu viel darin, aber immerhin weiß sie, was ihre Kinder machen. In den folgenden Jahren erfährt sie, dass Georgie ans College geht, und später, dass Dan einen Studienplatz an der Londoner Universität bekommt. Dass Nancys Mutter an einem Schlaganfall stirbt und ihr Vater bald darauf ebenfalls.

Tausende Meilen von ihren Grabstätten entfernt schickt Nancy ein kleines, agnostisches Gebet in den Himmel. Sie versucht, sich liebevolle Momente in Erinnerung zu rufen, und vergibt Theresa und Mike ihre Versäumnisse. Schaudernd denkt sie an den gelben Dunst aus Feindseligkeit, der von ihrer Mutter ausging, und an die kühle Gleichgültigkeit ihres Vaters. Daran, dass sie sich niemals gemocht, geschweige denn geliebt fühlte in diesem *Bed and Breakfast*, das alles andere als Heimeligkeit ausstrahlte.

Luna mit den Tattoos ist längst über alle Berge – sie ist aus dem Programm ausgestiegen und nach Indien zu den Vollmondpartys in Anjuna geflogen. Eine Weile vermisst Nancy die Freundin – ganz abgesehen von dem Geldbündel, das mit ihr verschwunden ist. Es war nie wirklich Nancys Geld, aber der Vorfall lehrt sie eines: keinen Menschen mehr so nah an sich heranzulassen.

Irgendwann hat Nancy genug von den Stuhlkreisen, den weiß gewandeten Leuten mit den leuchtenden Mienen und dem endlosen Gerede. Sie fliegt zurück ins graue, nieselige England und leistet Schichtarbeit in Fabriken und Lagern, in denen Frauen schuften, die einen Zweit- oder Drittjob brauchen, um ihren Kindern etwas zu essen und ein Weihnachtsgeschenk kaufen zu können.

Nächtelang arbeitet sie unter grellen Neonröhren und verpackt Spielsachen und Computerspiele, die sich keine der Frauen am Fließband leisten kann. Fragt man sie, ob sie Familie hat, zuckt Nancy die Schultern, was als ein Nein interpretiert wird. Sie mietet ein Zimmer über einem Waschsalon, bügelt und legt die Wäsche fremder Menschen zusammen. Als es wärmer wird, arbeitet sie in einem Strandcafé, aber dort sind zu viele Familien, Abbilder dessen, was sie hätte haben können, und der Anblick schmerzt zu sehr, also kündigt sie.

Meistens hält sie sich vom Alkohol fern, das Schuldgefühl aber ist schwerer abzulegen – es ist immer da. Einfache, alltägliche Dinge schleichen sich durch die Ritzen in ihr Bewusstsein: das kleine Spielzeugauto, das auf einem Tisch im Café liegen geblieben ist. Der Junge mit dem Schulranzen auf dem Rücken und diesem ganz speziellen schlaksigen Gang. Im Park sieht Nancy ein Mädchen mit wehenden Zöpfen beim Seilspringen. Es dauert Wochen, bis sie dieses Bild aus dem Kopf bekommt, und voller Verzweiflung greift sie, um zu vergessen, wieder zur Flasche.

Es ist ein Jahr am Tiefpunkt, in dem sie gerade so über die

Runden kommt. In Nachtschichten reinigt sie Büroräume. Ihrem Chef gefällt, dass sie sich nicht davor drückt, die Toiletten zu putzen, insofern zahlen sich die Jahre, in denen sie die rosa Badkeramik im *Beaufort* geschrubbt hat, doch noch aus.

Im Jahr 2011 zieht sie weiter, diesmal nach Irland, wo sie Arbeit in einem Milchbetrieb findet, den Stall ausmistet und beim Melken hilft. Im Nebenjob nimmt der Bauer Hunde bei sich auf, die keiner will, weil sie alt, als Zuchttiere verschlissen oder nicht jagdtauglich genug sind, um sich ihr Dasein zu verdienen. Um die hoffnungslosen Fälle vor der Todesliste der Verwaltung zu retten, bringt Declan, der Bauer, sie in ein paar baufälligen Schuppen unter. Wenn Nancy sie füttert, muss sie an Franks alte Lügengeschichte über ihre Arbeit in einem Tierreservat denken, und sinniert über Zufall und Schicksal.

Sie zählt zusammen, wie viele Jahre vergangen sind; Georgie ist mittlerweile einundzwanzig und vermutlich bald fertig mit dem College. Dan ist zwei Jahre jünger. Sie schickt einen kurzen Brief mit der neuen Adresse, und ein paar Monate später bekommt sie ein Foto von Georgie in der schwarzen Absolventenrobe. Dan steht neben ihr, dem Anlass entsprechend im Anzug.

Sie ist dankbar für das Foto, aber es reißt ihr den Boden unter den Füßen weg. Declan erklärt sie, sie habe die Grippe, woraufhin sie eine Woche lang ihr Zimmer nicht verlässt. Ihre wunderschöne Tochter ist so erwachsen. Das Haar hat sie zu einem hohen Pferdeschwanz zusammengebunden. Trotzdem würde Nancy sie jederzeit erkennen. Dan grinst natürlich breit und hat den Arm um seine Schwester gelegt. Es schmerzt, die beiden zu betrachten, aber es wärmt ihr auch das Herz. Immerhin haben sie einander.

Am Tor des Bauernhofs wird eine neue Hündin ausgesetzt. Sie ist ein Collie-Mischling und derart verschreckt, dass sie kaum laufen kann. Stattdessen schlurft sie am Gitter des Zwingers entlang und duckt sich, um möglichst unsichtbar zu sein. Um den Hals zieht sich ein roter Striemen als vager Hinweis auf ihre qualvolle Vergangenheit. Die Hündin heult Tag und Nacht, und niemand will sie zu sich nehmen.

Declan ist am Verzweifeln: Sie will noch nicht einmal fressen, denn sie hat Angst vor dem blechernen Klappern des Futternapfs. Der Bauer gibt sich geschlagen und erklärt die Hündin zum hoffnungslosen Fall. Jeden Tag nach der Arbeit sitzt Nancy im Hundezwinger und legt Futterbröckchen auf ein Tuch, damit die Hündin in stiller Geborgenheit daran knabbern kann. Langsam fasst sie Vertrauen zu Nancy, die ihr den Namen Bree gibt.

Jahre vergehen, und die Zeiten werden schwerer. Declan kann sich Nancys Hilfe nicht länger leisten. Allerdings kennt er eine Frau namens Morag, die einen Campingplatz in Schottland betreibt und dort hin und wieder Leute im Austausch für Putz- und Gärtnerjobs wohnen lässt. Declan will ein gutes Wort für Nancy einlegen, und Nancy ist einverstanden – allerdings nur, wenn sie den Hund mitbringen darf.

EINUNDVIERZIG

Nancy

Die Pflegerin, die Nancy weckt, gehört zur munteren Sorte, voller Geschäftigkeit und mit einem breiten Lippenstiftlächeln. Sie darf ihr noch immer nichts zu essen oder trinken geben, für den Fall, dass man Nancy operieren muss, doch der Arzt wird ganz bald seine Runde machen. Während Nancy langsam aus dem Schlaf auftaucht, stürzen die wirren Ereignisse des Vortags über sie herein. Vorsichtig setzt sie sich auf, zuckt unter dem stechenden Schmerz zusammen und fängt mit den einfachen Fragen an.

»Ist mit dem Motorradfahrer alles in Ordnung?«

»Der Typ, der Sie umgefahren hat? Das kann ich rausfinden.«

Nancy erzählt der Pflegerin, dass es anders war, ein Unfall. »Niemand hatte Schuld, das Motorrad ist ausgerutscht, und ich bin es dann auch. Ich hoffe, es geht ihm gut.«

Die Pflegerin hat viel zu tun – es ist unverkennbar, dass sie bereits an all die Dinge denkt, die sie heute Vormittag erledigen muss –, aber Nancy muss sie trotzdem fragen.

»Ich nehme an, die Sanitäter haben meine Hündin nicht erwähnt, oder? Sie hat einen Schreck gekriegt, wissen Sie. Und ist abgehauen. Ich mag mir gar nicht vorstellen, dass sie dort draußen ist. Und immer weiter fortläuft. Oder sich im Gebüsch versteckt. Oder auf der Straße …«

Da zieht die Krankenschwester einen Stuhl heran und rückt ihn dicht an Nancys Bett. Ihr Name ist Sandrine, und Nancy hat Glück, denn sie liebt Tiere. »Katzen, Hunde, Kaninchen. Ich hatte schon alles«, sagt sie. »Eine Freundin von mir betreibt ein Tierheim, ich kann sie fragen, ob man Ihre Hündin dort abgegeben hat. Sie hätten das schon gestern Abend sagen sollen«, schimpft sie. »Ist sie gechippt? Oder haben Sie ein Foto, das ich ihr schicken kann?«

Nancy verneint beides. Sie besitzt noch nicht einmal ein Handy. »Aber ich kann sie beschreiben«, meint sie und erzählt Sandrine von Brees braun-weißem Fell, dass sie den Schwanz hisst wie eine Flagge und dass auf der dritten Zehe der linken Pfote ein schwarzes Fellbüschel ist. »Vielleicht hat sie die Leine noch dabei. Genau genommen ist es eher ein Strick.«

Sandrine nickt, hält inne und betrachtet Nancys Patientenblatt am Fußende des Betts. »Nancy Jebb«, liest sie vor. Sie grinst schief. »Nicht zufällig ›Nan‹, oder?«

Nancy bringt kein Wort heraus, sondern schüttelt nur den Kopf.

»Zufall also«, meint Sandrine. »Ein Haufen Leute sucht nach einer Frau mit einem ganz ähnlichen Namen. Aber die sollen sich mal lieber um ihre eigenen Angelegenheiten kümmern.« Sie zwinkert Nancy zu und verlässt das Zimmer. Nancy zieht die Bettdecke um sich und schluckt den Schmerz und die anderen Fragen, die sie nicht artikulieren kann, hinunter. Sie will nach einer Schwangeren fragen, die gestern Abend eingeliefert wurde und kurz vor der Geburt stand. Es drängt sie so sehr zu erfahren, ob es ihr und dem Baby gut geht.

Allerdings weiß Nancy, dass sie der letzte Mensch ist, den Georgie sehen will. Was auch immer Georgie hier oben in Yorkshire macht, sicher hat sie die Menschen um sich, die ihr nahestehen. Einen Ehemann, womöglich auch stolze Großeltern. Ganz sicher legt sie keinen Wert auf Nancy, ein zerlumptes Gespenst aus der Vergangenheit, das nur schlimme Erinnerungen mit sich bringt.

Denn Nancy ist die böse Fee, deren Anwesenheit Tochter und Enkelkind womöglich ungewollt mit einem Fluch belegt. Seit zwanzig Jahren ist Nancy auf der Flucht, doch sie hat sich nie völlig von dem Mann befreien können, der ihr eigenes Leben und das ihrer Familie zerstört hat. Sie hat versucht, ihm davonzulaufen, aber vor drei Tagen ist ihre Deckung aufgeflogen, und nun ist sie ungeschützt wie ein Reh im Visier eines Jägers. Die Krankenschwester hat gesagt, dass die Leute nach ihr suchen. Jede weitere Minute, die sie in diesem Krankenbett festsitzt, könnte ihren Jäger zu ihrer Tochter führen, und dieses Risiko darf sie nicht eingehen.

Nancy blickt auf und keucht, denn es ist schon so weit, am Fußende des Betts steht ein Mann. Sie spürt, wie sich die Härchen auf ihren Armen aufstellen, doch dann blinzelt sie und sieht ihn deutlicher. Es ist ein Arzt, um seinen Hals hängt ein Band mit einem Namensschild, und noch bevor er den Mund aufmacht, weiß Nancy, dass er nicht zu Scherzen aufgelegt ist, denn sie kennt diesen Typ Mensch: Polizisten, Verwaltungsangestellte, Chefs im Warenlager. Sie sieht, wie sein Blick von ihrem Gesicht zu der alten Tasche aus Teppichstoff wandert, die am Boden steht, und von dort zu dem schlammverkrusteten Wintermantel am Haken neben dem Bett.

Er lässt den Kugelschreiber klicken. »Also, Ms Jebb, wie es aussieht, verabschieden wir Sie heute.«

»Verabschieden?«, wiederholt sie.

»Ja, so ist es. Auf den Röntgenaufnahmen sind keine Brüche zu erkennen«, sagt er. Der Kugelschreiber macht ein kratzendes Geräusch auf dem Klemmbrett, als er Nancys Entlassung schwungvoll unterzeichnet. »Ich fürchte, das Gesundheitssystem kann seine Gastfreundschaft nicht länger aufrechterhalten. Wir flicken Sie zusammen, verbinden Ihren Knöchel, und dann dürfen Sie sich auf den Weg machen.« Er sieht sie über den Rand seiner Halbmondbrille an. »Wohin auch immer das sein mag.«

»Die Hüfte auch nicht?«, fragt sie, um ganz sicherzugehen.

»Weder die Hüfte noch der Knöchel. Zugegeben, die Prellung ist ziemlich fies. Das Knorpelgewebe an den Knien ist abgenutzt, aber nicht mehr als zu erwarten. Eine Frage der Lebensführung et cetera. Im Grunde genommen aber, Ms Jebb, haben Sie das, was man früher einen verknacksten Knöchel nannte.« Er schenkt ihr einen letzten missbilligenden Eulenblick.

Die Pflegerin, diesmal ist es nicht Sandrine, ist netter und legt vorsichtig einen elastischen Verband um Nancys Knöchel und bindet ihn dann ordentlich und straff fest. Sie steckt Nancy einen Ersatzverband zum Mitnehmen zu. »Haben Sie einen Platz, wo Sie heute Nacht hingehen können?«, fragt sie, während sie die Schere wegräumt und die Papierverpackungen in einen scheppernden Treteimer fallen lässt.

»Gute Frage«, antwortet Nancy. »Eigentlich war ich auf dem Weg in eine Großstadt. Ich dachte an Liverpool, aber jetzt bin ich mir nicht mehr sicher, was das Beste ist. Kann sein, dass das Spiel aus ist.«

»Das Spiel?« Die Pflegerin zieht die Stirn kraus.

»Ja. Ich war auf Tauchstation. Aber ich ahne, dass er mir dichter auf den Fersen ist denn je.«

Die Schwester wirkt verständnislos, aber dann hellt sich ihr Gesicht auf. »Oh, das habe ich ganz vergessen. Sandrine hat gesagt, Sie sollen sich bei ihr melden, bevor Sie gehen. Es ging um einen Hund.«

Sie geben Nancy eine Krücke, ein scheußliches graues Ding mit Gummipuffer am unteren Ende und einer gebogenen Stütze, die ihr in den Arm schneidet, und auf der Suche nach Sandrine humpelt sie zum Stationszimmer.

»Also, meine Freundin vom Tierheim meint, sie hält die Augen nach Bree offen.« Sandrine neigt den Kopf zur Seite. »Bislang hat sie noch nichts von ihr gehört, aber die Tiere treffen rund um die Uhr dort ein, also ist alles möglich.«

Nancy klammert sich an diese Information, ein Hoffnungsschimmer in all dem Dunkel. Sandrine schreibt eine Telefonnummer und Adresse auf einen Zettel. »Das ist es.«

»Danke«, sagt Nancy, balanciert auf einem Bein und schiebt den Zettel in die Manteltasche. »Eine letzte Sache noch. Die Frage klingt vielleicht merkwürdig, aber auf dem Weg nach draußen komme ich nicht zufällig an der Entbindungsstation vorbei?«

»Die Entbindungsstation? Nein, die ist in einem ganz anderen Flügel. Hübsch und neu, nicht wie das hier. Das Gebäude stürzt uns schon halb über dem Kopf zusammen. Wollen Sie jemanden besuchen?«

»Oh, ich wünschte, es wäre so«, meint Nancy. »Leider geht es eher darum, sie zu meiden.«

Sandrine hält Nancy die Flügeltüren auf, die aus der Station führen. »Ach«, ruft sie dann. »Sie hatten nach dem Motorradfahrer gefragt.«

Nancy versucht sich umzudrehen, aber das ist gar nicht so leicht. »Ja?«, ruft sie über die Schulter.

»Es gibt gute Neuigkeiten. Das Motorrad kann er vergessen, aber er hatte Glück. Genau wie Sie.«

In krummer Haltung macht sich Nancy auf den Weg durch den blanken Korridor und drückt auf die Taste am Aufzug. Hoffentlich hat Sandrine recht, und das Glück ist ihr noch eine Weile länger gewogen. Die Vorstellung, dass Georgie und ihr Baby möglicherweise nicht weit entfernt in einem Krankenzimmer liegen, flirrt ihr durch den Kopf, doch das Bild hat nichts mit ihr zu tun. Und je länger sie in diesem Krankenhaus bleibt, desto größer ist die Gefahr, dass sie die glückliche Szene kaputt macht.

Wie Frank vor vielen Jahren gesagt hat: »Ohne dich und diesen kranken Typen, der dich überallhin zu verfolgen scheint, sind sie sicherer.« Ob verknackster Knöchel oder nicht, Nancy muss so schnell wie möglich aus diesem Krankenhaus verschwinden.

ZWEIUNDVIERZIG

Georgie

Georgie hat sich im Bett aufgesetzt. Jemand hat ihr auf einem Tablett das Frühstück gebracht. Es gibt Tee und Toast, Weißbrot, das dick mit Butter und Marmelade bestrichen ist, und für Georgie ist es köstlicher als alles, was sie je gegessen hat. Sie fühlt sich an einen paradiesischen Ort versetzt, an dem die Luft süß ist, die Laken sauber und gebügelt sind und ihr das Manna in Form von warmem, gebuttertem Toast dargebracht wird.

Plötzlich aber wird er klumpig und bleibt ihr im Hals stecken, denn sie sollte diesen Moment gemeinsam mit Wilf erleben. Er sollte doch eigentlich hier sein, er hätte an der Geburt in all ihrer schmuddeligen, kruden Schönheit teilhaben sollen. Es war nicht seine Schuld, sagt sie sich. Trotzdem schmerzt es, und auch ihr Körper schmerzt. Wann hört es endlich auf, dass die Menschen sie immer dann verlassen, wenn sie sie am dringendsten braucht? Sie stellt den Toastteller weg und schluckt schwer.

Neben ihr liegt das Baby in einem durchsichtigen Plastikbettchen, und wieder lässt Georgie dieses Wunder auf sich wirken. Ihr ist bewusst, dass sie von den Endorphinen, vom Oxytocin oder beidem high ist – und dass ihr irgendwann der Absturz bevorsteht. Vorerst aber ist Georgie in Hochstimmung: verliebt in ihr Baby und voller Bewunderung für sich selbst. Denn das einzig Positive an der Tatsache, dass Wilf nicht da ist, ist das Bewusstsein, dass sie es ganz allein geschafft hat.

Natürlich waren da die Hebammen, aber letztendlich

fühlte es sich so an, als seien es nur das Baby und sie selbst gewesen und ihre beiden zusammenarbeitenden Körper, die endlose Abfolge aus Druck und Entspannung, die sie durchstehen mussten. Bis vor wenigen Stunden war es ihr wie eine nicht zu bewältigende Aufgabe erschienen, doch Georgie hatte sie bewältigt. Und ihr Baby ist unvergleichlich.

Das Schlimme ist, dass sie Wilf noch nicht einmal anrufen kann, denn Dan hat ihr Handy immer noch nicht gefunden. Sie konnte sich Zahlen nie gut merken, aus dem Stand weiß sie Wilfs Telefonnummer nicht, sie weiß bloß, dass mehrere Siebenen und eine Neun darin vorkommen. Ihre Sehnsucht nach ihm ist wie ein Schmerz, einer der zahlreichen, die sie am ganzen Körper hat. Alles tut ihr weh, sie fühlt sich gebeutelt und ausgelaugt.

Wenn Georgie die Augen zumacht, dann dreht sich ihr der Kopf, und Szenen der letzten beiden Tage laufen ab: weiße Straßenmarkierungen rasen vorbei, orangefarbene Verkehrskegel. Endlos vorbeiziehende verschwommene Scheinwerferlichter, ein flüchtiger Blick auf einen blutigen Dachskadaver am Straßenrand.

Mehr Blut, diesmal ist es ihr eigenes, und die verdrehte blaue, zu kurze Nabelschnur des Babys. Die wabbelige Plazenta, die auf einem silbernen Tablett davongetragen wird. Und das Gesicht einer Fremden, ein Gesicht, das sie dennoch kennt. Das Echo der Stimme ihrer Mutter, die von hinter einem blauen Vorhang kommt. »Pscht. Sie schaffen das.«

Abrupt reißt sie die Augen auf. Nein, sie weigert sich, zu glauben, dass das tatsächlich passiert ist. Die Vorhangringe zur Nachbarnische klimperten, so viel ist richtig, aber dann beschwor ihr verwirrtes Gehirn ein Bild herauf, in dem ihre kindlichen Sehnsüchte mit einem Foto aus den Nachrichten verschmolzen. Ein Fiebertraum – gespeist aus Übermüdung, alten Nöten und Bedürfnissen.

Nach Finns Tod passierte ihr so etwas öfter: Plötzlich sah sie sein Gesicht in einer Menschenmenge oder seine Silhouette am Fenster eines Cafés vorbeigehen. Mehrere Male ließ sie sich irreführen und rannte hinter einem Fremden her, bis sie merkte, dass er Finn kein bisschen ähnelte. Irgendwann kapierte auch ihr Hirn: Finn würde nicht mehr wiederkommen. Im Grunde hätte sie es schon seit Jahren wissen müssen – die Menschen, die Georgie verließen, kehrten nicht zurück. Egal, wie sehr sie sie geliebt hatte.

Georgie war in den frühen Morgenstunden auf die Station verlegt worden, aber nun ist Tag, und die Mutter im Bett gegenüber stillt ihr Baby und streichelt abwesend über den zarten Kopf, als sei das alles nichts Neues für sie.

Georgie muss aufs Klo. Als sie sich seitlich aus dem Bett hievt, spürt sie, wie die Einlage, die zwischen ihren Beinen klemmen sollte, unheilvoll verrutscht. Sie steht auf, wobei sie sich am Nachtschränkchen festhält, weil man ihr gesagt hat, dass sie mit einem leichten Schwindel rechnen muss.

Doch der Schwindel, der sie erfasst, ist ganz und gar nicht leicht. Er hat dieselbe Heftigkeit wie die Schwindelanfälle, die sie in der Schwangerschaft erlitten hat, und ihr entfährt ein Wimmern, denn eigentlich sollte das nach der Geburt aufhören. Man hatte ihr versprochen, dass es damit vorbei sein würde. Doch auch das Klingeln in den Ohren ist wieder da, und Georgie kann nur in die Schwärze blinzeln und abwarten, dass es vergeht.

Als sie zu sich kommt, blickt die Frau von gegenüber sie mit besorgter Miene an. »Alles in Ordnung, meine Liebe? Soll ich jemanden rufen?«

»Nein, alles okay«, antwortet Georgie. »Ich habe einfach nur zu lange im Auto gesessen. Stunden und Stunden. Genau genommen Tage.«

»Im Auto – tagelang?« Die Überraschung der Frau macht Georgie bewusst, wie verrückt das klingen muss.

»Ja. War ein Fehler. Eine dumme Idee«, sagt Georgie und macht kleine, behutsame Schritte in Richtung Bad.

Als sie zurückkommt, fühlt sich ihr Kopf schon leichter an, klarer. Sie hat sich vorgenommen, keine weiteren Gedanken an diesen Fiebertraum und das Gesicht, das sie gesehen hat, zu verschwenden. Die beiden grauen Zöpfe, das Muttermal … Nein, Georgie will nur noch an ihr Töchterchen denken, das selig in seinem Bettchen schläft. Sie legt sich wieder ins Bett, fährt mit der Hand über das Laken und versucht, die Falten glatt zu streichen.

Dan kommt herein, zerlumpt und müde – und mit leeren Händen.

»Hast du mein Handy gefunden?«, fragt sie.

»Georgie, ich habe überall gesucht, ich habe das Auto praktisch auseinandergenommen. Ich kann es einfach nicht finden. Die einzige Erklärung ist, dass es aus dem Auto gefallen ist, als wir angehalten haben. Du weißt schon, am Feldrand, wo ich keinen Empfang hatte und deine Socken matschig geworden sind.«

Ach ja, der schlammige Straßengraben. Sie stellt sich vor, dass ihr Handy irgendwo im Gras liegt und klingelt, während Wilf sich fragt, warum sie nicht rangeht.

»Dan, bitte, kannst du noch mal nachsehen? Oder seinen Freund Mehdi ausfindig machen, Mehdi Alaoui. Oder Wilfs Eltern – sie heißen Ruth und John und leben in Devon in der Nähe von Taunton. Sie können uns seine Telefonnummer geben.« Die Tür schwingt zu, als Dan wieder losrast. Der arme Dan. Nur gut, dass sie ihm nichts von den Fieberfantasien der vergangenen Nacht erzählt hat, als sie glaubte, dass Nancy ihr erschienen sei. Er hat auch so schon genug am Hals.

Sie blickt auf ihr Baby hinab mit seinen dunklen Wimpern, den vollkommenen Lippen und der wohlgeformten Nase und ist von Neuem voller Ehrfurcht. Sie hat eine Tochter, die für immer in ihrer Nähe bleiben wird. Während sie es betrachtet, beginnt das Baby sich zu regen und verzieht die Lippen zu kleinen schmollenden Grimassen. Ein heulendes an- und abschwellendes Schreien setzt ein; von dem Geräusch fängt Georgies Brust an zu kribbeln. Das Gefühl erinnert Georgie an die atemlose Aufregung als Kind am Morgen des Weihnachtstags. Sie zieht an der roten Schnur, damit ihr eine Hebamme beim Stillen hilft.

Das Schreien wird lauter, und wieder zieht Georgie an der Schnur, aber keiner kommt. Draußen auf dem Flur hört sie Schritte und Türenschlagen, alle scheinen beschäftigt zu sein. Georgie nimmt das Baby aus dem Bettchen, aber etwas hat sich verändert. Jetzt heult es anders, wie außer sich, ein heiseres Schreien, das Georgie ängstigt. Das Baby ist kein friedliches Bündel mehr, sondern hat sich versteift und lässt sich nicht halten. Georgies Gesicht, ihre Hände, ihr ganzer Körper schwitzen, und das Baby entgleitet ihr. Ein verirrter Finger sticht ihr ins Auge, und sie spürt Tränen in den Augen brennen.

Die Frau im Bett gegenüber sagt etwas, aber Georgie kann es nicht hören, denn das Schreien ist überall, umgibt sie von allen Seiten. Sie sieht, wie das Baby den Mund aufreißt, sieht die vor Wut zitternde Zunge und versucht, den Mund an ihre Brust zu pressen, so wie man es ihr im verschwommenen Morgengrauen gezeigt hat.

Ein kurzes Zwicken, Georgie glaubt, es hat funktioniert, doch da gleitet das Baby ab. Sie versucht es erneut, aber es ist unmöglich – das Baby ist ein hungriges Vögelchen mit aufgerissenem Maul, das sein Futter nicht finden kann. Es versucht zu schnuppern, doch dann scheint es sich wutentbrannt oder unter Schmerzen aufzubäumen. Georgie blickt auf ihre geschwollenen heißen Brüste hinab, und plötzlich ist sie davon überzeugt, ihr Baby zu vergiften, dass ihre Milch verdorben ist und sie eine Fäulnis weitergibt, die seit jeher in ihr lauert und davor schon in ihrer Mutter lauerte.

Georgie hört nichts als das Gebrüll ihres Babys, und alles verschwimmt vor ihren Augen, denn auch sie selbst weint. Sie schafft das nicht. Sie war so dumm. Vor drei Tagen glaubte sie noch, dass sie ein paar Erklärungen braucht, um die Vergangenheit auszulöschen und ein neues Leben zu beginnen. Aber es ist unmöglich, ihr zu entkommen.

Ihr Kopf ist wie benebelt, unter ihr tut sich eine Leere auf, und hoffnungslose Angst überschwemmt sie. Mehr denn je wünscht sie, nicht hier, allein in einem Krankenhaus weit fort von zu Hause zu sein, sie wünscht, sie hätte diese Nachrichtenmeldung nie gesehen und hätte sich nicht auf die Suche nach der Vergangenheit gemacht. Denn immer mehr Erinnerungen fordern lautstark Einlass, und denen kann sie sich nicht stellen, dazu ist sie noch lange nicht bereit.

DREIUNDVIERZIG

Georgie, März 2002

»LASSEN SIE MEINE MUM JETZT LIEBER IN RUHE«

Es ist der letzte Schultag vor den Osterferien, und Georgie ist auf dem Weg nach Hause. Den ganzen Nachmittag hat sie an einem Bild im Kunstunterricht gearbeitet, einem riesigen roten Londoner Bus. Es sollte spektakulär werden und ihr die Bewunderung der Lehrer und Klassenkameraden einbringen. Doch am Ende sah es ganz anders aus, als sie es sich ausgemalt hatte. Sie hätte längst fertig sein sollen, und noch dazu war ihr die rote Farbe ausgegangen, weshalb sie die nicht allzu schlaue Idee hatte, die Farbe zu verdünnen. Erschrocken hatte sie zugesehen, wie die verwässerte Flüssigkeit das Papier durchweichte und labberige, ausgefranste Löcher hinterließ.

Das Bild ist ein Desaster – so wie eine Reihe anderer Dinge in ihrem derzeitigen Leben. Zum Beispiel die Angewohnheit ihrer Mutter, von einem Zustand extremer Angespanntheit zu beängstigender Entspanntheit zu schwenken, wenn sie ganz schlaff ist vom Alkohol, der ihre Küsse klebrig macht. Dann das übertriebene Lächeln ihres Dads und die Art, wie er mit Dan redet, die wie aus einem altmodischen Film zu stammen scheint. Dauernd heißt es »Danny-Boy dies und Danny-Boy das«, ständig klatscht er mit ihm ab und lacht bei den abwegigsten Gelegenheiten. Für Georgie hat ihr Vater keinen Spitznamen, und manchmal ertappt sie ihn dabei, dass er ihr merkwürdige Blicke zuwirft. Als sei ihm ein unangenehmer Geruch in die Nase gestiegen und er zu höflich, um eine Bemerkung darüber zu machen.

In den vergangenen Wochen hat ihr Vater davon gesprochen, in den Urlaub nach Wales zu fahren. Mit seiner künstlich gut gelaunten Stimme redet er mit Dan über Angelausflüge und Fußball. Unternehmungen mit Georgie erwähnt er nicht.

Auf dem Heimweg von der Schule ist Georgies Gang etwas schleppend. Zu Hause in der St Luke's Road warten nur die üblichen Krümelteller und Schüsseln, an denen die Haferflocken vom morgendlichen Frühstück kleben, also hat es Georgie nicht besonders eilig.

Aus diesem Grund rempelt sie beinahe mit der klobigen Gestalt zusammen, die auf dem Gehsteig vor ihr steht. Sie bleibt gerade noch rechtzeitig stehen, will sich schon entschuldigen, aber dann blickt sie auf und sieht seine funkelnden Zähne und die zauseligen Haare rund um seinen Mund und stellt fest, dass sie kein Wort herausbringt.

»Ja hallo. Weißt du, wer ich bin?«, fragt er.

Georgie weiß es und macht einen Schritt zurück.

»War's schön in der Schule?«, fragt er. Georgie hasst es, dass den Erwachsenen nie eine andere Frage einfällt, und so findet sie ihre Sprache wieder und sagt: »Nein, eigentlich nicht.«

Sie weiß, dass dieser Typ, Gerry, ein alter Freund ihrer Mutter ist und jedes Jahr hier aufkreuzt. Genau genommen wird ihr klar, dass Mum wahrscheinlich genau aus diesem Grund derzeit so nervös und gereizt ist, denn die Feiertage stehen kurz bevor, und Georgie fragt sich, ob Nancy weiß, dass er seinen Transporter hier in dieser ruhigen Nebenstraße auf ihrem Schulweg abgestellt hat.

Dann fragt der Mann: »Freust du dich schon auf Ostern?«, und streicht sich über den Bart, als sei der ein kleines Haustier. Bei diesem Anblick wird Georgie ein bisschen flau im Magen, auch wenn sie sich nicht erklären kann, warum.

Georgie pustet sich den Pony aus der Stirn. Der Tag ist sonnig, ungewöhnlich heiß für März, und ihre Schultasche ist schwer. Sie will, dass der Mann weggeht – den kann ihre Mum gerade wirklich gar nicht brauchen. Genau wie ihr Vater ständig sagt: Sie können alle einen Urlaub brauchen. Georgie beschließt, dass es ihre Aufgabe ist, den Kerl loszuwerden.

»Ja, das tu ich. Weil wir in den Urlaub nach Wales fahren«, erwidert sie und streckt das Kinn vor. Um sicherzugehen, dass die Botschaft ankommt, fügt sie hinzu: »Wir fahren mit dem Auto, und zwar ganz bald. Also lassen Sie meine Mutter jetzt lieber in Ruhe. Sie muss ganz viel packen und so.«

»Aha, okay«, sagt Gerry und hebt beide Hände hoch. »Kein Problem. Gut zu wissen.« Er wendet sich ab, als wolle er weggehen, und sagt dann: »Na dann, viel Spaß. Wahrscheinlich fahrt ihr nach Llandudno, oder?«

Diesen Ortsnamen kennt Georgie nicht, und die Art, wie er ihn ausspricht, legt nahe, dass er es lächerlich findet, dorthin zu verreisen, unter der Würde von Leuten wie ihm. In diesem Augenblick hasst sie diesen Mann, an den sie nur vage Erinnerungen hat, aber bei dem sich ihr trotzdem der Magen zusammenzieht. Er ist ein Besserwisser und erinnert Georgie an ihren strengen Mathelehrer und an ihren Vater, wenn er sauer ist, und an die Mädchen in der Klasse, die so tun, als sei mittags an ihrem Tisch kein Platz mehr frei für Georgie.

Und so stemmt Georgie die Arme in die Hüften und sagt: »Nein, gar nicht. Da liegen Sie ganz falsch. Wir fahren in eine Stadt, die Tenby heißt.« Das dürfte ihn zum Schweigen bringen, also wirft sie den Kopf herum und geht – viel schneller als zuvor – davon.

Erst als sie an der Haustür steht und den Schlüssel in das lockere Schloss steckt, hält sie inne. Beim Betreten des ruhigen, kühlen Hauses fragt sie sich, ob es tatsächlich so klug war, das zu sagen.

VIERUNDVIERZIG

Nancy

Nancy braucht Ewigkeiten, um vom Aufzug zum Ausgang zu humpeln – ihr Knöchel ist ein einziger schmerzhafter, heißer Klumpen, sobald sie ihn auch nur leicht belastet. Als sich die automatischen Türen öffnen, ist sie erleichtert, wieder draußen in der wirklichen Welt zu sein, und atmet tief die frische Luft ein.

Während sie sich langsam zur Bushaltestelle schleppt, sieht sie eine vertraute schlaksige Gestalt mit großen Schritten auf den Eingang des Krankenhauses zugehen. Spontan möchte sie rufen und winken, denn diesen Gang würde sie immer und überall wiedererkennen, diese besondere Art, wie er den Kopf neigt und die Knie beugt. Als sie ihn das letzte Mal so gehen sah, war er zehn Jahre alt und fing an, sich zu genieren, dass er so groß für sein Alter war, und Nancy brach es das Herz, denn sie wünschte sich, dass ihr Sohn aufrecht und stolz durchs Leben ging.

Doch dann erstarrt sie, und ihr wird klar, dass sie keinesfalls rufen darf. Sie dürfte gar nicht hier sein, sie darf sich keinem ihrer Kinder nähern. Ganz gewiss nicht Georgie, aber auch von Dan muss sie sich fernhalten, der vermutlich seine Schwester besucht. Aber es ist zu spät, denn ihr Körper hat den Verstand noch nicht eingeholt, und sie hat den Arm bereits zum Winken gehoben. Allerdings ist es der Arm, der die Krücke hält, das scheußliche Ding fällt polternd zu Boden, und Nancy kann sich noch nicht einmal danach bücken, denn dann würde sie das Gleichgewicht ganz verlieren.

Verflucht, jetzt haben die Leute sie bemerkt, eine dumme

alte Frau, die ihren Stock verloren hat, eine einzige Peinlichkeit, so wie sie es seit jeher war. Die Erste, die bei ihr ist, ist eine junge Frau, und Nancy fällt auf, dass ihre Wimpern aussehen, als habe sie sich dort zwei Spinnen angepinnt. Sie fragt Nancy, ob alles in Ordnung ist, und Nancy will nichts als wegrennen, aber natürlich ist das unmöglich, sie kann ja kaum gehen. Sie sitzt in der Falle. Da steht sie und erklärt der jungen Frau mit den Spinnenwimpern, dass es ihr gut geht, und die Frau weicht zurück. Vielleicht hat sie den Schmutz auf Nancys Mantel bemerkt, dass er mit einem orangefarbenen Strick zusammengebunden ist und dass Nancy aus der Nähe nicht die nette alte Dame ist, mit der sie gerechnet hat.

Die Frau wendet sich ab, doch hinter ihr ist noch jemand, und Nancy bringt kein Wort heraus, denn er ist es, der hochgewachsene Mann. Ihr wunderschöner Sohn.

Der Moment hat etwas Unwirkliches, als würde er nicht von ihr und Dan, sondern von zwei Schauspielern aufgeführt, und sie fragt sich, wie der Text lautet, den sie gleich sagen werden. Sie spürt ihr Herz pochen, seine harte Muskulosität, merkt, wie ihr Mund trocken wird, und fragt sich, ob es Dan genauso geht.

Sie zwingt sich, ihm ins Gesicht zu sehen. Natürlich ist er älter als der Junge in ihrer Erinnerung, doch seine Augen und die spitze Nase sind unverkennbar. Ebenso wie der Gesichtsausdruck. Ihr Sohn mustert sie mit Wut und – ja – auch Abscheu. Seine Lippen sind blass, alles Blut ist aus ihnen gewichen.

»Was zum …?«, sagt er. »Was zur Hölle machst du hier?«

Die Krücke liegt noch am Boden, und Dan bückt sich und hebt sie ohne Mühe auf. Einen kurzen, schrecklichen Augenblick lang rechnet sie damit, dass er sie weit fortwirft, um sie zu bestrafen, so wie sie es verdient. Stattdessen drückt er sie ihr in die Hand und wartet ab, bis sie sich aufgerichtet hat.

Er reibt sich über das Gesicht und macht ein paar Schritte rückwärts. »Nein, das ist mir alles zu viel. So war das nicht geplant«, sagt er.

»Was war nicht so geplant?«, fragt sie.

Seine Stimme wird hart. »Wir hatten Fragen. Georgie hatte Fragen. Viele. Wir haben nach dir gesucht. Und jetzt … tauchst du einfach aus dem Nichts auf. Mit …«, er deutet auf ihren Fuß, »einem Verband.«

»Es tut mir leid«, setzt sie an. »Ich hatte einen kleinen Unfall.«

Aber Dan hört nicht zu. Er fährt sich mit der Hand durchs Haar, sein Blick wandert hierhin und dorthin, nur nicht zu Nancy. »Das steht dir nicht zu, das kannst du nicht machen! Bleib einfach weg! Ich wusste, es war eine dumme Idee. Ich wusste, es war ein Fehler, dich zu suchen. Das war zu viel für Georgie. Bestimmt kam es deswegen zu früh …«

Da bricht Dan ab und legt sich die Hand auf den Mund.

Nancy nutzt die Gelegenheit. »Ist das Baby da? Ist alles in Ordnung?«

»Was? Woher weißt du das?«

Nancy hat Mitleid mit ihrem Jungen, der sich abmüht, das alles zu verstehen. »Ich habe davon gehört«, antwortet Nancy, was in gewisser Hinsicht die Wahrheit ist.

Verständnislos runzelt Dan die Stirn. »Ja, es ist da. Heute in aller Frühe ist es gekommen. Ein kleines Mädchen.«

In ihrem Innern breitet sich Wärme aus. »Ein Enkelkind«, flüstert sie.

»Ja, aber nicht deins«, erwidert Dan prompt. »Dieses Recht hast du vor zwanzig Jahren verwirkt.«

Seine Worte treffen sie ins Mark, und sie muss sich hinsetzen. In der Nähe steht eine Bank, und sie humpelt hin und lässt sich darauf sinken. Sie wirft einen Blick zurück und rechnet halb damit, dass Dan fort ist, aber er steht noch da.

»Du«, sagt er schließlich, »wartest hier. Ich muss ein paar

Leute anrufen. Georgies Lebensgefährten. Ihre Familie.« Daraufhin geht er ans andere Ende des Parkplatzes.

In den nächsten zwanzig Minuten beobachtet sie ihn dabei, wie er auf und ab geht und mit Menschen redet, die es eher verdient haben als Nancy. Trotzdem wirft er immer wieder einen Blick in ihre Richtung, um zu sehen, ob sie noch da ist, und das weckt einen winzigen Funken Hoffnung in ihr. Genau wie das, was er gesagt hat. Wenn sie ihn richtig verstanden hat, dann hat Dan gesagt, dass sie auf der Suche nach ihr waren.

Als Dan das Handy einsteckt und auf das Krankenhaus zugeht, fürchtet Nancy, dass er einfach an ihr vorbeigeht, doch im letzten Moment macht er einen Schlenker und kommt zu ihr.

»Dan, bitte, kannst du dich kurz zu mir setzen?«, fragt sie. »Nur für einen Augenblick.«

Beinahe kann sie seinen inneren Konflikt spüren, den wütenden Drang wegzugehen, der mit dem Wunsch zu bleiben ringt. Dann gibt er auf und setzt sich ans andere Ende der Bank. Sie weiß, er wird nicht lange bleiben – Georgie braucht ihn –, aber sie wünschte, diese Sekunden würden ewig andauern. Sie wagt einen Blick auf sein Gesicht, sieht die dunklen Schatten und die Sorgenfalten. »Ihr habt nach mir gesucht?«

»Es war Georgies Idee«, sagt er schließlich. »Sie hat dich in den Nachrichten gesehen. Wie es scheint, geht die Geschichte durch die Presse. Alle wollen wissen, wer du bist – fremde Leute suchen nach der geheimnisvollen Frau, die einem kleinen Mädchen das Leben gerettet hat.«

»Ah«, sagt sie.

»Genau, die Heldin, die ein fremdes Kind gerettet hat. Allerdings wissen die nicht, dass sie, ohne mit der Wimper zu zucken, ihre zwei eigenen verlassen hat.«

»Oh, Dan.« Wie soll sie anfangen, das alles zu erklären? »Das stimmt nicht. Ich habe an euch gedacht. Tag und Nacht. Immer.«

»Aber nicht genug, um zurückzukommen.«

»So war das nicht, so einfach war das nicht. Ich dachte, ihr zwei seid ohne mich besser dran. In Sicherheit.«

Da sieht er sie an, seine Miene ist hart. »In Sicherheit«, wiederholt er. Kurz herrscht Schweigen. »Sie kann sich immer noch nicht erinnern, weißt du.«

»Woran erinnern?«

»An die Brücke. Daran, was damals passiert ist. Sie hat es verdrängt, aber die dachten, dass es irgendwann wiederkommt. In der Schule hat sie Therapiestunden bekommen, weil ihr Verhalten wirklich furchtbar wurde. Aber die Erinnerung ist nie zurückgekommen. Sie hat es für immer verdrängt.«

Nancy holt Luft. »Aber du erinnerst dich.«

»Ja«, antwortet er leise. »Ich erinnere mich an alles. Also war es eine Sache, auf die Suche nach dir zu gehen. Aber als Georgie gesagt hat, dass sie zu Gerry fahren will, war mir klar, es ist eine ganz schreckliche Idee. Aber sie hatte sich das in den Kopf gesetzt. Sie meinte, wenn irgendwer weiß, wo du steckst, dann Gerry. Mich hat das dann wohl auch neugierig gemacht. Insgeheim habe ich gehofft, dich dort zu finden. Ich denke, das haben wir beide. Dort, bei Gerry.«

Die Erwähnung seines Namens bringt Nancy zur Besinnung. Sie sieht nach links und rechts, spürt ihr pochendes Herz, sucht nach einem Fluchtweg. »Was? Ihr wart bei Gerry?«, bringt sie schließlich heraus.

»Ja. Wir sind zu einem gruseligen Haus im Wald gefahren. Haben uns sein Gefasel angehört, aber er wusste rein gar nichts. Es war alles absoluter Schwachsinn.«

»Hat er dir was angetan?« Nancy ringt nach Luft. »Oder Georgie?«

»Was angetan? Nein, er ist ein armseliger alter Mann. Ein Versager. Ein Fantast, der allein lebt, dasitzt, sich über den Bart streicht, in den Computer starrt und sich kranke Sachen ausdenkt. Total gruselig, aber harmlos.«

Nancy umklammert den Tragegurt ihrer Tasche. Dan weiß nicht, wozu dieser Mann in der Lage ist. »Vielleicht ist er euch gefolgt. Kann sein, dass er uns beobachtet …« Sie kämpft sich auf die Beine, versucht, den Arm in die Krücke zu schieben, aber in der Eile verheddert sich ihr Ärmel.

»Was machst du denn? Halt.« Dan sieht sie an, als sei sie völlig durchgedreht. »Er hat nicht einmal ein Auto. Er hätte uns unmöglich folgen können. Er ist ein jämmerlicher alter Mann im Wald, sonst nichts.«

Nancy hält inne und versucht sich eine Welt vorzustellen, in der das wahr ist. »Was hat er gesagt?«

»Nur jede Menge Blödsinn. Dass du ihm auch davongelaufen bist. Hat Georgie angestarrt. Wollte ihr Haar streicheln.«

Nancy durchfährt ein Schauer.

»Ich weiß ja nicht, was damals zwischen euch beiden war. Ich kann nur raten, dass er in irgendeiner Weise Macht über dich hatte, die wir uns nicht erklären konnten. Vielleicht konntest du es dir ja selbst nicht erklären. Jetzt aber … ist er ein Nichts. Ein jämmerlicher alter Mann.« Dan reibt sich die Arme. »Egal. Jedenfalls haben bei Georgie die Wehen begonnen, kurz nachdem wir bei Gerry waren. Es war zwei Wochen vor dem Termin.« Dann scheint er sich zu besinnen, warum er überhaupt hier ist. »Also, ich muss wieder rauf.«

Nancy nickt.

Sie sieht, dass Dans Miene milder wird. »Es geht ihr gut, und dem Baby geht es auch gut. Aber Georgie ist ein bisschen weggetreten. Weiß nicht, irgendwie abwesend. Müde natürlich. Wahrscheinlich steht sie unter Schock.«

Nancy wagt nicht, die kleinste Bemerkung zu machen, sie

holt kaum Luft, denn ihr Sohn ist so gut wie dabei, ihr etwas über ihre Tochter und ihr Enkelkind zu erzählen. Im nächsten Augenblick wird ihm einfallen, dass Nancy kein Recht hat, davon zu erfahren.

»Wie auch immer.« Er schwenkt das Handy durch die Luft. »Sie braucht das hier. Damit sie ihren Freund anrufen kann. Ich habe eben seine Telefonnummer rausgefunden.«

Nancy nickt stumm.

»Dad habe ich auch gleich angerufen. Er und Irena sind auf dem Weg hierher. Unsere Stiefmutter.«

Wieder kann Nancy nichts tun als nicken.

Auf dem Handy sieht Dan nach, wie spät es ist. »Hör zu. So geht das nicht. Das alles ist total verquer. Aber im Grunde wollten wir dich finden, mit dir reden und reinen Tisch machen. Denn um ehrlich zu sein, haben Georgie und ich ziemlich harte Zeiten durchgemacht, damals und auch in den letzten Jahren. Es macht was mit einem, wenn man als Kind verlassen wird. Und vor zwei Jahren ist noch was passiert, was uns beiden den Boden unter den Füßen weggezogen hat. Jemand, den wir beide geliebt haben, ist ums Leben gekommen. Das hat bei mir alles wieder hochkommen lassen. Verlassen zu werden. Nicht zu genügen. Nicht genug zu tun, um es zu verhindern.« Er räuspert sich hart. »Wahrscheinlich war das der Grund, warum wir beide sofort losgerast sind, als wir dein Foto gesehen haben. Weil wir immer noch auf der Suche nach einer Erklärung sind.«

Wieder wird Nancy von Schuldgefühlen übermannt.

»Sagst du ihr, dass du mich getroffen hast?«, fragt sie, als Dan aufsteht. »Vielleicht kannst du ihr wenigstens etwas ausrichten?«

»Im Augenblick weiß ich nicht, ob das eine gute Idee ist«, meint er. Wieder sieht er auf sein Handy. »Gibst du mir deine Nummer, damit ich dir Bescheid geben kann?«

Sie schüttelt den Kopf. »Ich habe kein Handy.«

Fest presst Dan die Lippen zusammen. Sie erinnert sich an diesen Gesichtsausdruck – er bedeutet, dass Dan eine Entscheidung gefällt hat. Er greift in die Hosentasche und holt einen Autoschlüssel heraus.

»Also, ich kann gerade nicht klar denken«, sagt er. »Es ist kalt hier draußen, setz dich doch ins Auto und warte dort. Bis ich mir überlegt habe, was wir machen.«

Sie streckt die Hand aus, und Dan lässt den Schlüssel hineinfallen, ohne sie zu berühren.

»Es ist der alte VW Käfer dort drüben, der himmelblaue.« Er deutet zum Parkplatz. »Ganz ehrlich, im Augenblick bringe ich es kaum fertig, dich nur anzusehen. Aber ich weiß, ich werde es bereuen, wenn ich dich jetzt gehen lasse. Oder Georgie wird mir Vorwürfe machen.«

Nancy umklammert den Schlüssel mit der Faust, voller Angst, dass er es sich anders überlegt.

»Was soll ich ihr denn ausrichten?«, ruft Dan beim Weggehen.

»Sag ihr, dass es mir leidtut und dass ich sie liebe. Und dich auch, Dan.«

Er dreht sich um und rennt beinahe ins Krankenhaus. Erst als er nicht mehr zu sehen ist, lässt sie den Kopf sinken. Sie hat nie aufgehört, an ihre Kinder zu denken, aber sie hat sich etwas vorgemacht und sich eingeredet, dass es ihnen gut geht. Sie hatte sich vorgestellt, dass sie ein glücklicheres Leben führen, in einer Vorort-Sackgasse, mit einem Vater und einer fürsorglichen Stiefmutter. Sie hat sich eingebildet, Gefahren von ihnen abzuwenden, nun aber scheint es, als sei ihr Fortgang nicht das Ende allen Unglücks gewesen, sondern vielmehr erst der Anfang.

Dans Auto ist anders, als Nancy erwartet hat. Es ist alt, ein Modell, das sie aus ihrer Kindheit kennt, und es ist unglaublich schmutzig, mit Kratzern an den Flanken. Im Innern liegen Sandwichverpackungen verstreut, zerknautschte Pappbecher und Bonbonpapiere. Außerdem riecht es merkwürdig, eine Mischung aus Essig, kaltem Kaffee und etwas Säuerlichem, das an übergelaufene Milch erinnert. Vorsichtig lässt Nancy sich auf den Beifahrersitz sinken.

In der ersten Stunde, die sie dort sitzt, regt sie sich kaum. Es gibt zu viel, worüber sie nachdenken muss – die Begegnung mit Dan, Georgie und ihr Neugeborenes irgendwo dort in dem Gebäude, das sie von hier aus sehen kann. Dann denkt sie über die Tatsache nach, dass Dan und Georgie auf der Suche nach ihr waren, und wie sie dabei stattdessen auf Gerry gestoßen sind.

Dan hat Gerry einen jämmerlichen alten Mann und Versager genannt. Aber womöglich ist Dan naiv, denn immerhin hat auch Nancy lange gebraucht, um Gerrys wahren Charakter zu durchschauen.

Allerdings machten damals nicht nur die Dinge, die Gerry tat, Nancy zu seiner Geisel, sondern auch das, was er wusste. Jedes Jahr, wenn Ostern nahte, wurde Nancy zu einem Nervenbündel. Ständig hatte sie Angst, dass er auftauchte – in der Straße oder, schlimmer noch, zu Hause. Wann immer sie das Haus verließ, fürchtete sie, dass er bei ihrer Rückkehr da wäre, beim Teetrinken mit Frank, kurz davor, das Geheimnis preiszugeben, das ihre Familie unwiderruflich zerstören würde. Und falls Frank ihm nicht glauben würde, könnte Gerry jederzeit seinen Trumpf ausspielen – die Videos, die er aufgenommen hatte.

Da der Motor nicht läuft, ist es im Auto kaum wärmer als draußen, und Nancy wickelt den Mantel fester um ihren Körper. Da weckt ein Lichtschimmer ihre Aufmerksamkeit. In einer Parkbucht gegenüber hat jemand die Heckklappe geöffnet, und die Wintersonne wird von der Scheibe reflektiert.

Eine Frau in adretten Pumps und einem dunkelblauen Mantel mit Zierknöpfen steht wartend daneben. Am Unterarm hat sie eine Handtasche hängen, und Nancy denkt, wie altmodisch und drollig das wirkt.

Die altmodische Frau wartet auf ihren Begleiter, der etwas aus dem Kofferraum nimmt. Nancy sieht, wie er einen Blumenstrauß hervorholt. Es sind ziemlich hässliche Blumen, gelbe Chrysanthemen, und Nancy fragt sich, wer so etwas – Totenblumen – ins Krankenhaus mitbringt. Der Mann richtet sich auf, drückt der Frau die Blumen in die Hand und schlägt die Heckklappe zu.

Als er sich umdreht, macht Nancys Magen einen Satz. Er ist älter geworden, aber unverkennbar ist er es. Er eilt auf den Eingang des Krankenhauses zu und legt dabei ein solches Tempo vor, dass die Frau in den Pumps Mühe hat, mit ihm Schritt zu halten, wobei sie die Blumen wie ein großes gelbes Baby an die Brust drückt. Nancy sieht zu, wie Frank und Irena Brown das Gebäude betreten, um ihr erstes Enkelkind kennenzulernen.

Sie denkt an die letzte Begegnung mit Frank, draußen vor einer Polizeiwache im Zentrum von London. Seine Wut, als er ihr erklärte, in welche Gefahr sie die Kinder gebracht habe und dass sie sie definitiv nie wieder zu Gesicht bekäme. Er hatte noch nicht einmal gefragt, ob sie etwas dazu zu sagen hätte.

Hätte er es getan, dann hätte sie ihm erzählen können, dass sie praktisch gefangen gehalten wurde. Doch jener Frank, den sie geheiratet hatte, einen Mann, den sie für seine Fairness und seine Überzeugungen, das Richtige zu tun, geliebt hatte, war an diesem Tag nirgends zu sehen.

Während er nun auf das Krankenhaus zumarschiert, trauert Nancy um den Verlust dieses Mannes, um das, was sie beide verloren haben. Wie mag Frank heute sein? Ist er milder geworden – oder haben sich seine Einstellungen verfestigt? Existieren noch irgendwelche liebevollen Erinnerungen an die Nancy, die er einst kannte, oder hat er sie gänzlich aus seinem Leben getilgt?

Nancy fragt sich, wie Frank den Kindern das alles erklärte. Haben sie je ihre Postkarten bekommen, die langen Briefe gelesen? Zwar erhielt Nancy zwischendurch einen Bericht, und sie war dankbar für diese Nachrichtenschnipsel. Jetzt aber empfindet sie die Ungerechtigkeit, so viel verpasst zu haben – die Zeit, als ihre Kinder womöglich ihre wahre Mutter gebraucht hätten, selbst eine, die so wenig taugte wie Nancy. Die Tatsache, dass sie nach ihr gesucht haben, hat etwas zu bedeuten – und das gibt Nancy die Kraft, die sie braucht.

Ohne so recht zu verstehen, was sie tut, steigt Nancy aus dem Auto und humpelt zurück zum Krankenhaus. Frank ist kein Monster, nicht so wie Gerry, aber auch er muss ein paar Fragen beantworten. In Nancys Kopf erhebt sich ein Getöse, aber sie wird nicht davor wegrennen, diesmal nicht.

FÜNFUNDVIERZIG

Georgie

Solange Georgie keine plötzlichen Bewegungen macht und das Baby an die Brust presst, scheint es zu schlafen. Sie beide verharren in dieser Position, seit Dan weggegangen ist, um Wilf zu erreichen. Es kommt Georgie vor wie Stunden, aber sie ist sich nicht sicher – sie hat jegliches Zeitgefühl verloren.

Sie weiß nur, dass sie mit Wilf reden muss und seine beruhigende Gegenwart in dieser verrückten Welt braucht, in die sie so plötzlich geworfen wurde und die ganz und gar unverständlich ist. Die Geburt, die endlose Fahrerei und die äußerst dumme Entscheidung, Gerry aufzusuchen, haben Georgie aus der Bahn geworfen. Der Fluchtinstinkt ist immer noch da, das Bewusstsein, dass sie alles täte – sich häuten, sich opfern –, um von Gerry fortzukommen und ihr Baby zu beschützen.

Mit wachsendem Unbehagen fragt sie sich, ob Nancy vor all den Jahren dieselbe instinktive Angst verspürt hat. Ist das eines der fehlenden Puzzleteile? Ist zwischen Nancy und Gerry in diesem Haus im Wald etwas vorgefallen, das sie in die Flucht getrieben und immer hat weiterrennen lassen?

Dan kommt zurück ins Zimmer. Wilfs Mutter hat ihm eine Nummer gegeben, und er tippt sie in sein Handy. Dann reicht er es ihr, und gemeinsam lauschen sie und beten, dass die Verbindung hergestellt wird. Ein fernes Knacken ist zu hören, doch anstelle von Wilfs Stimme ertönt die Mailbox-Ansage. Wahrscheinlich hat er keinen Empfang, oder sein Akku ist leer.

»Wilf«, sagt sie. »Ich bin's. Es geht mir gut, und dem Baby geht es auch gut, aber sie ist zu früh gekommen, Wilf. Wir haben eine kleine Tochter. Ruf mich an, sobald du kannst. Ich bin unter dieser Nummer hier erreichbar.«

»Keine Sorge, er ruft bestimmt gleich zurück«, meint Dan. »Wilfs Mutter klang ganz wunderbar – sie war voller Sorge um dich und dann sehr aufgeregt. Dad und Irena habe ich schon vorhin angerufen. Sie sind auf dem Weg hierher. Tatsächlich klang sogar Dad beinahe aufgeregt.«

Könnte das der Wendepunkt sein, ein Tauwetter in der Beziehung zu ihrem Vater?, fragt sich Georgie. Sie will Dan nach seiner Meinung fragen, doch da fällt ihr auf, dass mit ihm etwas nicht stimmt. Er rast im Zimmer auf und ab, rauft sich das Haar, schüttelt den Kopf.

»Dan. Setz dich hin. Was ist los mit dir?«

Als er allerdings stehen bleibt und den grauen Plastikstuhl näher ans Bett zieht, wünscht sich Georgie plötzlich, sie hätte nicht gefragt. Sie will sich die Ohren zuhalten und die Augen schließen, denn tief im Innern weiß sie, was ihr Bruder sagen wird.

»Es ist etwas Merkwürdiges passiert«, setzt er an. »Ein ziemlicher Schock. Ich bin Nancy draußen begegnet. Ja, wirklich, hier, vor dem Krankenhaus. Sie hatte einen kleinen Unfall, nichts Schlimmes. Sie wollte gerade gehen, ist das zu fassen?« Er kratzt sich am Kopf. »Wir haben geredet, Georgie. Und ich weiß immer noch nicht, was ich davon halten soll, aber wir sind am Ende unserer Reise angelangt. Sie ist hier, wartet unten im Auto. Ich habe ihr gesagt, dass ich mit dir rede. Und dass wir dann entscheiden, wie es weitergeht.«

In kleinen Kreisen streichelt Georgie den Kopf ihres Babys. Die Geste erdet ihren Körper, während der Kopf fortzutreiben scheint, ohne Verbindung zum Rest, unfähig, diese Verschiebung der Tatsachen zu verarbeiten.

»Sie lässt dich grüßen, sagt, dass sie dich liebt. Was auch immer das heißen soll. Dass es ihr leidtut«, fügt Dan hinzu.

Georgie spürt den weichen glatten Stoff des Babyschlafsacks, die Wärme, die der winzige Körper abgibt. Zwei zarte Schulterblätter. Sie nimmt den buttrig süßen Geruch des Babyhaars wahr und weiß, wenn sie mit dem Finger an der Schädeldecke entlangfährt, wird sie die weiche Spalte der Fontanelle ertasten. Der Gedanke daran, an die Verletzlichkeit, lässt Georgie schaudern.

Vor drei Tagen war Georgie randvoll mit Fragen. Sie wollte wissen, wie eine Mutter so herzlos sein konnte, ihre Kinder zu verlassen. Sie wollte nach der Krankheit fragen, die in ihrer Mutter tobte – wann es damit angefangen und wozu es Nancy getrieben hatte, weil Georgie Panik hatte, ihr in diesem wilden, trunkenen Windschatten zu folgen. Und nun erklärt ihr Dan, dass Nancy hier ist. Die leise Stimme, die Georgie aus der Nische nebenan gehört hatte, hatte es tatsächlich gegeben.

Sie spürt, wie die Angst in ihr hochkriecht, weil das alles so furchtbar verkehrt ist. Heute sollte es um sie, ihr Baby und Wilf gehen. Bald wird er anrufen, einen Flug nach Hause nehmen, und wenn er kommt, sollten sie drei unter sich sein. Dieser Neuanfang darf nicht von der Vergangenheit befleckt werden, die beiden Leben dürfen nicht aufeinandertreffen.

»Nein, das geht nicht. Diese Frau darf nicht hier sein«, sagt sie. »Also, wir kennen sie doch gar nicht. Womöglich ist sie gefährlich. Geistesgestört. O mein Gott, Dan, das ist mir alles zu viel. Wie hat sie überhaupt ausgesehen? So wie früher?«

»Nein, nicht so, wie ich sie in Erinnerung habe.« Er deutet auf seinen Kopf. »Zwei lange geflochtene Zöpfe, graues Haar. Ruhiger als früher. Zwanzig Jahre älter.«

Georgie nickt. »Okay. Trotzdem …«

»Ganz offensichtlich hatte sie ein schweres Leben, sie sieht etwas abgehärmt aus. Aber sie macht einen anständigen Eindruck. Ich denke, sie ist bereit, mit uns zu reden.«

Doch Georgie merkt, wie sich das ehemals so drängende Bedürfnis nach einer Erklärung in Luft auflöst. Das war einmal – jetzt ist alles anders. Jetzt, da sie ein Baby hat, will Georgie die Vergangenheit nicht aufrühren. Sie möchte sicher in dieser schläfrigen, milchigen Blase verharren, in der Krankenschwestern herein- und wieder hinaushuschen, Tassen mit Tee bringen, Georgies Wasserglas auffüllen und ihr ein beruhigendes Lächeln schenken. Wenn nur Wilf hier wäre – dann wäre ihre heile neue Welt vollkommen.

»Nein, tut mir leid, darüber kann ich jetzt einfach nicht nachdenken. Ich muss schlafen«, sagt sie entschieden. »Man muss schlafen, wenn das Baby schläft, so heißt es. Aber weck mich, wenn Wilf anruft.«

»Was ist mit ihr? Mit Nancy?«

»Keine Ahnung. Na ja, wir haben zwanzig Jahre lang auf eine Erklärung gewartet. Ich sehe nicht ein, warum ich jetzt innerhalb von Minuten reagieren muss. Nachdem ich gerade erst ein Kind zur Welt gebracht habe.« Georgie schließt die Augen und erwartet, dass Dans Schritte sich entfernen. Doch er bleibt da, an ihrer Seite.

Sie wird von Türenschlagen, Schritten und Geplauder geweckt. Offenbar ist Besuchszeit. Sie macht die Augen auf und sieht einen Mann und ein Kleinkind zur Frau im Bett gegenüber gehen. Kurz darauf kommt ein älteres Paar herein, um die Frau im Bett neben Georgie zu besuchen, verschwindet aber hinter dem zugezogenen Vorhang.

Als Georgie Irena und ihren Vater im Türrahmen stehen sieht, beginnt ihr Herz zu pochen. Irena hat einen Strauß mit zerzausten gelben Blumen in der Hand, und die Mundwinkel ihres Vaters sind gemäß seiner Auslegung eines Lächelns hochgezogen.

Mit großem Hallo kommen sie herüber, Mäntel werden abgelegt, klappernd und scharrend werden zusätzliche Stühle herbeigeholt und aufgestellt. Dan sitzt an einer Seite des Betts, Frank und Irena an der anderen.

»Na dann, gratuliere«, sagt Frank. »Das ist ja mal eine Überraschung! Es ist zu früh gekommen.« Er beugt sich vor, und Georgie hebt einen Zipfel des weißen Lakens an, unter dem das schlafende Baby liegt. »Wobei das vielleicht gar nicht so überraschend ist. Ihr zwei wart auch früh dran.«

Das hatte Georgie nicht gewusst – und sie fragt sich, warum es nie Thema war. Es wäre eine nützliche Information gewesen, die sie von Frank in Ermangelung der eigenen Mutter hätte bekommen können – jener Mutter, die vermutlich noch unten auf dem Parkplatz ist und über die weder Dan noch Georgie ein Wort zu sagen wagen. Genauso wenig, wie sie sie damals nach dem Umzug nach Redhill erwähnen durften, wo Irena den Haushalt machte und alle ihre Gefühle im Zaum hielten.

Auch Irena beugt sich über Georgie, um einen Blick auf das Baby zu werfen. »Süß«, meint sie und setzt sich wieder. Doch Georgie bemerkt Irenas abwesenden Blick und fragt sich, ob Irena damals im Austausch für Franks Angebot, sie zu heiraten, gewisse Kompromisse eingegangen ist.

Der Blumenstrauß liegt am Fußende des Betts, und Georgie sieht, dass an den mit kreuz und quer gespannten blauen Gummibändern verschnürten Stängeln Wasser durch das Papier auf die Bettdecke sickert. Gerade will sie jemanden bitten, eine Vase zu besorgen, als sie wahrnimmt, dass noch jemand hereingekommen ist. Die Person steht am Fußende des Betts, eine dunkle Gestalt in einem schlammverkrusteten Mantel, und stützt sich mit der Hand auf dem Bettgestell ab.

»Ich wollte mich zur Familienfeier gesellen«, sagt die Frau. Sie ist die Einzige, die steht, und auf Georgie wirkt sie wie eine Statue, monumental, wie aus Stein gehauen.

Es herrscht Schweigen, dann wird mit einem kreischenden Scharren ein Stuhl zurückgeschoben, und sichtlich aufgewühlt steht Dan auf und bietet seiner Mutter seinen Stuhl an. Als Nancy sich darauf niederlässt, steigt Georgie der Geruch ihres Mantels in die Nase: alte, feuchte Wolle und kalte Luft. Er riecht nach Bergen und Farn, nach Wildnis. Noch ist Georgie nicht in der Lage, ihrer Mutter ins Gesicht zu sehen, und so blickt sie auf das Baby in ihren Armen hinunter. Sie will es Nancy zeigen, wie sie es für Frank und Irena gemacht hat, aber dann hält sie inne. Es überläuft sie kalt.

»Nein«, hört sie sich sagen. »Nein, das lass ich nicht zu.«

Nancy scheint auf dem Stuhl in sich zusammenzuschrumpfen.

Erwartung hängt in der Luft – es wirkt, als sei die ganze Station verstummt, als sei die bunte Truppe, die sich um Georgies Bett versammelt hat, in ein Schlaglicht getaucht.

»Vor zwanzig Jahren«, fährt Georgie fort, »hast du deine eigenen Kinder im Stich gelassen. Nein, du kannst hier nicht hereinschneien und Großmutter spielen. Das kannst du vergessen.«

Sie spürt, wie sich das Baby rührt, hört ein Wimmern, das bedeutet, dass sie gleich wieder stillen muss, also bleibt ihr nicht viel Zeit. »Wie hat es sich angefühlt, das kleine Mädchen im Arm zu halten, das du gerettet hast? Du musst dir ja sehr besonders und toll vorgekommen sein, als dich alle Leute zur Heldin erklärt haben. Aber sie wissen nicht, wer du wirklich bist.«

Dan sagt etwas Beschwichtigendes, er versucht, die Situation zu beruhigen, denn das ist seine Rolle: Er ist der Friedensstifter, der unbekümmerte Junge, der immer alle aufmuntert. Georgie blickt ihren Vater an, dessen Miene kreidebleich ist. Genau genommen scheint Irena als Einzige die Fassung zu wahren. Adrett sitzt sie da, die Handtasche auf dem Schoß, und mustert voller Neugier den jüngsten Neuzugang in ihrer Runde.

»Verzeih mir, Georgie. Ich gehe«, sagt Nancy und erhebt sich, aber es ist kein einfaches Unterfangen, denn sie benötigt eine Krücke und hat außerdem eine ramponierte Tasche in der Hand. »Es war ein Fehler, herzukommen. Ich warte, bis du so weit bist – und falls es nie dazu kommt, ist das auch in Ordnung. Es ist deine Entscheidung.«

Als Nancy sich daranmacht, den Raum zu verlassen, scheint Frank aufzuwachen und ergreift die Gelegenheit beim Schopf. »Ja, hau nur ab«, ruft er. »Hau ab, genau wie damals.«

Ganz langsam dreht Nancy sich um. Eiskalt fixiert sie ihn, ihre Stimme ist leise und ganz ruhig. »Frank, du weißt genau, dass es nicht ganz so war. Die Geschichte war komplizierter. Ich habe getan, was mir aufgetragen wurde. Wenn du gewollt hättest, hättest du mich finden können. Ich habe so oft geschrieben, aber du hast nie geantwortet.«

Georgie hört, was Nancy sagt – die eine Postkarte vor Augen, die sie bekommen hat. Mit einem Tigerbaby vorne drauf, genau wie die von Dan. Eine Nachricht, mit zittriger Hand geschrieben, drei Küsse am Ende und das Versprechen, dass sie sich bald wiedersehen. Und nun behauptet Nancy, dass sie noch mehr Briefe geschrieben hat.

Franks Kiefer macht merkwürdige ruckhafte Bewegungen, als er nach Worten sucht, doch Nancy wartet seine Antwort nicht ab. Stattdessen wendet sie sich ausgerechnet Irena zu.

»Danke«, sagt sie voller Wärme. »Für alles, was Sie getan haben. Dass Sie mir erzählt haben, wie es den Kindern geht. Von ihren Abschlüssen und andere Neuigkeiten. Das hat mir sehr viel bedeutet.«

Georgie und Dan blicken einander an und versuchen zu verstehen, was das zu bedeuten hat. Dann sehen sie zu Irena mit ihrer aufgebauschten Föhnfrisur, dem ausgestellten Rock und dem kastenförmigen Blazer. Die stille Irena, die als Putzhilfe zu ihnen kam und dann, genauso still, Franks Frau wurde. Wie es aussieht, hat diese bescheidene Frau mehr mitbekommen und gewusst, als sie sich anmerken ließ.

Irena zuckt die Achseln, nestelt an der Handtaschenschnalle und sieht dann zu Nancy hoch. »Gern geschehen.« Das Kinn vorgereckt, wendet sie sich an Frank. »Sie hatte ein Recht, das zu erfahren, Frank. Als du diese Briefe bekommen hast, wusste ich, du würdest nicht zurückschreiben, also habe ich es gemacht. Es waren immer noch ihre Kinder.«

»Mir reicht's. Ihr zwei verdreht doch die Tatsachen.« Frank ist aufgestanden und versucht, sich an Irenas Stuhl vorbeizudrängen, aber er verheddert sich in dem blauen Vorhang, der sich um ihn windet. Er dreht sich zur einen und zur anderen Seite und befreit sich mit einem missmutigen Knurren. »Ich hol den Sicherheitsdienst. Jemand muss diese Obdachlose hier rausschaffen.«

Georgie fängt wieder an, kleine, regelmäßige kreisende Bewegungen auf dem Rücken des Babys zu machen. Es ist Zeit zum Stillen. Sie blickt auf das Haarbüschel auf dem Kopf ihres Kindes hinunter. »Könnt ihr jetzt alle rausgehen? Und das Theater anderswo fortsetzen? Ich will mit meinem Baby allein sein. Dan, kannst du Wilf bitte weiterhin anrufen? Ich möchte Wilf bei mir haben. Nancy, Dad, und ja, auch du, Irena, ihr habt wirklich ganze Arbeit geleistet, um uns die Kindheit zu ruinieren. Das macht ihr mit meinem Baby nicht noch einmal. Geht jetzt einfach – geht weg.«

Eine Krankenschwester kommt, der diese ganze Aufregung nicht gefällt, und hält die Tür auf, um Georgies zwielichtige Familie hinauszuscheuchen. Dann zieht sie den Vorhang ganz zu, sodass er Georgies Bett umgibt, und kontrolliert, ob das Stillen klappt. In dem blau verhangenen Raum schluckt Georgie den Schmerz hinunter, als das Baby zu saugen beginnt. Tief atmet sie ein und aus, bis er nachlässt. Den tiefer liegenden Schmerz aber kann sie damit nicht beschwichtigen.

So schnell, wie sie aufgetaucht ist, ist ihre Mutter wieder verschwunden. Und ja, es war Georgie, die sie fortgeschickt hat, aber sie wünschte, alles wäre ganz anders, dass ihre Mutter hier bei ihr wäre und ihr zur Seite stünde.

Doch dazu wird es nicht kommen. Genau genommen ist das genauso abwegig wie Georgies kindliche Wunschträume, in denen ihre Mutter mit ausgestreckten Armen nach Hause zurückkehrte. Ein Leben voller Fehler steht zwischen diesen Träumen und der Realität von heute. Und nicht alle sind Nancys Fehler.

SECHSUNDVIERZIG

Nancy

Draußen auf dem Flur drückt Nancy Dan den Autoschlüssel in die Hand. Sie setzt an, um ihn nach seiner Telefonnummer zu fragen, doch da klingelt sein Handy, und er wendet sich ab. Er drückt einen Finger an sein freies Ohr, schreit ins Handy: »Ich kann nichts hören … nein, der Empfang ist ziemlich schlecht … Augenblick«, und verschwindet dann wieder auf der Krankenstation.

Die strenge Pflegerin kommt heraus, um sicherzugehen, dass sie das Krankenhaus verlassen, also betreten Nancy, Frank und Irena gemeinsam den Aufzug. Als die Türen zugehen, riskiert Nancy einen kurzen Blick zu Frank, der immer noch starr vor Wut ist. Dann sieht sie zu Irena, die erstaunlich ungerührt wirkt, und Nancy fragt sich, wie das Leben als zweite Mrs Brown wohl sein mag.

Sie beschließt, auf dem Parkplatz zu warten. Irgendwann wird Dan schon herunterkommen, und dann kann sie ihn um seine Telefonnummer bitten. Allerdings steht das Auto direkt hinter Franks glänzendem Audi, und als sie sich zu dritt den Autos nähern, geht Frank auf sie los.

»Was ist? Hast du nicht schon genug Schaden angerichtet? Wie deutlich muss man es dir sagen? Lass uns in Ruhe, Nancy.«

»Frank, bitte«, setzt sie an. »Lass uns vernünftig reden. Dort oben ist unsere erste Enkeltochter. Können wir nicht um ihretwillen zivilisiert miteinander umgehen? Um unserer Kinder willen?«

»Nein. Wie kannst du es wagen, hier hereinzuschneien, als wärst du niemals weg gewesen?«, sagt er.

»So ist es doch gar nicht. Ich bin nicht einmal absichtlich hier gelandet, es war ein Unfall ...« Sie verstummt, und das erste Mal seit Stunden denkt sie an ihre arme Hündin Bree, die sie ebenfalls im Stich gelassen hat.

»Nancy, du hast nie für das geradegestanden, was du gemacht hast. Dein Betrug, deine Lügen. Deine Untreue. Du warst eine Gefahr für unsere Kinder ...«

»Ja, ja, das weiß ich alles. Aber habe ich nicht getan, was du von mir verlangt hast?« Nancy merkt, wie sie vor Wut zittert. Jahrelang war ihr der Zugang zu den Kindern verwehrt – sie hat für ihre Sünden weiß Gott gebüßt. Und Frank verdrängt bequemerweise Gerrys Rolle in der Sache. Damals fehlte ihr das Vokabular, aber das, was Gerry getan hat, war Missbrauch. Er hat sie gestalkt und manipuliert.

»Du hättest mir doch schon vor Jahren wieder den Kontakt erlauben können«, sagt sie. »Hätte es dich umgebracht, mir selbst zu antworten? Und unseren Kindern zu sagen, wo ich bin?«

Nicht Frank hatte ihr geschrieben, sondern Irena. Hauchdünne blaue Luftpostbriefe, nach denen Nancy lechzte. Irena berichtete Nancy, dass die ersten Briefe nach Redhill nachgeschickt worden und sehr unregelmäßig eingetroffen waren – manchmal erst Monate nachdem sie abgestempelt worden waren.

Die Postkarten mit den Tigerbabys hatte Frank nicht schnell genug bemerkt. Danach aber hielt er Ausschau nach Nancys Briefen und versteckte sie. Nach einer Weile machte er sich nicht mehr die Mühe, sie zu öffnen, sondern zündete eine Ecke an, ließ sie ins Spülbecken fallen und überließ Irena die Aufgabe, die nasse Asche wegzuputzen. Also hatte Irena die Dinge selbst in die Hand genommen. Sie fing den Postboten an der Haustür ab und steckte Nancys Briefe ein. Und schließlich hatte sie Nancy eine Antwort geschrieben.

Irena mischt sich ein. »Tut mir leid, dass Sie die Nachricht von Georgies Schwangerschaft nicht erreicht hat. Die letzte Adresse, die ich hatte, war ein Zeltplatz.«

»Schon okay«, sagt Nancy. »Ja, ich bin von dort weggezogen. Ich hätte Ihnen Bescheid geben sollen.«

»Oh, das ist ja ganz wunderbar, wirklich entzückend.« Frank schüttelt den Kopf. »Jetzt erfahre ich also, dass ihr zwei die ganze Zeit Brieffreundinnen wart.«

»Na und?«, sagt Irena. Sie blickt auf ihre adretten Pumps hinunter. »Von Nancy hast du nichts zu befürchten. Im Grunde müsstest du dich bei ihr entschuldigen.«

»Wie bitte?«

»Ja doch«, fährt Irena ruhig fort. Die Worte gehen ihr leicht von der Zunge, als habe sie schon lange auf diese Gelegenheit gewartet. »Du hast so getan, als seist du der Geschädigte, hast den Kindern was vorgejammert und ihnen erklärt, dass ihre Mutter sie verlassen hat. Aber von uns hast du ihnen nichts erzählt, stimmt's?«

»Na ja, da gab es nichts zu erzählen.«

»Doch, Frank. Weil wir beide uns nicht erst kennengelernt haben, als ich zum Putzen gekommen bin. Wir kannten uns schon lange vorher.«

Frank sitzt wie ein Tier in der Falle, sein Blick wandert von seiner Frau zu Nancy, und er ballt beide Hände zu Fäusten. »Irena, das spielt doch keine Rolle – das alles ist Jahre her.«

»Trotzdem hat Nancy es verdient, die Wahrheit zu erfahren.« Irena wendet sich an Nancy. »Es tut mir leid, aber Frank und ich kannten uns schon Jahre, bevor Sie weggegangen sind. Wir hatten eine Affäre. Ich habe im Golfklub an der Bar gearbeitet. Ich wusste, dass er verheiratet war und zwei kleine Kinder hatte, aber, na ja, ich war jung, und er meinte, es sei mehr oder weniger aus. Er sagte, Sie seien krank, dass Sie beide nur wegen der Kinder zusammenblieben, das Übliche.« Sie blickt auf ihren dunkelblauen Mantel hinunter und zupft sich eine weiße Fluse vom Kragen. »Wahrscheinlich war das der Grund, warum ich Ihre Briefe beantwortet habe. Ich habe mich schuldig gefühlt. Auf diese Weise wollte ich um Verzeihung bitten.«

Nancy weiß, sie sollte wütend sein. Im Alkoholrausch hatte sie Frank immer wieder Affären unterstellt. Sie hatte Gläser nach ihm geworfen, die Scherben aufgesammelt und ihn auch damit beworfen. Immer hatte er gesagt, sie leide unter Wahnvorstellungen. Sie sei verrückt, übergeschnappt, eine Trinkerin. Doch Nancy hat mit der Wut abgeschlossen. Langsam atmet sie aus.

»Ach, Frank«, sagt sie. »Wozu das alles?«

Frank antwortet nicht. Er blickt zu Boden, und auch er wirkt geknickt.

»All unsere Lügen. Wozu das alles? Es hat uns nicht zusammengehalten, und unseren Kindern hat es auch nichts genützt. Ich hätte dir sagen müssen, was Gerry gemacht hat. Er hat mich terrorisiert, Frank. Immer wieder ist er aufgetaucht, hat mir gedroht, dass er dir was sagt, hat mich erpresst. Ich war das reinste Nervenbündel. Unsere Ehe war zerrüttet, Frank, aber wir konnten uns das beide nicht eingestehen.«

Frank hebt den Kopf, und kurz blitzt der Mann vor ihr auf, in den sie sich verliebt hat. Seine warmen Augen. Wie er sie an der Hand nahm und aus der Klinik führte, wie sie beide plötzlich losrannten und nicht mehr aufhören konnten zu lachen. Seine Küsse, überall auf ihrem Gesicht, ihren Augen, ihrem geöffneten Mund. Die überschwängliche Gewissheit, dass es Liebe war: Sie würden zusammenbleiben und wären für immer glücklich.

Doch die Vergangenheit verblasst, und ein deutlich älterer, wütenderer Frank blickt sie finster an. »Wie hätte ich dir vertrauen sollen, Nancy? Das war unmöglich. Unsere Kinder sollten ein normales Leben haben. Ein schönes Haus, ein anständiges Leben. Du warst eine Zumutung. Was hattest du ihnen zu bieten? Und dann dieser widerliche Mann … Er war gefährlich, und du hast dich für ihn entschieden und gegen die Kinder.«

Nancy schüttelt den Kopf. »Ich habe mich nicht für ihn entschieden, mir blieb keine andere Wahl. Ich hätte schon früher Hilfe gebraucht, Frank. Aber du hast mir immer nur zu verstehen gegeben, versagt und dich enttäuscht zu haben. Alles falsch gemacht zu haben.«

Frank lässt den Kopf hängen. »Ich wollte einfach nur, dass wir eine richtige Familie sind.« Beinahe empfindet Nancy Mitleid mit ihm.

»Was soll das denn überhaupt sein? Kein Mensch ist perfekt. Gott weiß, ich habe fürchterliche Fehler gemacht, aber das hast du auch, Frank. Aber du hast es nie zugegeben. Du warst so … unerbittlich. Du konntest es nicht ertragen, dass irgendjemand einen Fehler macht – noch nicht einmal deine eigenen Kinder. So wie bei Georgie: Nie hat sie etwas richtig gemacht. Immer hast du sie kritisiert. Es hat mir das Herz gebrochen, zuzusehen, wie du sie behandelt hast.«

Abwartend hat Irena danebengestanden, jetzt aber ergreift sie wieder das Wort. »Frank, du bist ihr gegenüber immer noch so streng. Sie will doch nur, dass du hin und wieder mal sagst: ›Gut gemacht!‹ oder ›Das ist ja toll!‹. So wie du es bei Dan machst.« Sie blickt zu Boden. »Im Übrigen könntest du das ab und zu auch zu mir sagen.«

Wenn nicht einmal Irena mit ihren akkuraten Pumps, ihrer Handtasche und dem Putztalent Frank glücklich macht, welche Chance hatte sie selbst dann jemals, denkt Nancy.

»Die Sache mit Georgie ist kompliziert.« Franks Stimme ist gepresst. »Das weißt du so gut wie ich.«

Nancy seufzt. »Das stimmt nicht wirklich, Frank. Die Sache ist ganz einfach. Deine Tochter, das Mädchen, das du großgezogen hast, liegt dort drüben in diesem Krankenhaus – mit deinem Enkelkind. Freu dich doch heute einfach nur daran. Geh noch einmal hinein und sag ihr, dass du sie liebst.«

Nancy wendet sich von Frank ab. Jetzt liegt es an ihm. Sie wird in der Nähe von Dans altem, schmutzigem Auto bleiben und auf ihn warten. Dann wird sie den Bus in die Stadt nehmen und die Adresse aufsuchen, die sie von der Pflegerin Sandrine bekommen hat, das Tierheim, in dem sie hoffentlich etwas über ihre Hündin erfährt – ob man Bree gefunden hat oder ob Nancy sie genau wie alles andere, was ihr je etwas bedeutet hat, verloren hat.

SIEBENUNDVIERZIG

Georgie

Dan kommt wieder hereingerannt und streckt ihr das Handy entgegen, und kurz überkommt Georgie Panik.

»Wilf ist dran, aber die Verbindung ist miserabel, sie bricht dauernd ab.« Dan hat recht, die Verbindung ist schlecht, es gibt ein Echo, sodass es klingt, als stünde Wilf in einem Windkanal, aber es genügt. Schreiend übermittelt sie die wichtigen Informationen: dass es ein Mädchen ist, dass es ihr gut geht und sie bei Georgie ist und gerade trinkt. Dass die Wehen im Auto zu früh einsetzten, aber Dan bei ihr war. »Ohne ihn hätte ich das nicht geschafft«, sagt sie.

»Ich fass es nicht. Es tut mir so leid, dass ich nicht bei dir war, Georgie.«

»Wann kannst du kommen?«

»O Gott, ich hätte nie wegfahren dürfen, Georgie! Ich weiß nicht, ich muss zurück nach Marrakesch und nehme den erstbesten Flug.«

»Wann ist …?«, setzt sie an, aber die Verbindung bricht ab, die fernen Satellitensignale rauschen und knacken.

Vereinzelte Wörter dringen zu Georgie durch: »Morgen … einen Jeep finden …«, dann bricht es ganz ab.

Es gab keine Gelegenheit, Wilf von den Dramen zu berichten, die sich heute an ihrem Bett abgespielt haben, aber sie wird ihm alles erzählen. Dabei zu sein, wie ihre Mutter und ihr Vater sich nach zwanzig Jahren das erste Mal wiederbegegneten, hat ihr gezeigt, dass eine Beziehung, die auf Geheimnissen fußt, nicht überleben kann.

Sie blickt zu Dan hinüber, der aus dem Fenster sieht –

wahrscheinlich dorthin, wo ihre Mutter wartet –, und wird von Liebe überschwemmt. Bald werden sie diese Krankenhausblase verlassen, und es macht Georgie Sorgen, was für ein Leben auf Dan wartet. Ohne Mandy, ohne Job. Jetzt aber, nachdem sie aufrichtig miteinander waren, hofft Georgie, ihm helfen zu können.

»Ich muss runter«, sagt Dan, »und ihr meine Nummer geben, damit wir in Kontakt bleiben können.«

»Meinetwegen«, sagt Georgie.

»Sieht so aus, als unterhielten sie sich – Nancy und Dad. Ich kann sie von hier aus sehen. Dad hat die Arme verschränkt. Jetzt schaltet sich Irena ein. Das ist alles so verrückt.«

Georgie möchte einfach nur allein sein. Das Baby trinkt, aber es tut immer noch furchtbar weh – wieso sagt einem so was niemand vorher? Ihr ist schwindlig vor Müdigkeit, und Arme und Nacken schmerzen, weil sie dieses heiße, feuchte Bündel die ganze Zeit in derselben Position hält. Es ist so viel passiert, sie spürt, wie sich Risse in ihr auftun und sie in unterschiedliche Teile zerbricht: die Georgie, die Wilf liebt. Die mit ihrer Mutter verstrickte Georgie. Georgie und Dan. Und jetzt Georgie und ihr Baby. Sie weiß einfach nicht, wie sie das alles zusammenhalten soll.

Dan schaut immer noch aus dem Fenster und kommentiert das Geschehen. »Okay, Dad und Irena gehen jetzt. Nein, warte, Dad bleibt stehen. Er sieht zum Fenster herauf. Vielleicht will er …? Nein, jetzt geht er ganz schnell zum Auto. Sie fahren weg.«

Er dreht sich zu Georgie um. »Ich gehe trotzdem schnell runter und gebe Nancy meine Handynummer.« Der gute alte Dan – immer will er alles in Ordnung bringen und alle Leute glücklich machen. Allerdings ist sich Georgie nicht sicher, ob er es diesmal durchziehen kann.

Draußen vom Gang hört Georgie das Quietschen und die

ratternden Rollen einer Krankenliege, die Schmerzensschreie einer Frau. Irgendwo schrillt ein Alarmsignal, und auf dem Flur läutet ein Telefon. Georgies Blick fällt auf die Frau im Bett gegenüber – nach der Showeinlage der Familie Brown war sie ihrem Blick ausgewichen. »Scheint einiges los zu sein da draußen«, meint die Frau. »Wahrscheinlich schmeißen sie mich bald raus.«

Eine abgehetzte, aufgelöste Pflegerin kommt hereingerannt. »Es tut mir leid«, sagt sie zu der Frau gegenüber. »Wir brauchen Ihr Bett. Ich mache das wirklich nicht gern, aber …«

»Nein, nein, ich verstehe schon. Ich rufe meinen Mann an. Ich hätte nichts gegen eine weitere Nacht fort von zu Hause gehabt, aber machen Sie sich keinen Kopf. Ich hatte schon halb damit gerechnet.« Die Frau zieht ihr Handy heraus.

Die Pflegerin dreht sich um, und Georgie will ihr dankbar zulächeln, aber das Lächeln vergeht ihr, als die Frau näher kommt. Ihrem Gesicht ist anzusehen, dass sie schon eine ganze Weile nicht mehr richtig geschlafen hat. »Es tut mir so leid«, sagt die Pflegerin. »Ich weiß, es ist Ihr erstes Kind, aber das Baby hat ein gutes Gewicht, und das Stillen klappt auch. Gleich kommen drei Notfälle herein, deswegen wollte ich fragen, wann Sie sich wohl vorstellen könnten, nach Hause zu gehen?«

So, wie sie es sich ausgemalt hat, wird es nun also nicht sein – Wilf wird nicht herkommen, er ist noch nicht einmal in der Nähe eines Flughafens. Die Leute im Krankenhaus waren wirklich nett zu ihr, aber sie ist eine zusätzliche Patientin, die sie nicht eingeplant hatten, und jetzt brauchen sie ihr Bett. Während Georgie diese neue Entwicklung verdaut, kommt Dan zurück ins Zimmer, und seine bestürzte Miene bestätigt ihre Befürchtungen.

»Sie ist weg, oder? Sie hat nicht gewartet.«

Dan nickt knapp und stellt sich dann wieder ans Fenster,

als hoffe er, sie von dort oben auszumachen. Als handle es sich um ein Missverständnis.

Georgie aber weiß, dass die überstürzte Suche nach ihrer Mutter in gewissem Sinne zu einem Ende gekommen ist. Jetzt muss das schmutzige, verkratzte und unerträglich langsame Auto eine letzte Reise bewerkstelligen – den langen Weg nach Devon.

ACHTUNDVIERZIG

Nancy

Sie hatte Frank beobachtet, wie er ein paar Schritte auf das Krankenhaus zugemacht hatte und dann stehen geblieben war. Abrupt hatte er sich umgedreht und war mit großen, entschiedenen Schritten zurück zum Auto gegangen. Kurz hatte er erwogen, das Richtige zu tun und ans Bett seiner Tochter zurückzukehren, aber am Ende hatte er es nicht über sich gebracht.

Nancy ist sich durchaus bewusst, womit sie die Familie zerstört hat, doch auch Franks Unbeugsamkeit, seine Unfähigkeit, einen anderen Standpunkt als seinen eigenen gelten zu lassen, hat zum Bruch beigetragen. Der Mann ist ein Dummkopf. Wenn sie könnte, würde sie keine Sekunde zögern und zu Georgie zurückrennen. Doch sie wurde aufgefordert zu gehen, also tut sie es.

Nancy humpelt zu dem Fleck, an dem Franks Auto schwarze Reifenspuren auf dem Asphalt hinterlassen hat, weil er es so eilig hatte, fortzukommen, und stupst mit der Krücke in die Gummikrümel. Sie rechnet nicht mehr damit, dass Dan herunterkommt, um ihr irgendeine Telefonnummer zu geben. Dafür ist es zu spät. Sie hat einen quälenden Eindruck davon bekommen, was hätte sein können – und eine Ahnung, wie schwer die vergangenen zwanzig Jahre für ihre Kinder waren.

Es ist wahr, ihre Kinder haben nach ihr gesucht, aber was sie antrieb, war Neugier, nicht Liebe. Und sie kann sich gut vorstellen, was für eine Enttäuschung sie darstellt.

Am Rand des Parkplatzes fährt ein Bus in eine Haltebucht,

und in diesem Augenblick wirkt er wie die Antwort auf das ganze Durcheinander, also hebt Nancy die Krücke und signalisiert dem Fahrer, dass er auf sie warten soll.

Als der Bus anfährt, hat Nancy das Gefühl, in einen altbekannten Rhythmus zurückzufallen – die Menschen hinter sich zu lassen, die ihren Namen kennen und wissen, was sie angerichtet hat. Sie hat nicht die geringste Ahnung, wohin sie als Nächstes gehen soll oder ob Bree bei ihr sein wird, doch es ist an der Zeit, weiterzuziehen. Sie wird noch eine Weile an dem Bild von Tochter und Enkelin festhalten, wie sie sich innig aneinanderschmiegen. Es wird ihr Kraft geben, und es wird sie verfolgen. Und irgendwann wird es verblassen.

Sie steigt in einen weiteren Bus um und findet das Tierheim, ein unscheinbares Gebäude an einer Abzweigung der Umgehungsstraße am anderen Ende der Stadt. Die junge Frau am Empfang will nachsehen, ob Bree da ist, allerdings gibt es ein Prozedere, das eingehalten werden muss. »Selbst wenn sie hier ist, dürfen wir sie natürlich nicht einfach an irgendwen herausgeben. Sie müssen ein paar Formulare ausfüllen. Nachweisen, dass Sie die Halterin sind.« Sie merkt, wie sich Mutlosigkeit auf Nancys Gesicht abzeichnet.

»Vielleicht ein Brief vom Tierarzt?«

»Ich habe noch nie einen Tierarzt gebraucht«, sagt Nancy. »Bitte, können Sie nachsehen, ob man sie hergebracht hat? Ein Collie-Mischling mit einem weißen Schwanz.« Sie wedelt mit der Hand, um zu zeigen, wie Bree den Schwanz aufrichtet. »Auch wenn Sie sie mir nicht aushändigen dürfen, würde es mir viel bedeuten, Bescheid zu wissen. Dann könnte ich heute Nacht ruhiger schlafen.«

Die Frau tippt auf der Tastatur herum und ruft dann eine ältere Kollegin herbei. Beide tragen grüne Sweatshirts mit einem Logo und stecken flüsternd die Köpfe zusammen. Die ältere Frau hat kurzes Haar, eine nüchterne Art und betrachtet Nancy misstrauisch durch die Scheibe. »Warten Sie hier«, sagt sie.

Das Tierheim ist ganz anders als der heruntergekommene Hof, auf dem Nancy in Irland gearbeitet hat, wo verzweifelte Hunde im Schuppen gehalten wurden und es keinerlei Formalitäten gab.

Nancy ist völlig ausgelaugt vor Müdigkeit. Der Knöchel schmerzt, eine stetige, pochende Mahnung, dass es keinen Ort gibt, wohin sie heute Nacht gehen kann. Sie sitzt da und gibt sich für einen kurzen Augenblick der Wärme des Wartezimmers hin, in dem es nach Trockenfutter und Desinfektionsmittel riecht und wo Angelegenheiten mit Ordnungssinn verrichtet und Kästchen auf Formularen abgehakt werden.

Eine Tür geht auf. Das Scharren von Klauen ist zu hören, ein Jaulen, und plötzlich ist da die Hündin, leckt ihr das Gesicht ab, schnuppert an ihrer Hand und versucht, ihr auf den Schoß zu springen. Es ist Bree, ihre Bree, und Nancy kann das unterdrückte Schluchzen nicht länger zurückhalten: Sie weint um ihre verängstigte Hündin, aber auch um ihre Kinder und um sich selbst. Sie ist ein Häufchen Elend, wischt sich Schnodder und Tränen mit dem schlammverkrusteten Ärmel aus dem Gesicht und bemüht sich, die Hündin zu beruhigen und ihr zu vermitteln, dass sie in Sicherheit ist.

»Sie scheint Ihnen wirklich am Herzen zu liegen.«

»Ja.« Nancy versucht zu lächeln. »Aber es war auch … ein ziemlich heftiger Tag.«

»Ihrer Hündin geht es gut, wir haben sie untersucht. Jemand hat sie heute Morgen gefunden, sie hatte sich unter einem Busch verkrochen. Er hat sie zum Tierarzt gebracht, sie wurde eben erst bei uns abgegeben. Uns war schon klar, dass sie keine Streunerin ist.«

»Danke. Das bedeutet mir so viel. Ich habe alle enttäuscht. Hätte ich das auch noch Bree angetan …«

Doch die Frau hat sich schon umgedreht und steckt geschäftig Päckchen mit Hundefutter in eine Plastiktüte. »Streng genommen dürften wir ein Tier ohne Halternachweis nicht herausgeben. Aber ich denk mal, bei Ihrem Hund gibt es da keinen Zweifel. Sie hat ordentlich gefressen, aber das hier dürfte Ihnen über die nächsten Tage helfen.«

Bree springt weiter ständig an Nancy hoch und versucht, ihr Gesicht abzulecken, und so dauert es eine Weile, bis sie beide zurück an der Straße sind. Es ist gerade mal drei Uhr nachmittags, aber es fängt bereits an zu dämmern, und Nancy spürt, es wird eine kalte Nacht werden. Eine Weile steht sie an der Bushaltestelle, von der aus es zurück in die Innenstadt geht, dann blickt sie sich um und erwägt, wieder per Anhalter zu fahren.

Sie sieht auf Bree hinunter, die ihren Blick mit vertrauensvollen braunen Augen erwidert. »Wohin jetzt, mein Mädchen?«

NEUNUNDVIERZIG

Georgie

Georgie hatte nicht vor, jemals wieder in dieses verdammte Auto zu steigen, aber nun tut sie es doch. Sie macht die Beifahrertür auf, und wie in einem Albtraum scheinen Momente der Reise auf: die anfängliche Spannung zwischen ihr und Dan. Die schmerzliche Erinnerung an Finn. Der dunkle Tunnel aus Bäumen, der zu Gerrys Haus führte, und dann die erschreckende Erkenntnis, dass es kein Zurück gab, als die Wehen einsetzten – all das stürzt über sie herein.

»Ist alles in Ordnung?« Dan sieht sie an.

»Ja. Lass uns einfach aufbrechen.«

Dan war in einem Einkaufszentrum am Stadtrand, um eine Babyschale zu besorgen, und hat auch eine Werkstatt aufgetan, die die flackernden Scheinwerfer repariert hat. »Defekte Sicherungen«, erklärt er Georgie, als würde es sie interessieren. Als das Baby sicher angeschnallt ist, setzt sich Georgie auf den Beifahrersitz, dreht sich aber alle paar Minuten um, weil sie noch immer kaum fassen kann, dass sie ein Kind hat.

Auf Dans Handy poppt eine Nachricht von Wilf auf.

> Bin wieder in Marrakesch. Versuche, den nächsten Flug zu kriegen. Danke für die Bilder – sie ist wunderschön. Kann es kaum erwarten. Alles Liebe xxx

Als der Motor anspringt, macht Georgies Magen einen Satz, und verräterisch dreht sich ihr der Kopf. Nein, nicht schon wieder, denkt sie. Ihr Körper tropft und leckt und schmerzt ohnehin schon auf eine Weise, die Georgie nie für möglich gehalten hätte, und nun verschwört sich auch noch ihr Geist gegen sie. Es muss daran liegen, dass sie wieder in diesem Auto sitzt, denn es fühlt sich so an, als lauere eine Erinnerung an der Peripherie ihres Gedächtnisses und entgleite immer wieder ihrem Zugriff. Doch Georgie lässt sie ziehen, denn es ist eine dunkle Erinnerung, eine, die mit einem Desaster einhergeht.

Das Navi, ihr alter Kamerad, meldet sich zu Wort: »Neun Stunden und zwölf Minuten – Sie befinden sich auf der schnellsten Route.«

Sie haben den Stadtrand erreicht, als sie sie sehen. Es regnet, und die Scheibenwischer schaben ohne große Wirkung über das Fenster, man kann kaum etwas erkennen. Trotzdem macht Georgie die einsame Gestalt aus, schief auf die Krücke gestützt, einen Hund an ihrer Seite. Es bleibt keine Zeit, etwas zu sagen, Georgie hebt nur den Finger und deutet hin. Sie wechseln einen Blick, Georgie nickt knapp, Dan setzt den Blinker und fährt an den Straßenrand, wobei das Auto hart auf den Bordstein rumpelt.

Als Nancy das Motorengeräusch hört, dreht sie sich um, Angst im Gesicht, die jedoch verschwindet, als sie erkennt, wer sie sind. Dan beugt sich hinaus und ruft: »Wohin willst du?«

Nancy sieht nach links und rechts, als gehe sie davon aus, dass Dan auf dieser nassen, windgepeitschten Umgehungsstraße jemand anderen angesprochen hat. »Ich weiß nicht«, antwortet sie dann. »Ich dachte bloß, ich soll verschwinden.«

Mit hochgezogenen Augenbrauen sieht Dan Georgie an.

Doch bevor die etwas sagen kann, ist Dan ausgestiegen und überlegt, wie er Nancy, den Hund und die Tasche in seinem winzigen Auto unterbringen kann. Schließlich zieht

Georgie auf den Rücksitz neben das Baby, und Nancy quetscht sich mit dem Hund auf den Beifahrersitz.

Anfangs verläuft die Fahrt schweigend, während sie alle das neue und überraschende Arrangement verarbeiten. Es dämmert, aber Georgie kann den Hinterkopf ihrer Mutter noch ausmachen. Sie mustert den ungleichmäßigen Scheitel, die Schmutzschicht, die sich in den Kragen gegraben hat. Und sie nimmt wieder diesen Geruch wahr nach Graswurzeln, sauberer Luft und einem Hauch Bauernhof, der im Mantel der Mutter eingebettet zu sein scheint.

Sie denkt an Nancys Gesichtsausdruck, als das Auto eben neben ihr stehen geblieben war, und das erinnert sie an eine lang zurückliegende Begebenheit. An einen Nachmittag, an dem Georgie und ihre Mum in einem hübschen Ferienort in Wales die Straße entlanggingen, Gerrys dunkelgrauer Transporter sie überholte und zum Stehen kam. Georgie war erschrocken, weil sie wusste, wie Gerry sie gefunden hatte. Als sie aber zu ihrer Mutter hochgesehen hatte, hatte sie nackte Angst erkannt. Langsam kommt Georgie die Erkenntnis, dass es ein Unterschied ist, ob jemand aus freien Stücken abhaut oder aus Angst flieht.

Vorn stellt Dan Nancy Fragen nach dem Hund. Es ist unverfängliches, belangloses Geplauder, wie man es mit einem Fremden macht, doch es hat etwas Besänftigendes. Und als die hellen Straßenlaternen den breiten, schwarzen Fahrstreifen der Autobahn Platz machen, muss Georgie sich eingestehen, dass es beinahe bequem ist, wenn sie den Kopf zurücklehnt. Die Stimmen geben ein angenehmes Hintergrundgemurmel ab, und im Grunde weiß sie, dass sie das Richtige tun. Sie hatte geglaubt, sie hätte Nancy wieder verloren, dass Nancy sie beim Wort genommen hätte, aber offenbar hat ihr das Schicksal noch einmal eine zweite Chance gegeben. Das erste Mal seit zwanzig Jahren weiß sie genau, wo ihre Mutter ist. Dan und Georgie bringen sie nach Hause.

Auf der Heimreise machen sie mehrmals halt. An einer Raststätte gehen Dan und Nancy Tee und Sandwiches holen, während Georgie das Baby stillt. Irgendwann macht Dan ein Nickerchen, sie versuchen alle, sich auszuruhen, und wieder stillt Georgie. Im Auto ist es unbequem, die Fahrt ist lang, und Georgie hat das Gefühl, sie wird niemals enden. Doch offensichtlich schläft sie irgendwann ein, denn als sie aufwacht, rumpelt das Auto über die ungeteerte Zufahrt zur Orchard Drive.

Als sie alle nacheinander aus dem Auto klettern, wird Georgie bewusst, was für einen bunten Haufen sie abgeben: Georgies Oberteil ist voller Spucke- und Milchflecken. Dan steckt in zerknitterten Kleidern, die er seit vier Tagen nicht gewechselt hat. Dann ist da Nancy mit dem langen Schal, von deren Stiefeln trockene Erde bröckelt, als sie aus dem Auto steigt. Und schließlich der Hund, der im Kreis rennt, die Nase dicht am Boden, und versucht, sie in einer Herde zusammenzutreiben.

Georgie trägt das Baby ins Haus und hört das vertraute Klirren, als sie den Schlüsselbund in die Schale im Flur fallen lässt. Vor gerade mal vier Tagen hat sie ihr Zuhause Hals über Kopf verlassen, und jetzt ist sie wieder da – in Begleitung eines gänzlich neuen Menschen und mit ihrer Mutter im Schlepptau.

Es ist fünf Uhr morgens. Dan wirft bereits einen Blick in den Kühlschrank und fragt, wo er Lebensmittel besorgen kann. »Unten an der Straße ist eine Tankstelle«, erklärt sie ihm. »Aber es ist besser, du fährst, zu Fuß ist der Weg nicht besonders angenehm.«

Sie lauscht dem vertrauten Tuckern des anspringenden Motors, es verklingt, und dann sind da nur noch Nancy und sie, die beide das schlafende Kind in der Babyschale betrachten. Ihr Blick wandert zu Nancys Hündin, die an der Schiebetür steht und aufmerksam in den Garten hinaussieht.

»Kommt sie gut mit Kindern klar? Vor allem mit Babys?«

Nancys Antwort ist ein Flüstern. »Ja, sehr. Sie ist sehr vorsichtig. Wir haben eine Weile auf einem Campingplatz gelebt, da gab es eine Menge Kinder. Und auch ein Baby.«

»Setz dich doch, leg den Mantel irgendwohin.«

Sie beobachtet Nancy dabei, wie sie den Mantel zu einem Ball rollt und sich zaghaft auf die Sofakante setzt, als versuche sie möglichst wenig Raum einzunehmen. Nancy hebt den Blick. »Ich kann dir gar nicht genug danken, dass du mir diese Chance gibst …«

»Ich gebe dir gar nichts«, erwidert Georgie. »Ich will eine Erklärung, mehr nicht. Es war Dans Idee, dich mitzunehmen.«

»Das ist okay, ich verstehe das. Und ich schulde dir eine Erklärung, euch beiden. Es tut mir leid, dass euer Vater euch damals keine bessere gegeben hat. Es war unverzeihlich, wie ihr beide zwischen allen Stühlen gesessen habt.«

Georgie sieht auf das schlafende Baby hinunter und erinnert sich an das Leben mit Nancy. Das Geschrei. Zerbrochene Gegenstände. Sie denkt daran, wie sie im Obergeschoss in einer Fensternische saß, den dunkler werdenden Himmel betrachtete und dem Knattern von Plastikwimpeln im Wind lauschte. Und ihr wird bewusst, dass es genau das war – das Gefühl, zwischen zwei sich bekriegenden Lagern zu stecken, einerseits machtlos, aber andererseits auch mitverantwortlich.

Dann der Anblick gestern, wie ihr Vater mit vorgeschobenem Kiefer Nancy fortjagte, und Georgies eigene Verbitterung, als sie ihre Mutter zum Gehen aufforderte. Sie betrachtet ihr Baby und denkt, dass das aufhören muss, all die Vorwürfe und die Wut. Wenn Georgie Erklärungen will, muss sie ihre Fragen im Geiste der Versöhnung stellen. Es hilft niemandem, Hass und Anschuldigungen weiter zu schüren.

»Oben gibt es ein Gästezimmer. Du kannst deine Sachen raufbringen.«

Georgie lauscht, wie sich ihre Mutter mit unregelmäßigen Schritten die Treppe hinaufbegibt, gefolgt von sanften Tapsern im Stockwerk über ihr. Als Nancy wieder herunterkommt, meidet sie Georgies Blick. Sie tritt an die Schiebetür und geht gemeinsam mit der Hündin in den Garten. Georgie rechnet damit, dass sie ein Stöckchen für den Hund wirft, aber Nancy steht einfach nur da und blickt hinauf in den dunklen Himmel.

FÜNFZIG

Nancy

Bree kommt in dem fremden Haus nicht zur Ruhe. Ständig steht sie auf, läuft im Kreis und schnuppert in der Luft. Nancy kann es ihr nicht verübeln, denn sie findet sich hier selbst nicht zurecht, an diesem Ort, an dem selbst das leiseste Geräusch von den harten weißen Wänden zurückgeworfen wird. Wenn Dan in der Besteckschublade kramt, hallt das metallische Klirren durch das offene Wohnzimmer. Wird die Haustür zugeschlagen, klappern die Fenster zum Garten.

Das Haus wirkt geradezu klinisch modern, ist aber gleichzeitig mit einer verwirrenden Palette alter Möbel ausgestattet, sodass der Eindruck entsteht, es seien die falschen Leute eingezogen. Das Schönste sind die Fotos, die gerahmt an den Wänden hängen, und Nancy fragt sich, ob sie von Georgie stammen. Es gibt diverse düster schöne Landschaftsmotive und das Foto eines Mannes, der an einem Kiesstrand sitzt. Er hat kurz geschnittene dunkle Locken und lächelt in die Kamera – ein warmes, unbefangenes Lächeln –, und Nancy fragt sich, ob es Wilf ist.

Alles in allem ist es das Gegenteil von Nancys Hütte, in der sie und ihre Hündin sich sicher fühlten. Es gefiel ihnen, dass ihr Zuhause nur aus einem einzigen Raum mit zwei kleinen Fenstern und einer robusten Tür bestand, die ihnen das Wetter und fremde Menschen vom Leib hielt. Hier ist alles offen und laut, und Nancy wünschte, es gäbe einen Knopf wie der, den Dan gerade für den Fernseher benutzt hat, um alles stumm zu schalten.

Der Aufenthalt im Garten hat ihre Nerven ein wenig beruhigt, aber nach einer Weile empfand sie selbst diesen Ort unter freiem Himmel als verkehrt. Aus der Nähe betrachtet war alles künstlich: Das Gras war ein unnatürlicher, frisch ausgelegter Rasen, die verkümmerten Sträucher hatte man in zu trockene Erde gepflanzt. Statt des Raschelns unsichtbarer Tiere war nur das Rauschen einer Straße in der Ferne zu hören. Sogar der Himmel über ihrem Kopf schien ohne jedes Leben.

Dan macht ihnen ein Frühstück mit Eiern und Toast, und unter dem Tisch füttert sie Bree mit den Brotkanten. Sie haben so lange im Auto gesessen, aber niemand scheint schlafen zu wollen – vermutlich gibt es einfach zu viel zu verarbeiten.

Georgie stillt das Baby, und Dan hat Feuer im Kamin gemacht. Selbst die Holzscheite wirken unnatürlich – sie sind alle gleich groß und haben denselben braunen Farbton, offenbar bestehen sie aus zusammengepresstem Sägemehl. Immerhin glimmen sie hübsch. Nancy sitzt ihren Kindern gegenüber, eine Hand auf Brees Kopf gelegt. Sie weiß, dass der Moment gekommen ist.

»Ich weiß nicht recht, wo ich anfangen soll«, sagt sie.

»Na ja, am besten einfach am Anfang«, erwidert Georgie.

Nancy fragt sich, wo der Anfang ist: damals, als sie noch ein kleines Mädchen war, das einsame Kind von Eltern, die ihr nie das Gefühl gaben, geliebt zu sein. Oder als sie an die Universität kam und glaubte, ihr wahres Leben würde beginnen – und doch nur auf Frank und Gerry traf, in ein und derselben Woche, zwei Männer, denen sie auf unterschiedliche Weise in die Falle ging.

Vielleicht beginnt die Geschichte auch in Nancys letztem Studienjahr in einer Klinik, in der ihr klar wird, dass sie doch nicht ganz so schlau war und Frank ihr die scheinbar beste Lösung vorschlägt. Am Ende aber fängt Nancy mit einer alten Geschichte an, die sie ihnen bestimmt schon einmal erzählt hat, vom Tag, als sie Frank das erste Mal begegnete.

»Als ich euren Vater kennenlernte, wusste ich sofort, dass er ein guter Mensch ist«, sagt sie. »Einer der Dozenten ließ mich sehr klein und dumm dastehen, und niemand sagte etwas außer Frank. Er hatte klare Vorstellungen davon, was falsch und richtig ist. Irgendwie haben wir das im Lauf der Zeit aus den Augen verloren. Und uns gegenseitig auch. Die Lage wurde komplizierter, als wir dem Ganzen ein Baby hinzufügten …«

Nancy wählt ihre Worte behutsam, weil Georgie mit ihrem eigenen Baby gerade erst am Anfang steht. »Ich war so jung, als ich dich bekommen habe, Georgie. Ich war sehr einsam, und damals war es auch noch anders, von Männern wurde keine große Unterstützung erwartet. Euer Vater konnte nicht verstehen, was los war. Aber ich war einundzwanzig und tat mich sehr schwer.«

Georgie nickt. »Als ich einundzwanzig war, war ich kaum in der Lage, mich um mich selbst zu kümmern, geschweige denn um ein Baby.«

»Irgendwie hatte ich das Gefühl, dass mein Leben vorbei war, bevor es überhaupt angefangen hatte. Wahrscheinlich habe ich deswegen zugelassen, dass Gerry mich besucht hat. Mir ist klar, dass das, was er getan hat, heute anders bewertet würde. In eurer Generation nennt man so etwas Zwangskontrolle. Er war mein Dozent und hat seine Macht missbraucht. Damals aber fühlte ich mich von seiner Aufmerksamkeit geschmeichelt. Er gab mir das Gefühl, etwas Besonderes zu sein. Frank war auch nicht perfekt – und zweifellos waren wir beide einsam –, aber natürlich hätte ich Gerry nie in unser Leben lassen dürfen. Am Ende war er der Grund, warum ich weggehen musste.«

»Was ich nicht verstehe, ist, wie du einfach weggehen und nie mehr zurückkommen konntest.« Georgie zieht die Augenbrauen zusammen. »Nicht einmal, um nachzusehen, wie es uns geht, oder um dich zu verabschieden. Wolltest du uns denn keine Erklärung geben?«

»Na ja«, antwortet Nancy behutsam. »Man könnte sagen, dass ich zweimal weggegangen bin. Das erste Mal nach dem fürchterlichen Urlaub in Wales. Und dann noch einmal ein paar Monate später. Nach meinem Besuch.«

»Welcher Besuch?« Georgie ist verwirrt, und Nancy zögert, weil ihr einfällt, was Dan gesagt hat. Sie muss es so gut wie möglich erklären.

»Als ich das erste Mal fortgegangen bin, war es nur als Atempause für Frank und mich gedacht. Er war sehr verletzt und wütend, dass Gerry in Wales aufgetaucht war. Damals bildete er sich ein, dass ich die ganze Ehe über eine Affäre mit Gerry gehabt hätte, was nicht stimmte. Dass ich von ihm schwanger geworden war …«

Mit einem Schürhaken stochert Dan im Feuer, und Funken stieben auf. »Anderes Erbgut«, stellt er fest.

Es herrscht Schweigen, und Nancys Magen macht einen Satz, von dem ihr leicht übel wird. »Entschuldige, aber wie meinst du das?«

Wieder schlägt Dan auf das Holzscheit ein und lässt den Schürhaken dann polternd fallen. »Also, wenn wir das hier schon machen – einmal im Leben aufrichtig und ehrlich sein wollen: Das hat Dad immer gesagt.«

Mit pochendem Herzen blickt Nancy von Dan zu Georgie, deren Augen weit aufgerissen sind.

Mit abgehackter, scharfer Stimme redet Dan weiter. »Nachdem du weg warst, hat Dad mich immer zu allen möglichen Vater-Sohn-Ausflügen mitgenommen. Zum Golfen – furchtbar langweilig – oder zum Rugby, was ich genauso gehasst habe. Am schlimmsten aber waren die Angelausflüge, weil wir stundenlang nur zu zweit in der Kälte an irgendeinem Seeufer saßen. Dann hat er solche Sachen gesagt. Beim ersten Mal hatte er ein paar Schlucke Whisky intus – er hatte immer einen kleinen silbernen Flachmann dabei –, und er klopfte mir auf den Rücken und sagte so was in der Art wie: ›Junge, Danny-Boy, wir sind ein Team. Georgie ist schon in Ordnung, aber sie ist nicht wie wir, stimmt's?‹ Ich dachte, er meint, dass sie ein Mädchen ist, aber dann trank er noch ein bisschen mehr und sagte: ›Anderes Erbgut, mein Junge. Anderer Genpool.‹ Zu Hause habe ich die Begriffe im Wörterbuch nachgeschlagen und angefangen zu verstehen, was er meinte.«

Nancy hebt den Blick an die perfekt weiße Decke und möchte heulen. Oh, Frank, denkt sie. Wie konntest du so etwas sagen? Zu einem Kind?

Aber nun sind sie an diesem Punkt angelangt – und es ist höchste Zeit, dass die Lügen aufhören. Sie sieht ihre beiden Kinder an und weiß, aus dieser Sache führt kein einfacher Weg.

»Georgie, Frank hatte sich irgendwie in den Kopf gesetzt, dass nicht er dein Vater ist, sondern Gerry. Schon als du ganz klein warst, hat er dich nicht gleichbehandelt, und es brach mir das Herz. Es war so falsch, aber ich wusste nicht, was ich dagegen tun sollte.«

»Was?« Georgie beugt sich vor. »Dieser gruselige Typ im Wald mit seinen dritten Zähnen und der weinerlichen Stimme ist mein Vater?«

»Nein, ist er nicht.« Nancy reibt mit den Händen über ihr Gesicht. Das ist so schwierig. »Georgie, es ist nicht wahr. Frank ist dein Vater – und er sollte sich schämen, dass er dich immer benachteiligt hat. Du bist seine Tochter, auf Gedeih und Verderb.«

Dan schaltet sich ein. »Aber was Dad über den Genpool gesagt hat – warum sollte er lügen?« Sein Gesicht ist so sanft und verletzlich. Sie erträgt es kaum, fortzufahren, aber sie muss es tun.

»So etwas hätte Frank niemals sagen dürfen. In diesem Urlaub in Wales fragte er mich, ob ich ein Kind von Gerry hätte, und ich konnte das nicht leugnen. Aber er hat den falschen Schluss gezogen. Nicht Georgie ist es. Du bist es, Dan. Gerry ist dein Vater.«

Dan fängt an, den Kopf zu schütteln, zu fluchen und »Nein, nein, nein« zu murmeln, und knurrend springt Bree auf die Beine, weil sie spürt, dass etwas ganz und gar nicht in Ordnung ist.

»Ich wünschte, es wäre nicht passiert, aber so ist es nun mal. Gerry erwischte mich in einer schwierigen Phase. Er versprach mir, bei einer Casting-Agentur ein Wort für mich einzulegen …«

»Ist dir denn nie in den Sinn gekommen, dass ich ein Recht hatte, das zu erfahren? Oder dass es falsch war, Frank in dem Glauben zu lassen, ich sei sein Sohn?«, brüllt Dan. »Das ist widerlich. Das ist unanständig.«

Vermutlich hätte sie Frank zu diesem Zeitpunkt verlassen können, denkt sie, schwanger und mit einem Kleinkind. Sie hätte zurück zu ihren Eltern gehen können, sie um Verzeihung bitten, Toiletten schrubben und Frühstück servieren und ihren Kindern dieselbe freudlose Kindheit bieten können, die sie selbst hatte. Ja, das hätte sie tun können, aber sie hat es nicht getan. Sie behielt ihr Geheimnis für sich und führte die Farce ihrer Ehe fort. Eine Weile lang machten sie mehr schlecht als recht weiter. Einen gewissen Trost bot ihr der Alkohol. Und Frank fand Trost bei Irena.

Tief im Innern aber kannte sie die Wahrheit. Genau wie bei Georgie hatte sich ihr Körper vom ersten Moment der Schwangerschaft an anders angefühlt. Weil Georgie zwei Wochen zu früh auf die Welt gekommen war, wunderte sich niemand, als Dan sogar noch etwas früher geboren wurde. Ihre Ahnungen bestätigten sich, als sie zusah, wie ihr Sohn größer wurde. Was den meisten Menschen an Dan auffiel, war sein sonniges Gemüt und wie groß er für sein Alter war. Das war nur gut so, denn Nancy bemerkte, dass Dans Eigenheiten und sogar sein Lächeln denen von Gerry manchmal verblüffend ähnelten.

Das alles will sie erklären, aber ihre Kinder weigern sich, sie anzusehen. Georgie weint, und Dan ist aufgestanden, steht an der Schiebetür und blickt in den öden Garten hinaus. »Dieser Mann«, sagt er. »Dieser ekelhafte Mann. Und dann hast du ihm wieder Zutritt in unser Leben gewährt, bis er uns allen gezeigt hat, wozu er in der Lage war. Auf der Brücke. Wie konntest du nur?«

Es herrscht Schweigen, und Dan dreht sich um, als ihm mit Verzögerung bewusst wird, was er gesagt hat.

Georgie fragt: »Welche Brücke?«

EINUNDFÜNFZIG

Georgie, 2002

»ICH ERINNERE MICH AN GAR NICHTS«

Sie erkennt ihn auf Anhieb. Er steht vor der Bank, nimmt ihnen die Sonne und macht sich wieder daran, ihnen den Spaß zu verderben, genau wie damals in Wales. Georgies Magen scheint sich gleichzeitig zusammenzuziehen und zu verflüssigen. Mum hat ihnen gerade erst ein Eis gekauft, und Georgie hat ihres so langsam wie möglich gegessen und immer nur ein winziges bisschen abgeleckt, damit sie länger etwas davon hat als ihr Bruder.

Anfangs war es merkwürdig gewesen, Mum wiederzusehen, aber trotzdem auch schön. Georgie fängt gerade an, die Tatsache, dass sie neben ihrer Mutter sitzt, zu genießen, und sie nimmt allen Mut zusammen, um sie zu fragen, ob es ihr besser geht und wann sie wieder nach Hause kommt. In dem Moment passiert es: Sie blickt auf und sieht den Mann, der sie mit einem Trick dazu gebracht hat, ihm zu sagen, wo sie die Osterferien verbringen.

Ihre Mutter hatte immer wieder »Wie kann das sein?« gemurmelt und versucht zu verstehen, wie er sie in Tenby aufgespürt hatte, Georgie aber wusste, wie. Sie hatte Gerry hingeführt. Und schlimmer noch, dann hatte sie Dad erzählt, dass sie Gerry getroffen hatten. Frank hatte ihr eine Riesentüte Bonbons gekauft, die ihr wie die Belohnung für die Beantwortung all seiner Fragen vorkam, als sie ihm sagte: »Ja, ein Mann, der Gerry heißt, kommt öfter zu Besuch. Und stell dir vor, wem wir an dem Tag, als ihr beim Angeln wart, in die Arme gelaufen sind!«

Als sie nun auf dieser Bank am Themse-Ufer sitzen und die kostbaren Minuten mit ihrer Mum in die Länge ziehen, blickt Georgie auf, sieht Gerry und spürt, wie die Wut in ihr aufwallt. In diesem Augenblick trifft sie die Entscheidung. Also gut, denkt sie. Dem werde ich's zeigen, diesem miesen Kerl mit dem Pferdeschwanz und dem fettigen Bart. Dem sag ich die Meinung. Als Dan sagt, dass er aufs Klo muss, wittert sie ihre Chance. Sie sagt, alles gut, sie bleibt hier, bei diesem sogenannten alten Freund. Denn Georgie glaubt, dass sie mit ihm fertigwird.

Es ist ihre Idee, auf die Brücke zu gehen. Ihr Plan ist, ihn von der Bank wegzulotsen und ihm dann zu sagen, dass er sich vom Acker machen soll. So wie ihre Klassenkameraden in der Schule, die den Referendar so lange triezten, bis er mit rotem Gesicht das Zimmer verließ. Danach will sie zurück zur Bank rennen, wo sie mit Dad verabredet sind, und dann gehen sie alle zusammen nach Hause, und alles wird gut.

Mit schlenkernden Armen geht sie vor Gerry her. »Kommen Sie, ich zeige Ihnen was«, sagt sie. »Dort oben. O Gott, geht das langsam. Sind Sie zu alt, um mitzuhalten, oder was?« Sie fühlt sich ziemlich cool in der neuen Cargohose und dem bauchfreien Top, und ihr Haar sieht auch gut aus. Ihr gefällt, wie es sich herumschwenken lässt und dass sie im Augenwinkel immer wieder das blaue gezwirbelte Band sieht. Sie mag das Gefühl, wenn die winzigen Perlen am Ende des Zopfs auf ihre Schulter tippen.

Als sie dann auf der Brücke sind, fühlt sich Georgie plötzlich nicht mehr so sicher. Direkt neben dem Fußgängerweg fahren Züge, deren Bremsen quietschen und kreischen, und durch ein metallenes Gitter sieht sie auf den Gleisen Funken sprühen. Trotzdem geht sie immer weiter, sie will ihn weglotsen und ihre Mutter schützen.

Sie erreichen eine Stelle, von der Georgie denkt, das passt, und sie dreht sich mit in die Hüfte gestemmten Händen zu ihm um. »Also …«, setzt sie an. Doch dann bringt sie kein Wort mehr heraus. Als wäre ein Schalter umgelegt, wie ein Schritt aus dem Sonnenlicht in den Schatten. Jetzt, wo sie hier oben allein mit ihm ist, bekommt Georgie Angst. Denn auf Gerrys Gesicht liegt ein sonderbarer Ausdruck, seine Lippen sind feucht, und wenn er lächelt, bewegt sich sein Schnurrbart.

»Na, was hast du vor, jetzt, wo du mich hier raufgeführt hast?«, fragt er.

Mit zugeschnürter Kehle steht Georgie da, und langsam dämmert ihr, dass sie etwas ziemlich Dummes gemacht hat. Sie sieht sich um, aber niemand nimmt Notiz von dem Mädchen und dem Mann auf der Brücke.

Sie versucht sich an ihm vorbeizudrücken, um zu ihrer Mum und Dan zurückzugehen, aber er ist schneller, packt sie von hinten und hält sie an der Taille fest. Bevor ihr überhaupt klar ist, was geschieht, hat er sie ans Geländer hochgehoben und drückt sie dagegen, sodass sie darüberhängt und auf das Wasser hinuntersieht. Hart spürt sie seine Gürtelschnalle am bloßen Rücken. Dann merkt sie, wie er die Hand zwischen ihre Schulterblätter legt und sie nach unten drückt. Ihr Bauch ist fest gegen das harte Metallgeländer gepresst, aber ihre obere Hälfte schwebt in der Luft, fällt.

Frei hängt sie über dem braunen, gurgelnden Wasser, der Wind peitscht ihr das Haar in den offenen Mund. Sie spürt die Gefahr, das grenzenlose Nichts unter sich. Dann beugt sich Gerry vor, und sie denkt, es ist okay, sein kleiner Spaß ist vorbei. Aber so ist es nicht. Er tut es, um ihr etwas zu sagen, um ihr ins Ohr zu flüstern.

»Du kleines Gör hältst dich für so schlau. Meiner Meinung nach hast du ein bisschen Disziplin nötig. Wenn es nach mir ginge, würdest du nicht in diesen nuttigen Kleidern herumlaufen. Ich würde dir schon … eine … Lektion … erteilen.« Bei jedem Wort drückt seine Hand sie etwas tiefer hinunter. Heiß spürt sie seinen Atem im Ohr, sie riecht Tabak und faulige Zähne, und in diesem Augenblick wird ihr bewusst, dass er sie so fest hinunterdrückt, dass sie keine Luft bekommt.

Keuchend versucht sie, Atem zu holen, aber Bauch und Lunge sind eingequetscht. Sie hebt eine Hand, sieht sie unnütz durch die Luft schwenken, hört hinter sich die kreischenden Räder eines Zugs. Das ins Haar gewobene blaue Band und die Perlen fallen ihr ins Auge, unschuldig flattern sie im Wind, und sie fragt sich, ob es das Letzte ist, was sie in diesem Leben sehen wird. Sie wünschte, sie hätte sie nicht hineingeflochten, denn sie empfindet sie jetzt als kindisch und dumm. Vor allem aber wünschte sie, sie wäre nie mit Gerry hier heraufgegangen, denn nun wird sie weder ihre Mutter noch sonst jemanden jemals wiedersehen. Das ist das Ende.

Da spürt sie, wie seine Hand zu ihrer Schulter hinaufwandert und sie zurückzieht. Nun benutzt er eine andere Stimme, die für die kleine Menschenmenge, die sich um sie versammelt hat, gedacht ist. »Hoppla, junge Dame – da hast du dich für meinen Geschmack ein bisschen zu weit hinausgelehnt! Komm lieber zurück, jetzt bist du sicher.«

Dann sind da andere Hände, die sich fest, aber freundlich anfühlen, und sie kann wieder atmen. Ein Walkie-Talkie knistert, sie zittert und will runter von der Brücke, fort von diesem Mann. Als sie sich aber umdreht und auf ihn deuten will, ist er weg. »Der Mann …«, bringt sie nur heraus.

Man führt sie ein paar Stufen hinunter, und sie blickt sich suchend nach ihrer Mutter um, aber sie kann sie nicht finden. Stattdessen sieht sie ihren Dad und rennt zu ihm hin. Sie kann ihm unmöglich erzählen, was sie getan hat – sie fühlt sich so dumm und will den ganzen Nachmittag einfach nur vergessen.

Der Arzt ist freundlich, und die Sanitäter schenken ihr

Aufkleber, obwohl sie dafür eigentlich schon zu alt ist. Als man sie fragt, was passiert ist, kann sie nur sagen: »Ich wollte es wiedergutmachen«, aber die Worte ergeben für niemanden einen Sinn, also fragen sie nicht weiter. Und dann hört Georgie auf zu reden. Als sie und ihr Dad nach Hause kommen, sind Grandma und Grandpa Brown da und passen auf Dan auf, aber auch mit ihnen redet sie nicht. Sie schließt sich im Badezimmer ein und schneidet das blaue Band aus dem Haar, sodass nur ein stacheliger Stumpen übrig bleibt, und dann geht sie ins Bett. Später schleicht sich Dan ins Zimmer und legt sich auf den Boden neben ihr Bett, aber sie redet immer noch nicht, nicht einmal mit ihm.

Als Mrs Mendosa am Montagmorgen in der Schule fragt, ob Georgie am Wochenende etwas Schönes unternommen hat, benimmt sie sich wie die coolen Mädchen in der letzten Reihe. Kaugummi kauend schenkt sie ihrer Lehrerin einen verächtlichen Blick und sagt: »Nee, gar nichts. Das Wochenende war total langweilig. Ehrlich gesagt, erinnere ich mich an gar nichts.«

ZWEIUNDFÜNFZIG

Georgie

Während Nancy einen Vorfall auf einer Brücke beschreibt, hat Georgie vereinzelt Bilder vor Augen, doch sie kommen ihr vor wie die Erinnerung einer anderen. Wie die Szenen eines Films, den sie nicht anschauen will. Dabei kommen ihr die vorbeiflimmernden Geländer und Brücken in den Sinn, die sie vom Auto aus sah und die jenen ohnmächtigen Schwindel verursachten.

Mit Höhen hatte sie schon immer Schwierigkeiten, aber mit der Schwangerschaft wurde es viel schlimmer. Genau genommen war es eines der ersten Symptome: ein hoher Tinnitus und der Widerwille, Brücken zu betreten. »Wahrscheinlich ist das der Beschützerinstinkt«, hatte Wilf gemeint.

Das erste Mal passierte es ihr bei einem Ausflug nach Bristol. Wilf hatte sie einen grasbewachsenen Hügel hinaufgeführt, um ihr die Aussicht über eine Schlucht und die Hängebrücke, die sich darüberspannte, zu zeigen. Schon der Anblick aus der Ferne war zu viel: Sie hatte versucht, die schwarzen Punkte wegzublinzeln, und geglaubt, sie müsse sich übergeben. Der gigantische eiserne Bogen, das gähnende Nichts darunter – zu schrecklich, um es zu fassen.

Jetzt wendet sie sich an Dan. »Ist das wahr? Erinnerst du dich daran?«

Er nickt knapp.

»Du hast nie erzählt, was passiert ist«, sagt er. »Offensichtlich konntest du dich nicht erinnern. Du warst auch ein paarmal beim Therapeuten. Ich im Übrigen auch, weil ich es teilweise mitbekommen hatte, wenn auch nur aus der Ferne.«

Tatsächlich hat Georgie vage Erinnerungen an diese endlosen, langweiligen Nachmittage, an denen sie in einem stickigen Zimmer auf einem Sitzsack saß, ein leeres Blatt Papier vor sich, im Bewusstsein, dass etwas von ihr erwartet wurde, aber unfähig, das Richtige zu malen. Sie gab sich Mühe, zeichnete ein Boot, in der Hoffnung, dass es das war, was sie wollten. Eine geduldige Stimme, die fragt: Ist es das, was du gesehen hast, Georgie? Wie geht es dir dabei, wenn du an die Boote denkst? Damals hatte sie geglaubt, die Besuche in dem Zimmer mit den Sitzsäcken hätten mit der Tatsache zu tun, dass sie aus einer zerrütteten Familie kam, und sollten ihr helfen, damit fertigzuwerden, dass sie so wenig liebenswert war, dass ihre Mutter sie verlassen hatte.

Jetzt aber führt Nancys Erzählung sie zurück zu Gerry und der Brücke. Sie erinnert sich an die unermessliche Leere um sie herum, den albtraumhaften freien Fall, der unmöglich wahr sein kann, denn den Sturz aus einer solchen Höhe überlebt man zweifellos nicht.

»Alle meinten, deine Erinnerung käme irgendwann zurück. Ich sollte dich nicht darauf ansprechen, denn wie bei einem Schlafwandler, den man aufweckt, wäre der Schock zu groß«, erzählt Dan. »Aber du hast dich nicht erinnert.«

»Bis ich schwanger wurde«, sagt Georgie. »Mein Körper hat sich erinnert.«

Die Erinnerung an das, was danach passierte, ist glasklar: Wie Irena geräuschlos in ihr Leben kam, zunächst mit einem gelben Staublappen, dann mit einem rosa Kofferset. Wie der ganze Trödel aus ihrem alten Haus auf Nimmerwiedersehen in Kartons verstaut wurde. Der Neuanfang in einer anderen Schule und einem neuen Haus, in dem Nancys Name – geschweige denn der Vorfall auf der Brücke – nie erwähnt wurde.

Durch den Schleier der Erschöpfung dringen langsam weitere Fragmente jenes Tages und setzen sich zu einem völlig neuen Bild zusammen. Sie erinnert sich daran, wie ihr Vater sie forttrug, aber auch, dass sie den Hals reckte und sich nach Nancy umsah. Sie wollte wissen, ob ihr Plan aufgegangen war – ob sie ihre Mutter hatte beschützen können. Doch danach sah es ganz und gar nicht aus. Das letzte Mal, dass Georgie ihre Mutter gesehen hatte, war nicht an jenem Morgen gewesen, als sie sie zur Schule verabschiedet hatte. Vielmehr war es der Tag, an dem Nancy ein verschwommenes Bild aus Fäusten und Wut abgegeben hatte, eine Verrückte, die schrie, um sich schlug und von der Polizei zurückgehalten wurde. Es war ein beängstigender Anblick gewesen, einer, den man lieber vergaß.

Da erinnert sie sich daran, wie Gerry ihr ins Ohr flüsterte, dass er ihr eine Lektion erteilen werde, und Georgie malt sich aus, was er Nancy im Lauf der Jahre alles angetan haben mag. Langsam beginnt das Bild von Nancy als gestörte Frau, die ihre Kinder nicht liebte, zu bröckeln. An ihre Stelle tritt eine in die Enge getriebene Frau, der in mehrfacher Hinsicht der Weg versperrt war. An jenem Nachmittag an der Brücke hatte Nancy sich gewehrt und um ihre Kinder gekämpft. So, wie es jede Mutter täte.

DREIUNDFÜNFZIG

Georgie

Kaum ist das Flugzeug gelandet, ruft Wilf an; er ist auf dem Weg nach Hause. Georgie ist wie benebelt vor Erschöpfung, zum Schlafen aber ist sie zu aufgewühlt. Um sich die Zeit zu vertreiben, haben Dan und sie angeboten, den Hund auszuführen. Georgie hat sich das Baby an den Bauch gebunden, ein stramm geschnürtes Abbild seines Zustands im Mutterleib. Sie trägt eine alte Jacke von Wilf, die groß genug ist, dass sie um beide passt.

»Tut gut, mal aus dem Haus zu kommen, oder?«, meint Dan. Sie stapfen über das matschige Feld, das am Ende der Orchard Drive liegt. Der Weg ist nicht besonders schön, aber immer noch besser als die Alternative – an der Hauptstraße entlang zum Dorf zu gehen.

Nancys Collie-Mischling sieht mit fragenden braunen Augen zu ihnen hoch und scheint sich zu wundern, dass sie so langsam sind, aber es ist beschwerlich, durch den klobigen Morast zu marschieren. Georgie will sich nicht auf die Hündin einlassen, denn sie kann nicht umhin, sie um die unkomplizierte, liebevolle Beziehung zu Nancy zu beneiden. Ist es falsch, eifersüchtig auf einen Hund zu sein? Ja, mit ziemlicher Sicherheit. Sie blickt auf ihre Stiefel hinab, an denen jetzt Schlamm klebt, und schöpft Atem.

»Das ist verrückt. Lass uns nach Hause gehen«, sagt sie.

»Okay. Vielleicht ist dieser Spaziergang im Sommer schöner.«

»Vielleicht.« Georgie ist sich nicht sicher, ob das Landleben wirklich ihr Ding ist, zumindest diese Version davon.

»Ich möchte mich bei dir bedanken«, sagt sie. »Für alles – für diese Reise und dafür, dass du für mich da warst. Dass du nicht ausgeflippt bist, als am Straßenrand die Wehen einsetzten.«

Dan schenkt ihr ein Lächeln.

»Wenn du reden willst, bin ich für dich da. Zum Beispiel über Nancy oder Finn. Oder die ganze Gerry-Sache.«

Er bleibt kurz stehen und versucht, einen besonders großen Klumpen Erde von seinem ehemals weißen Sportschuh zu schütteln. »Danke«, sagt er. »Na ja, auf die Suche nach Nancy zu gehen war etwas, was wir zusammen machen mussten.«

Unter Mühen stapfen sie weiter.

»Was die Gerry-Sache betrifft, wie du es nennst: Ich habe keine Ahnung, was ich mit dieser Information anstellen soll. Ich meine, in gewissem Sinne ändert es nichts an meinem täglichen Leben oder meiner Beziehung zu Dad. In anderer Hinsicht aber ändert es alles.« Er schüttelt den Kopf. »Da rede einer davon, dass man auf jemanden, der schon am Boden liegt, nicht eintreten soll.«

»Ich hatte ja keine Ahnung von der Sache mit deinem Job und deinen Problemen mit Mandy.«

»Na ja, ich hatte das Gefühl, ich kann dir das nicht erzählen. Weil Finns Tod der Auslöser war. Kurz gesagt: Ich konnte es nicht ertragen, dich zu sehen. Ich wusste ja, dass du auch um ihn trauerst und ihn vermisst.«

Georgie bringt es nicht fertig, ihn anzusehen, und betrachtet stattdessen den Hund.

Dan fährt fort. »Also, ja, Mandy und ich werden wohl das Haus verkaufen und getrennte Wege gehen. Wie du weißt, brauche ich das Geld. Ich muss die Sache mit den Krediten auf die Reihe bringen. Aber wenn ich das geregelt habe, möchte ich über einen Berufswechsel nachdenken. Ich bin nicht gemacht für die Finanzbranche. Außerdem sind da ohnehin längst lauter Jungspunde am Ruder.«

Er hält inne und lässt den Blick über den endlosen braunen Horizont schweifen.

»Aber was die Neuigkeit mit Gerry betrifft: Soll ich es Dad erzählen? Sollte Nancy es Dad erzählen? Bringt das irgendwas?«

»Wenn mich die letzten paar Tage etwas gelehrt haben, dann, dass eine Familie auseinanderbricht, wenn das Fundament aus Geheimnissen besteht«, meint Georgie. »Aber dasselbe gilt auch für mich. Wenn ich Dad sage: ›Übrigens bin ich dein leibliches Kind und nicht Dan‹, was sollte das irgendwem nützen? Die Chance, eine Beziehung zueinander aufzubauen, haben Dad und ich verpasst. Ich werde ihn und Irena weiterhin an Feier- und Festtagen besuchen. Vermutlich wird er weiter distanziert und höflich sein. Wir werden weiterwurschteln, wie wir es immer getan haben.«

Sie sind kaum mehr als zehn Minuten draußen, aber Georgie merkt, wie sich das Baby in seinem engen Kokon zu regen beginnt und unruhig wird. »Ich muss nach Hause zum Stillen«, sagt sie.

»Ich geh noch ein Stück weiter. Damit der Hund ein bisschen Bewegung kriegt.« Dan wirkt verloren.

Georgie tätschelt dem Baby den Rücken und wiegt es hin und her, um Zeit zu gewinnen. Sie weiß, sie muss jetzt reden, denn die Sache ist zu schmerzhaft, um allzu bald wieder an der Wunde zu rühren. »Was ich noch sagen wollte: Finns Tod war ein schrecklicher Verlust, eine Tragödie, für ihn und für seine Familie. Wir beide haben uns gequält und schuldig gefühlt. Nach den vergangenen Tagen denke ich aber, dass es keinen Zweck hat, nach Schuldigen zu suchen. Niemand trägt am Ende den moralischen Sieg davon oder fühlt sich besser.«

Sie muss das jetzt loswerden, also redet sie weiter. »Dass Finn gestorben ist, war nicht die Schuld eines einzelnen Menschen. Weder meine noch die Schuld desjenigen, der ihm die Drogen verkauft hat, oder des Barkeepers, der ihm einen Drink zu viel gegeben hat. Es war nicht deine Schuld, nicht die Schuld der Frau auf dem Bahnsteig, die ihn nicht aufhalten konnte, und auch nicht die des Zugführers. Im Grunde war es noch nicht einmal Finns Schuld. Unter anderen Umständen hätte er es nach Hause schaffen können und wäre um zwei Uhr nachts zu mir ins Bett gefallen. Aber vielleicht wäre er am darauffolgenden Freitag wieder losgezogen, egal, wie dringend wir ihn retten wollten. Verstehst du, was ich sagen will?«

Dan nickt kurz und fährt mit der Hand über den groben Strick der Hundeleine.

Georgie hat mittlerweile einen Punkt jenseits der Müdigkeit erreicht und das Gefühl, ihr Verstand ist messerscharf und klar. »Es ist wie bei Mum, Dad und Gerry – wer trägt die meiste Schuld? Es stimmt schon, Gerry hat furchtbare, übergriffige Dinge gemacht. Letztendlich aber war es eine Konstellation von Menschen und Ereignissen, die zum falschen Zeitpunkt aufeinandertrafen. Jemand hat einen Fehler gemacht, dann ein anderer und so weiter. Kein Einzelner trägt die alleinige Schuld, und niemand ist gänzlich unschuldig. So funktioniert das Leben nicht.«

Dan macht einen Schritt auf sie zu. Wegen des Babys in der Trage kann er Georgie nicht richtig umarmen, also begnügen sie sich damit, sich seitlich die Schultern zu drücken. Es muss komisch aussehen, denkt Georgie – zwei Menschen, die Seite an Seite mitten auf einem matschigen Feld stehen, die Arme umeinandergeschlungen –, und ihr entfährt ein Geräusch, das halb Lachen, halb Schluchzen ist. Sie ist so froh, dass sie einander haben.

VIERUNDFÜNFZIG

Georgie

Zu Hause legt Georgie das Baby auf dem Sofa ab und schüttelt sich Wilfs Jacke von den Schultern. Sie sieht ihre Mutter wieder draußen auf der Terrasse stehen und in den Himmel hinaufstarren, als hungere sie nach Luft. Nancy wirkt wie ein eingesperrtes Tier, das sich nach Freiheit sehnt. Als das Baby zu schreien anfängt, dreht sie sich schuldbewusst um. »Oh, tut mir leid, ich lasse die Kälte rein. Ich wollte bloß …«

Nancy kommt zurück ins Haus, hantiert in der Küche an dem modernen Wasserhahn herum, bis sie herausfindet, wie er funktioniert, und bringt Georgie ein Glas Wasser. Mit dem Kopf deutet Georgie auf den Sessel mit dem geblümten Polster, den Wilfs Eltern ausrangiert haben. »Setz dich doch, du machst mich ganz nervös.«

Gerade als sie beim Stillen in einen Rhythmus gefunden und den anfänglichen Schmerz hinuntergeschluckt hat, hört sie das Geräusch, auf das sie so lange gewartet hat: Wilfs Schlüssel, der im Schloss herumgedreht wird.

Wilf kommt hereingerannt, und dann ist er da; das Gesicht ganz dicht an ihrem mustert er sie und dann das Baby. Er wirkt überlebensgroß, wie aus einer anderen Welt. Seine Kleider riechen nach abgestandener Kabinenluft und Kaffee, und zunächst kann sie ihn gar nicht in Gänze erfassen: nur seine Augen, sein Kinn, seine schmalen Wangen. Dann seine Lippen, als er zunächst sie küsst und danach zärtlich den Kopf des Babys.

Georgie senkt den Blick kaum, als sie einen Finger in den Mund des Babys steckt und spürt, wie der warme Gaumen sich löst. Dann hält sie es so in den Armen, dass Wilf sein Kind richtig sehen kann.

Er setzt sich neben sie, streicht dem Baby über die Wangen. »Wow. Du hast das ganz allein hingekriegt. Das ist unglaublich.«

»Na ja, da waren schon noch ein paar Hebammen, die mich unterstützt haben. Und Dan war zwar nicht dabei, aber er hat mir vorher geholfen. Und Nancy hat mir im Übrigen auch Mut zugesprochen …«

Sie blickt hinüber zu Nancy und lächelt. Bislang hat keine von ihnen die merkwürdige, angedeutete Begegnung in jener Hunderte Meilen entfernten Krankenhausnische erwähnt. Wilf blickt auf und wirkt überrascht, als er die Frau in dem schäbigen Pullover bemerkt, die offensichtlich versucht, sich in dem Sessel in seinem Wohnzimmer möglichst unsichtbar zu machen. Ihre Zöpfe haben sich aufgelöst, die Hose ist an den Knien durchgescheuert, und die faserigen Socken sind dunkel vom Schmutz. Georgie wird bewusst, wie Nancy auf einen Fremden wirken mag, und das weckt einen ungeahnten Beschützerinstinkt in ihr.

»Wilf, das ist Nancy«, sagt sie mit fester Stimme.

»Hi«, erwidert er und steht auf. Er geht zu ihr, und auch Nancy erhebt sich. »Freut mich.«

Mit leicht verwunderter Miene wendet er sich wieder zu Georgie um.

Tief holt Georgie Luft. »Wilf, als du Irena kennengelernt hast, hätte ich dir sagen sollen, dass sie meine Stiefmutter ist. Nancy ist meine leibliche Mutter. Sie hat in Schottland gelebt. Wir haben uns in Yorkshire getroffen, im Krankenhaus.« Georgie gefällt, wie das klingt – beinahe plausibel.

»Na, dann freue ich mich, Sie kennenzulernen«, sagt Wilf und zögert kaum eine Sekunde. »Sie sind bestimmt sehr stolz auf Georgie. Und auf Ihre neugeborene Enkelin.« Herzlich schüttelt er ihre Hand.

»Ja. Ja, das bin ich.« Zaghaft lächelt Nancy und verschwindet dann im oberen Stockwerk, sodass Georgie und Wilf in Ruhe miteinander reden können.

Zunächst erzählt Georgie ihm von der Geburt – wie sie die Wehen für Übungswehen hielt und dann in dem ganzen Durcheinander ihr Handy verlor. Vom Krankenhaus und von der unaufhaltsamen Wucht der Schmerzen. Der unglaubliche Ruck, mit dem das Baby auf die Welt kam. Wie ihr die Hebamme das Baby auf die Brust gelegt und eine Bemerkung über die kurze Nabelschnur gemacht hat. »Es gibt Fotos«, sagt sie, »aber die sind auf Dans Handy, und der geht gerade mit dem Hund spazieren.«

»Dein Bruder Dan?«

»Ja.«

»Und er hat einen Hund?«

»Nein, der Hund gehört Nancy. Meiner Mutter.«

Wilf wirkt noch verwirrter.

»Tut mir leid, du hast eine Menge aufzuholen. In den letzten Tagen ist einiges passiert, aber es gibt auch noch Sachen, die ich dir nie erzählt habe. Weil in meiner Familie so vieles schiefgelaufen ist. Ich wollte dir das nicht erzählen, weil ich Angst hatte, dass du Reißaus nimmst.«

»Das tu ich nicht, Georgie.«

»Ich weiß. Aber die Vergangenheit war wie ein dunkler Fleck in mir, den ich verstecken wollte. Irgendwann habe ich Panik gekriegt, dass er in jedem Fall an die Oberfläche kommt.«

Wilf sagt kein Wort, sondern stützt seinen Kopf an ihren. Das fühlt sich so gut an, dass sie am liebsten für immer so verharren würde.

»Du bist immer so optimistisch. Ich weiß gar nicht, wie du das machst. Das überfordert mich manchmal. Weil ich niemals so glücklich und fröhlich und lebhaft sein könnte. Das bin ich einfach nicht.«

»Ach, Georgie. Du musst dich für mich ganz bestimmt nicht verstellen.«

Dann trägt sie das Baby nach oben, und sie schläft, das Baby schläft, und als sie aufwacht, liegt Wilf neben ihr und betrachtet sie beide.

»Es tut mir leid, dass ich nicht da war«, sagt er. »Es tut mir so leid. Hätte ich das gewusst, wäre ich nie weggefahren. Du, wir, das Baby. Das ist es, was zählt. Alles andere ist zweitrangig.«

»Ich weiß. Sie ist zu früh gekommen, das konntest du nicht wissen. Genauso wenig wie ich.«

»Aber dabei sein, die Nabelschnur durchschneiden, das alles …«

Er wirkt so traurig, dass all ihre Enttäuschung und Angst verfliegen. »Wilf, ich wünschte mir auch, du wärst dabei gewesen. Aber wird das in ein paar Jahren noch eine Rolle spielen? Wenn die Kleine hier herumrennt und wir mit dem alltäglichen Leben beschäftigt sind? Alles wird sich darum drehen, dass wir mit ihr spielen, dass sie sprechen lernt, dass wir ihr helfen, Freunde zu finden – solche Sachen. Vater sein ist so viel mehr, als bei der Geburt anwesend zu sein. Was wirklich zählt, ist das, was danach kommt.«

Als Wilf und Georgie herunterkommen, liegt der Hund vor dem Kamin mit den Ökoholzscheiten, und Dan und Nancy reden darüber, was für eine Mahlzeit sie improvisieren könnten. Georgie hat den Überblick darüber verloren, ob es Zeit fürs Mittag- oder Abendessen ist, aber sie merkt, dass sie Hunger hat. Sie stellt Wilf und Dan einander vor und sieht dann zu, wie Wilf das tut, was er ganz selbstverständlich immer tut – er plaudert und nimmt den anderen die Befangenheit.

Wilf zeigt Dan, wo die Kochtöpfe sind, und steht dann neben Nancy am Küchentresen und hackt Zwiebeln. Er fragt sie, was ihr an dem Leben in Schottland besonders gefallen hat, und sie erzählt über ihre Zeit auf einer Farm in Irland. Georgie erkennt, dass Wilf es fertiggebracht hat, jene Einzelheiten aus Nancys Leben herauszupicken, über die sie unbeschwert reden kann.

Bald darauf rührt Nancy in einer großen Pfanne eine Soße an. Sie fügt Kräuter und eine Prise Salz hinzu, und als Georgie der Geruch nach Zwiebeln und Knoblauch in die Nase steigt, erinnert sie sich an früher. Damals in der Küche in der St Luke's Road lief Musik aus dem Radio. Ihre Mutter sang mit, während sie hin und her ging, Sachen aus dem Kühlschrank nahm, die Tür mit der Hüfte zuschob und dann wieder Gemüse klein schnitt und es in eine große Pfanne warf.

An Abenden wie diesen saß Georgie am Küchentisch und zeichnete, während Dan etwas Kompliziertes aus Legosteinen baute. Draußen war es dunkel, drinnen hingegen hell, freundlich und warm. Es waren die guten Zeiten, Zeiten, die Georgie eines Tages in ihrem eigenen Zuhause und mit ihrer eigenen Tochter wieder aufleben lassen will.

Als sie ihrer Mutter beim Kochen zusieht, sind die Gesten so vertraut, dass Georgie ein Schluchzen unterdrücken muss vor Trauer um all die Jahre, die sie verpasst haben. Und um all die Jahre, die Georgie diese Frau verflucht und gehasst hat, ohne jemals aufzuhören, sich zu fragen, ob sie Nancys ganze Geschichte kannte.

Wilf bemerkt, dass Georgie ihre Mutter beobachtet, kommt herüber und streichelt dem Baby über den Rücken. »Ich sehe die Ähnlichkeit.«

»Beim Baby? Ja, sie hat meine Nase, glaube ich«, sagt Georgie.

»Okay, ja, deine Nase, will ich hoffen. Und wahrscheinlich hat sie auch dein Haar. Aber eigentlich habe ich dich und Nancy gemeint.« Mit dem Kopf deutet er zum Küchentresen, wo Nancy in die Arbeit vertieft ist. Immer mal wieder hebt sie die Hand und streicht sich eine vermeintlich lose Haarsträhne hinters Ohr. »Das machst du auch«, sagt Wilf.

Georgie weiß, dass sie das tut. Und während sie ihrer Mutter zusieht, denkt sie, dass es möglicherweise ganz in Ordnung ist, ein bisschen wie sie zu sein. Es muss nicht notwendigerweise etwas Schlechtes sein. Tatsächlich könnte sie es sogar lieb gewinnen.

FÜNFUNDFÜNFZIG

Nancy, sechs Monate später

Nancy sitzt auf der aus einem Baumstamm gehauenen Bank vor ihrer Haustür. Es dämmert, und von hier aus kann sie die Schwalben beobachten, die allabendlich hin und her sausen, als wollten sie die Weite des Himmels auskosten, bevor es dunkel wird. Wenn es so weit ist, werden sie sich trennen und in Zweier- und Dreiergruppen zur alten Scheune fliegen, unter den Dachvorsprung schlüpfen und dort bis zum Morgen bleiben. Unter dem Himmel glüht das Moor im verschwommenen Glanz des Strandflieders, der mit den goldenen Köpfen des Meerfenchels gesprenkelt ist.

Es hat ein wenig gedauert, sich an diese Landschaft zu gewöhnen – sie ist so flach im Vergleich zu den Hügeln und Klippen, die Nancy in Schottland lieb gewonnen hatte. Mittlerweile aber erkennt sie die raue Schönheit dieser Gegend von Kent. Wenn man weiß, wo man suchen muss, strotzt es hier nur so vor verborgenem Leben – Libellen schießen über die Teiche, und in den langen Gräsern summt es von Insekten.

In der Ferne liegt ein Kraftwerk, bald werden die Flutlichter angehen. Die ganze Nacht über senden sie einen orangefarbenen Schimmer aus, und wenn der Wind sich dreht, hört Nancy das ferne Brummen der Maschinen, der Zivilisation.

Manchmal schrecken die Menschen, die diesen Landstrich besuchen, zurück, wenn sie die hohen Türme entdecken. Sie sind auf der Suche nach Kiebitzen, Eulen und hoppelnden Hasen, nicht nach Zeichen von Industrie. Aber Nancy hat gar nichts gegen ihre hässliche Sichtbarkeit. Sie erinnert daran, dass es ein Ort ist, den Menschen prägen wollten und den die Natur dennoch beharrlich umwuchert. Ein Ort für jene, die überlebt haben.

Nancys zukünftiges Zuhause macht noch nicht allzu viel her. Es ist nur ein Schuppen aus Gipsplatten, der noch hergerichtet werden muss, aber er gehört ihr und ist perfekt. Zwei Zimmer, eine Veranda und Ausblick auf die Salzmarsch. Im Gebäude befand sich früher einmal ein Geschäft für Landmaschinen, und es hängt immer noch ein öliger, metallischer Geruch darin, aber auch den mag Nancy. Er gibt dem Haus etwas Ehrliches, Bodenständiges. Es liegt etwas versteckt hinter den hübscheren Häusern, in denen die Feriengäste wohnen.

Auf diesem Schwemmland, durch das sich Flussläufe winden, befand sich früher ein Viehbetrieb, doch der Bauer stellte um und machte ein Naturreservat daraus. Tagesausflügler kommen zur Vogelbeobachtung her, mit klobigen Feldstechern und winzigen Notizbüchern, und am Wochenende reisen Paare an. Sie tragen Gummistiefel und marschieren Hand in Hand über die Trampelpfade, bevor sie sich für die Nacht in die Schäferwagen und Schutzhütten zurückziehen.

Als Nancy die Schutzhütten in diesem Naturreservat sah, musste sie lächeln, weil sie so ganz anders als ihre alte Hütte sind. Es gibt federweiche Kissen, moderne Duschen, Kaffeemaschinen mit integrierter Kaffeemühle. Aber die Wochenendgäste scheinen die Idee eines Rückzugsorts auf dem Land zu lieben, auch wenn sich Nancy nicht recht vorstellen kann, wovor sie eigentlich fliehen.

Bis vor sechs Monaten war Nancy davon überzeugt, dass sie ständig auf der Flucht sein müsste, jetzt aber ist ihr klar, dass es ihr zur Gewohnheit geworden war. Wie ein Tier folgte sie einem alten Pfad, den sie für sich auserkoren hatte und der mit jeder neuen Flucht immer ausgetretener und abgenutzter wurde. Jetzt hat sie keine Angst mehr vor diesem

Mann. Im Augenblick ist Gerry derjenige, der sich darum sorgt, was Nancy und ihr raffinierter Anwalt als Nächstes vorhaben.

Dan hatte recht gehabt, als er Gerrys Getue durchschaute. Gerry hätte sie niemals finden können – nach allem, was man hört, lebt er ein regelrechtes Einsiedlerleben. Trotzdem hat Nancys Anwalt – den Dan angeheuert hat, der außerdem dafür gesorgt hat, dass Frank die Rechnung übernimmt – eine Unterlassungsklage angestrengt.

Nancy hat bei der Polizei von West Yorkshire eine Aussage über lange zurückliegende Straftaten zu Protokoll gegeben, einschließlich all der Dinge, die er aus dem Haus der Großmutter gestohlen und verkauft hat. Ehrlicherweise hat man ihr erklärt, es sei unwahrscheinlich, dass er deswegen verklagt würde, weil niemand in seiner Familie mit ihm zu tun haben wolle, aber es sei trotzdem gut, ihn auf dem Radar zu haben.

Daraufhin machten Georgie und Nancy bei der Londoner Polizei eine Aussage zu Gerrys Tat auf der Brücke, die auf Kindesmisshandlung hinauslief. Auch dieser Sache wird nicht weiter nachgegangen werden, doch sie wurde dokumentiert, und fürs Erste genügt ihnen das.

Nancy war noch eine Weile bei Georgie und Wilf geblieben, was ihr und Georgie die Gelegenheit gab, sich ganz neu kennenzulernen. Nancy ist sich bewusst, dass es noch Zeit braucht, um Georgies Vertrauen zurückzugewinnen, aber sie haben angefangen zu reden. Sie hat von Georgie erfahren, was sie schon lange ahnte – nämlich dass Gerry ihrer zwölfjährigen Tochter nachgestellt und ihr die Auskunft entlockt hatte, wohin sie in Urlaub fahren würden. Das Schlimmste war zu hören, welche Selbstvorwürfe sich Georgie gemacht hatte. »Nein, nichts davon war deine Schuld«, hatte Nancy gesagt. »Und selbst in den düstersten Momenten habe ich nie aufgehört, euch beide zu lieben.«

Eine Zeit lang hatte sie bei Dan gewohnt und ihm Gesellschaft geleistet, als das »Zu verkaufen«-Schild aufgestellt wurde und jüngere, strahlendere Ausgaben von Dan und Mandy durchs Haus stapften, an Wände klopften und über Durchbrüche, Erweiterungen und den Lichteinfall redeten.

Mandy und er lassen sich scheiden, aber alles läuft sehr zivilisiert ab. Wer hätte gedacht, dass eine freundschaftliche Scheidung möglich wäre? Nancy jedenfalls nicht. Mandy empfahl Dan sogar eine Beratungsstelle, die Menschen hilft, ihre Schulden in den Griff zu bekommen und mit skrupellosen Kredithaien umzugehen.

Außerdem war Mandy diejenige, die Nancy von diesem Naturreservat erzählte. Es wird von einem ihrer Klienten gemanagt, der erwähnt hatte, dass er jemand Verlässliches suchte, der die Natur liebte und bereit wäre, hart zu arbeiten. Nancy hatte sich sofort ans Werk gemacht, Zäune repariert, Wegmarkierungen aufgestellt, und als der Frühling kam, hatten Bree und sie gemeinsam die Schafe zusammengetrieben. Nancy beaufsichtigte, wie jedes einzelne geschoren und das Vlies wie ein zu schwerer Mantel abgezogen wurde. Ihr gefiel, wie die Schafe sich hinterher schüttelten, als fühlten sie sich leichter, einer Last entledigt, denn Nancy begann dasselbe zu fühlen.

Im Allgemeinen waren Hunde im Reservat nicht erlaubt, für Bree aber wurde eine Ausnahme gemacht, weil sie ein Arbeitstier und kein Haustier ist. Jedenfalls bis zu dem Moment am Ende des Tages, wenn Bree auf Nancys Bett springt und sich zusammenrollt, so wie sie es immer getan hat.

Das Beste an diesem Ort, der so abgeschieden und fern von der Welt scheint, ist, dass es nur zwei Stunden nach London sind, wo Georgie und Dan leben. Beide haben eine Wohnung im Nordwesten von London, kaum zwanzig Minuten von der St Luke's Road entfernt, wo sie aufgewachsen sind.

Georgie sagt, dass sie glücklich ist, wieder in der Stadt zu sein. Schon jetzt hat sie eine Reihe anderer junger Eltern kennengelernt, außerdem arbeitet sie in Teilzeit. Ja, sie mag sogar den Lärm und den Schmutz, meint sie, nachdem sie das Landleben ausprobiert hat. Nancy wendet ein, dass die Orchard Drive nicht wirklich auf dem Land war, und je mehr Zeit Georgie bei ihrer Mutter verbringt, desto eher wird sie verstehen, was Nancy meint.

Georgie und Wilf haben ihre Tochter Lily genannt. Ein altmodischer Name, der keinerlei Tradition in einer der beiden Familien hat, und Georgie erklärt, genau das sei Sinn und Zweck der Sache. »Sie soll ein eigenständiger Mensch sein, kein Echo eines anderen, der vor ihr da war.«

Ein Baby und ein weiterer Umzug, und das alles innerhalb von sechs Monaten – für Georgie und Wilf war das ganz schön viel. Aber sie scheinen zurechtzukommen. Wie Nancy und Frank haben sie das Baby zu einem frühen Zeitpunkt der Beziehung bekommen, aber Georgie sagt, es läuft gut. Die beiden reden miteinander, tauschen sich aus, und Nancy ist verhalten optimistisch, dass sie es schaffen.

Nächstes Wochenende kommt Dan, um Nancy zu helfen, das Haus herzurichten. Er wird definitiv nicht in seinen alten Job oder etwas Ähnliches zurückkehren. »Es ist an der Zeit, das zu tun, was ich wirklich will«, sagt er. Er macht eine Umschulung zum Zimmermann.

Es kommt Nancy sehr gelegen, dass er seine Zimmermannsfähigkeiten beim Herrichten ihres Hauses vervollkommnen will. Sie weiß genau, wie es aussehen soll – die Innenwände sollen mit alten Brettern ausgekleidet werden, damit es wie eine einsame Hütte wirkt. Genau genommen ein bisschen wie ihre alte Schutzhütte.

Die Sonne sinkt herab, und Bree gähnt, und Nancy fragt sich, ob es an der Zeit ist, ins Haus zu gehen. Aber der heutige Tag war so schön, dass sie noch eine Weile hier sitzen und die Erinnerung daran auskosten will.

Georgie und Wilf waren mit Lily zu Besuch, und am Nachmittag schlug Wilf Georgie vor, einen Spaziergang zu zweit zu machen und die Naturpfade zu erkunden. Georgie könnte ein paar Fotos für ihre Serie mit Landschaftsaufnahmen schießen, die sie für eine Einzelausstellung zusammenstellt. Doch Georgie war sichtlich unbehaglich bei dieser Vorstellung, und sie sagte, sie wisse nicht so recht.

Nancy wandte den Blick ab; ihr war klar, dass Georgie Lily nicht allein bei ihr lassen wollte, und sie verstand auch, warum. Doch dann sagte Wilf: »Ach, komm schon, Georgie, es ist so herrlich da draußen. Lass uns ausnutzen, dass wir eine Babysitterin haben – mit Lily wird schon alles gut gehen.« Und so waren sie aufgebrochen und hatten Lily bei Nancy gelassen.

Anfangs hatte sie das Baby auf der kleinen Grünfläche herumgetragen, aus der sie einen Garten machen will, und hatte ihr erzählt, was sie alles anpflanzen möchte. Innerlich war Nancy das reinste Nervenbündel, denn es war das erste Mal, dass man sie mit ihrer Enkelin allein gelassen hatte. Lily schien ihre Anspannung zu spüren, oder vielleicht war sie auch nur müde, denn bald fing sie an, den Kopf hin und her zu drehen, zu weinen und nach ihrer Mutter Ausschau zu halten.

Nancy begann ein Wiegenlied zu singen, das sie früher ihren eigenen Kindern vorgesungen hatte. Schon damals kannte sie den eigentlichen Text nicht, und das war auch heute nicht anders. Während sie sang, spürte sie, wie Lily ruhig wurde und sich trotz der warmen Temperaturen an sie kuschelte.

Und so sang Nancy für ihr Enkelkind ein Lied über Spottdrosseln und Diamantringe, bis sie Georgie und Wilf zurückkommen sah und ihnen auf dem Schlackenweg entgegenging. Als sie näher kamen, rechnete Nancy damit, dass Georgie die Hände nach dem Baby ausstrecken würde oder umgekehrt Lily nach ihrer Mutter. Aber keine von beiden tat es. Lily blieb dicht an Nancy geschmiegt, bis sie wieder am Haus waren, und jeder einzelne Schritt, das Gewicht des kleinen Körpers, das Haar, das Nancys Wange streifte, fühlte sich an wie ein Geschenk.

DANKSAGUNG

Zuallererst möchte ich meinen Leserinnen ganz herzlich danken, dass sie sich für dieses Buch entschieden haben. Ich hoffe, *In den Augen meiner Mutter* hat euch etwas bedeutet, ob es nun Anstoß war, über Beziehungen, Familien oder das Muttersein nachzudenken, oder weil euch die Geschichte gefallen hat.

Ein großer Dank geht an meinen wunderbaren Ehemann, meine Tochter und meinen Sohn (und an die Hündin Lottie), die ich während langer Phasen des Schreibens, Überarbeitens und Redigierens vernachlässigt habe.

Auch meinen Lektoren Kasim Mohammed und Sophie Wilson bin ich zu Dank verpflichtet, die großartige Ideen hatten, wenn ich mich schwertat, die Geschichte in den Griff zu bekommen. Kasim, du bist der beste Lektor und die größte Unterstützung, die man sich nur wünschen kann – vielen Dank.

Ich danke der Redakteurin Jenni Davis, die den Text mit viel Gespür aufpolierte, und Sadie Mayne fürs Korrekturlesen.

Ich bin dem gesamten Team von Amazon Publishing und dem PR-Team von FMcM sehr dankbar, die dazu beigetragen haben, meine Bücher so vielen Lesern und Kritikern bekannt zu machen.

Für den Umschlag danke ich Emma Rogers, die auch diesmal wieder ein wunderschönes Design geschaffen hat.

In Deutschland gilt mein aufrichtiger Dank Julia Cremer und ihrem Team bei Droemer Knaur, Annette Klumpp von

ZeroMedia für die Umschlaggestaltung und der Übersetzerin Maria Hochsieder; ich weiß unsere Zusammenarbeit sehr zu schätzen.

Schließlich noch ein herzliches Dankeschön an dich, meine fantastische Agentin Hayley Steed, deren Glaube an mich immer unerschütterlich war. Eine bessere Streiterin für mein Werk könnte ich mir nicht wünschen.

Danke an die Dozenten Claire Fuller und Jarred McGinnis sowie meine Schriftstellerkollegen beim Arvon-Schreibseminar, an dem ich im Oktober 2022 teilnahm. Ich kam mit dem mageren Gerüst dieser Geschichte an und fuhr beflügelt – und mit einer Menge schöner Erinnerungen – nach Hause.

Ich danke den hilfsbereiten und wohlwollenden Schriftstellerkollegen in der Debütgruppe und bei Lake Union Publishing sowie der Autorin (und ehemaligen Hebamme) Jessica Ryn für die Beantwortung meiner Fragen.

Das Interview mit Zoe Ball für den Radio 2 Book Club war ein schier unglaublicher Moment, der dazu beigetragen hat, den Roman *Café Leben* Tausenden von Leserinnen und Lesern bekannt zu machen. Zoe, du bist eine echte Heldin, ich werde dir immer dankbar sein. Den Bibliothekarinnen und Bibliothekaren der Reading Agency, die an der Auswahl der Bücher für den BBC Radio 2 Book Club beteiligt sind, tausendfachen Dank. Bibliothekare sind einfach wunderbar.

Ein großes Dankeschön an die zahlreichen Buchbloggerinnen, Podcaster, Literaturgruppen, Journalistinnen und Kritiker, die so offen und freundlich waren und so interessante Fragen stellten. Ihr seid die heimlichen Stars der Verlagswelt. Vielen Dank an Heron Books in Bristol für eure Unterstützung.

Ich danke jeder einzelnen Leserin und jedem Leser, die mich kontaktiert haben, insbesondere jenen, die mir von ihrer eigenen Geschichte erzählt haben. Bei Büchern ging es mir schon immer um ein Zusammengehörigkeitsgefühl, um das Wiedererkennen eigener Erfahrungen oder das Einfühlen in die Erlebnisse anderer, und ich freue mich darauf, mich mit vielen Leserinnen – ob alt oder neu – über diesen Roman auszutauschen.

Meine Freunde und Verwandten haben mich ungeheuer unterstützt. Besonderer Dank gilt Nick, Sarah, Philip und Joanna, die immer für mich da waren.

Danke an Caroline S., Alison C. und Caroline G. – ihr seid die besten Müttergruppen-Freundinnen der Welt. Die Kinder haben uns zusammengebracht, aber unsere Freundschaft ist weit darüber hinaus gediehen. Ein Hoch auf die Pub-Abende, die einfach wunderbar sind!

Eine eigene Erwähnung verdient meine Freundin Helen Westgate (geborene Barnard), die meinem Leben so viel Farbe verleiht.

Der Schauplatz des letzten Kapitels wurde durch eine Reise in das Naturreservat Elmley inspiriert. Ich konnte mir Nancy inmitten dieser rauen, widerspenstigen Schönheit sofort bildlich vorstellen. Andere Schauplätze, die im Buch genannt werden, sind eine Mischung aus realen und erfundenen Orten. Die schottische Insel, St Luke's Road, Orchard Drive, das Beaufort, Skipley und Hoyton Beck sind reine Erfindung.

IM GESPRÄCH MIT JO LEEVERS

WIE WÜRDEST DU DEN ROMAN *IN DEN AUGEN MEINER MUTTER* ZUSAMMENFASSEN?

Es ist die Geschichte einer Mutter, ihrer Tochter und der Geheimnisse, die beide mit sich herumtragen. Wir lernen Georgie zu einem Zeitpunkt kennen, als sie verzweifelt darum ringt, ihre schwierige Vergangenheit hinter sich zu lassen und einen Neuanfang zu machen – einschließlich der Geburt eines Babys. Als sie und ihr Bruder auf die Suche nach der verschollenen Mutter gehen, entdecken sie auch lange verborgene Familiengeheimnisse. Das Buch geht unseren elementaren Bindungen auf den Grund, und wie wir manchmal, um nach vorn sehen zu können, unerschrocken auf die Vergangenheit zurückblicken müssen.

WOHER STAMMTE DIE IDEE ZU *IN DEN AUGEN MEINER MUTTER?*

Als ich Kind war, kam eine neue Schülerin an unsere Grundschule. Ihre Familie war ungewöhnlich, denn ihre Brüder und sie wurden von einem alleinstehenden Vater großgezogen. Schon bald wurde er zu einer Art Lokalheld, den die anderen Mütter dafür bewunderten, dass er alles allein machte. Es wurde gemunkelt, dass die Mutter sich aus dem Staub gemacht hatte, aber niemand wusste, wann oder wohin, oder traute sich, nach dem Grund zu fragen.

Jahre später, als ich mein erstes Kind bekam, fiel mir dieses Mädchen mit der abwesenden Mutter wieder ein, und ich fing an, mich zu fragen, was damals wohl wirklich vorgefallen war. War ihr Vater, diese legendäre Gestalt, tatsächlich der Super-Dad? Was hatte die Mutter dazu veranlasst, wegzugehen? Es kam mir falsch vor, dass niemand je die Geschichte der Mutter zu hören bekommen hatte.

Familien gibt es in jeder erdenklichen Form und Zusammenstellung. Es gibt Patchworkfamilien, manchmal gehören Adoptiv- oder Pflegekinder dazu, Stiefeltern, alleinerziehende Eltern, Cousins und Cousinen oder Großeltern. Dieses Buch soll nicht suggerieren, dass eine Lebensform besser ist als die andere, es ging mir nur darum, ein Szenario zu entwerfen, bei dem die Mutter spurlos verschwindet. Dann stellte ich mir die Frage, was geschehen würde, wenn diese jahrelang verschollene Mutter plötzlich wieder auftauchte. Welche Emotionen würden aufgewühlt, und was für Familiengeheimnisse könnten dabei an die Oberfläche kommen?

WOLLTEST DU DAMIT AUCH EIN DARÜBER HINAUSGEHENDES GESELLSCHAFTLICHES STATEMENT ABGEBEN?

Ich bin auf jeden Fall der Überzeugung, dass eine Frau, die ihre Kinder verlässt, kritischer beurteilt wird als ein Mann. Ich denke, es wird als »unnatürlich« angesehen, und mich hat interessiert, wie sich daraus ein Schamgefühl entwickelt, das auch von Nancys zurückgelassenen Kindern verinnerlicht wird. Als Georgie und Dan in eine neue Gegend ziehen, haben sie die Wahl: Erzählen sie den neuen Nachbarn und Schulkameraden die Wahrheit, oder leben sie mit einer Lüge?

Als sie sich für Letzteres entscheiden, wird es zur »Familientradition«, Dinge zu vertuschen, was bei beiden im späteren Leben zu Problemen führt.

WODURCH WURDE BEI DIR DER WUNSCH AUSGELÖST, ÜBER DIE ACHTZIGERJAHRE ZU SCHREIBEN?

Ich fing an, Nancys Leben in den 1980ern und 1990ern zu beschreiben, um nach und nach die Vorgeschichte offenzulegen, die ihren Kindern verborgen geblieben war. Wie Nancy war ich in der 1980ern Studentin an der Universität. Zwar hatte ich selbst nie eine Beziehung mit einem Dozenten, aber ich bekam solche Dinge mit. Damals wusste man auch von ähnlich asymmetrischen Beziehungen zwischen Lehrern und Oberstufenschülerinnen. Nur um zu zeigen, in welchem Umfeld das geschah: Zu der Zeit hatte The Police einen Nummer-eins-Hit mit einem Lied über einen Lehrer, der eine Schülerin bittet, sich nicht zu dicht neben ihn zu stellen, damit er nicht der Versuchung erliegt – und wir sangen alle fröhlich mit.

Das Klima heute, nach #MeToo, ist ganz anders. Natürlich ist es nicht perfekt, aber es existieren bessere Schutzmechanismen, und ich hoffe, jemand an Nancys Stelle wäre sich eher des vorhandenen Machtgefälles bewusst.

WAS ERZÄHLT DAS BUCH DEINER MEINUNG NACH ÜBER DAS MUTTERSEIN?

Nachdem ich in *Café Leben* über Trauer und das Lebensende geschrieben hatte, hatte ich das Bedürfnis, über Geburt und den Beginn von neuem Leben zu erzählen. Anhand von

Georgie wollte ich nicht nur die intensive Erfahrung zu gebären beschreiben, sondern auch die dauerhafte emotionale Bindung, die sich einstellt, wenn man ein Kind bekommt.

Anhand von Nancy wollte ich mich mit dem Druck auseinandersetzen, der mit der Mutterschaft einhergeht. In dem Augenblick, in dem eine Frau Mutter wird, verändert sich nicht nur ihre eigene Weltsicht, sondern auch die Sicht der Welt auf diese Frau. Es hat Einfluss auf ihre berufliche Karriere (in den 1980ern traf das noch mehr zu als heute), auf die Partnerschaft und auf ihre Selbstwahrnehmung. Als Nancy Mutter wurde, hatte sich ihre eigene Persönlichkeit kaum ausgebildet, also empfand sie diesen Druck noch stärker.

Ich hoffe, die generelle Botschaft über das Muttersein ist die, dass die Mutter-Kind-Beziehung eine unendliche Bereicherung und elementare Erfahrung sein kann, wenn in beide Richtungen bedingungslose Liebe herrscht.